Valerio M. Manfredi
Das Standbild der Athene

SERIE PIPER

Zu diesem Buch

Bei Ausgrabungsarbeiten in der Nähe von Rom werden sieben Statuen der Göttin Athene gefunden, unter denen auch das sagenumwobene Palladion, ein hölzernes Standbild, vermutet wird. Für den jungen Archäologen Fabio beginnt eine turbulente Zeit: Er entziffert die verschlüsselten Hinweise, die ein Kopist aus dem Mittelalter in einem alten Dokument hinterlassen hat, und gerät in eine gefährliche Spirale. Denn ein Ring machtbesessener Intriganten, die »Institution«, ist ebenfalls hinter dem Geheimnis des Palladion her. Schließlich verleiht das hölzerne Standbild demjenigen, in dessen Hände es fällt, eine ungeahnte Energie. Wird es Fabio gelingen, über die rätselhafte »Institution« zu siegen und den erbitterten Kampf zu gewinnen? Ein fesselnder Archäologiethriller des italienischen Bestseller-Autors, der einen Bogen von der Antike bis in unsere heutige Zeit schlägt.

Valerio M. Manfredi, geboren 1943 bei Modena, lehrt klassische Archäologie an der Universität von Mailand und hat zahlreiche Expeditionen und Ausgrabungen im Mittelmeerraum geleitet. Inspiriert durch seine wissenschaftliche Arbeit, begann er vor fast zwanzig Jahren, Romane zu schreiben. Seitdem hat er zahlreiche Bestseller verfaßt, darunter die dreibändige Romanbiographie über Alexander den Großen, die zur Zeit verfilmt wird. Außerdem ist er Autor von Fernsehdokumentationen über die Welt der Antike. Manfredi lebt mit seiner Familie in der Nähe von Modena. Zuletzt erschien von ihm auf deutsch »Das etruskische Ritual«.

Valerio M. Manfredi

Das Standbild der Athene

Roman

Aus dem Italienischen von
Peter Klöss

Piper München Zürich

Von Valerio M. Manfredi liegen in der Serie Piper vor:
Alexander. Der makedonische Prinz (3360)
Alexander. König von Asien (3361)
Alexander. Der Herrscher der Welt (3362)
Die Jagd nach dem Wüstengrab (3863)
Die letzte Legion (4148)
Talos, Sohn von Sparta (4166)
Das Standbild der Athene (4198)
Der Turm der Einsamkeit (4199)
Das Totenorakel (4200)

Ungekürzte Taschenbuchausgabe
Mai 2004

Titel der italienischen Originalausgabe:
»Palladion«, Arnoldo Mondadori Editore S.p.A.,
Mailand 1985

Deutsche Erstausgabe: Heyne Verlag, München 2000

Umschlagkonzept: Büro Hamburg
Umschlaggestaltung: Büro Jorge Schmidt, München
Fotos Umschlagvorderseite: Corbis
(Hintergrundbild) und akg, Berlin (Statue)
Foto Umschlagrückseite: Raphael Gaillarde
Satz: Pinkuin Satz- und Datentechnik, Berlin
Druck und Bindung: Clausen & Bosse, Leck
Printed in Germany ISBN 3-492-24198-0

www.piper.de

We are not impotent – we pallid stones.
Not all of our power is gone …

Wir sind so machtlos nicht, wir bleichen Steine!
Nicht ganz ging unsere Macht dahin …

E. A. Poe

Für Christine

Das Palladion, das heiligste Abbild der Göttin Athene, kam vom Himmel, und König Laomedon stellte es auf dem Burgfelsen von Troja auf. Von dort stahl es Odysseus und schenkte es Kirke, der Zauberin. Telegonos, der Sohn des Helden und der Kirke, überließ es dann dem Latinus, der in der Stadt Lavinium einen Tempel für das Standbild errichtete. Andere dagegen behaupten, Äneas habe es den Griechen wieder abgenommen und auf seiner Flucht aus Troja mit nach Italien gebracht. Das Palladion vermag die Augen zu schließen und die Lanze zu bewegen, und daran erkennt man es, denn viele Städte rühmen sich, das echte Standbild zu besitzen.

Servius

VORGESCHICHTE

Der Mann war noch jung, kaum dreißig Jahre alt, er war groß und stämmig und hatte markante, einprägsame Gesichtszüge. Gewiß ein Fremder, denn in dieser Gegend hatte man ihn noch nie gesehen. Eine Zeitlang lief er am Flußufer auf und ab, und manchmal blieb er stehen und starrte auf den Strom. Mehrmals hatte er sich schon dem Tor der Werkstatt genähert, als ob er eintreten wollte. Doch dann war er wieder fortgegangen. Als es Zeit wurde, die Werkstatt zu schließen, legte der Steinmetz Hammer und Meißel aus der Hand und schickte sich zum Gehen an.

Plötzlich stand der junge Mann vor ihm.

Er hatte eine dunkle Hautfarbe und große, ausdrucksvolle Augen. Die schräg einfallenden Strahlen der Abendsonne betonten die Gesichtszüge und die nackten Arme.

»Bist du der Besitzer dieser Werkstatt?« fragte er.

»Ja, was gibt's?«

»Ich habe einen Auftrag für dich.«

»Wie du siehst, schließe ich gerade. Du bist doch schon länger hier, konntest du dich nicht früher entschließen hereinzuschauen?«

Der junge Mann antwortete nicht.

»Kannst du nicht morgen wiederkommen?«

»Nein, morgen muß ich fort ... ich reise ab. Und ich werde sehr lange fortbleiben.«

»Wenn das so ist ...« Der Steinmetz machte kehrt und schloß die Tür zur Werkstatt wieder auf.

»Also, was soll ich für dich anfertigen?«

»Eine Steinplatte mit einer Grabinschrift.«

»In den nächsten Tagen habe ich sehr viel zu tun.«

»Es eilt nicht.«

»Dann läßt es sich machen. Suche dir das Material aus und laß mir Text und Maße für die Platte da.«

Der junge Mann wählte weißen Marmor aus Luni, dann nahm er ein Stück Kreide und schrieb etwas auf die Arbeitsplatte der Werkbank.

»Hier«, sagte er, »dies ist der Text.«

Der Steinmetz glaubte, in der Stimme des anderen ein leichtes Zittern gehört zu haben. Er warf einen Blick auf den Text, dann sah er dem jungen Mann in die Augen. Sie strahlten hell und reglos, und eine unendliche Melancholie lag darin.

»Dein Sohn?«

Der Jüngling schüttelte den Kopf. Einen Augenblick lang trübte sich sein Blick.

»Mein Sohn? Nein«, sagte er. »Ich ... ich bin der Sohn.«

Der Steinmetz fragte nicht nach. Er war es gewöhnt, mit Leuten zu sprechen, die vor Schmerz wirres Zeug daherredeten.

»Wieviel bin ich schuldig?« fragte der junge Mann.

»Das hat keine Eile, du kannst bezahlen, wenn du die Tafel abholst.«

Doch der junge Mann bestand darauf. Er müsse wegen eines Auftrags in ein fremdes Land und wisse nicht genau, wann er zurückkäme. Der Steinmetz nahm das Geld.

»In acht, neun Tagen ist der Grabstein fertig«, sagte er.

»Zu gegebener Zeit wird jemand vorbeikommen und ihn abholen. Leb wohl.«

Der Fremde wandte sich zum Gehen und überquerte mit entschiedenem Schritt den Hof. Der Steinmetz schloß seine Werkstatt und das Tor ab und machte sich auf den Heimweg. Bevor er um die Ecke bog, drehte er sich noch einmal um.

Der andere stand noch immer am Flußufer, reglos wie ein Stein. Die Abendbrise zerzauste sein Haar und preßte den leichten Stoff seiner Kleider gegen die muskulösen Schultern.

Er blickte auf das Flußwasser, das unter ihm dahinströmte.

ERSTER TEIL

Moriar stando, contempturus
animam quam mihi febricula
eripiet una.

Aufrecht werde ich sterben, voller Verachtung für das Leben, das ein nichtiges Fieber mir entreißen kann.

Flavius Constantius Julianus
Römischer Kaiser

Alabanda, Kleinasien, im Jahre 574 nach der Gründung Roms, zur neunten Stunde der Kalenden des Monats Sextilis

Zenturio Publius Afranius hatte sich im Schutz der Stadtmauer unter einen Feigenbaum gelegt, um ein Schläfchen zu halten, als einer seiner Männer atemlos vom Lager her gerannt kam und ihn aufschreckte: »Zenturio! Ein Reiter ist angekommen, der dich unverzüglich sprechen will. Er sagt, er sei ein Bote des Senats.«

»Was? Ein Bote des Senats? Wo?«

»Unten, in der Wachstube, anscheinend ist es sehr eilig.«

Der Zenturio sprang auf, griff nach dem Helm, der an einem Ast des Feigenbaums hing, setzte ihn schwungvoll auf und folgte dem Legionär so rasch es ging. Als er vor der Wachstube ankam, hielt er einen Augenblick lang inne, um seine Kleidung in Ordnung zu bringen. Dann warf er einen raschen Blick auf das verschwitzte, von Fliegen bedeckte Pferd und trat ein.

Durch die Tür fiel ein Lichtstrahl auf einen jungen Offizier der Reiterei. Seine Augen waren gerötet, Haar und Bart staubbedeckt. Auf dem ledernen Brustpanzer funkelten die Rangabzeichen eines Militärtribuns. Publius Afranius stand stramm und grüßte: »Ave, ich bin der Garnisonskommandant, Zenturio Publius Afranius, fünfte Kohorte, sechste Legion, ich stehe dir zu Diensten.«

»Ich habe eine dringende Botschaft des Senats an den Konsul«, erwiderte der Offizier knapp. »Wo hält er sich auf?«

»Ich weiß es nicht, man hat mich darüber nicht unterrichtet, aber wir haben Befehl erhalten, den jüngst eingetroffenen Nachschub nach Termessos zu schicken. Dort wird man dir sagen können, wo genau der Konsul und das Heer sich aufhalten. Hier bist du jedenfalls falsch, und ich frage mich, welcher Dummkopf dich zu uns geschickt hat. Du hättest der Straße folgen müssen, die nach Tabai und weiter nach Kibyra führt.«

»Das hätte zu lange gedauert«, entgegnete der Offizier. »Mir wurde nämlich gesagt, daß es hier in der Nähe eine Brücke über den Fluß Harpasos gibt und ich durch diese Abkürzung einen Tag früher in Tabai ankomme.«

»Schon«, antwortete der Zenturio kopfschüttelnd, »aber dann mußt du durch ein Gebiet, das von pisidischen Räubern und Galaterbanden heimgesucht wird, die aufgrund einer Hungersnot noch grausamer sind als sonst. Das war wirklich ein guter Rat! Wäre es nicht besser gewesen, du hättest dich eingeschifft und wärest über das Meer direkt nach Aspendos gefahren?«

Der Tribun zeigte einen Anflug von Ärger: »In den kilikischen Gewässern gibt es mehr Piraten als Fische, aber davon einmal abgesehen – natürlich hätte ich mich von einem Kriegsschiff dorthin bringen lassen, wenn ich gewußt hätte, daß der Konsul so weit vorgedrungen ist. Warum hat er das Operationsgebiet verlassen, das ihm vom Senat zugewiesen war?«

»Da fragst du mich zuviel«, antwortete der Zenturio, »ich habe Befehl von meinen Vorgesetzten, dieses verfluchte Loch zu halten, wo es nichts gibt außer Ziegen und Bremsen. Doch weil du schon einmal hier bist und den Konsul einholen mußt, werde ich dir eine Eskorte mitgeben, die dich bis zur Brücke geleitet. Dort triffst du wieder auf die Hauptstraße, die von uns kontrolliert wird.«

»Einverstanden, die Männer sollen sich fertigmachen. Gib mir ein frisches Pferd und Lebensmittel für zwei Tage, ich breche unverzüglich auf.«

Der Zenturio sah ihn erstaunt an. »Unverzüglich? Verzeih, aber das ist ein leichtsinniger Entschluß. Bevor ihr die Brücke erreicht hättet, würde euch die Dunkelheit überraschen und ihr müßtet die Nacht in gefährlichem Gebiet verbringen. Du solltest lieber ein Bad nehmen, essen, dich ausruhen und dann morgen früh bei Sonnenaufgang aufbrechen. Es war schon sehr unvorsichtig, daß du dich hierher ohne Eskorte vorgewagt hast.«

»Ich hatte eine Eskorte, zwei griechische Offiziere aus dem Heer von König Eumenes von Pergamon, doch das Pferd des einen wurde lahm, und der andere konnte nicht mit mir Schritt halten.«

»Die Griechen haben zu weiche Hintern«, grinste der Zenturio, »mit meinen Leuten wird es dir besser ergehen. Also, willst du es dir nicht noch einmal überlegen?«

»Mein Entschluß steht fest, Zenturio. Tu, wie ich dir gesagt habe, und während du die Eskorte zusammenstellst, werde ich gerne einen Bissen nehmen ... und ein Bad.«

»Der Brunnen ist draußen im Hof. Was das Essen betrifft, so gibt es Brot, Käse und hartgekochte Eier. Wein ist keiner da, der ist zu Essig geworden.«

»Das genügt vollkommen, Zenturio, aber es muß rasch gehen.«

Kurz darauf stand ein kleiner Trupp Reiter im Hof des Wachkorps bereit. Der Tribun nahm noch rasch eine Mahlzeit ein und ließ währenddessen den nackten Oberkörper von der Sonne trocknen.

Sobald der Offizier den letzten Bissen verschlungen und sich wieder angekleidet hatte, sprang er auf sein Pferd und gab das Signal zum Aufbruch.

»Einen Augenblick!« rief der Zenturio, der mit einer Wachstafel in der Hand herbeigelaufen kam, »die Quittung!«

Der Tribun drückte seinen Siegelring hinein, dann gab er dem gedrungenen Fuchs, den er gegen sein erschöpftes Pferd eingetauscht hatte, die Sporen.

In der Mitte des Hofes nahm Publius Afranius einen Moment lang Habtachtstellung ein. Gleichzeitig versuchte er, das Siegel auf der Wachstafel zu entziffern, und stellte fest, daß er das Pferd sowie acht Maß Getreide, drei Maß Mehl, zwei Maß Dörrfleisch und sechs Reiter der sechsten Schwadron einem gewissen Lucius Fonteius Hemina mitgegeben hatte, dem Sohn des Caius, Tribun der dritten Legion.

Der Zenturio nahm den Helm ab und kehrte unter seinen Feigenbaum zurück, doch inzwischen war jede Müdigkeit von ihm abgefallen.

Nachdem sie die Stadtmauer von Alabanda umritten hatte, schlug die Reiterschar den Weg ein, der in östlicher Richtung auf die Hügel zuführte. Zum Schutz vor der dichten Staubwolke, die von den Pferden aufgewirbelt wurde, banden sich die Männer ihre Tücher vor den Mund.

Je weiter sie vordrangen, desto rauher wurde die Landschaft ringsum, und die Strahlen der langsam auf das Meer herabsinkenden Sonne hoben die scharfen Kanten der Felsen hervor, die hier und da aus dem buckligen Gelände herausragten. Vor sich in der Ferne konnte der Tribun die violetten und purpurnen Gebirgszüge Lykiens erkennen. Als der Weg durch eine Schlucht führte, schwärmten die Männer der Eskorte aus und trieben ihre Tiere die Hänge hinauf, um den Abgesandten des Senats und Volkes von Rom gegen einen möglichen Hinterhalt zu schützen, zu dem der wilde Landstrich reichlich Gelegenheit bot.

Als er einen ausreichend hohen Hügelkamm erreicht hatte, zügelte Lucius Fonteius sein Pferd. Er rief den Eskortenführer zu sich, um ihren Standort zu bestimmen und das Gelände in Augenschein zu nehmen. Die Türme von Alabanda waren schon seit geraumer Zeit im Westen verschwunden, und die riesige Sonnenscheibe schien sich auf der welligen Weite der mysischen Landschaft schlafen zu legen. Für einen Augenblick vertrieb ein Windstoß den strengen Geruch der schweißglänzenden, geifernden Pferde.

Der Tribun deutete auf eine feine Staubwolke, die in großer Ferne über die Hochebene dahinzog und ab und zu von den Strahlen der erlöschenden Sonne entzündet wurde: »Räuber?« fragte er den Eskortenführer mit sorgenvollem Blick.

»Das glaube ich nicht, dafür bewegt sie sich zu langsam. Ich schätze, es handelt sich um eine Nomadenkarawane oder eine Viehherde, die von der Weide zurückkehrt.«

»Wo befinden wir uns jetzt, deiner Meinung nach?«

»Von hier aus läßt sich das schwer sagen, aber wenn wir diesen Kamm dort erreichen, bevor die Sonne am Horizont versinkt, werden wir es vielleicht erfahren. Siehst du den Felsspalt dort? Durch diesen Spalt fallen die letzten Sonnenstrahlen und bringen die Wasser des Harpasos zum Glitzern, so daß man den Fluß auch noch aus großer Entfernung sieht, obwohl die Landschaft ringsum schon in Dunkel getaucht ist.«

»Dann also rasch, laß uns keine Zeit verlieren.« Sie preschten den Hang hinunter, ritten durch ein kleines Tal und erklommen die nächste Steigung bis zum Kamm, wo ein tiefer Einschnitt im Fels noch Sonnenstrahlen hindurchließ. Sobald sie oben angelangt waren, gab der Eskortenführer dem Tribun Zeichen und deutete auf einen fernen Punkt am Horizont, wo noch für kurze Zeit ein silbernes Band schimmerte wie die schuppige Haut einer Schlange, die sich bei Einbruch der Nacht in ihr Versteck verkriecht.

»Das ist der Harpasos«, sagte der Eskortenführer,

»das bedeutet, daß es noch ungefähr fünfundzwanzig Meilen bis zur Brücke sind. Wenn wir hier oben eine Wache zurücklassen, könnten wir das Lager unten in dem Tal aufschlagen, das wir eben durchquert haben, und morgen früh vor Sonnenaufgang wieder aufbrechen.«

Gankenverloren streichelte der Tribun seinem Pferd den Hals. »Ich habe eine bessere Idee«, sagte er dann, »wir ruhen uns bis gegen Mitternacht aus, dann ziehen wir weiter. Diese Nacht ist Vollmond, der Himmel ist klar, so daß wir dem Pfad ohne Schwierigkeiten folgen können.«

»Aber Tribun«, wandte der Eskortenführer ein, »die Pferde sind am Ende ihrer Kräfte, und auch die Männer sind müde.«

»Euer Zenturio meint, die Griechen hätten einen weichen Hintern, aber wie ich sehe, verhält es sich bei euch nicht viel anders«, grinste der Offizier. »Ich muß unbedingt zum Konsul, und deshalb werde ich um Mitternacht wieder im Sattel sitzen. Ihr könnt tun und lassen, was ihr wollt.«

»Wie du willst«, antwortete der Eskortenführer, während er still in sich hinein fluchte, »du führst das Kommando.« Er riß sein Pferd herum und ritt zu seinen Leuten im Tal.

Am nächsten Morgen, als es schon hellichter Tag war, kam der Trupp in Sichtweite der Brücke über den Harpasos, die kaum mehr war als ein Holzsteg, der von einer Handvoll Legionäre bewacht wurde. Der Tribun drehte sich um und verabschiedete sich von seinen Reisegefährten: »Lebt wohl, Freunde, und … danke für eure Gesellschaft!« Mit einem bitteren Lächeln hob der Eskortenführer die Hand. Möge dich die Unterwelt verschlucken, dachte er bei sich, um ein Haar wären wir draufgegangen … uns mitten in der Nacht wie die Verrückten über diesen Ziegenpfad zu hetzen! Statt dessen sagte er laut: »Ich danke dir für den Spazierritt, Tribun. Gute Reise!«

Lucius Fonteius ritt zu dem Wachposten auf der anderen Seite der Brücke, wechselte das Pferd und machte sich auf den Weg nach Tabai. In der folgenden Nacht kam Kibyra in Sicht, das wenig mehr war als ein großes Dorf mit einem Wall aus rohem Gipsgestein. Ein schwüler Wind wirbelte Staubhosen von der Hochebene auf und trieb trockenes Gebüsch von ausgedörrten Hügeln durch die dunklen Gassen.

Den Mund mit dem Umhang bedeckend, ritt Lucius Fonteius im Schritt durch die Ortschaft. Schließlich gelangte er zur römischen Garnison, dem einzigen Gebäude, das vom Licht einer Laterne erleuchtet war. Er verbrachte eine unruhige Nacht auf einem übelriechenden Strohsack. Immer noch schmutzig und verschwitzt, da er sich nicht hatte waschen können, brach er bei Morgengrauen auf. Er durchquerte unwirtliche, hügelige Gegenden und hielt ab und zu an, um die Landkarte zu studieren, die ihm die griechischen Offiziere aus Smyrna mitgegeben hatten. Dann und wann sah er auf den glühenden Felswänden längs der Straße riesige, in Stein gehauene Figuren, Bildnisse alter Könige und Krieger, die unter der Glut der Sonne zerbröckelten.

An einem verlassenen Ort mitten auf der Hochebene machte er Rast und kauerte sich zwischen die Wurzeln einer einsam dastehenden Kiefer. Mit dem grünlichen Wasser aus einer spärlichen Quelle tränkte er das Pferd, er selbst trank lieber das warme Wasser aus seiner Flasche.

Im Osten zeichneten sich nun die schneebedeckten Gipfel des Taurus-Gebirges ab, und im Westen, am Horizont, der von dichtem Dunst verschleiert wurde, versank die Sonne blutrot. Als sie die scharfkantigen Bergspitzen berührte, schien es ihm fast, als würde die gigantische Kugel zerbersten und die Welt mit ihrer zinnoberroten Glut überschwemmen. Doch vielleicht wurde sein Geist auch nur in der Stunde, bevor der Schlaf kam, von einer feindlichen Gottheit aus diesen trostlosen Landen gepeinigt. Vollkommen erschöpft gelangte er in der folgenden Nacht vor die Tore von Termessos. Die Stadt, die sich die Hänge eines bewaldeten Tals hinaufzog, schimmerte weiß im Mondlicht. Die Wachsoldaten führten ihn auf den von Arkaden eingefaßten Hauptplatz, der von einem gewaltigen Tempel beherrscht wurde.

Die dunkelblau bemalten und mit purem Gold verzierten Säulen stützten ein imposantes Giebelfeld, in dem sich eine Vielzahl in Stein gehauener Götter und kraftvoller Helden tummelte; die Falten werfenden Gewänder der Figuren wurden vom Widerschein zweier Kohlenbecken, die auf Dreifüßen auf der Zugangstreppe glommen, leuchtendrot gefärbt. Im Gästehaus des Tempels ruhte der Legat der sechsten Legion, der hiesige Festungskommandant.

Lucius Fonteius ließ ihn aus dem Bett holen.

Der Legat genoß in jener Nacht die Gesellschaft der schönsten und erfahrensten Hetäre der Stadt, einer Frau, um deren Gunst die mächtigsten Männer Asiens buhlten und von der es hieß, sie habe einem berühmten Bildhauer der Stadt als Aphrodite Modell gestanden.

Nachdem der Legat sich aus den kundigen Armen gelöst hatte, ging er ins Atrium hinunter und stieß dabei sämtliche Verwünschungen aus, die er im Lauf eines langen Lagerlebens gelernt hatte. Dann stand er einem Mann gegenüber, der, schwankend und mit fiebrigem Blick, die Hand zum Gruß hob: »Ave, Legat, ich bin Lucius Fonteius Hemina, Tribun der dritten Legion. Auf Befehl des Senats muß ich unverzüglich zum Konsul. Wo hält er sich auf?«

Der Legat grinste: »Tribun, du hältst dich ja kaum noch auf den Beinen, es geht dir nicht gut. Ich lasse dir ein Bad und ein Bett bereiten, und unsere Unterhaltung setzen wir dann morgen fort.«

Aus einem Futteral, das er um den Hals trug, zog Lucius Fonteius eine Papyrusrolle und reichte sie dem Offizier. »Dieses Dekret«, sagte er, »gibt mir die Befugnis, dir, auch wenn du einen höheren Rang bekleidest, Befehle zu erteilen und dich abzusetzen, wenn du ihnen nicht Folge leistest. Zum letztenmal, wo ist der Konsul?«

Der Legat verstummte, nahm die Rolle und trat zum Lesen in den Schein einer Fackel, die einer seiner Legionäre in dem dunklen Atrium entzündet hatte.

»Also?« fragte der Tribun noch einmal.

»Gestern morgen war der Konsul auf der Straße nach Perge«, antwortete der Legat. »Falls er Syllion nicht schon erreicht hat, müßte er zur Stunde eigentlich nicht weit davon am Taurus-Fluß lagern, an der Straße, die zum Paß führt.«

Aschfahl im Gesicht sprang der Tribun auf. Er kramte in seinem Beutel, zog eine Landkarte hervor und breitete sie im Schein der Fackel aus.

»Hör mir gut zu, Legat«, sagte er, »ich muß wissen, ob auch nur die mindeste Aussicht besteht, den Konsul zu erreichen, bevor er Syllion erreicht.«

»Möglich wäre es«, erwiderte der Legat. »Der Konsul kann beschlossen haben, seinen Truppen in Perge eine Rast zu gönnen ... oder er hat Scherereien mit den Pisiden gehabt ... möglich auch, daß in diesem unebenen Gelände der Troß den Vormarsch der Fußtruppen aufgehalten hat ... oder ...« fuhr er, an den Fingern aufzählend, fort.

»Das genügt mir«, unterbrach ihn der Tribun, »ich werde mich jetzt eine Stunde ausruhen. Du sorgst unterdessen für ein frisches Pferd und bestimmst zwei Männer, die mich führen werden.« Der Legat nickte. »Und wenn dir etwas an deinem Rang liegt«, fügte Lucius Fonteius hinzu, »vergiß nicht, mich zu wecken.«

Dann folgte er dem Legionär, der ihn in sein Schlafgemach führte.

Der Legat verstand beim besten Willen weder die Eile noch den Grund, weshalb dieser Mann, der mit seinen Kräften fast am Ende war, sich mitten in der Nacht einen mörderischen Ritt zumutete. Es mußte etwas dahinterstecken. Deshalb wählte er seinen besten Kurier aus und trug ihm auf, den Konsul von dem seltsamen Besuch in Kenntnis zu setzen. Möglich, daß es sich um ein politisches Manöver handelte, ja, so mußte es sein, denn es drohten keine unmittelbaren Gefahren von außen, die ein dermaßen ungewöhnliches Vorgehen gerechtfertigt hätten. Doch weshalb gab man einem Militärtribun für die Übermittlung der Botschaft außerordentliche Vollmachten? Der Konsul würde ihm gewiß dankbar dafür sein, daß er ihn davon unterrichtete, und, wer weiß, vielleicht würde er sich daran erinnern, wenn sie eines Tages nach Rom zurückgekehrt waren. Und so kam es, daß, als Lucius Fonteius das Lager erreichte, das Feldherrenzelt hell erleuchtet war und Cnaeus Manlius Vulso, der Konsul, ihn höchstpersönlich auf der Schwelle erwartete, eingehüllt in den Feldherrenmantel und umgeben von zwölf Liktoren. Nachdem er vom Pferd gestiegen war, trat der Tribun auf den Konsul zu und hob die Hand zum Gruß: »Salve, Konsul«, sagte er, »ich bringe dir eine Botschaft des Senats.« Manlius Vulso musterte ihn von Kopf bis Fuß: »Eine reichlich wichtige Botschaft, muß ich wohl annehmen, wenn du dich so abgemüht hast, um sie mir zu überbringen.«

»So ist es«, antwortete der Tribun, »und glücklicherweise erreiche ich dich noch rechtzeitig.« Verwundert über den großen Aufwand mitten in der Nacht, ließ er den Blick nach rechts und links schweifen und fügte hinzu: »Es überrascht mich, dich zu dieser Stunde wach zu finden, hast du etwa wichtigen Besuch erwartet?«

»Den deinen«, entgegnete der Konsul trocken, während er ins Zelt trat und dem Tribun bedeutete, ihm zu folgen. Er bot ihm eine Sitzgelegenheit an und nahm selbst auf seinem kurulischen Stuhl Platz. »Ich höre, Tribun«, sagte er dann.

»Ich überbringe dir einen Befehl des Senats«, begann der Tribun etwas verlegen, »der dir gebietet, unter gar keinen Umständen den Taurus zu überschreiten, und ich danke den Göttern, daß ich gerade noch rechtzeitig eingetroffen bin, wenn ich nicht irre ...«

»Du irrst nicht, in der Tat«, erwiderte der Konsul. »Der Taurus liegt genau vor uns, weniger als einen Tagesmarsch entfernt, jenseits des Flusses, der hinter unserem Lager vorbeifließt. Und um aufrichtig zu sein, hatte ich die feste Absicht, schon morgen den Fluß zu überqueren und vor Einbruch der Nacht in Syllion zu sein.«

Der Tribun zog den Papyrus mit dem Senatsbefehl hervor und reichte ihn dem Konsul. »Hier steht geschrieben, daß du dein Vorhaben nicht ausführen kannst«, sagte er ohne Umschweife. Und während Manlius Vulso das Schriftstück überflog, beobachtete Lucius Fonteius dessen Gesichtszüge. Der Konsul drehte den Kopf zum Eingang, als lausche er den Rufen der Wachen, die sich zum drittenmal in dieser Nacht ablösten, dann wandte er sich wieder seinem Gast zu: »Hier steht, daß ich mein Vorhaben nicht ausführen kann, aber es steht nicht da, warum. Seit wann wird ein mit allen Machtbefugnissen ausgestatteter Konsul über die Gründe eines Befehls im unklaren gelassen? Doch wohl nicht etwa, weil sich hinter der Majestät des Senats politische Gegner und Intriganten verbergen? Ich kenne sie zur Genüge und fürchte sie wie giftige Schlangen.«

Er rollte das Dokument wieder zusammen, und in der vollkommenen Stille, die das Lager umgab, war das Rascheln des Papyrus deutlich zu hören. Lucius Fonteius war so müde, daß er sich der Ohnmacht nahe fühlte, bei jedem Lidschlag brannten ihm die Augen, als wären sie voller Sand. Doch es gab noch einen zweiten Teil der Botschaft, den er laut Befehl mündlich übermitteln sollte. Die Zeit dazu war nun gekommen ... danach konnte er sich ausruhen ... schlafen.

»Hör mir zu, Konsul«, sagte er, »viele Zeichen der Götter, die gegen deine Unternehmung sprechen, haben den Senat bewogen, das Delphische Orakel zu befragen, und dieses hat eine schreckliche Antwort gegeben ...«

»Das Delphische Orakel?« fragte der Konsul verblüfft.

»Ja, antwortete der Tribun, »und dies sind die genauen Worte des Gottes:

Exei gàr stratié polyfértatos obrymòthymos
Télothen èx Asìes hóthen anatolài helìou
Eisìn, kài diabàs steinòn pòron Hellèsponton
Tèn Ròmen kài Italìan porthèsei
Eàn tò Tàuron òron yperbàinete.«

Der Konsul unterbrach ihn spöttisch: »Du schmeichelst mir, Tribun, aber mein Griechisch ist nicht so gut, als daß es mir erlaubte, dermaßen schwierige und ausgefeilte Verse zu verstehen. Macht es dir etwas aus, sie mir in Latein zu sagen?«

»Das Orakel spricht vom Untergang Roms. Wenn unsere Heere die Grenze des Taurus überschreiten, wird eine gewaltige Heeresmacht über das Abendland herfallen und Italien vernichten ...«

Der Konsul sprang auf und schnitt ihm erneut das Wort ab. »Willst du mich auf den Arm nehmen?« rief er. »Wer in Rom kann so töricht sein, daß er nicht bemerkt, daß dies ein Manöver des Königs Antiochos von Syrien ist, um unsere Legionen am Fuß des Taurus aufzuhalten und zu retten, was von seinem Reich übriggeblieben ist? Falls es sich jedoch nicht um leichtgläubige

Torheit handelt«, fuhr er, mit großen Schritten das Zelt durchmessend, fort, »dann ist es Mißgunst gegenüber meinen Erfolgen, ein Manöver, um mir die Ehre eines großen Sieges zu entreißen, der, vergiß das nicht, Rom neue Territorien bringen würde, große Macht, ungeheure Reichtümer!«

»Niemand ist so leichtgläubig«, entgegnete der Tribun, »und deshalb haben die Senatoren in dem Verdacht, daß König Antiochos das Orakel vielleicht beeinflußt oder bestochen haben könnte, den Pontifex Maximus gebeten, die Sibyllinischen Bücher zu befragen ...«

»Und?«

»Die Antwort war die gleiche: Unsere Heere dürfen den Taurus nicht überschreiten, sonst wird eine Katastrophe über Rom hereinbrechen, von der man sich nie wieder erholen wird.«

Bei diesen Worten hielt Manlius Vulso plötzlich inne und blieb reglos in der Mitte des Zelts stehen. »Ich glaube nicht an Orakel«, sagte er. »Wir haben Hannibal besiegt, Philipp von Makedonien gedemütigt, den König von Syrien vernichtet. Welches Heer der Welt könnte heute noch die Macht Roms bedrohen? Die Schwachen oder die Besiegten verschanzen sich hinter den Orakeln und rütteln an Götterstatuen in der Hoffnung, uns Angst einzujagen, uns, die wir keine menschlichen Mächte mehr fürchten.«

Der Tribun stand auf und trat zum Konsul, er redete auf ihn ein und versuchte den stolzen Mann zu überzeugen, aber im Innern spürte er bereits, daß all seine Anstrengungen vergebens gewesen waren. »Hör zu, Cnaeus Manlius, andere vor dir haben die Zeichen der Götter mit Verachtung gestraft und teuer dafür bezahlt ... denk nur an Konsul Flaminius, der mit all seinen Männern am Trasimenischen See umkam ...«

»Flaminius war unfähig!«

»Mag sein ... aber glaubst du, daß unsere Macht ewig

währen kann? Wenn du dich nach allen Himmelsrichtungen umsiehst, wirst du kein Heer sehen, das unsere Legionen herausfordern könnte ... Aber hältst du dich für größer als Kyros und Alexander? Auch sie hielten sich für die Herren der Welt, und heute sind sie Staub. Auch sie waren ganz plötzlich aus dem Nichts aufgetaucht, um ihre Feinde zu vernichten ...« Mit entschlossener Miene sah Manlius Vulso sein Gegenüber an. »Deine Augen sind glasig«, sagte er eisig, »du bist außer dir vor Müdigkeit, und deshalb werde ich so tun, als hätte ich deine anmaßenden Worte nicht gehört. Du hast deine Mission erfüllt und mir die Botschaft des Senats überbracht. Damit ist es genug. Geh jetzt schlafen, der Morgen ist nicht mehr fern.« Er rief eine Wache und ließ den Tribun in seine Unterkunft bringen, ein Zelt nahe dem Quartier der pergamenischen Reiterei. Lucius Fonteius, der all seiner Tatkraft beraubt war, ließ sich auf das Feldbett sinken und fiel sofort in einen Schlaf, der so tief war wie der Tod.

Das Licht im Feldherrenzelt in der Mitte des Lagers war gelöscht, doch Konsul Vulso legte sich noch nicht schlafen. Nachdem er den Mantel auf einem Hocker abgelegt hatte, trat er nur mit der kurzen Militärtunika bekleidet aus dem Zelt. Langsam folgte er der Lagerstraße bis zum Osttor. Vor ihm erhob sich das mächtige Bollwerk des Taurus, und aus dem Talgrund ließ sich das Gurgeln des Flusses vernehmen, der zwischen dichtem Weidengebüsch dahinfloß.

Plötzlich zuckten über den Berggipfeln Blitze auf, wie Alpträume auf der Stirn eines Giganten. Der Konsul hob den Blick. »Wetterleuchten«, sagte er zu sich, »dann wird es nicht regnen.«

Lucius Fonteius erwachte erst, als es schon lange Tag war. Die Äste einer großen Pappel hatten sein Zelt vor der Sonne geschützt, so daß sich die Kühle der Nacht darin gehalten hatte. Er horchte auf das Zirpen der Zikaden und das Gezwitscher der Spatzen, sonst drang kein Geräusch von draußen an sein Ohr. Aber er hatte doch nicht an einem einsamen Ort geschlafen, sondern mitten in einem römischen Heerlager! Er schnallte den Gürtel um die Hüften und stürzte aus dem Zelt – das Lager war verlassen. Das war doch nicht möglich! Zwanzigtausend Mann und tausend Pferde waren aufgebrochen, ohne daß er aufgewacht war ... Und doch begann der Mist der Pferde und Maultiere bereits zu trocknen. Der Konsul hatte das Heer ohne Trommelwirbel und ohne Lärm genau in dem Augenblick in Bewegung gesetzt, als der Tribun im tiefsten Schlaf lag. Lucius Fonteius rannte zur Böschung und sah, daß die Spuren des Heeres zur Furt hinabführten und sich rasch im Flimmern der von der Sonne bereits stark aufgeheizten Luft verloren. Er fiel auf die Knie und preßte die Fäuste gegen die Stirn.

Wenige Schritt entfernt weidete sein Pferd gemächlich einen Mastixstrauch ab und vertrieb die Fliegen durch regelmäßiges Wedeln seines Schweifs. Der Tribun stand auf, ging zu dem Tier und strich ihm über Maul und Stirn.

Rom war fern ... jenseits der lykischen Berge, jenseits der verbrannten Steppen des öden Axylons, jenseits des großen Bittersees, jenseits der schneeweißen Salzwüste ... Rom wartete auf die hochmütige Antwort des Konsuls, auf sein Todesurteil.

Schmalen Tälern folgend, erklomm Lucius Fonteius die rauhen, kahlen Berge im Norden, ohne daß Mühen und Hunger ihm noch etwas anhaben konnten. Wie ein Gespenst ritt er zwischen Staubwirbeln hindurch über die Hochebene, langsam, getragen von seinem Pferd, das einer unsichtbaren Spur zu folgen schien. Er gelangte nach Synnada, Fontes Alandri, und von dort folgte er wieder dem Lauf der Sonne nach Westen. Als er an die

Mauern von Kallatebos kam, grüßten ihn die römischen Wachsoldaten mit: »Ave, Tribun.« Doch er hörte sie nicht, denn in seinen Ohren hallte nur das unaufhörliche, monotone Hufgetrappel seines Pferdes wider. Vier Tage später kam die Küste in Sicht, und ein Schiff, das von Smyrna aus in See stach, nahm ihn an Bord. Der Kapitän, ein Grieche aus Patara, versuchte mehrmals während der Überfahrt mit ihm zu sprechen, doch gelang es ihm nie, den Tribun in ein Gespräch zu verwikkeln. Nachts beobachtete er, wie sein Passagier stundenlang an Deck auf und ab ging. Als er ihn nach dreizehn Tagen in der Abenddämmerung an der Südmole von Ostia an Land setzte, fühlte er sich wie von einer Last befreit.

Es war noch hell genug, um bis nach Rom zu kommen, und deshalb rief der Tribun einen Schiffer an und bat ihn, er möge ihn in die Stadt bringen.

Ein günstiger Westwind blähte das Segel, und das Boot fuhr mühelos den Tiber hinauf.

Je deutlicher sich die Mauern und Dächer der Stadt gegen den Himmel abzeichneten, desto mehr spürte Lucius Fonteius die Last der Gedanken, die er in den letzten Tagen tief in seiner Seele eingeschlossen hatte. Was würden die Senatoren sagen und was der Pontifex Maximus, was würde mit der Stadt geschehen, über der jene düstere Weissagung lag?

Die Sonne war schon untergegangen, als das Boot in der Nähe des Herkules-Altars ans Ufer stieß. Der Tribun zog sein Geld aus der Tasche und bezahlte den Schiffer, dann sah er noch eine Weile zu, während dieser das Segel einholte und den Bug in Strömungsrichtung drehte. Der Schiffer war ein abgehärmter Alter mit weißem Bart, und in der Finsternis, die die Häuser umhüllte, schienen dem Tribun die Wasser des Flusses schwarz wie die des Acheron.

Er folgte dem Vicus Jugarius hinauf bis zum Kapitol,

wo die Tempel der Götter von Fackelschein erleuchtet wurden. Dort wandte er sich an einen der Diener, die gerade die Türen des Jupitertempels schlossen, und bat ihn, den Pontifex Maximus davon in Kenntnis zu setzen, daß Lucius Fonteius aus Asien eingetroffen sei und ihn dringend zu sprechen wünsche. Anschließend setzte er sich auf die Stufen des Tempelsockels und wartete. Der Stein war noch warm, tagsüber mußte es sehr heiß gewesen sein. Die nach Kiefern und Lorbeer duftende Brise bewegte leicht die Baumwipfel am Fuß des Hügels, langsam kam der Vollmond hinter dem Quirinal hervor und erleuchtete die Säulen und Statuen des Forums. Er hörte Schritte und sah den Pontifex und eine Handvoll Senatoren über die Via Sacra herannahen und schließlich hinter den Rednertribünen zum Vorschein kommen.

»Salve, Tribun«, begrüßte ihn der Pontifex, sobald er ihn erkannt hatte. »Als ich von deiner Ankunft hörte, ließ ich auch diejenigen Mitglieder des Senats benachrichtigen, die über deine Mission unterrichtet sind. Komm, gehen wir in den Tempel, dort können wir unbesorgt sprechen.«

Nach diesen Worten drückte der Pontifex das Tor auf und trat ein, gefolgt von den Senatoren.

»Wir sind dir dankbar, daß du uns so rasch hast benachrichtigen lassen, und warten gespannt auf deinen Bericht. Also, hast du den Konsul gesehen? Hast du ihm unsere Botschaft überbracht?«

»Ich habe ihn gesehen. Er hielt sich in Pisidien auf, jenseits von Termessos.«

»Und weiter?« fragte der Pontifex beunruhigt.

»Er wollte mir kein Gehör schenken. Cnaeus Manlius Vulso hat sein Heer gegen Syllion geführt und den Fluß überquert, der die Grenze zu Kilikien bildet. Ich muß annehmen, daß er die Straße eingeschlagen hat, die zum Paß führt.«

»Willst du damit sagen, daß du dir dessen nicht sicher bist?«

»Nachdem er meine Botschaft angehört hatte, entließ mich der Konsul. Ich war so müde, daß ich mich nicht mehr auf den Beinen halten konnte. Seit Tagen hatte ich nicht mehr geschlafen, und so sank ich in einen tiefen Schlaf, sobald ich mich niedergelegt hatte. Als ich erwachte, war es hellichter Tag, und das Heer war schon in aller Stille aufgebrochen, gewiß auf Befehl des Konsuls. Ich habe die Spuren gesehen, die zur Furt führten, nach Syllion hin. Ich hatte weder die Kraft noch den Mut, meinerseits dem Konsul über jene Grenze zu folgen, also machte ich mich unverzüglich wieder auf den Weg, um euch vom unglücklichen Ausgang meiner Mission zu berichten. Ich bitte euch, mir zu glauben, Patres conscripti«, fügte er, den fassungslos lauschenden Senatoren zugewandt, hinzu. »Ich habe nichts unversucht gelassen und meine Kräfte nicht geschont, um meinen Auftrag auszuführen. Jetzt wißt ihr Bescheid. Eure Aufgabe ist nun, die geeigneten Entscheidungen zu treffen, damit Stadt und Volk kein Übel widerfährt.«

Der Tribun verstummte und erhob sich. Der Pontifex betrachtete ihn. Lucius Fonteius war abgemagert und hatte eine trockene, gespannte Haut; das Licht der Tempellaternen verlieh seinem Blick einen wirren, manchmal fast unheimlichen Ausdruck.

»Du kannst gehen, Tribun«, sagte er, »du hast deinen Auftrag ausgeführt, und wir danken dir dafür. Nun müssen wir Vorkehrungen treffen ... geh, und mögen die Götter dir eine ruhige Nacht gewähren. Unsere wird es bestimmt nicht sein.«

Einige Augenblicke herrschte tiefes Schweigen zwischen den Säulen des Heiligtums. Die sechs Greise waren in Gedanken versunken und hörten nicht die langsamen, schweren Schritte von Lucius Fonteius Hemina, der den Tempel verließ, die Freitreppe hinabstieg und auf der Via Sacra rasch von der plötzlichen Finsternis verschluckt wurde, die eine dunkle Wolke vor dem Antlitz des Mondes hervorgerufen hatte.

Rom, im Jahre 575 nach der Gründung der Ewigen Stadt, zur zweiten Stunde der Iden des Februarius

»Soeben ist die Bestätigung eingetroffen«, sagte Quästor Furius Labeus, »damit sind alle Zweifel ausgeräumt: Die Streitmacht von Cnaeus Manlius Vulso wurde auf dem Rückweg in Thrakien angegriffen und hat schwere Verluste erlitten. Es ist unglaublich – unsere Legionen haben Antiochos von Syrien und die Galater besiegt, und nun soll eine Bande thrakischer Straßenräuber ihnen einen solchen Schlag versetzt haben.«

»Wo hat es sich zugetragen?« fragte der Pontifex Maximus.

»An einem Ort namens Steinoporìa im Chersonesos.«

Der Pontifex erbleichte, und auch die fünf Senatoren, die am frühen Morgen in seinem Haus zusammengekommen waren, sahen einander bestürzt an.

»Oh, ihr Götter im Himmel«, murmelte der Pontifex, »dies ist gewiß das Zeichen, die Warnung, daß sich das Orakel erfüllt. Die Prophezeiung lautete: ›kài diabàs steinòn pòron Hellèsponton …‹, und Vulsos Heer wurde an einem Ort namens Steinoporìa am Hellespont geschlagen. Kein Zweifel, es ist ein Zeichen, daß die Götter auf törichte Weise herausgefordert wurden. Und das ist nur der Anfang, Patres conscripti, wir müssen uns auf weit schlimmeres Unheil gefaßt machen.«

»Auch wenn das, was du sagst, wahr ist«, schaltete sich der Quästor ein, »ich habe nicht den Eindruck, daß wir den Kopf so sehr hängen lassen müssen … Irgend etwas müssen wir doch tun können. Und darüber hinaus können wir nicht gänzlich sicher sein, daß Manlius

Vulso wirklich den Taurus überschritten hat, solange wir nicht die Beauftragten des Senats im Gefolge des Asienheeres befragt haben.«

»Ich für meinen Teil hege keine Zweifel, leider«, erwiderte der Pontifex, »und deshalb denke ich, daß wir keine Zeit zu verlieren haben. Schon seit geraumer Zeit sind die furchtbarsten Prophezeiungen im Umlauf ...«

»Seit Konsul Acilius Glabrius vor drei Jahren die Gegend um den Athene-Tempel in Böotien verwüstet hat«, präzisierte einer der Senatoren.

»So ist es«, sagte der Pontifex, »und wir haben sogar die Möglichkeit in Betracht gezogen, daß jene Prophezeiungen vom Haß der Griechen und der Asiaten gegen uns diktiert waren. Aber wie ihr wißt, wurden sie durch die Sibyllinischen Sprüche bestätigt – die Bedrohung bleibt. Deshalb ist es unerläßlich, einen Sühneakt zu vollziehen, bevor sich Niedergeschlagenheit, oder, schlimmer noch, Panik breitmachen ... Seit undenklichen Zeiten ehrt die Stadt die Penaten, die unser Stammvater Äneas aus Troja mitführte, sowie das heilige Abbild der Athene im Tempel von Lavinium, das Palladion ...«

»Das Orakel des Apollon Smintheus«, fügte der älteste der Senatoren hinzu, »weissagte einst, daß die Römer ihre Stadt erhalten können, solange sie das vom Himmel gefallene Standbild der Göttin bewahren ...«

»Deshalb, Patres conscripti, ist es notwendig, so schnell wie möglich im Tempel von Lavinium Sühneriten zu zelebrieren und auch Vorsorgemaßnahmen für die Sicherheit des Tempels und des Palladions selbst zu treffen – solange die Statue nicht auf das Kapitol gebracht worden ist. Vergessen wir nicht, daß die Niedertracht der Menschen uns nicht weniger schaden kann als der Zorn der Götter. Das Schiff *Aquila*, das wir auf die erste Nachricht von der Niederlage des Konsuls hin nach Kleinasien ausgeschickt haben, um dem

Willen der Göttin zu entsprechen, müßte inzwischen mit seiner wertvollen Ladung die Heimreise angetreten haben. Was würde geschehen, wenn in einem Augenblick wie diesem das Palladion aus dem Tempel geraubt würde?«

»Aber das ist doch unmöglich«, wandte einer der Senatoren ein. »Es gibt sieben Abbilder der Göttin, und niemand außer dem Tempelpriester weiß, welches das echte Palladion ist.«

»Nichts ist unmöglich, wenn das Spiel um einen so hohen Einsatz geht«, entgegnete der Pontifex. »Deshalb meine ich, daß wir so rasch wie möglich Tribun Hemina nach Lavinium schicken sollten, damit er den Priester, der das Heiligtum bewacht, unterrichtet und für eine schlagkräftige Besatzung auf dem heiligen Gelände sorgt. Unterdessen werde ich selbst die Vorbereitungen für die notwendigen Sühneriten sowie für die feierliche Zeremonie anläßlich der bevorstehenden Rückkehr der *Aquila* veranlassen. Die Sibyllinischen Sprüche können nicht die Unwahrheit sagen, und die Niederlage unserer Streitmacht in Thrakien ist fast mit Gewißheit der Beweis dafür, daß Cnaeus Manlius Vulso die Taurusgrenze überschritten hat.«

Die fünf Senatoren erhoben sich und gingen, nachdem sie sich vor dem Pontifex verbeugt hatten, schweigend hinaus. Nur Quästor Furius Labeus blieb an der Tür stehen, als habe er noch etwas auf dem Herzen.

»Wolltest du noch etwas sagen, Quästor?« fragte der Pontifex.

»Ich will aufrichtig sein«, ergriff der Richter schroff das Wort, »auch wenn ich vielleicht gotteslästerlich erscheine. Ich bin mir keineswegs sicher, ob es wirklich Athenes Zorn ist, der die Stadt bedroht – was sicherlich Sühneriten rechtfertigen würde. Mein Eindruck ist vielmehr, daß es darum geht, dem Ansehen von Konsul Manlius Schaden zuzufügen, denn in jedem Fall steht er als derjenige da, der den göttlichen Zorn hervorgerufen hat.«

Der Pontifex Maximus erbleichte, aber der Quästor fuhr ohne mit der Wimper zu zucken fort. »Ich frage mich«, fügte er hinzu, »wem all das nützt, wem der Ruin des Konsuls Vorteile bringt. Ich kenne bereits die Antwort auf diese Frage, und du kennst sie auch, glaube ich, wo du doch so gut mit Publius Cornelius Scipio, genannt Africanus, befreundet bist. Dessen gewiß strahlender Ruhm wäre bei günstigem Ausgang der Unternehmungen des Konsuls in Asien Gefahr gelaufen, ein wenig von seinem Glanz zu verlieren. Nein, verehrter Pontifex, ich bin kein Frevler. Ich glaube an die Macht der Götter ebenso wie an die Heimtücke der Menschen. Wisse also, daß der Konsul Vulso in Rom wohl viele mächtige Feinde hat, aber auch viele Freunde ... und zwar Freunde, die zu allem entschlossen sind.« Er warf die Toga über die Schultern, ging hinaus und schlug die Tür hinter sich zu.

Lavinium, am Tag nach den Iden des Februarius, zur vierten Stunde nach Sonnenuntergang

Nachdem er sein Pferd angebunden hatte, überquerte Tribun Hemina den verlassenen Tempelhof, stieg die Freitreppe des Sockels hinauf und pochte an die Tür, doch niemand öffnete ihm. Er ging rechts um den Tempel herum zur Wohnung des Priesters, die im rückwärtigen Teil des Heiligtums lag. Er klopfte und bemerkte, daß die Tür offen war. Überrascht legte er die Hand an den Schwertgriff und blickte hinein: Im Innern war es dunkel, und er hatte Schwierigkeiten, sich zurechtzufinden. Er spitzte die Ohren, damit ihm nicht das leiseste Geräusch entging, doch er hörte nur das Pfeifen des Windes, der eisig aus Norden blies. Dann trat er ein.

Der Tribun rief, doch er erhielt keine Antwort. Durch

den Eingangsbereich gelangte er ins Atrium, das von einer Öllampe spärlich erhellt wurde. Möbel, Stühle, Gerätschaften – alles war an seinem Platz.

Er betrat den Gang, der auf die Rückwand des Tempels zuführte, und sah, daß durch eine angelehnte Tür am Ende des Gangs der matte Schein der Laternen im Innern des Tempels einsickerte. Er stieß das Türchen auf und trat ein, doch nachdem er einige Schritte zur Mitte des Heiligtums hin gemacht hatte, blieb er wie versteinert stehen: Auf dem Fußboden lag ein Mann. Lucius Fonteius kniete sich neben ihn und drehte ihn um – es war der Priester des Tempels!

Die starren Augen und die steifen Gliedmaßen deuteten darauf hin, daß der Priester bereits seit einigen Stunden tot war. Lange betrachtete der Tribun jene bläulichen Lippen, die ihr entsetzliches Geheimnis nie mehr preisgeben würden. Dann riß er sich los und dachte an das mächtige Idol, von dem in dieser kritischen Stunde dem Anschein nach die Rettung Roms und Italiens abhing. Instinktiv hob er den Blick zu den sieben Nischen, als hoffte er auf ein Zeichen, das ihm zeigte, welches der sieben steinernen Bildnisse das echte Standbild war, und erstarrte: Die Nischen waren leer. Keuchend lehnte er sich an eine Säule und versuchte, Ordnung in das Durcheinander seiner Gedanken zu bringen. Plötzlich hatte er eine Eingebung, er entzündete eine Fackel und begann Stück für Stück den Fußboden abzusuchen. Er fing bei dem Sockel an, der die sieben Nischen trug, und bemerkte Spuren im gelben Sand. Den Weg zurückgehend, den er bei seinem Eintreten gekommen war, folgte er den Spuren und gelangte in den rückwärtigen Hof. Mit der Fackel leuchtete er über den Boden und sah sich aufmerksam um. Ohne Zweifel hatte jemand an diesem Ort ein Loch gegraben und anschließend versucht, sorgfältig jede Spur zu tilgen.

Ein feiner Eisregen setzte ein, der die Fackel zischen

ließ und sie fast löschte, und in diesem Augenblick hörte der Tribun Schritte im Innern des Tempels und gleich darauf das Quietschen von Türangeln: Jemand floh durch die Vordertür. Er lief rechts um den Tempel herum und kam gerade rechtzeitig, um zu erkennen, wie der Schatten eines Pferdes hinter der Hofmauer hervorkam und die Straße nach Rom einschlug. Der Tribun rannte zu seinem Pferd, sprang auf und schlug ihm die Fersen in die Weichen. Das Tier wieherte und stampfte auf dem Pflaster vor dem Tempelsockel, dann galoppierte es die dunkle Straße entlang.

Lucius Fonteius Hemina beugte sich vor an den Hals seines Reittiers und versuchte, die Straße zu erkennen, während die Dunkelheit ringsum immer tiefer wurde und der Wind auffrischte. Rasch wurde aus dem Regen Schneegestöber, doch der Tribun zügelte sein Pferd nicht, er war fest entschlossen, den Unbekannten einzuholen.

Vor ihm bog die Straße nach rechts, danach ging sie wieder geradeaus zwischen zwei hohen, steilen Böschungen, die eine Flucht zur Seite, in die Wälder unmöglich machten. Hier würde er den anderen einholen. Er spornte sein Pferd noch mehr an und erreichte die Kurve mit zu hohem Tempo. Das Tier rutschte aus und fiel auf die Knie.

Mit schmerzerfülltem Wiehern rappelte es sich wieder auf, strauchelte, fiel erneut, galoppierte die Böschung hinunter und schleifte seinen Reiter hinter sich her. Stundenlang hörten die Bauern in den umliegenden Hütten Schreie, Hilferufe, ersticktes Wehklagen, doch niemand hatte den Mut, sich bei diesem Wetter in die Dunkelheit hinaus zu wagen, denn es war eine unglückverheißende Nacht, die von verhexten Schatten bevölkert wurde.

ZWEITER TEIL

Eine Nacht und einen Tag
habe ich in den Meereswogen zugebracht …

Paulus von Tarsus

Grottaferrata, Kloster San Nilo, im Jahr unseres Herrn 1071, um die siebte Stunde des 4. Februar

Theodoros von Phocäa hob den Kopf vom Schreibtisch und blickte durch das Fenster auf die tiefhängenden, grauen Wolken, die über die Albaner Berge zogen. Ach, der Himmel von Konstantinopel, dieser erhabene und ferne Himmel, der sich smaragdfarben und leuchtend rot über dem Goldenen Horn wölbte, über der Kuppel der Hagia Sophia. Nie würde er ihn wiedersehen, nie mehr ... Wunderbares Konstantinopel, verkommene, grausame Stadt, Stadt des Irrsinns, Gefangene der Intrige und der Lüge, strahlende Residenz der letzten Cäsaren ... blutrünstiges Monstrum. Rom war unter den Stiefelabsätzen der Barbaren erniedrigt worden, und dennoch war das Reich Gottes nicht über die Erde gekommen. Die Adler hatten sich von Kapitol und Tiber abgewandt und kreisten nun über dem Bosporus, doch sie hatten keinen Ort gefunden, an dem sie sich niederlassen konnten. Die Erben Konstantins des Großen waren grausame und korrupte Tyrannen, nicht besser als Nero und Caligula. Aus Feigheit hatten sie das Kreuz Jesu aufgerichtet, nicht aus Frömmigkeit, einzig aus der Hoffnung heraus, damit die kriegerischen Feinde zu bändigen. Erbarmungslos gegenüber den Schwachen, feige gegenüber den Starken, war ihre einzige Waffe das Gold, mit dem sie bestachen, Teufelszeug ... Nein, nie würde er die goldenen Kuppeln Konstantinopels wiedersehen, das vom Blut der Seinen befleckt war ... seines Vaters, den man mit glühendem Stahl geblendet hatte, seiner im Schlaf erstochenen Brüder. Verräter hatte man sie genannt, Freunde des römischen Papstes.

Patriarch Kerullarios hatte die Ostkirche aus der Autorität des römischen Pontifex gelöst, hatte sich gegen den Stuhl Petri aufgelehnt und über Exkommunikation, Kirchenbann und Interdikt nur höhnisch gelacht. Mit Mühe hatte Theodoros das eigene Leben gerettet, und jetzt war er aufgrund der Fürsprache des päpstlichen Legaten, des Kardinals von Silva Candida, in diesen heiligen Mauern aufgenommen worden. Würden ihm die Stille des Klosters, Arbeit, Gebet und Studium jemals Schlaf und Frieden wiederbringen? Würden die Gespenster verschwinden, würde sich das Dunkel lichten, in dem seine Gedanken gefangen waren?

Ein Rabenschwarm strich durch die schmale Fensteröffnung, der aschgraue Himmel hallte von ihrem Kreischen wider. Verwirrt blickte er sich um. Und doch war dieser heilige Ort so friedlich, gingen seine Brüder heiter ihren Pflichten nach: Igino von Celano, der die Kriegsgeschichte Prokopios' von Kaisareia übertrug, Anicetos von Kerkyra, der die Homilien Gregors von Nazianz mit gold- und purpurfarbenen Miniaturen versah, Arnaldo von Vetralla, der Strabos Geographie folgend eine Weltkarte mit den Buchten, Inseln und Halbinseln des Mittelmeers und des Äußeren Ozeans anfertigte, schließlich Nikephoros von Ioannina, der am anderen Ende des Grapheions an einem Lesepult stand und mit betrübter Miene eindringlich zu ihm herübersah. Nikephoros von Ioannina … ihm wollte er die tiefsten Geheimnisse seiner Seele anvertrauen. Mit ihm war es einfacher … er schien bereits vieles zu wissen.

Der alte Mönch verließ seinen Platz, ging durch den Saal und setzte sich neben ihn.

»Du hast deine Arbeit unterbrochen, Theodoros, ist etwas nicht in Ordnung?«

»Meine Seele ist traurig, Vater, und der Himmel ist so grau ...«

Als ob er nicht zugehört hätte, betrachtete Nikephoros die beiden Inkunabeln, die aufgeschlagen auf dem Schreibtisch lagen: »Die römische Geschichte des Polybios, XXII. Buch. Deine Transkription ist sehr schön, doch warum liegt dort auch Titus Livius?«

Theodoros wandte die feuchten Augen wieder dem Fenster zu. »Es schneit«, sagte er.

Langsam und spärlich rieselten die großen Flocken herab und legten sich als weiße Schicht auf das steinerne Fensterbrett.

»Er soll die Städte, Landgebiete, Dörfer und festen Plätze diesseits des Taurus räumen[3] ...«, las Nikephoros aus dem Text des Titus Livius vor. »Das sind die Bedingungen des Friedens von Apameia zwischen König Antiochos von Syrien und Konsul Manlius Vulso. Ist es nicht so?«

»Der Text ist verfälscht«, sagte Theodoros, ohne den Blick vom Fenster abzuwenden. »Lies die Anmerkungen hier am Seitenrand.«

Überrascht vom barschen Ton dieser Antwort fuhr Nikephoros zusammen und betrachtete die angegebene Stelle.

»Ich kann das nicht lesen«, sagte er, »die Schrift ist zu klein, und meine Augen sind nicht mehr die von einst.«

»Es handelt sich um eine Anmerkung des Kopisten: ›Ich weiß, daß dieser Text verfälscht und lückenhaft ist‹«, las Theodoros auf Lateinisch vor, »›weil ich einmal im Kloster von Subiaco die Geschichte des Polybios unter dem Titel der Könige gesehen habe.‹«

»Seltsame Worte. Was bedeuten sie deiner Meinung nach?«

Theodoros hob eine Seite der Inkunabel des Polybios an, so daß das Licht vom Fenster hindurchschien.

»Siehst du dieses Pergament?« fragte er. »Es wurde abgeschabt und neu beschrieben, der Text ist mit Sicherheit verfälscht. Da Livius in dieser Passage Polybios treu folgt, dachte ich, ich könnte bei dem lateinischen Autor die vollständige Version der Ereignisse finden, die auf der entsprechenden Seite des griechischen Schriftstellers fehlt. Aber diese Anmerkung beweist, daß auch Livius' Text verfälscht ist.«

»Das ist tatsächlich seltsam ... Was folgerst du daraus?«

»Das Problem ist nur zu lösen, wenn wir annehmen, daß der Text des Polybios, auf den die Anmerkung hinweist, sich von dem unterscheidet, den ich gerade kopiere ...« Je länger er seine Argumente vorbrachte, desto fester wurde Theodoros' Stimme, als würde er mit jedem Wort die Kontrolle über seine Gefühle und den Kontakt zur Wirklichkeit wiedergewinnen.

»Ein abgeschabtes und neu beschriebenes Blatt an sich besagt noch nicht viel. So etwas geschieht häufig, wie du weißt, besonders in Zeiten, in denen Mangel an Schreibmaterial herrscht. Man nimmt Pergament mit Transkriptionen von geringem Wert, schabt es ab und verwendet es wieder, indem man es in einen kostbaren Kodex einfügt, der sonst unvollendet bliebe.«

»Aber sieh genau hin«, beharrte Theodoros, »das abgeschabte Blatt sieht genauso aus wie die anderen und gehörte demnach schon immer zu diesem Band. Jemand muß den ursprünglichen Text ausgelöscht und das Blatt neu beschrieben haben.«

Schweigend betrachtete Nikephoros eine Seite nach der anderen. Schließlich schüttelte er den Kopf: »Wenn ich recht verstanden habe, meinst du, daß dein Band den ursprünglichen Text des Polybios enthielt und daß jemand ihn abgeschabt hat, um ihn nach seiner Vorstellung umzuschreiben. Ist es so?«

»Richtig! Und ich denke auch, daß ich in Subiaco die

Originalversion finden und unseren verfälschten und wahrscheinlich unvollständigen Text wieder zusammensetzen könnte, wodurch unsere Bibliothek ein wichtiges Werk in seiner ursprünglichen Form zurückerhalten würde.«

»Deine Überlegung wäre richtig, wenn sie nicht von einer reinen Vermutung ausginge«, wandte Nikephoros ein. »Eine Lüge oder eine Fälschung zu konstruieren erfordert einen triftigen Grund, ein Motiv ... und welches Motiv mag dein hypothetischer Fälscher wohl gehabt haben, um einen Text zu verändern, der längst vergangene Ereignisse schildert und die Politik seit Jahrhunderten untergegangener Mächte betrifft? Wer dieses Pergament abgeschabt hat, hat vor nicht allzu langer Zeit in diesen Mauern gelebt und es wahrscheinlich aus dem nichtigsten aller Gründe getan: Vielleicht hat er das Blatt beschmutzt oder die Tinte war schlecht und zu blaß. Was die Anmerkungen betrifft, bezieht sie sich womöglich nur auf geringfügige Abweichungen ... Deine Hypothese ergäbe nur dann einen Sinn, wenn die Fälschung nicht lange nach dem Tod des Autors selbst vorgenommen worden wäre.«

»Das mag sein, doch es bleibt die merkwürdige Tatsache, daß zwei Texte verschiedener Autoren genau an der Stelle verfälscht sind, wo sie über dieselben Ereignisse berichten. Vielleicht ist es uns möglich, das ältere Original zu konsultieren und herauszufinden, ob es einen stichhaltigen Grund für eine Fälschung gab oder ob das alles nur auf einen Zufall zurückzuführen ist, einen Irrtum, auf Unwissenheit ... vorausgesetzt, es lohnt die Mühe, sich über all das Gedanken zu machen.«

»Gewiß«, sagte Nikephoros. »Das Studium und die Beschäftigung sind dir nützlich, sie helfen dir, das erlittene Leid zu vergessen, sie stärken deinen Geist. Doch vorausgesetzt, er existiert – wie willst du diesen Text wiederfinden? Diese Umschreibung am Ende der Anmerkung, ›sub titulo regum‹, finde ich reichlich dubios.«

»›Unter dem Titel der Könige‹ ist offensichtlich ein Promemoria, das für den Autor der Anmerkung eine klare Bedeutung gehabt hat, uns jedoch im Dunkeln läßt. Vielleicht hatte der Kopist vor, zurückzukehren, um jenen Kodex einzusehen und ihn nach Grottaferrata zurückzubringen, und hat es deshalb nicht für nötig erachtet, einen deutlicheren Hinweis zu hinterlassen. Auch das wäre ein guter Grund für eine Reise nach Subiaco.«

»Vielleicht hast du recht«, gab Nikephoros zu, »doch erlaube mir, dich auf die Gefahr hinzuweisen, dieser Sache zu große Bedeutung beizumessen. Von vielen heidnischen Schriftstellern ist nicht mehr geblieben als der Name, und gewiß wären ihre Werke nicht verlorengegangen, wenn Gott es nicht so gewollt hätte. Das Wissen der Heiden hatte insofern Sinn und Wert, als es in einer Welt der Finsternis immer noch einen Funken göttlicher Einsicht darstellte. Doch dann kam das wahre Licht in die Welt, und nur dieses Lichtes bedarf unser Geist. Ich will dir eine Geschichte erzählen: Eines Nachts vor ungefähr zehn Jahren wurde unser Kloster von bewaffneten Banden geplündert, die, als sie weiterzogen, Trümmer und Zerstörung hinterließen. Ein alter Bruder von uns lief durch die dunklen Räume des Klosters auf der Suche nach einem Durchschlupf, um sich zu retten. Plötzlich sah er am Ende eines Gangs ein Licht und lief darauf zu. Leider war der Gang auf halbem Weg eingebrochen. Die Augen fest auf jenes trügerische Licht gerichtet, sah er den Abgrund nicht, der sich vor seinen Füßen auftat, er stürzte hinab und brach sich die Beine. Als wir ihn am Morgen fanden, atmete er noch, doch konnten wir nichts mehr für ihn tun ... Verstehst du, was ich dir sagen will?«

»Man hat mir die Aufgabe zugewiesen, den Text des

Polybios zu kopieren«, antwortete Theodoros und wandte den Blick erneut dem Fenster zu, »und dies beabsichtige ich zu tun ... nichts weiter.«

In diesem Augenblick drang das Läuten der Glocke zu ihnen, das zur Vesper rief. Die Mönche erhoben sich und gingen einer nach dem anderen zur Tür. Ganz langsam erlosch das Licht, der kurze Wintertag neigte sich seinem Ende zu. Im Nordwind, der um die Klostermauern fuhr, flackerten die Zypressen wie schwarze Flammen.

Kloster Subiaco, am 15. Februar, zur Stunde der Komplet

In der Gewißheit, daß der Text des Polybios sich hinter einem falschen Titel verbarg, hatte Theodoros in der Bibliothek und im Katalog sämtliche Titel gesucht, die in irgendeiner Weise von Königen handelten. Selbst in den *Vitae duodecim Caesarum* des Sueton hatte er nachgesehen, obwohl es sich dabei um Kaiser und nicht um Könige handelte, doch nun wollte er seine Nachforschung enttäuscht beenden und nach Grottaferrata zurückkehren.

Mit den anderen Mönchen ging er in die Kirche hinunter, um das Stundengebet aufzusagen. Um den Mißerfolg seiner Nachforschungen zu rechtfertigen, verfluchte er heimlich die Ignoranz vieler Kopisten, die ihre Arbeit verrichteten, ohne zu wissen, was sie schrieben, doch kam er einfach nicht von dem Gedanken los, daß der Originalkodex des Polybios sich trotz allem irgendwo in diesen Mauern finden mußte. Wann würde er je wieder hierher zurückkehren können? Und würde ihm der Archimandrit von San Nilo noch einmal erlauben, das Kloster zu verlassen?

Unterdessen hatte der Abt das Responsorium ›Domine in adiutorium meum intende!‹ angestimmt, und die Mönche hatten im Chor geantwortet: »Domine ad adiuvandum me festina.« Danach wies der Abt den Psalm 22 an, und vom Chorgestühl dröhnten die tiefen Männerstimmen: »Deus meus, Deus meus, quare dereliquisti me?«

Theodoros fuhr aus seinen Gedanken auf, öffnete das Brevier und suchte die betreffende Stelle, um dem Gesang zu folgen, den er in Griechisch auswendig kannte, hier jedoch in Latein lesen mußte. Und so las er: »Psalm 22, ein Psalm von David« ... König David! Das einzige Werk, das er nicht überprüft hatte, war die Bibel.

Voller Ungeduld wartete er auf das Ende des Abendgebets, dann nahm er eine Laterne und kehrte in die Bibliothek zurück. In den beiden großen Eschenholzschränken gab es viele Bibeln, von denen einige prächtig mit Miniaturen versehen waren. Er nahm eine Leiter und suchte in den obersten und am schwersten zu erreichenden Regalen, wo der Staub auf den Bänden verriet, daß sie recht selten konsultiert wurden, und als er schließlich den Buchdeckel einer Vulgata des heiligen Hieronymus mit dem Buch der Könige aufschlug, las er auf einem großen Leinenblatt: *Polibiou Historiai.* Auch das übrige Buch bestand aus Leinen, es war ein liber linteus, das mit Sicherheit sehr alt war und hier und da Schimmel angesetzt hatte.

Er verschnürte den Buchdeckel wieder mit dem Lederriemen, stellte ihn an seinen Platz zurück und stieg mit dem Kodex hinunter. In seiner Zelle wickelte er den Band in ein Leintuch und versteckte ihn in seinem Quersack. Am nächsten Tag nach der Mette wurde er beim Abt vorstellig, dankte ihm für die Gastfreundschaft und für die Hilfe, die ihm bei einer Nachforschung zuteil geworden war, die sich leider als fruchtlos erwiesen hatte. Nachdem er verabschiedet und ihm eine Grußbotschaft für Archimandrit Demetrios übergeben worden war, machte er sich auf die Reise.

Es war noch dunkel, und jedesmal, wenn er an einer

Hütte vorbeikam, begannen die Hunde wie wild zu kläffen. Dann erloschen einer nach dem anderen die Sterne, und als nur noch der Morgenstern funkelnd wie ein Diamant über den Sabiner Bergen stand, hob ein Hahn seinen Gesang an, der von den nun von unendlich zartem Licht überzogenen Hügeln zurückgeworfen wurde. Ein anderer Hahn antwortete und noch einer, und plötzlich sah Theodoros vor sich auf dem Boden seinen scharf umrissenen, langen Schatten. Da wandte er sich zur Sonne um, die sich hinter den Bergen zeigte, schlug das Kreuzzeichen und murmelte ein Gebet. Dann drehte er sich wieder um und folgte raschen Schrittes seinem Weg.

Grottaferrata, Kloster San Nilo, am 17. Februar, nach der Vesper

Der uralte Kodex des Polybios erwies sich insgesamt als leserlich, nur an den Stellen, wo der Schimmel das Leinengewebe angegriffen hatte, war die zierliche protobyzantinische Handschrift undeutlich.

Schließlich gelangte Theodorus an die betreffende Stelle und begann zu lesen:

Als nun die Nachricht von der Niederlage des Konsuls in Thrakien in Rom eingetroffen war, verbreitete sich große Panik, denn man fürchtete, daß sich nun das Orakel bewahrheiten würde, das den Untergang Italiens und Roms voraussagte, wenn das Heer des Cnaeus Vulso die Taurusgrenze überschreiten sollte. Daraufhin wurde beschlossen, das Delphische Orakel zu befragen, um den Willen der Götter in dieser Angelegenheit zu erfahren, und dies war die Antwort:

»Eines Tages, wenn die stolze Stadt,
die sich am Fluß erstreckt, in eisigem Schweiß
vor Furcht erzittert, weil eine wahrhaft riesige Macht

von Osten sie bedroht, dann stellt,
o Unglückliche, auf dem hohen Felsen das heilige Palladion auf,
bewacht von den liebsten Helden der Göttin:
Odysseus, Meister der List, und der göttliche Tydide.«

Das Orakel rief große Bestürzung unter den Senatoren hervor, und deshalb wurde beschlossen, es nicht dem Volk bekannt zu geben, damit die Furcht nicht noch gesteigert würde; zugleich wurde versucht, die Bedeutung der Weissagung zu entschlüsseln. Es heißt, daß daraufhin ein gewisser Quintilius Rufus, der während des Krieges gegen Antiochos von Syrien Legat in Kleinasien gewesen war, behauptete, auf der Insel ... e...s in einem ... die Standbilder des Odysseus und des Diomedes gesehen zu haben, denen man die größten Wunderwerke zusprach, und daß sich das Orakel vielleicht auf diese beziehen könne.

Daraufhin wurde beschlossen, ein Schiff ... auszusenden und jene Statuen nach Rom zu bringen. Und tatsächlich hörte ich in dieser Sache eine Geschichte, die unglaublich ... aber da ich den Wahrheitsgehalt nicht ... konnte, werde ich sie wiedergeben, wie ich sie gehört habe. Das Schiff gelangte an den bezeichneten Ort, die Seeleute drangen nächtens in das Heiligtum ein und trugen die beiden Standbilder fort. Damit sie während der Reise keinen Schaden litten, nahmen sie ihnen die Lanzen und Schilde ab, die sie trugen ... Moment die Waffen ... glühend in ihren Händen ... Schrecken, ließen sie sie genau dort ins Meer fallen, wo das Vorgebirge ... sich ... gegen ... Italien in Sicht kam ... riß das Schiff in die Tiefe. Der Name des Schiffes lautete Aquila *... nur zwei Seeleute ... erzählten diese Begebenheiten.*

Unterdessen hatten sich der Pontifex maximus und einige Senatoren zum Tempel von Lavinium begeben, wo das Standbild zusammen mit sechs anderen Statuen der Göttin verwahrt wurde, damit keiner wisse, welches das wahre Palladion sei.

(Diese List wandten die Römer auch bei dem heiligen Schild an, der zur Zeit des Königs Numa vom Himmel gefallen war und dessen elf Nachbildungen Ancilla genannt wurden.) Von da an hieß es, daß das wahre Standbild im Allerheiligsten des Vesta-Tempels im Forum aufgestellt worden sei.

In der Folge geschahen weitere schreckliche Ereignisse: Es hieß, daß das Standbild des Jupiter Anxur in Terracina Blut ausschwitzte und daß plötzlich ein Erdbeben viele Häuser auf den Tiburtinischen Hügeln und in der Stadt Tibur selbst zum Einsturz brachte. Bei diesem Unglück kam auch Konsul Cnaeus Manlius Vulso ums Leben, nachdem er, allerdings gegen heftigen Widerstand von seiten vieler Senatoren und der Volkstribune, den Triumph über die Galater erlangt hatte. Tatsächlich warfen sie ihm vor, dem sibyllinischen Orakel zuwidergehandelt und das Heil des römischen Volkes aufs Spiel gesetzt zu haben …

Theodoros schlief unruhig und fuhr mehrmals mitten in der Nacht aus dem Schlaf auf. Das Geheimnis, das er niemandem enthüllt hatte, lastete auf ihm, er fühlte sich schuldig, weil er den Abt von Subiaco und seine Oberen angelogen hatte. Unablässig gingen ihm die drohenden Worte des Orakels durch den Sinn … War es das, was man geheimzuhalten versucht hatte? Die alten Bücher waren voll von derartigen Märchen, von Wundertaten und Zauberdingen, und doch hatte jemand gewollt, daß ausgerechnet diese Geschichte ausgelöscht wurde.

Beharrlich kehrten seine Gedanken zu dem sagenhaften Götzenbild zurück, dem man den Schutz Italiens und Roms zuschrieb. Wohin war es gekommen? Wenn das Orakel befohlen hatte, daß es auf dem Kapitol aufgestellt werden sollte – was sonst sollte ›der hohe Felsen‹ bedeuten? –, warum sprach Polybios das dann nicht aus? Was hatten die Senatoren und der Pontifex Maximus in Lavinium gefunden?

Die folgenden Tage verbrachte er ausschließlich damit, in der großen Klosterbibliothek nach Hinweisen auf die mysteriöse Gottheit zu forschen und jede Einzelheit, jeden Gedanken in einem Tagebuch zu notieren. Wie ein Gespenst sah er sie sich aus den Seiten des Servius erheben: »... *septem fuerent pignora quae imperium Romanum tenent: aius matris deum, quadriga fictilis Veientanorum, cineres Orestis, sceptrum Priami, velum Iliae, ancilia, PALLADIUM* ...«, und Hinweise fanden sich auch bei Strabo, Dionysios, Lykophron, Apollodoros, Vergil ... »*Schau um! Schon besetzt Tritonia Pallas die Zinnen oben der Burg, blitzt her aus Gewölk und dräut mit der Gorgo*«[4].

Unterdessen setzte er die Untersuchung seines Kodex fort und stellte sich häufig krank, um nicht zu den festgesetzten Stunden in den Chor hinuntergehen und mit den anderen Mönchen beten zu müssen. Eines Tages kündigte Archimandrit Demetrios der Gemeinschaft die Ankunft eines Bruders aus dem fernen Smyrna an, wohin dieser gereist war, um Stoffe für die heiligen Paramente zu erwerben, die im Kloster für die Liturgie benötigt wurden. Alle brannten darauf zu erfahren, was der Neuankömmling von seiner Reise zu erzählen hatte. Der Archimandrit gestattete deshalb, daß dieser während der abendlichen Speisung von der Reise erzählte und auf die Fragen seiner Brüder antwortete.

Der Mönch berichtete, daß in jenen Landen, die der päpstlichen Autorität verlorengegangen waren, seit Patriarch Kerullarios die Lösung der Byzantinischen Kirche von Rom verkündet hatte, die Feindseligkeit gegenüber den wahren Gläubigen und den Anhängern der römischen Kirche so heftig war, daß er manchmal sogar Mühe hatte, sich mit Nahrung zu versorgen. Glücklicherweise allerdings hatte ihm die Kenntnis der griechischen Sprache häufig gestattet, unerkannt zu bleiben und somit seinen Auftrag ohne größere Schwierigkeiten auszuführen. »Ihr werdet sehen, Brüder«, fügte er dann hinzu, »welch Wunderwerke diese Stoffe sind: Hemden aus Gold- und Silberfäden, welche nur die Weber von Trapezunt noch herzustellen vermögen, allerfeinstes, in Rhodos besticktes Leinen, Byssus aus Antiochia, wahre Wunderwerke.«

An diesem Punkt bat Arnaldo von Vetralla, einer der ältesten Mönche der Gemeinschaft, um das Wort: »Ich werde mir sehr gerne die Wunderwerke ansehen, von denen du sprichst, Bruder, doch möchte ich zunächst von dir wissen, ob das Schisma des Kerullarios auf überhaupt keinen Widerstand im Land des Kaisers von Konstantinopel gestoßen ist, ob also keine einzige Christengemeinschaft mehr übrig geblieben ist, die dem Stuhl Petri die Treue hält.«

»Leider nein, soweit ich das feststellen konnte«, antwortete der Gefragte. »Aber natürlich habe ich auch nicht das Landesinnere bereist und kann deshalb nicht wissen, ob nicht irgendwo noch eine Gemeinschaft wenigstens im Geist der römischen Kirche anhängt. Auf jeden Fall hat die Strafe Gottes für die Kirchenspaltung nicht lange auf sich warten lassen: Bei meiner Abreise erfuhr ich, daß Kaiser Romanos IV. Diogenes an einem Ort in Armenien namens Manzikert oder Malazgirta – ich erinnere mich nicht genau – von den Türken besiegt und gefangengenommen wurde. Ich kann euch sagen, daß alle darüber sehr bestürzt waren.«

Theodoros erschauerte und dachte: Barmherziger Gott, das Oströmische Reich ist besiegt worden! Das letzte Bollwerk der römischen Welt ist unter den Schlägen der Barbaren zusammengebrochen, und dieser alte Tor kommt daher und spricht zu uns über Stoffe und Stickereien! Erschüttert gab er sich seinen Gedanken hin. Der römische Kaiser gefangengenommen! Und die Horde marschierte unaufhaltsam gen Westen …

Eines Tages, wenn die stolze Stadt,
die sich am Fluß erstreckt, in eisigem Schweiß
vor Furcht erzittert, weil eine wahrhaft riesige Macht
von Osten sie bedroht …

Die Worte des Orakels schienen plötzlich vor ihm auf, als sähe er die Seite des Kodex aus Subiaco vor seinen Augen. Er kehrte in seine Zelle zurück und las erneut die Prophezeiung:

Dann stellt, o Unglückliche,
auf dem hohen Felsen das heilige Palladion auf …

Aber welche Gedanken beschlichen ihn da … verlor er etwa den Verstand? Die heidnischen Götter waren für immer vernichtet. Er versuchte zu schlafen, doch als hätte ein böser Dämon sich seines Geistes bemächtigt, konnte er keinen Frieden finden. Er wurde sich bewußt, daß alles an dem Tag angefangen hatte, an dem er jene Seiten entdeckt hatte, jenen verfluchten Text … Er konnte dieses Geheimnis nicht länger nur für sich behalten, er mußte es jemandem anvertrauen, die gefährliche Wißbegier aufgeben, die ihm keine Ruhe ließ. Er mußte den Trost des Gebets wiederfinden, den er inzwischen verloren hatte … seit wie lange schon?

Er stand auf und klopfte an die Tür zu Nikephoros' Zelle. Der Alte, der vor einer Ikone der Jungfrau kniete, drehte sich zu ihm um und hielt die Laterne hoch, die vor dem Bild brannte.

»Theodoros«, sagte er, »um diese Uhrzeit?«

»Vater, höre meine Beichte, denn ich habe gesündigt«, sagte Theodoros, während er zu seinen Füßen niederkniete.

»Du mußt eine schlimme Schuld auf dich geladen haben, daß du mitten in der Nacht Trost suchst und keinen Schlaf findest.«

Mit drei Fingern schlug er das Kreuzzeichen, dann setzte er sich auf einen Schemel und sagte: »Im Namen des Vaters, des Sohnes und des Heiligen Geistes. Ich höre dir zu, was bedrückt dich?«

»Bei meiner Rückkehr aus Subiaco habe ich alle angelogen, sogar dich. Der von dem Kopisten bezeichnete Kodex existiert, er war unter dem Titel der Könige in einer lateinischen Bibel versteckt. Ich habe ihn an mich genommen und hierhergebracht.«

»Deine Mühe galt der Instandsetzung eines großen Geschichtswerkes«, antwortete Nikephoros, »doch du hast schlecht daran getan, jenen Text unseren Brüdern in Subiaco zu entwenden. Bitte deshalb um die Erlaubnis, dorthin zurückzukehren, berichte dem Abt offen und ehrlich von deiner Entdeckung und bitte ihn um sein Einverständnis, den Text zur Transkription in unsere Bibliothek mitnehmen zu dürfen. Im Grunde entspringt deine Sünde deinem Ehrgeiz. Daß du allein diesen Text besaßest, hat dir das Gefühl gegeben, in diesem Augenblick der einzige auf der Welt zu sein, der von etwas wußte, das allen anderen unbekannt oder verborgen geblieben war. Auf der anderen Seite ist dies allerdings eine Illusion, denn es gibt nichts, was deinen Nachforschungen entgegenstünde, also könnte ich dir sagen, daß du ohne Veranlassung gesündigt hast ...«

Der Alte unterbrach seine Rede, als wollte er eine Antwort provozieren. Es war offensichtlich, daß er erfahren wollte, was in jenem versteckten Text geschrieben stand, und so sagte Theodoros es ihm. Als würde er sie ihm vorlesen, rezitierte er die verlorengegangene Passage, die Worte des Orakels. Als er geendet hatte, verharrte der Beichtvater lange in Schweigen.

»Ich begreife nicht, was dich quält«, sagte er schließlich. »Du bist mit den Texten der heidnischen Autoren vertraut und hast derartige Seiten sicherlich schon oft gelesen. Wenn man es recht bedenkt, rechtfertigt nicht einmal der Ehrgeiz deine Tat. Auf jenen Seiten gibt es nichts, was den Fähigkeiten des Intellekts schmeichelte, wie es manchmal demjenigen widerfahren kann, der über Medizin oder Alchimie liest und dadurch dem Irrglauben verfällt, die Gesetze verändern zu können, die Mensch und Natur regieren. Und wenn dir das etwas nützt, werde ich mich vor dir erniedrigen und dir meinerseits beichten, daß ich jene Versuchung verspürt habe, als ich vor vielen Jahren die Schriften von Maria der Jüdin und Zosimos von Panopolis gelesen habe.«

»Auch ich«, erwiderte Theodoros, »auch ich habe mir das tausendmal gesagt, aber vergeblich. Warum kann ich dann an nichts anderes denken als an dieses Idol und an die ungeheure Macht, die unsere Vorfahren ihm beimaßen? Warum sind mir heute abend, als ich durch den Mönch von der Vernichtung des kaiserlichen Heeres durch die Türken erfuhr, plötzlich die Worte des Orakels in den Sinn gekommen? Warum sind diese Worte aus dem Dunkel jahrhundertelangen Vergessens ausgerechnet in diesem Augenblick wieder aufgetaucht, jetzt, da eine Horde ungläubiger und ruchloser Barbaren unaufhaltsam aus dem Osten gen Westen marschiert und die letzten Reste der römischen Macht niederreißt? Und welche Kraft verbirgt sich auf jenen Seiten, wenn schon einmal jemand versucht hat, sich von dieser Zwangsvorstellung zu befreien, indem er sie vernichtet, vom Pergament geschabt hat? Und warum hat ein anderer sie versteckt, damit niemand sie mehr wiederfinde, und doch nicht gewagt, sie zu zerstören?«

Je länger die Worte aus seinem Mund sprudelten, desto mehr veränderte sich Theodoros, die Augen weiteten sich, und die riesigen Pupillen wirkten wie aufgerissene Fenster, die Einblick in die Finsternis seiner Seele gewährten. Seine Hände zitterten, und der Schmerz grub tiefe Falten in die schweißbedeckte Stirn. Voller Sorge schlug Nikephoros die Hände vors Gesicht. »Gott der Allmächtige möge sich deiner erbarmen«, sagte er, »denn du hast den Verstand verloren, und dein Glaube wankt oder ist bereits von dir gewichen. Rom brach unter der Last seiner Sünden zusammen und weil das Blut der Märtyrer auf die Stadt zurückfiel wie das Blut Christi auf die Juden. Das weltliche Babylon wurde vernichtet, damit der Gottesstaat entstehe. Haben die Häuptlinge und Könige der Barbaren etwa nicht das Haupt vor den Nachfolgern Petri gebeugt? Und erkennst du im Untergang des Despoten aus Konstantinopel nicht die Strafe Gottes gegen jene, die die Autorität seines Stellvertreters geleugnet haben? Auf die vielen törichten Fragen, die du mir stellst, könnte ich dir antworten, daß dir jene Seiten durch Zufall unter die Augen kamen, aber da dein Geist so sehr verwirrt ist, sage ich dir, daß die Macht des Bösen groß ist. Jahrtausendelang herrschte es über die Welt und verhüllte sein abstoßendes Antlitz hinter den Bildnissen der falschen Götter, und Gott ließ es zu, daß das Böse Wunder vollbrachte und die von Sünde umnachtete Menschheit verwirrte. Genauso sollte der Sohn, der wie eine blutige Standarte auf dem Hügel der Schande, auf dem Schafott der Übeltäter aufgerichtet wurde, Satan verwirren, die Ordnung der Welt umkehren, die Demütigen emporheben und die Hochmütigen zu Fall bringen, die Ketten des Todes sprengen. Er, der Logos, der am Anfang war, der bei Gott war, der Gott war! Für die Blinden, die in der Finsternis lebten und Ihn nicht erkannten, wird es vielleicht Gnade geben, denn für sie bat Er um Gnade, als Er den letzten Atemzug tat. Doch wird es keine Gnade geben für den, der Ihn erkannt und verleugnet hat, der Satans Werben Gehör geschenkt hat. Nimm dich in acht! Der Dämon, der sich wie eine giftige Schlange zwischen diesen Seiten eingenistet hat, hat dich gebissen, du bist in der Gewalt des Deliriums und fantasierst. Nimm dich in acht, denn deine Seele hat sich verirrt! Warnt dich etwa nicht der Apostel, wachsam zu sein, weil das Böse unter uns ist: ›Sicut leo rugens quaerens quem devoret‹?«

Theodoros hatte den Blick gesenkt, Tränen standen ihm in den Augen. »Aber der Höchste hat dich nicht verlassen«, fuhr Nikephoros fort und hob die Ikone in die Höhe, die an seinem Hals hing. »Er hat dir eingegeben, Seine Vergebung zu suchen, und vielleicht ... vielleicht sollst du das Instrument Seiner Barmherzigkeit sein. Geh, Sohn, geh hin und zerstöre dieses Buch. Verbrenne es, damit es nicht andere straucheln läßt, und dann reise ab, gehe nach Rom und bete an den Gräbern der Märtyrer, der heiligen Apostel Peter und Paul, wirf dich vor ihren Gräbern zu Boden und bitte um Vergebung und Licht. Wenn du dies getan hast, kehre zu mir zurück, und ich werde dich von deinen Sünden freisprechen.«

Nachdem er geendet hatte, zeichnete er das Kreuz auf Stirn und Brust des Beichtenden, dann drehte er ihm den Rücken zu, kniete erneut vor dem Bildnis der Jungfrau nieder und versank ins Gebet.

Theodoros stand auf und verharrte einen Augenblick lang. Seine Augen waren jetzt trocken, doch starr und kalt wie jene der Heiligen oder der Dämonen auf den Mosaiken der Kirche.

Nikephoros drehte sich zu ihm um, Theodoros zuckte kaum merklich zusammen und verschwand im Dunkel des Korridors.

In den nächsten beiden Tagen arbeitete er mit den Brüdern weiter im Grapheion, am dritten Tag dann machte er sich zur Abreise fertig und schlug die Via Tuscolana ein. Es war ein klarer Morgen, und in der Ferne sah man die Ewige Stadt, die von den gewaltigen Überresten der antiken Macht beherrscht und von den Türmen ihrer Basiliken bewacht wurde; wie ein silbernes Diadem faßte der große Fluß ihr Antlitz ein. Doch schon bald verließ Theodoros die Straße, die er eingeschlagen hatte, und ging durch die Felder zu seiner Linken, bis er zur Via Appia gelangte.

Nicht die Gräber der Märtyrer und Apostel riefen ihn, er folgte einer anderen Spur. Ohne sich dagegen aufzubäumen, folgte er nun der bösen Kraft, die ihm Schlaf und Frieden genommen hatte.

Jenseits der Via Appia, zum Meer hin, gab es einen Ort, von dem er bei Dionysos von Halikarnassos und in den verlorenengegangenen Seiten des Polybios gelesen hatte ... dorthin wollte er sich begeben

Drei Tage später kehrte er ins Kloster zurück, fiebernd, abgemagert, ein irres Leuchten in den von dunklen Ringen umrahmten Augen. Er sagte, er fühle sich nicht wohl, und bat um Erlaubnis, sich in seine Zelle zurückziehen zu dürfen.

In der Dämmerung des folgenden Tages ging er nicht zur Mette in die Kirche hinunter, und Nikephoros' Blick verweilte lange auf dem leer gebliebenen Platz. Als der Gottesdienst zu Ende war, ging er hinauf in Theodoros' Zelle und klopfte, erhielt jedoch keine Antwort. Daraufhin öffnete er die Tür und sah den anderen auf dem Boden sitzend, mit dem Rücken an die Wand gelehnt, die Augen aufgerissen, tot.

Nikephoros kniete nieder. Er faltete die Hände, beugte das weiße Haupt und betete: »Herr, o Herr, habe Erbarmen mit deinem Sohn Theodoros, der in der Hand des Teufels gestorben ist, und habe Erbarmen mit uns ...«

Dann trat er zu der Leiche und schloß mit Mühe die starren Lider.

Er blickte sich um und suchte das, was mit Sicherheit die Ursache des Todes gewesen war, aber die Zelle war leer. Voller Sorge sah er überall nach, benutzte dazu das Licht der Laterne, die noch im Betstuhl brannte, suchte sogar unter dem Bett, doch er fand nichts. Der einzige

Ort, an dem er nicht nachsah, war die Stelle hinter der Leiche, und dort, an der Wand, bemerkten seine Brüder später, als sie den Leichnam für die Beisetzung abholten, ein seltsames Zeichen und unter dem leblosen Körper viele erstarrte Wachstropfen.

Doch Nikephoros hatte den Raum bereits verlassen und sollte ihn nie mehr betreten.

In der gleichen Nacht stellte er mit Schrecken fest, daß er ohne es zu bemerken das Beichtgeheimnis verletzt hatte: Er hatte jene Zelle durchsucht, weil er etwas wußte, und er wußte es, weil sein unglücklicher Bruder ihm sein Geheimnis unter dem heiligen Schweigegelübde anvertraut hatte. Auf dem Boden seiner Zelle liegend, verbrachte er weinend die Nacht, und am nächsten Tag beichtete er dem Archimandriten Demetrios seine Schuld.

Verzehrt von Reue, verfiel er nun rasch, mit jedem Tag mehr, und bitterlich weinend verstarb er in der Nacht auf Karfreitag in Demetrios' Armen. So war nun der alte Patriarch der einzige, der um das Geheimnis wußte, das zwei seiner Brüder getötet hatte. Er ließ Theodoros' Zelle leeren, die siebte im ersten Korridor, und während die Laienbrüder sich anschickten, den Strohsack zu verbrennen, bemerkte er darin ein Bündel Blätter. Er öffnete es und las: »Theodoros von Phocäa schrieb diese Seiten, damit weder sein Name vergessen werde noch die Begebenheit, die seinen Tod herbeiführte ...« – es war ein Tagebuch, in dem Theodoros die letzten Tage seines Wahnsinns festgehalten hatte.

Demetrios entriß das Bündel dem Feuer und schloß es im Geheimarchiv der Abtei ein, wo es versteckt blieb und unzugänglich.

Dritter Teil

Der sechste Engel goß seine Schale
aus über den großen Euphratstrom;
da vertrocknete dessen Wasser,
damit der Weg gebahnt würde
für die Könige vom Sonnenaufgang her.

Offenbarung XVI, 12

1.

Torre Rossa bei Rom, 10. Juni, 16 Uhr

»Herr Professor, kommen Sie heraus, die Leute vom Fernsehen sind da, die das Interview mit Ihnen machen wollen«, sagte ein Helfer, der sich über den Rand der Ausgrabung beugte.

»Die haben mir gerade noch gefehlt ... Nanu, wo sind sie denn ...«

Mit einer Zigarette im Mund und einer Tonscherbe in der Rechten kam der Archäologe aus der Grabungsstelle zum Vorschein, blickte jedoch in die falsche Richtung. Hinter ihm wartete in geringer Entfernung eine kleine Schar, die mit tragbaren Fernsehkameras, Stativen, Scheinwerfern und Tonbandgerät bewaffnet war. Sie wurde von einem Herrn in den Fünfzigern angeführt, der eine Brille mit sehr dicken Gläsern trug und leicht verwirrt dreinblickte.

»Hier, Herr Professor, wo schauen Sie denn hin!« insistierte der junge Mann.

Paolo Emilio Quintavalle, ein Mann weit in den Vierzigern, mit dichtem Schnurrbart und dichtem, schwarzem Haar, drehte sich, während er sein Hemd zuknöpfte, um und sprang aus dem Erdloch. Der Chef des Filmteams trat vor und reichte ihm mit breitem Lächeln die Hand.

»Sehr erfreut, Professore, ich heiße Biagini, Giorgio Biagini, vom Ersten. Wie ich Ihnen bereits gestern am Telefon gesagt habe, möchte ich Sie über Ihre jüngste Entdeckung interviewen.«

»Die Freude ist ganz meinerseits«, gab Quintavalle zurück, während er die Kippe seiner Zigarette fortwarf.

»Also, vielleicht könnten wir dann anfangen ... ich habe nämlich zu tun.«

»Aber gewiß, Professore, wir sind schon bereit.« Der Regisseur gab ein Zeichen, und die beiden Kameraleute brachten die Kameras in Stellung, während der mit Scheinwerfern beladene Beleuchter sich bemühte, die scharfen Schatten des Sommernachmittags aufzuhellen.

Als die zweitausend Watt starken Scheinwerfer aufflammten, mußte Quintavalle blinzeln, während sich das Objektiv auf sein klassisches Profil einstellte.

»Liebe Fernsehzuschauer«, begann die Stimme des Interviewers aus dem Off, »wir befinden uns mit unserem Team in der Nähe der antiken Stadt Lavinium. Die Legende besagt, daß Äneas auf seiner Flucht aus Troja hier landete und mit der Gründung dieser Stadt die lateinische Nation ins Leben rief. An diesem Ort nun ist Professor Quintavalle von der Universität Rom ein sensationeller Fund geglückt. Auf der Grundlage antiker Dokumente hat er nicht nur die genaue Stelle bestimmt, wo Äneas einst landete« – der zweite Kameramann zoomte den von der Bauspekulation zerstörten Strand von Torvaianica heran, so nah es ging –, »sondern auch das Grab des Helden selbst ausfindig gemacht und freigelegt. Nun, Professore«, fuhr Biagini fort und blickte in die zweite Kamera, »wären Sie so freundlich und erklären unseren Zuschauern, wie es zu diesem außergewöhnlichen Fund gekommen ist?«

»Also, ehrlich gesagt ...«, begann Quintavalle, während er sich eine Zigarette anzündete und eine dicke Rauchwolke in Richtung Kamera ausstieß, »ehrlich gesagt ist dies nicht das Grab des Äneas, sondern ein Grab aus der jüngeren Bronzezeit oder dem Beginn der Eisenzeit. Es handelt sich um ein Tumulusgrab, in dem die antiken Römer dasjenige des Äneas sahen und dem sie im vierten Jahrhundert einen Vorbau hinzufügten, um ihm monumentale Würde zu verleihen. In Wahrheit wissen wir nicht, wer der Krieger war, der Fürst, der in dem Tuffsteinsarkophag im Innern des Tumulus begraben wurde ...«

»Stop! Stop! Alles aus!« rief Biagini verstört seinen Leuten zu und wandte sich dann an Quintavalle: »Aber Professore, was soll das heißen? Das ist überhaupt nicht das Grab des Äneas? Aber ich dachte ...«

»Sehen Sie, lieber Biagetti ...«

»Biagini.«

»Entschuldigung. Also, Signor Biagini, ich habe nicht gesagt, daß dies das Grab des Äneas ist, sondern das, von dem die alten Römer glaubten, es wäre das Grab des Äneas.«

»Das ist aber ein ganz schöner Unterschied ...«, sagte Biagini fast zu sich selbst, »aber dann ...«

»Ist das Ganze eine Mogelpackung, meinen Sie.«

»Das nicht gerade, aber ...«

»Lieber Freund«, versuchte Quintavalle seinem am Boden zerstörten Gesprächspartner zu erklären, »angenommen – und daran bestehen einige Zweifel –, Äneas hätte wirklich gelebt, dann ist die Wahrscheinlichkeit, daß seine Überreste sich in diesem Grab befinden, gleich Null. Sehen Sie, wir sind von einer Stelle bei Dionysos von Halikarnassos ausgegangen, wo er den Heroon beziehungsweise das Grabmal des Äneas beschreibt. Auf dieser Grundlage haben wir das Grab lokalisiert und sind jetzt dabei, die Analyse des Komplexes abzuschließen. Die Bedeutung der Entdeckung ergibt sich aus dem Umstand, daß eine antike Quelle sich als glaubwürdig herausgestellt hat und darüber hinaus, wenn Sie so wollen, daß ein Monument zu Tage gefördert wurde, das für die antiken Römer einen enormen Symbolwert hatte und eine grundlegende Bedeutung für ihre Kultur und religiöse Tradition besaß. Alles andere ist unerheblich.«

»Also hat Äneas gar nichts damit zu tun«, sagte Biagini nunmehr ärgerlich.

»Himmel«, platzte es aus Quintavalle heraus, der kurz davor stand, die Fassung zu verlieren, »jahrhundertelang haben die Römer diesen Ort als Heiligtum des Ursprungs ihrer Nation verehrt. Genügt Ihnen das nicht?«

»Ihre Argumentation ist zweifellos richtig, Professore, aber sehen Sie, mir hat man gesagt ...«

»Ich habe verstanden, ich habe verstanden: Man hat Ihnen gesagt, das Grab des Äneas sei gefunden worden, und in gewissem Sinne stimmt das ja auch. Schauen Sie, niemand hat je den Beweis erbracht, daß das Heilige Grab tatsächlich das Grab Jesu Christi ist, und doch wurde es im Lauf der Jahrhunderte von Millionen Pilgern besucht, und zur Zeit der Kreuzzüge haben sich Zehntausende von Männern niedermetzeln lassen, um in seinen Besitz zu gelangen. So gesehen ist es unwichtig, ob in jenem Grab tatsächlich der Körper Christi bestattet wurde; wichtig ist nur, daß Abermillionen Menschen daran geglaubt haben, wichtig ist ihr Wille, in einem materiellen, konkreten Bauwerk eine Reliquie ihrer Religions- und Geistesgeschichte zu erkennen ... Ich weiß nicht, ob ich mich klar ausdrücke«, schloß er, wobei er ein letztes Mal an der heruntergebrannten Zigarette zog.

»Sie haben vollkommen recht«, erwiderte Biagini honigsüß, »und ich verstehe Ihre Argumentation. Aber könnten Sie mir nicht vielleicht freundlicherweise ein bißchen entgegenkommen? Sehen Sie, die Fernsehzuschauer würden eine derart – verzeihen Sie – subtile Differenzierung nicht besonders schätzen. Vielleicht könnten Sie sagen, daß ...«

»Tut mir leid, Biagini. Schauen Sie, in dieser Welt ist alles möglich, also ist es auch möglich, daß Äneas tatsächlich existiert hat, daß er in dieser Gegend an Land gegangen ist und daß seine Gebeine im Lauf der Jahrhunderte von einem Ort zum anderen gebracht wurden, bis sie in diesem Grab gelandet sind. Aber offengestanden halte ich diese Möglichkeit für nicht sehr wahrscheinlich. Wirklich, ich kann Ihnen nicht mehr sagen als das.« Als er den immer betrübteren Blick des Regisseurs bemerkte, fügte er noch hinzu: »Hören Sie, ich schwöre Ihnen, ich würde auch liebend gern glauben, daß sich in diesem Grab der Körper des Äneas befindet. Auch Archäologen haben ein Herz, was glauben Sie denn. Aber ich kann nicht. Seien Sie so freundlich und geben Sie sich damit zufrieden.«

Desillusioniert fand sich der Regisseur mit der schmerzlichen Verstümmelung dessen ab, was ihm als Glanznummer seines Berichts erschienen war, und begnügte sich mit einem nicht allzu fachspezifischen Interview, einigen Aufnahmen von den Grabungen sowie einer Beschreibung des kleinen Heroons. Dann, nachdem er seine Pflicht ohne große Begeisterung hinter sich gebracht hatte, zog er ab. Quintavalle kehrte zu den Ausgrabungen zurück, doch mittlerweile war es spät geworden. »Kinder«, sagte er zu den Studenten, »für heute machen wir Schluß. Morgen werdet ihr die Numerierung der letzten Funde und die fotografische Dokumentation der Stratigraphie vervollständigen. Anfang nächster Woche unternehmen wir einen letzten Versuch auf dem Hügel, bevor wir den Feldzug abbrechen, wir haben nämlich kein Geld mehr. Ich wünsche euch ein schönes Wochenende. Ach, ich vergaß: Am Montag soll diese amerikanische Archäologin zu uns stoßen, Elizabeth Allen. Frischt euer Englisch ein bißchen auf.«

»Die soll ja eine echte Schönheit sein, Herr Professor«, sagte der Assistent, der die Ankunft des Fernsehteams angekündigt hatte.

»Schadet ja nicht«, sagte der Archäologe und zwinkerte mit dem Auge, »schadet bestimmt nicht.«

Er ging zu seinem Wagen, der im Hof eines Landguts parkte, und machte sich auf den Weg nach Rom.

Das Abendlicht tauchte die Landschaft in Gold, und die Straße wand sich in sanften Kurven durch die bewaldeten Hügel. Seit Wochen schon nahm er diese Straße, wenn er von der Ausgrabung nach Hause fuhr, und es kam ihm so vor, als hätte er sie mit verbundenen Augen befahren können. Gegen sieben Uhr erreichte er den Autobahnring und schaltete das Radio ein, um Nachrichten zu hören. Der Sprecher las gerade die Auslandsnachrichten vor: massive Seemanöver im südlichen Mittelmeer, Artillerieduelle am Litani-Fluß, Panzerschlacht am Karun-Fluß.

Der Karun ... das ist der antike Choaspes, wenn ich mich nicht irre, dachte er bei sich, der ursprüngliche Name des Gewässers ist verlorengegangen ...

Um halb acht parkte er vor dem Haus – Rekordzeit bei diesem Verkehr.

Rom, 12. Juni, 23.15 Uhr

Paolo Quintavalle fand keinen Schlaf. Er wälzte sich im Bett herum und dachte an das, was er bei seinen Ausgrabungen entdeckt hatte. In etwas mehr als einem Monat hatte er außergewöhnliche Resultate erzielt, doch ausgerechnet jetzt, wo er die Früchte jahrelanger Arbeit hätte ernten können, mußte er aufhören. Der Etat seines Instituts war ausgeschöpft, und das primäre Ziel seiner Forschungen schien ihm nun, da er nur noch die Hand danach ausstrecken mußte, zu entgleiten. Die letzten Untersuchungen hatten Votivgegenstände zu Tage gefördert, also mußte ein Heiligtum in der Nähe sein. Vielleicht handelte es sich um den Tempel der Hausgötter von Troja, das bedeutendste Heiligtum der Latiner. Ja, zum Teufel, wenn das kleine Heroon die Stelle bezeichnete, an der die alten Römer das Grab des Äneas errichteten, konnte das Heiligtum nicht weit sein ...

Und dann diese ganze Publicity im Fernsehen! Den

Grabräubern mangelte es bestimmt nicht an Geld und Zeit. Sobald er die Grabungsstelle schloß, würde das Pack auf der Bildfläche erscheinen und mit diesen verdammten mechanischen Sonden den Boden löchern.

Vorsichtig, um seine Frau nicht zu wecken, stand er auf, setzte sich in sein Büro und zündete sich eine Zigarette an. Ihm war an jenem Nachmittag an der Grabungsstelle, bevor die Fernsehfritzen ihn ablenkten, etwas Seltsames aufgefallen. Bloß was, zum Donnerwetter ... Irgend etwas stimmte nicht mit der Stratigraphie ... es war ... aber ja, dieser gelbe Sand! Er hatte einen mehrere Quadratmeter großen Abschnitt aus gelbem Sand bemerkt, während das Terrain ringsumher nur aus roter Erde oder Tuffstein bestand. Und wenn es sich um den Aushub für die Tempelfundamente handelte? Oder vielleicht um ein heiliges Grab?

Er stöberte in seinen Papieren, fand die Zeichnungen, die Luftaufnahmen ... Himmel, der Ort war geeignet, es konnte nicht anders sein ... Es mußte etwas darunter sein, unter dem gelben Sand verbarg sich etwas!

Die Pendeluhr im Flur schlug halb. Wie hätte er jetzt zurück ins Bett gehen können? Er ging zum Telefon und rief den Nachtwächter in Torre Rossa an. Es klingelte, doch niemand nahm ab. Als er schon wieder auflegen wollte, hörte er die Stimme des Wachmanns.

»Nino, hier ist Quintavalle. Entschuldige, ich mache mir Sorgen um die Grabungsstelle und wollte mich nur mal erkundigen, ob alles in Ordnung ist ... wo hast du dich bloß herumgetrieben?«

»Ach, Professore, Sie müssen entschuldigen, aber das Licht ist weg, wir stehen hier alle Mann im Dunkeln ... als ich zum Telefon bin, bin ich sogar gestolpert ... Ja, ja, hier ist alles ruhig, machen Sie sich mal keine Sorgen, ich bin ja da ...«

»In Ordnung, Nino, aber seien Sie ja wachsam ... es ist sehr wichtig.«

Verdammt, dachte er, das hat gerade noch gefehlt. Er rief bei der Elektrizitätsgesellschaft an: »Entschuldigung, ich möchte wissen, wie lange der Stromausfall in Torre Rossa noch andauert … wissen Sie, ich habe nämlich Fleisch im Gefrierschrank …«

»Torre Rossa?« antwortete der diensthabende Techniker. »Das liegt im Bezirk Pomezia … einen Augenblick, ich schau mal nach … Da haben wir's ja, Pomezia … Aber da gibt es doch gar keine Störung im Netz, Signore, alles in Ordnung, keine Störung. Sagen Sie mal, von wo aus rufen Sie eigentlich an?«

Grottaferrata, Kloster San Nilo, 23.45 Uhr

Archimandrit Demetrios XII. war sehr müde. Bis spät in die Nacht hatte er seinen Beitrag für die in zwei Tagen stattfindende Synode überarbeitet, und dann noch die wichtige Korrespondenz erledigen müssen. Nach Beendigung seiner Gebete stand er vom Betstuhl auf, um zu Bett zu gehen, doch plötzlich hielt er inne und spitzte die Ohren. Er hatte ein Geräusch gehört, das Quietschen eines Gittertors und hierauf Schritte. Er ging zum Fenster und sah in den Hof: Er war leer, das Eingangstor war geschlossen. Und doch hatte er sich nicht getäuscht, in der tiefen Stille hatte er das Quietschen deutlich gehört … aber es gab nur ein Gittertor, und das befand sich hier im Hof … außer dem Tor zur Krypta, die sich teilweise auch unter seinem Zimmer erstreckte.

Wer konnte um diese Uhrzeit noch in die Krypta hinabgestiegen sein? Der Küster war nach der Vesper fortgegangen, und die Mönche befanden sich schon seit geraumer Zeit in ihren Zellen. Wieder hörte er Schritte. Gütiger Himmel, war vielleicht ein Dieb im Haus? Er ging in sein Büro, das neben dem Schlafzimmer lag, um die Polizei zu verständigen … Aber nein, welcher Dieb würde auf diese Art vorgehen, so daß man ihn deutlich hörte? Er kehrte in sein Schlafzimmer zurück und horchte. Nun war nichts mehr zu hören; vielleicht war es ihm nur so vorgekommen …

Er wollte sich schon ins Bett legen, als das eindeutige Geräusch einer Tür, die geöffnet wurde und dann ins Schloß fiel, ihn zurückhielt. Gott im Himmel, es gab nur eine Tür in der Krypta … die zum Geheimarchiv!

Er warf sich den Regenmantel über, nahm einen Schlüsselbund aus der Schreibtischschublade und verließ sein Arbeitszimmer. Auf dem Treppenabsatz drückte er den Lichtschalter, doch es blieb dunkel. Er kehrte in sein Büro zurück, doch auch dort brannte kein Licht mehr – der Strom war ausgefallen. Daraufhin nahm er die Kerze, die vor einer Ikone der Madonna brannte, und ging in die Krypta hinunter. Sie war leer. Er näherte sich dem Zugang zum Geheimarchiv, einem Einlaß, der kunstfertig in der Mauer verborgen war, die hinter dem Altar einen Teil der Apsis begrenzte. Er hatte sich nicht getäuscht: In der spärlich vom Ewigen Licht vor dem Tabernakel und der Kerze in seiner Hand durchdrungenen Dunkelheit sah man, daß Licht unter der Tür hindurchschien.

»Wer ist da?« fragte er mit fester Stimme. »Wer ist da? Anworten Sie!« Vorsichtig näherte er sich der Tür und legte das Ohr daran. Nicht das leiseste Geräusch drang heraus. Er bemerkte, daß die Tür unter dem sanften Druck seiner Wange nachgab, also drückte er sie auf und trat ein.

Das Archiv, dessen Regale dem Halbrund der Apsismauer folgten, lag verlassen da. Bücher und Dokumente standen in perfekter Ordnung auf den Gestellen, nur auf dem Lesetisch in der Mitte des Raums stand ein Kerzenständer mit einer brennenden Kerze. Daneben lag ein Pergamentbündel, das auf der ersten Seite aufgeschlagen war.

Der Archimandrit setzte sich und hob es an. Es handelte sich um ein sehr altes Dokument, das mit zierlichen Buchstaben in protobyzantinischer Schrift beschrieben war. Er begann die ersten Zeilen zu lesen.

Theodoros von Phocäa schrieb diese Seiten, damit weder sein Name vergessen werde noch die Begebenheit, die seinen Tod herbeiführte …

Dem alten Mönch lief es eiskalt über den Rücken. Er drehte sich zu der Tür um, die er offengelassen hatte, und warf einen Blick auf den Altar. Er lag im Dunkeln, das Licht vor dem Tabernakel war erloschen.

Lavinium, 13. Juni, 9.30 Uhr

Die Grabungsarbeiten am Abhang des Hügels hatten eine Mauer aus großen, trockengemauerten Felsblöcken freigelegt. Dahinter waren zwei Schichten zum Vorschein gekommen, eine aus behauenen Tuffblöcken, die vielleicht als Aufschüttung gedient hatten, die andere aus gelblichem Sand. An einer Stelle allerdings schienen die beiden Schichten vertauscht, und man konnte die Ränder einer Stauung erkennen, die dort ansetzten, wo zu Beginn des zweiten Jahrhunderts vor Christus das Bodenniveau gewesen sein mußte.

Es handelte sich um ein Grab, das wahrscheinlich in großer Eile ausgehoben und gleich darauf wieder zugeschüttet worden war. Es war jetzt nur noch eine Frage von Minuten, bis die Schaufeln der Arbeiter auf dessen Grund stoßen würden.

Die Arme auf die Knie gestützt, hockte Quintavalle auf den Fersen und starrte reglos auf die Stelle, wo die Studenten sich mit Spachteln und kleinen Besen bewaffnet daranmachten, die letzte dünne Sandschicht abzutragen. Er kaute auf der nassen Zigarette, ab und zu mußte er wegen der Schweißtropfen blinzeln, die ihm in die Augen fielen. Wie ein Spürhund ließ er die seit so langer Zeit gehetzte Beute nicht mehr aus den Augen. Plötzlich deutete er auf eine Stelle vor sich: »Dort«, sagte er zu einem Studenten, »mach da sauber, links von dir.« Der junge Mann machte sich mit der Kelle ans Werk, und nach und nach kam eine breite, glatte Stirn zum Vorschein, die von einem Kranz gleichmäßiger Locken eingerahmt und in der Mitte von einem vorspringenden Band geteilt wurde, dem Nasenschutz eines Helms. Dann erschienen groß und starr die Augen, die gerade, spitze Nase, die streng war und doch weiblich, dann der harte, zusammengekniffene Mund, dessen Winkel mürrisch nach unten zeigten, schließlich das kräftige und willensstarke, fast männliche Kinn.

»Gib her«, sagte Quintavalle und riß dem Studenten die Kelle fast aus der Hand. Auge in Auge mit der teilweise freigelegten Figur kniend, entfernte er am oberen Ende die Erde, bis der attische Helm samt Helmbusch sichtbar wurde. Fast rittlings saß der Archäologe auf dem mutmaßlichen Körper der Statue, als wolle er verhindern, daß sie sich erhob. Behutsam legte er die breite, von Panzerschuppen bedeckte Brust frei, und zum Vorschein kam ein leichenhaftes Gorgonenhaupt. Eine riesige dreiköpfige Schlange wand sich um die Hand, die einen Schwertgriff umfaßte, und seitlich, entlang dem Rand eines zerbrochenen Schildes, flochten sich weitere Schlangen ineinander.

Triefend von Schweiß stand Quintavalle auf. »Komm her, Elizabeth!« rief er, »komm her!« Eine schöne Frau mit braunem Teint, die nicht weit entfernt an einem anderen Abschnitt arbeitete, kam zum Rand der Ausgrabung gerannt, sprang behende hinab und trat zu dem Archäologen.

»Sieh her«, sagte Quintavalle und beugte sich erneut über das Standbild, das immer noch nicht vollständig freigelegt war, »sieh her! Das ist Pallas ... Pallas Athene.« Voller Erstaunen betrachtete die junge Frau die wunderbare Erscheinung: »Incredible ... just incredible«, sagte sie, während sie sich bückte und mit den schlanken Fingern über die behelmte Stirn strich.

Ringsum war Schweigen eingetreten. Die Studenten hatten ihre Arbeitsinstrumente auf den Boden gelegt und sich einer nach dem anderen im Kreis um den großen irdenen Körper im Sand aufgestellt. Sogar die Luft über der in der Sonne brütenden Landschaft stand still. Plötzlich blickte Quintavalle um sich, als erwache er aus einer Betäubung, fuchtelte mit den Händen und platzte heraus: »Nun? Was steht ihr da wie vom Donner gerührt? Habt ihr noch nie eine Statue gesehen? Vorwärts, diesmal liegen wir richtig, schnell, setzt die Pflöcke und spannt die Schnüre, wir brauchen ein Netz über dem ganzen Erdloch.«

Die jungen Leute griffen nach ihren Werkzeugen und schwärmten aus. Rings um die Grabungsstelle wurden auf Höhe der letzten Schicht Pflöcke eingeschlagen, die in regelmäßigen Abständen die Kanten eines Vierecks bezeichneten. Dann spannten sie die Schnüre so, daß ein rechtwinkliges Netz entstand, das das Terrain in eine Reihe von Feldern aufteilte, die an einem Rand mit einem Buchstaben und an dem anderen mit einer Zahl gekennzeichnet waren.

Das geheimnisvolle Grab war im Netz der Wissenschaft gefangen.

Quintavalle, der auf den Rand der Ausgrabung zurückgeklettert war, nahm einen Schluck aus der Mineralwasserflasche, dann setzte er sich auf einen Tuffsteinblock und zündete sich eine Zigarette an. Elizabeth Allen trat zu ihm und setzte sich neben ihn auf die Wiese.

»Paolo«, sagte sie, »what do you think? Ich habe den Eindruck, daß sie beerdigt wurde. Hast du die vertauschten Schichten in dem Loch gesehen? Am I right?«

»Aber ja«, antwortete Quintavalle, während er sich

den Schnurrbart glattstrich. »Ich glaube tatsächlich, daß du recht hast. Sie wurde beerdigt, und zwar von den Menschen der Antike ... und das ist bestimmt nicht die einzige, wer weiß, was sich dort unten noch alles findet. Auf jeden Fall ist es für ein endgültiges Urteil noch zu früh. Sofern es sie gibt, müssen wir zunächst die anderen Fundstücke freilegen, die Typologien untersuchen, die stilistischen Einflüsse analysieren. Aber merkwürdig ist das alles schon ... vielleicht haben wir es hier mit einem Heiligtum zu tun, das geschlossen wurde, entweiht ... warum auch immer.«

»Very unusual, soweit ich weiß«, wandte Elizabeth ein. »Die Statuen der Akropolis in Athen wurden nach den Perserkriegen beerdigt, weil sie ... how do you say?«

»Geschändet wurden.«

»Right, geschändet, weil die Perser in die heilige Stätte eingedrungen waren.«

»He, Gigi!« rief Quintavalle, der stets mit einem Auge die Arbeiten überwachte. »Achte diesmal auf die Belichtung, die letzten Aufnahmen waren so dunkel, daß nur ein blinder Archäologe was damit anfangen konnte. Verstanden?«

»In Ordnung, Herr Professor«, entgegnete der Fotograf hinter dem Sucher, »diesmal werden Sie glauben, David Hamilton war hier!«

»Das stimmt«, wandte Quintavalle sich wieder der jungen Frau zu, »aber hier befinden wir uns am Beginn des zweiten Jahrhunderts vor Christus, second century«, präzisierte er, wobei er Zeige- und Mittelfinger hob. »Understand?«

»Aber vielleicht hat Hannibal ...«

»Nein, meine Liebe, Hannibal war schon einige Zeit früher und ist keinesfalls hier vorbeigekommen ... Nein, es muß einen anderen Grund gegeben haben.«

»Herr Professor, könnten Sie bitte mal herkommen?«

rief ein Mädchen, dessen sommersprossiges Gesicht über den Rand der Ausgrabung schaute, in leicht tadelndem Ton den Professor, der ihrer Ansicht nach viel zuviel Zeit mit dieser zimperlichen Amerikanerin verschwendete. »Schauen Sie, hier kommt noch mehr zum Vorschein.«

»Was habe ich dir gesagt?« sagte der Archäologe zu Elizabeth, während er zum Grab ging.

Das Schauspiel, das sich ihm bot, ließ ihn verstummen. Wenige Meter von der Stelle, wo sie die Athene-Statue entdeckt hatten, hatte ein anderer Trupp die dünne Sandschicht entfernt, und dort kamen nun überall verstreute Gliedmaßen weiterer Statuen zum Vorschein: hier ein Kopf, dessen sanftes Oval von zarten Locken eingerahmt wurde, dort eine feingliedrige Hand, die einen Granatapfel hielt, der muskulöse Arm eines Athleten, der die Bruchstücke des übrigen Körpers ein wenig überragte, und dazu noch weitere auseinandergebrochene oder verstümmelte Körper, manche auf dem Bauch liegend, andere auf dem Rücken – wie Wrackteile, die an den Strand des Ozeans der Zeiten gespült worden waren.

In seinem ganzen Forscherleben hatte Paolo Emilio Quintavalle noch nie etwas Ähnliches gesehen. Deutlich erkannte man die Eile, mit der jene Statuen an diesen Ort gebracht, wild durcheinander geworfen und dann sogleich mit Erde bedeckt worden waren. Fast wäre er der Versuchung erlegen, sie allesamt sofort aus diesem Ort, an dem sie zweiundzwanzig Jahrhunderte lang gelegen hatten, ans Tageslicht zu holen, aber er widerstand. Er bildete mehrere Trupps, die jeweils von einem Assistenten angeführt wurden, und begann mit der minutiösen Erfassung, um jedesmal, wenn einer der vielen Funde entfernt und numeriert wurde, um ins Magazin transportiert zu werden, den fotografischen Bezug der Situation zu haben. Den ganzen Tag über wurden die Arbeiten fortgesetzt, und trotz der glühenden Hitze schien niemand zu ermüden. Als nur noch wenig übriggeblieben war, das fortgeräumt werden mußte, ging Quintavalle in die Bar des Dorfes, um seine Frau anzurufen.

»Signora Silvia ist noch nicht von der Oberintendantur zurück«, antwortete die Haushälterin. »Sie hat gesagt, daß es spät wird, man hat ihr Bescheid gesagt, daß irgend etwas an der Via Salaria gefunden wurde. Ich habe Reissalat gemacht, und kaltes Huhn ist auch noch da, Professore. Soll ich der Signora etwas ausrichten?«

»Nein, Matilde, ist nicht wichtig, ich glaube nicht, daß es bei mir spät wird.« Er legte auf.

»Wie immer, Professore?« fragte der Mann hinter der Theke.

»Wie immer, Sergio.« Langsam trank er ein Glas eisgekühlten Frascati, dann ging er zum Wagen.

»Herr Professor, warten Sie, bitte«, rief ein Student, der herbeigerannt kam.

»Was ist los, soll ich dich nach Rom mitnehmen?«

»Nein, Herr Professor, wir haben noch etwas gefunden ... wir glauben, daß es wichtig ist. Könnten Sie bitte mitkommen?« Sie gingen den Feldweg zurück, der zur Ausgrabung führte. Es war schon fast sieben Uhr, und die Sonne sank langsam aufs Meer. Kurz darauf stand der Archäologe am Rand des Grabes und blickte hinunter. Seine Helfer hatten sie in der Mitte des Loches aufgerichtet, das Streiflicht tauchte sie in blutrotes Licht. Es handelte sich um ein weiteres Standbild der Pallas Athene, ein archaisches, starres Idol, dessen Körper vollständig von der Ägis verhüllt war, die bis auf die Füße fiel und von eigenartigen, schräg verlaufenden Äderungen überzogen wurde; um die Taille wand sich eine Schlange. Auf der Brust prangte das abgeschlagene Haupt der Meduse, das ihn mit verdrehten Augen anzustarren schien. Das Antlitz der Göttin, über dem sich der Helmbusch erhob, war fast greisenhaft, und die aufgerissenen, nach oben gerichteten Augen blickten seltsam starr wie die eines Blinden. Einen Moment lang schien es, als käme das leise Rauschen des Windes, der sich vom Meer erhob, aus dem halb geöffneten Mund des furchteinflößenden Fetischs.

Elizabeth Allen trat näher: »Es sieht aus wie ein antikes Xoanon … I mean, die aus Ton gefertigte Kopie eines antiken Holzoriginals … don't you think so?«

»Ein Xoanon, meinst du?« antwortete Quintavalle wie abwesend, ohne den Blick von der Statue abzuwenden.

»Du selbst hältst es für möglich, daß die Römer hier einst das Heiligtum des Äneas verehrten, den Tempel der trojanischen Hausgötter. Das Heroon des Äneas ist nicht weit entfernt, und diese Statue da stammt mit Sicherheit aus archaischer Zeit.«

»Ja, sicher … fast alle antiken Schriftsteller haben es in dieser Gegend angesiedelt: Lykophron, Dionysos …«

»So … it could be …«, sagte Elizabeth und deutete mit dem Finger auf die Statue, »… the legendary Palladion … or the last remake of it.« Quintavalle schenkte ihr ein ironisches Lächeln. »Das Palladion? Komm schon, Elizabeth, sei nicht naiv.« Er warf einen letzten Blick auf die Statue, dann zog er seine Jacke an.

»Passen Sie gut auf, ja?« sagte er zu einer Assistentin. »Vergewissern Sie sich, daß der Wachmann seine Pflicht tut … und daß er nüchtern ist, sonst rufen Sie die Carabinieri an. Oder rufen Sie sie auf jeden Fall an, verstanden?«

»Verstanden, Herr Professor, keine Sorge«, antwortete das Mädchen.

»Ciao, Elizabeth, wir sehen uns morgen.«

»Of course«, antwortete die junge Amerikanerin.

Der Archäologe ging zu seinem Auto, einem alten, aber durchaus noch grimmigen Alfa GT, startete den

Motor und schaltete das Radio ein. Es lief ein altes Lied von Mina:

Für mich gibt's kein Heut oder Morgen,
ich lebe auf ewig im Jetzt,
für mich ist das Gestern
weit weg …

›Starre, unförmige Gestalt … niedrige, ausgestellte Knie, zu große Füße … das Werk eines mittelmäßigen Bildhauers aus dieser Gegend‹, dachte er. Er legte den ersten Gang ein und fuhr mit quietschenden Reifen über den staubigen Feldweg davon.

Rom, Via Salaria, Kilometer 4, 19.30 Uhr

Silvia Quintavalle parkte ihren Wagen in einer Haltebucht und begrüßte den Mitarbeiter der Oberintendantur, der zusammen mit einem städtischen Angestellten auf dem Bürgersteig auf sie wartete.

»Guten Abend, Stefano, worum geht es?«

»Guten Abend, Dottoressa. Tja, sehen Sie, die Leute vom Gaswerk verlegen hier gerade eine Rohrleitung, und dabei haben sie ein Grab gefunden. Ich habe mich die ganze Zeit über nicht von der Stelle gerührt. Außerdem habe ich Giuseppe mit dem Kleintransporter mitgebracht, falls Sie die Funde mitnehmen wollen.«

»Wieso, haben Sie einen Schatz gefunden?«

»Nein. Das Grab ist schon vor langer Zeit geplündert worden, übrig geblieben sind nur eine Münze und die Grabplatte mit der Inschrift. Die Grabplatte ist zerbrochen, aber den Text kann man noch ganz gut entziffern. Kommen Sie, ich zeige sie Ihnen.«

Die Grube für die Rohrleitung verlief quer durch den Sockel der antiken Via Salaria. Bei den Ausschachtungsarbeiten hatte der Bagger den Grabstein herausgerissen, der nun zerbrochen auf einem Erdhaufen lag. Silvia Quintavalle beugte sich darüber und las die Inschrift. »Das ist recht interessant«, sagte sie, »es handelt sich um eine Persönlichkeit im Senatorenrang, die als Militärtribun im römischen Heer gedient hat, doch vor Antritt des cursus honorum gestorben ist. Es wird kein Staatsamt erwähnt.«

»Und, sollen wir den Stein auf den Transporter laden?« fragte der Angestellte.

»Das wird wohl das beste sein, vorausgesetzt, Sie können ihn heben. Morgen früh könnte er schon nicht mehr da sein.«

»Keine Sorge, Dottoressa, wir kümmern uns darum.«

»Haben Sie genau nachgesehen, ob nichts im Grab zurückgeblieben ist?«

»Na ja, ich habe nichts anderes gefunden, aber wenn Sie wollen, sehen Sie noch mal nach, dann können wir beruhigt sein. Wir verladen solange die Platte.«

»Einverstanden, Stefano, so machen wir es, bringen Sie sie ins Magazin zu den Restauratoren, und danach machen Sie Feierabend, es ist schon spät. Ich bleibe hier und sehe mich noch ein bißchen um.«

Nachdem der Kleintransporter abgefahren war, holte Silvia Quintavalle ihre Grabekelle aus dem Auto und stieg, solange es noch ein bißchen hell war, zu einer letzten Untersuchung in die Grube hinab. An der Stelle, wo man die Urne aufgestellt hatte, sondierte sie den Untergrund ein paar Zentimeter tief, und bald traf die Kelle auf einen kleinen Metallgegenstand, einen Ring aus Bronze von geringem Wert.

Na, da haben sie aber sehr gründlich gesucht, dachte sie. Sorgfältig säuberte sie den Ring und entdeckte an der Einfassung das Familiensiegel und den Namen des Verstorbenen: L. FONTEIUS C. F. HEMINA.

Mehr fand sie nicht. Sie steckte den Ring in die Handtasche und machte sich auf den Weg nach Hause. Es lohnte nicht die Mühe, wegen eines so kleinen und unbedeutenden Gegenstands noch einmal in der Oberintendantur vorbeizufahren.

Wie gewöhnlich war der Berufsverkehr aus der Stadt heraus sehr dicht, dafür ging es stadteinwärts relativ flüssig. Während sie zügig Richtung Innenstadt fuhr, dachte Silvia Quintavalle über den Text der Inschrift nach, die sie gerade sichergestellt hatte. Als sie vor einer Ampel anhalten mußte, schoß ihr plötzlich ein Gedanke durch den Kopf: Die Grabinschrift war vom Vater gewidmet worden; doch warum hatte dann der Sohn, der Tribun Hemina, das Siegel bei sich im Grab, obwohl es nur dem Pater familias zustand? Das hysterische Hupen des Autofahrers hinter ihr rüttelte sie auf. Sie legte den Gang ein und fuhr an, während sie weiter vor sich hin grübelte. Mit der rechten Hand kramte sie in der Handtasche, bis sie den Ring fand. Du verheimlichst mir etwas, dachte sie und drehte den Ring zwischen den Fingern, Tribun Hemina, du verheimlichst mir etwas …

Pavia, Fachbereich für Klassisches Altertum und Geschichte der Antike an der Universität San Carlo Borromeo, 27. Juni, 16.30 Uhr.

Professor Duilio Cassini, Dekan der philosophischen Fakultät und Direktor des Fachbereichs, setzte die Brille ab und ließ den Blick über den halbkreisförmigen Tisch schweifen, an dem die Mitglieder seines Forschungsteams saßen: Giovanni Spalletti di Albinea, ein toskanischer Adliger mit sorgfältig gepflegtem Bart und graumeliertem Haar, Spezialist für Kolonisierung, Feldmeßkunst, römisches Grundstückswesen und Toponomastik, tüchtiger Gelehrter, ein bißchen eingebildet; Antonio Alfieri, blaß, asketisch, Papyrologe von Ruf, kompromißlos, ein wenig pedantisch; Raffaella Licasi,

›Lella‹ für ihre Freunde, aus bester sizilianischer Familie, reich, elegant, launisch, Expertin für antike Religionen, Kabbala, Mysterienkulte und Orakelkunde, stets hin- und hergerissen zwischen der Berufung zur Wissenschaftlerin und dem mondänen Leben.

Nur der Platz von Fabio Ottaviani war leer geblieben. Der junge Mann hätte ein guter Orientalist sein können, wenn er nur etwas mehr Planmäßigkeit und Ausdauer an den Tag gelegt hätte, doch er ließ sich leicht ablenken, war faul und zerstreut.

»Darf man erfahren, wo Ottaviani ist?« fragte der renommierte Gelehrte ärgerlich. »Bestimmt hat er schon wieder vergessen, daß heute Seminar ist!«

»Herr Professor«, ergriff Lella Licasi respektvoll das Wort, »Dottor Ottaviani hat gestern nachmittag aus Belgrad angerufen.«

»Aus Belgrad? Ja, was zum Donnerwetter macht er in Belgrad?«

»Tja, sehen Sie, da er wußte, daß er sich mit dem Feldzug des Konsuls Manlius Vulso in Kleinasien beschäftigen muß, ist er losgefahren, um die Orte in Augenschein zu nehmen … allerdings hat er gesagt, daß er bald wieder zurück ist.«

Spalletti konnte ein Lachen nicht unterdrücken.

»Hören Sie auf, Dottoressa Licasi«, entgegnete der Direktor, »reden Sie keinen Unsinn … Bald wieder zurück … er ist doch nicht mal eben Zigaretten holen gegangen. Und außerdem, ist da unten nicht gerade Krieg?«

»Seien Sie unbesorgt, Herr Professor«, beschwichtigte Antonio Alfieri, »momentan werden nur Truppenbewegungen an der Ostgrenze zum Iran gemeldet. Die Lage ist zwar ziemlich wirr, aber wie es aussieht, handelt es sich lediglich um Armeemanöver.«

»Bei Ottaviani weiß man nie … es wäre nicht das erstemal, daß er sich Scherereien einhandelt. Natürlich, wenn er mit guten Ergebnissen zurückkehren würde ... Wie dem auch sei ... setzen wenigstens wir einstweilen die Arbeit fort. Wie Sie wissen, habe ich Sie zusammengerufen, um Ihnen unser neues Forschungsprojekt vorzustellen. Vielleicht haben Sie im Fernsehen von der außerordentlichen Entdeckung erfahren, die Professor Quintavalle in Lavinium gemacht hat. In der Nähe eines alten Heiligtums hat er ein Grab entdeckt, in dem Dutzende von Tonstatuen bestattet waren, wobei zumindest fünf der bisher ausgegrabenen Standbilder ganz ungewöhnlicherweise die Göttin Athene darstellen. Das ist aber noch nicht das Merkwürdigste an der Geschichte: Die Statuen wurden zu Beginn des zweiten Jahrhunderts vor Christus von den Römern selbst bestattet. Daran hat Quintavalle nicht den geringsten Zweifel. Also, abgesehen von dem immensen archäologischen, künstlerischen und dokumentarischen Wert der Entdeckung ergibt sich meiner Meinung nach ein großes Problem, das sich in einer einzigen Frage zusammenfassen läßt: Warum hat man das gemacht? Aller Wahrscheinlichkeit nach gehörten die Statuen zum Heiligtum von Lavinium, das in verschiedenen Quellen aus dem vierten bis zweiten Jahrhundert vor Christus erwähnt wird und von dem man glaubte, es beherberge die Hausgötter, die Äneas aus Troja mitbrachte, wenn nicht sogar das sagenhafte Palladion, das Standbild der Athene, das vom Himmel kam – der magische Talisman, der die Stadt, auf dessen Burgfelsen es stand, uneinnehmbar machte. Was ich Ihnen jetzt unterbreite, ist einstweilen lediglich eine Hypothese, doch die große Anzahl von Athene-Nachbildungen läßt die Vermutung zu, daß man damit diejenige Statue tarnen wollte, welche die alten Römer für das echte Palladion hielten. Sollte meine Hypothese sich jedoch als richtig erweisen, dann wäre es doppelt problematisch zu erklären, warum der Kult ausgesetzt wurde und man die Statuen vergraben hat.« Der Direktor kramte in dem Bündel Papiere, das vor ihm auf dem Tisch lag, zog einen Notizzettel hervor und fuhr fort: »Ich habe mit Quintavalle telefoniert, um mich für die Fotoaufnahmen der Funde zu bedanken, die er mir geschickt hat, und um ihm das Problem zu unterbreiten, das ich Ihnen soeben dargelegt habe. Nun ja, seine Erklärung ist, daß das Heiligtum, nachdem es wegen des Niedergangs des Kultes außer Gebrauch gekommen war, entweiht wurde und man die Statuen daraufhin bestattet hat. Bei allem Respekt für den geschätzten Kollegen glaube ich doch, daß es eine andere Erklärung gibt – eine Erklärung, die man in der Ferne suchen muß, in Kleinasien ...« – aller Augen richteten sich auf den leeren Platz Ottavianis – »... in den Jahren beziehungsweise in den Monaten, die unmittelbar auf den Frieden von Apameia folgten, die Zeit des Feldzugs von Konsul Cnaeus Manlius Vulso. Wie ich soeben erfahren habe«, fuhr der Redner in ironischem Ton fort, »hat sich Ihr heißblütiger Kollege bereits mit lobenswertem Eifer an die Arbeit gemacht. Ihnen lege ich nahe, sich an diesem Forschungsprojekt zu beteiligen, dessen Grundzüge Ihnen bereits seit unserer letzten Zusammenkunft bekannt sind.«

»Entschuldigen Sie, Herr Professor«, warf Spalletti ein, »von den Passagen der Quellen, die Sie uns angegeben haben, also Polybios XXII und Livius XXXVIII, ist bekannt, daß sie Interpolationen unterzogen wurden und mit Sicherheit lückenhaft sind. Ich halte es für riskant, auf derart unsicherer Grundlage eine Arbeitshypothese aufzustellen.«

»Hätten Sie wohl die Güte und lassen mich fortfahren, bevor Sie Einwände erheben?« entgegnete Cassini ärgerlich. »Es gibt noch ganz andere Argumente, auf die sich die Forschung stützen kann. Dottoressa Licasi, würden Sie bitte die Ergebnisse Ihrer Recherche darlegen?«

Die Notizen in der Hand, stand Lella Licasi auf. »Es handelt sich um folgendes: Genau zu der Zeit, als Konsul Manlius Vulso sich in Asien aufhielt, drohte ein delphisches Orakel mit dem Zorn der Pallas Athene, falls die Römer die Taurusgrenze überschreiten sollten. Hier der genaue Text, der uns durch Phlegon von Tralles überliefert wurde«, sagte sie und verteilte Fotokopien. »›Eine ungeheure Streitmacht wird aus Asien kommen, von dort, wo die Sonne aufsteigt, sie wird die Meerenge des Hellespont überschreiten und Rom und das Abendland verwüsten, wenn ihr es wagt, die Taurusgrenze zu überschreiten.‹ Jene Prophezeiung wurde eigenartigerweise von den Sibyllinischen Büchern bestätigt, die unverzüglich von der Priesterschaft konsultiert wurden. Nun ist es in der Tat so, daß Livius XXXVIII lückenhaft und interpoliert ist«, fuhr sie fort und wandte sich dabei an den Kollegen, der den Einwand erhoben hatte, »doch bildet die Stelle in jedem Fall eine wertvolle Quelle. Bei seiner Rückkehr wurde Konsul Vulso im Senat heftig angegriffen, weil er das Wohl des römischen Volkes aufs Spiel gesetzt hatte, indem er trotz des Verbots die Grenze zum Taurus überschritt.«

»Danke, Dottoressa Licasi«, ergriff Professor Cassini wieder das Wort. »Somit ist klar, daß die Göttin Athene dem Konsul Vulso offen feindlich gesinnt war, und genau in dieser Zeit wurden das Palladion und seine Nachbildungen in Lavinium bestattet. Ist das nicht ein merkwürdiges Zusammentreffen? Um so mehr, als sich von diesem Zeitpunkt an das Gerücht verbreitete, die Statue befinde sich im Allerheiligsten des Vesta-Tempels im Forum romanum.«

»Sie meinen also, das von Dottoressa Licasi zitierte Orakel sei allgemein bekannt geworden?« fragte Antonio Alfieri. »Dann wäre es nämlich auch denkbar, daß die Nachricht von der Niederlage des Konsuls Vulso in Thrakien Panik in der Stadt ausgelöst und irgend jemanden bewogen hat, die Statue von Lavinium nach Rom transportieren zu lassen, um das Volk zu beruhigen.«

»Oder sie zu verstecken, sie mit ihren Nachbildungen zu bestatten, um anschließend das Gerücht zu streuen, sie befände sich in Rom, allerdings an einem unzugänglichen Ort, was im übrigen dasselbe ist«, sagte Cassini. »Aber das ist eine Erklärung, die mich nicht ganz überzeugt. Ich denke, wir dürfen die politische Komponente nicht vernachlässigen: Hinter dem Athene-Kult standen die Scipionen, damals die mächtigste Familie in Rom und erklärte Gegner von Konsul Vulso. Ich persönlich verfolge bereits eine andere interessante Spur, über die ich Ihnen hoffentlich mehr mitteilen kann, wenn wir im Oktober unsere Arbeit wiederaufnehmen. Vorerst ist es wichtig, daß ein jeder von Ihnen in seinem Bereich weiterforscht.«

Danach besprach er mit jedem einzelnen detailliert das Arbeitsprogramm und gab die Marschrichtung vor. »Was Dottor Ottaviani betrifft«, schloß er, während er seine Notizzettel in die schwarze Ledermappe packte, »so ist er allem Anschein nach schon bei der Arbeit, zumindest möchte ich das zu seinen Gunsten einmal annehmen. Seine Aufgabe besteht darin, die Lage der Linie, die nicht überschritten werden durfte, in dem bekanntlich über tausend Kilometer langen Gebirgszug des Taurus konkret zu lokalisieren. Hoffen wir, daß seine Ergebnisse ähnlich beachtlich sind wie die Eile, mit der er sich aus dem Staub gemacht hat. Damit wünsche ich Ihnen viel Erfolg bei der Arbeit und schöne Ferien.« Er stand auf und gab Lella Licasi einen Wink, ihm in sein Arbeitszimmer zu folgen.

»Ist er denn allein gefahren?« fragte Cassini, sobald er Platz genommen hatte.

»O nein, Herr Professor, soweit ich weiß, sind sie zu viert: Dino Rasetti, ein Geologe, glaube ich, ferner ein

Fotograf, der auch Kraftfahrzeugmechaniker ist … man nennt ihn … man nennt ihn Scooter.«

»Scooter?«

»Nun ja, seinen wirklichen Namen kenne ich nicht … tja … und dann ist da noch Claudio Rocca. Er war Assistent für griechische Geschichte bei Professor Barresi, aber jetzt arbeitet er als Journalist, soweit ich weiß.«

»Allesamt Gelehrte von Format«, kommentierte der Dekan sarkastisch. »Aber was meinen Sie, wo befindet er sich wohl jetzt gerade?«

Die junge Frau breitete die Arme aus: »Hm … in Istanbul vielleicht … oder schon jenseits davon … Wer kann das wissen?«

2.

Eber Göl, Türkei, 7. Juli, 19 Uhr

Das mächtige Teleobjektiv seiner Olympus wie ein Marinefernrohr schwenkend, erkundete Scooter, der in Wahrheit Alfredo Settembrini hieß, die glitzernde Oberfläche des zu dieser Jahreszeit vollkommen ausgetrockneten Salzsees. Er suchte nach einer Spur von Fabio Ottaviani, der seit geraumer Zeit auf seiner kleinen Gilera-Crossmaschine in nordöstlicher Richtung verschwunden war. Schon eine Stunde war er jetzt überfällig, aber Scooter sorgte sich vielleicht noch mehr um das Motorrad, das er eigenhändig unter Aufbietung seines ganzen technischen und mechanischen Könnens zusammengebaut hatte.

»Ich fresse einen Besen, wenn der Bursche keine Scherereien hat«, brummte er, ohne das Auge vom Sucher zu nehmen. »Ich hatte ihn doch gewarnt, daß es in dieser Gegend sumpfige Tümpel geben kann ... zu allem Überfluß ist es in einer halben Stunde stockdunkel.«

»Warten wir's ab«, meinte Claudio Rocca, während er eine USAF-Karte auf die Erde warf und sie mit zwei großen Salzbrocken fixierte. »Er hat gesagt, daß er fünfunddreißig Grad nördlich des gestrigen Etappenpunkts auf die Piste nach Suhut-Emirdag stoßen müßte, bei dem es sich nach seiner Rekonstruktion um das antike Synnada-Fontes Alandri handelt.«

Dino Rasetti nahm den Sack mit den Bodenproben, die er genommen hatte, und kniete sich nun ebenfalls neben die Karte. »Also, wenn man davon ausgeht, daß er im Schnitt vielleicht zwanzig Kilometer in der Stunde schafft ...«

»Viel weniger!« warf Scooter ein, der immer noch durch das Objektiv sah.

»Sagen wir fünfzehn. Dann müßte er sich auf dem Rückweg verirrt haben ... Himmel, schau dir das hier mal an!«

»Was ist denn?« fragte Rocca, während er sich in dem Gewirr der Zeichen auf der Karte zurechtzufinden versuchte.

»Restricted Area! Wollen wir wetten, daß er im militärischen Sperrgebiet gelandet ist?«

»Wir sind erledigt«, sagte Rocca und ließ untröstlich die Hände auf die Knie sinken.

»Immer mit der Ruhe«, entgegnete Dino Rasetti, »wir können ihn immer noch aufgabeln. Laßt uns mit dem Jeep fünf Kilometer zurückfahren, bis wir auf die Reifenspuren seines Motorrads stoßen. Wenn wir ihnen folgen, dann finden wir ihn bestimmt.«

»Bravo«, mischte sich Scooter wieder ein, »damit wir uns ebenfalls wie die Idioten benehmen. Mit dem ganzen Gepäck wiegt der Jeep doch über eine Tonne.«

»Dann gehen wir eben zu Fuß!« erwiderte Rasetti gereizt.

»Da ist er!« rief Scooter plötzlich. »Ich sehe ihn! Rechts von der Sonne, da hinten, unterhalb des Grats.«

Die beiden Freunde hoben den Blick von der Karte und starrten auf die angegebene Stelle. Tatsächlich sah man eine schillernde kleine Wolke. Jemand oder etwas bewegte sich rasch vorwärts und wirbelte dabei eine dichte Wolke aus Salzstaub auf.

»Bist du sicher, daß er es ist?« fragte Rocca.

»Was denkst du denn, das hier ist ein Tausender-Spiegeltele, kein Flaschenboden. Er ist es, sage ich euch ... aber der rast ja wie eine Rakete ... meine armen neuen Gabeln, der macht glatt zwei Korkenzieher daraus!«

»In Ordnung, Leute«, sagte Rocca erleichtert und stand auf, »sammeln wir unser Zeug ein und fahren wir los, es ist schon spät, und ich will heute abend im Sangarius baden. Los, Scooter, bau deine Kanone da ab, wir brechen auf!«

»Mist!« knurrte Scooter, »er ist nicht allein!«

»Wer ist denn bei ihm?« fragte Rocca.

»Ein Armeelaster ... und der ist mit einem Affenzahn hinter ihm her. Los, packt den Kocher aus, wir tun so, als ob nichts wäre. Wenn sie ihn nicht schnappen, wissen wir ja, wo wir ihn finden.« Hastig nahm er Kamera und Objektiv auseinander, steckte beides in den Schlafsack, holte eine Instamatic aus dem Koffer und hängte sie sich um den Hals. Zehn Minuten später raste Fabio Ottaviani in zweihundert Meter Entfernung wie der Blitz an ihnen vorbei. Der Armeelaster dagegen, der einen Rückstand von sechs, siebenhundert Metern hatte, blieb kurz darauf mit gebrochener Blattfeder im Sand stecken.

»Die Karre hat auch schon bessere Tage gesehen«, spöttelte Scooter und warf einen mitleidigen Blick auf den alten Fiat Campagnola, der zwanzig Meter entfernt langsam im Salz versank. Unterdessen hatte Rocca wie ein unschuldiger Camper den Kocher in Gang gesetzt und den Topf darauf gestellt, und Dino Rasetti hatte aus einem Kanister Wasser hineingeschüttet. Einer der Soldaten, ein Leutnant der Militärpolizei, kam näher und sah aus, als ob er auf Ärger aus wäre.

»Hilfe, die Türken kommen«, sagte Rocca halblaut mit fragwürdigem Esprit.

»Dino«, zischte Scooter, »geh zum Wagen, als ob du Salz holen wolltest, verstecke meinen Paß, mein Motorrad ist darin eingetragen, und hole meinen Personalausweis, der tut's auch.«

»Askeryie Muhafaza Müdürlügü«, stellte sich der Leutnant vor.

»Nix verstehen, nix verstehen«, log Rocca, obwohl er Türkisch recht gut beherrschte. »Tourist, Tourist.« Unterdessen achtete Scooter darauf, daß die Instamatic gut zu sehen war, obwohl es mittlerweile viel zu dunkel war, um mit diesem Spielzeug Aufnahmen zu machen.

»Ah, Italiener«, sagte daraufhin der Leutnant mit leicht venezianischem Akzent. »Ich habe in Padua Politik studiert.«

»Ach, wie schön«, sagte Rocca und lächelte verlegen.

»Nicht unbedingt«, antwortete der Leutnant, »immer war irgend etwas los: Demonstrationen, Streiks, Bomben, Übergriffe auf Polizisten ...«

»Was wollen Sie ...«, sagte Rocca und breitete die Arme aus.

»Wie dem auch sei«, fuhr der Leutnant fort, »ich wollte Sie fragen, ob Sie den Motorradfahrer gesehen haben, der vor kurzem hier vorbeigekommen ist.«

»Und ob«, entgegnete Scooter.

»Er gehört nicht zufällig zu Ihnen?«

»Wer, der?« gab Rocca zurück und zeigte mit dem Daumen nach Osten. »Nie gesehen.« Auch die anderen schüttelten den Kopf.

»Was ist das?« fragte der Leutnant und zeigte auf die Schachtel in Dino Rasettis Hand.

»Salz.«

»Wieso, gibt es hier ringsum nicht genug davon?« fragte der Türke, während er seine vollkommen eingestaubte Kleidung ausklopfte.

»Ach, wissen Sie, dieses hier ist raffiniert ...«, sagte Rasetti mit zerknirschter Miene.

»Gut, dann gehe ich jetzt. Gute Nacht.«

»Möchten Sie nicht ... ein paar Spaghetti mitessen?« fragte Rocca.

»Nein, danke, ich habe anderes zu tun. Es dauert mindestens eine Stunde, bis wir die Blattfeder gewechselt haben«, antwortete der Leutnant und zeigte niedergeschlagen auf den vornüber geneigten Armeelaster.

»Hören Sie«, schaltete sich Scooter ein, »wenn Sie

wollen, kann ich Sie mit meinem Wagen herausziehen. Drei Kilometer weiter ist die Straße nach Philomelion ...«

»Wie bitte?«

»Nach Akskehir, wollte ich sagen ... wenn Sie ganz langsam fahren, sind Sie in ein paar Stunden da.«

»Damit würden Sie mir einen großen Gefallen tun.«

»Aber das ist doch selbstverständlich«, erwiderte Scooter. Er sprang in den Jeep, startete den Motor, setzte zu dem Armeelaster zurück, hängte ihn an und schleppte ihn bis zur Straße.

Der Leutnant, der auf dem Beifahrersitz Platz genommen hatte, bedankte sich, und als er ausstieg, sagte er noch: »Das nächstemal sagen Sie Ihrem Motorradfreund, daß er besser aufpassen soll. Es kann sehr gefährlich sein, militärisches Sperrgebiet zu betreten.«

Mist, dachte Scooter, sagte jedoch: »Entschuldigung, aber ich verstehe nicht ...«

»Die Haken da hinten am Wagen, sind die etwa nicht dazu da, ein Motorrad zu befestigen?« sagte der Leutnant, während er absprang. »Allahsmarladik, arkadasch!«

»Güle güle«, antwortete Scooter mit einfältigem Lächeln. Er wendete den Wagen und kehrte gerade rechtzeitig ins Lager zurück, um noch einen Teller Spaghetti abzubekommen.

»Gut«, meinte er schließlich, während er sich den Schnurrbart abwischte. »Und jetzt machen wir uns auf die Suche nach dem verlorenen Schaf.«

»Wieso, was meinst du denn, wo er ist?« fragte Rocca.

»Welches ist der einzige Ort in dieser Gegend, wo er Zuflucht finden könnte? Ich meine, ein Ort, den wir ebenfalls kennen?«

»Das Dorf von Jakup!«

»Bravo. Also, dann los.«

Sie stiegen in den Jeep und folgten eine Weile den Motorradspuren, dann bogen sie in die Straße nach Bolvadin ein und folgten ihr, bis sie auf die schmale Piste stießen, die in das Dorf Çugu führte. Als sie dort ankamen, war es tiefe Nacht, und um niemanden zu wekken, schalteten sie Motor und Scheinwerfer aus. Über und über von Salz und Staub bedeckt, lehnte Ottavianis Gilera an der Einfriedung im Hof von Jakup, dem Dorfoberen. Vorsichtig zogen sie die Schlafsäcke hervor und legten sich im Schutz der östlichen Mauer schlafen, um nicht von den ersten Sonnenstrahlen geweckt zu werden. Statt dessen weckte sie bei Tagesanbruch eine wohlbekannte Stimme: »He da, Heidenpack, schleicht man sich etwa so des Nachts in fremder Leute Häuser?«

»Die Drehsucht soll dich befallen«, brummte Scooter, der ein belesener Mensch war.

»Los, aufwachen, Jakup hat schon die Schießbaumwolle für den Tee aufgesetzt.«

Der Gedanke an einen exzellenten, kochend heißen türkischen Tee ließ alle aus den Schlafsäcken springen. Jakup verstand sich hervorragend aufs Teekochen, und in seinen Samowar kam nie etwas anderes als Kamelya der allerbesten Qualität. Zur Feier des Tages hatte er von seinen Frauen auch Baklava mit Honig zubereiten lassen. Nach dem Frühstück stand Fabio Ottaviani auf und sagte, daß er im Dorfladen telefonieren wolle.

»Telefòn kapùtt«, sagte Jakup, der früher in Deutschland gearbeitet hatte.

»Macht nichts«, erwiderte Ottaviani, »dann rufe ich eben von Emirdag aus an. Also, Leute, brechen wir auf?« Alle verabschiedeten sich von Jakup, der sie ausgiebig einen nach dem anderen küßte. Bevor sie abfuhren, schenkten sie ihm noch eine Stange von Scooters Nazionali und ein paar toskanische Zigarren. Am Abend waren sie in Emirdag, wo Ottaviani in der Telefonzentrale der Borromeo-Universität anrief und sich mit Dottoressa Licasi verbinden ließ.

»Ciao, hier ist Fabio.«

»Fabio!« zwitscherte die Stimme am anderen Ende. »Wo bist du?«

»In Fontes Alandri, meine Liebe, morgen werden wir das öde Axylon durchqueren, um nach Kallatebos zu gelangen, dem heutigen Killik, und anschließend geht es nach Izmir. Ich bin also fast fertig.«

»Wann kommst du zurück?«

»Bald, in einer Woche bin ich da.«

»Das ist auch besser so, mein Lieber. Der Chef ist sauer, weil du nicht im Seminar warst.«

»Der Chef ist immer sauer auf mich«, beklagte sich Ottaviani, »ich habe mir fast den Hals gebrochen, um meine Aufgabe zu erledigen ...«

»Ach, hör doch auf, Fabio, du weißt, daß der Chef nicht wirklich sauer auf dich ist, aber du könntest ihn schon manchmal darüber aufklären, was du vorhast ... so muß ich nämlich immer deine Spritztouren decken.«

»Von wegen Spritztouren. Ich bringe sehr interessantes Material mit nach Hause.«

»Im Ernst?« fragte die junge Frau. »Und ich dachte schon, es sei alles nur eine Ausrede, um mit deinen Freunden in die Ferien zu fahren. Wenn das so ist, wird der Chef zufrieden sein. Aber mach schnell, hier startet nämlich ein außerordentlich interessantes Projekt ... du solltest wirklich bald herkommen.«

»Ich fliege. Bis dahin heb' alle Unterlagen und Arbeitspläne für mich auf, okay?«

»Versteht sich von selbst.«

»Gut, dann mache ich jetzt Schluß, die Telefonmarken sind alle.«

»Wieso, haben die in der Türkei denn auch Telefonmarken?« fragte Lella Licasi naiv.

Istanbul, auf der Terrasse des Osmanly Hotels, 10. Juli, 20 Uhr

»Seit Jahren kommen wir nun schon in diese Gegend, und immer landen wir in diesem Drecksloch von Hotel. Wir hätten wenigstens ins Pirlanta gehen können, da ist der Service einigermaßen zivil und es gibt ein Minimum an Sauberkeit.«

»Mach nicht so einen Aufstand, Rocca«, entgegnete Scooter, und außerdem brauchst du nicht auf mich sauer zu sein, es war Fabios Idee. Er mag die Aussicht.«

»Na ja, die Aussicht ist annehmbar, aber heute morgen lag eine tote Katze auf der Terrasse, nicht wahr, du hast sie selbst gesehen. Und der Kellner hat auch seine Laster, dauernd versucht er, mich zu betatschen.«

»Du Ärmster …«

»Nein, sieh mal, das ergibt doch überhaupt keinen Sinn. Ich sage dir jetzt mal, warum wir immer in diesem Loch landen: Ottaviani ist sentimental. Nur weil wir als Studenten hier abgestiegen sind, weil es fast nichts kostete, muß er immer wiederkommen, um die heroischen Zeiten wieder aufleben zu lassen.«

»So wird es sein«, sagte Scooter, der keine Lust hatte zu diskutieren. Er stand an der Terrassenbrüstung und betrachtete das dunkle Häusermeer und den eindrucksvollen Baukörper der Blauen Moschee, ein steinernes Gebirge, dessen Fialen sich gegen das düstere, nur selten von weißen Schaumkronen aufgehellte Blau des Bosporus abhoben. Zwischen den Minaretten der Moschee schwirrten die Positionslampen der Boote wie Glühwürmchen.

Linker Hand, dem Meer entgegen, erstreckten sich die hundert Pavillons des Sultanspalastes, und die riesige Kuppel der Hagia Sophia trat gegen den violetten Himmel über Galata hervor. Der Verkehrslärm ließ langsam nach, es war die Stunde des Gebets.

Scooter zündete sich gerade eine Bafra an, als über Lautsprecher die Stimme des Muezzin ertönte: »Allahuekber ...«

Claudio Rocca lehnte sich ebenfalls gegen die Brüstung. »Pah, das ist doch die reinste Postkartenlandschaft ... Wo sind eigentlich Fabio und Dino?«

»Einkaufen. Sie müßten jeden Moment zurück sein.«

»Noch so eine Manie. Hätten wir nicht ins Restaurant gehen können? Nein, mein Herr, Spaghetti und Tomaten aus der Dose, und gegessen wird auf dem Fußboden. Wir hausen wie die Steppenwölfe ...«

»Hör schon auf, sie sind doch nur zum Pudding Shop gegangen, um Würste, Trauben und vielleicht auch etwas Schokoladenpudding zu kaufen.«

»Und eisgekühltes Bier?«

»Das auch, glaube ich.«

»Hätten wir nicht gleich im Pudding Shop essen können?«

»Du weißt, daß man dort mittlerweile nicht mehr hingehen kann. Die Atmosphäre hat sich zum Nachteil verändert. Lauter Neureiche aus Mailand kommen jetzt her, als kleine Jungens verkleidet und mit Puten im Schlepptau, die wie Punks aufgemacht sind, du kennst den Stil ja. Die schönen Zeiten sind vorbei, mein Freund. Ich finde, Fabio hat recht: Besser ein paar Spaghetti auf der Terrasse des Osmanly. Wenigstens von hier oben sieht Istanbul noch so aus wie früher.«

»Ich habe verstanden«, sagte Rocca resigniert, »auch der unerschütterliche Scooter ist im Grunde seines Herzens sentimental und poetisch. Wer hätte das gedacht ... Jedenfalls finde ich es hier abscheulich, in dieser Ecke lag heute morgen ...«

»Kannst du bitte damit aufhören, Claudio? Das Essen ist da, laß uns das Thema wechseln, ja?« Fabio Ottaviani tauchte eben auf der Treppe auf, in der Hand eine Plastiktüte mit Lebensmitteln.

»Und wo ist Dino?« fragte Scooter, als er sah, daß Ottaviani allein war.

»Unterwegs. Er hat sich als türkischer Fremdenführer ausgegeben und eine Deutsche abgeschleppt, er meinte, wir sollten mit dem Essen nicht auf ihn warten.«

Gegen drei Uhr nachts kam Dino Rasetti nach Hause und tastete in der Dunkelheit leise nach seinem Schlafsack. Ottaviani wachte dennoch auf.

»Und, wie ist es gelaufen?« fragte er leise.

»Nicht übel. Allerdings ist mir etwas Komisches passiert. Ich erzähl's dir morgen.«

»Jetzt, wo ich sowieso schon wach bin, kannst du es mir auch gleich erzählen.«

»Dann komm, ich zeige dir etwas«, sagte Rasetti und lehnte sich gegen die Brüstung. Ottaviani suchte in Scooters Tasche nach dem Paket Bafra, zündete sich eine an und bot auch dem Freund eine an. Dino Rasetti zeigte nach Norden auf einen Punkt, der ungefähr dreihundert Meter Luftlinie entfernt war. »Siehst du diesen dunklen, zylindrischen Umriß zwischen der Nuruosmaniye-Moschee und dem Bazar?«

»Klar doch, das ist die Verbrannte Säule.«

»Gut. Ich hatte die Kleine gerade verlassen und wollte zurückgehen, als ich einen Kleinbus mit deutschem Zollkennzeichen sah und dahinter eine große Luxuslimousine, einen Bentley oder Jaguar, ich weiß nicht. Aus der Limousine stiegen ein großer, gut gekleideter Typ, jung, würde ich sagen, und eine junge Frau. Eine Weile sahen sie sich die Säule an und sprachen miteinander, dann gaben sie dem Kleinbus ein Zeichen, setzten sich wieder in den Wagen und bogen in den Divan Yolu ein. Die im Kleinbus wollten aussteigen, doch in diesem Augenblick kam ein Sammeltaxi vorbei, das ein paar Leute auslud, und da haben sie die Tür wieder zugemacht. Als die anderen weg waren, stiegen zwei Typen aus dem Bus. Einer legte sich unter den Kleinbus und kletterte in einen Abwasserkanal. Der andere reichte ihm einen Sack und stieg dann ebenfalls hinab. Was hältst du davon?«

»Schön. Sieht aus wie eine klassische Spionagegeschichte, zumal sie ja auch noch in Istanbul angesiedelt ist …«

»Von wegen Spione«, meldete sich inter ihnen Scooter zu Wort, »ein paar Meter weiter ist die Yapi ve Kredi-Bank. Die sind in die Bank eingebrochen.«

»Um türkische Lira zu klauen?« gab Rasetti zurück.

»Von wegen türkische Lira. Es ist Hochsaison, und wir sind im Stadtzentrum. Diese Bank ist randvoll mit allem, was das Herz begehrt: D-Mark, Dollar, und auch türkische Lira. Was hast du eigentlich gegen türkische Lira?«

»Aber dann müßten wir eigentlich die Polizei benachrichtigen …«

»Du bist wohl nicht bei Trost? Dann kommen wir nie mehr aus diesem Land raus. Vergessen wir die türkische Polizei, es ist besser so. Morgen kaufen wir eine Zeitung und lesen nach, wie die Sache gelaufen ist.«

»Scooter hat recht, Dino«, sagte Ottaviani. »Laß uns jetzt schlafen gehen, morgen früh geht's nach Hause.«

Er ließ die Kippe der Bafra fallen, die sich im Dunkel der darunterliegenden Gasse verlor wie eine Sternschnuppe, und warf einen letzten Blick auf die dunkle Masse der Nuruosmaniye Camii. Der fluoreszierende Lichthof, der die Moschee vom Goldenen Horn her umgab, ließ sie gespenstisch aussehen, wie eine riesige Spinne, die über den Dächern der Stadt saß.

Lavinium, 19. Juli, 16 Uhr

»Komm her, Fabio, ich zeige dir, was wir bis jetzt ausgegraben haben«, sagte Quintavalle und steuerte auf das Magazin zu. »In diesem Grab liegt unglaublich viel

Zeug herum. Mittlerweile sind es schon fünf Athene-Statuen, wir haben sie A, B, C, D und E genannt.«

»Sehr phantasiereich, die Herren Archäologen, hm?«

»Und du wirst immer anmaßender, hol dich doch … Es handelt sich lediglich um eine provisorische Kennzeichnung, solange sie noch keine Katalognummern haben, ja? So, und nun erzähl mal, wie ist es bei euch gelaufen?«

»In der Türkei? Nicht schlecht. Ich habe meine Arbeit gemacht, und ich glaube, daß ich auch ein paar gute Ergebnisse erzielt habe.«

»Und die politische Lage?«

»Die ist allem Anschein nach ruhig. Allerdings gibt es Anzeichen von Nervosität. Ich bin nicht in den östlichen Provinzen gewesen, aber ich habe gehört, daß jenseits der armenischen Grenze, zwischen Djoul'fa und Sadarak, starke Armeeverbände zusammengezogen werden …«

»Wenigstens hast du deine Forschungen zu Ende führen können.«

»Ja, ich bin ganz zufrieden. Wie gesagt, ich mußte bei dieser Sache von lückenhaften oder verfälschten Quellen ausgehen, und du weißt besser als ich, wie schwierig es ist, wenn eine geo-topographische Rekonstruktion auf ungewisser philologischer Grundlage aufbaut. Und du, hast du von der Hypothese meines Chefs gehört, was deine Ausgrabungen angeht?«

»Ja, in groben Zügen.«

»Und was hältst du davon?«

»Hm, alles sicherlich sehr interessant und reizvoll.«

»Mehr als reizvoll, würde ich sagen. Könnte das nicht die Erklärung für die Angelegenheit sein? Du selbst hast festgestellt, daß diese Statuen in Eile bestattet wurden.«

»Ja, aber schau, für so etwas gibt es gut dokumentierte Vorbilder. Für Heiligtümer, die entweiht wurden, weil der Kult nicht mehr ausgeübt wurde, meine ich.«

»Aber Paolo, wenn ich es richtig verstanden habe, war dieses Heiligtum wahrscheinlich den heiligsten Erinnerungen der römischen Nation geweiht ... vielleicht stand hier sogar das sagenhafte Palladion ...«

»Du machst wohl Witze.«

»Ich meine, wenn die Römer davon überzeugt waren, daß das Palladion in diesem Tempel verwahrt wurde, dann war es für sie genauso, als hätten sie das echte Standbild besessen, das Äneas mitgebracht hatte. Und jetzt mal ehrlich: Könntest du dir vorstellen, daß die Polen von einem Tag auf den anderen mit Exvoto und Reliquien die schwarze Madonna von Tschenstochau bestatten würden oder die Portugiesen die Jungfrau von Fatima oder, was weiß ich, daß die Saudis die Ka'aba verstecken und die Moschee in Mekka schließen würden?«

»Einverstanden, Fabio, aber hier sprechen wir von einer Zeit vor zweitausendzweihundert Jahren, da ist es nicht so einfach, die kulturelle und religiöse Situation zu rekonstruieren und die wahre Bedeutung dieses Kultortes zu bestimmen. Ich weiß nicht, was ich sagen soll ... vorläufig halte ich mich an das, was ich sehe: Ich mache eine Grabung, hole ein paar Funde ans Tageslicht, versuche sie Stück für Stück sorgfältig und korrekt zu beschreiben. Kurz gesagt, ich mache meine Arbeit. Stimmt schon, die Steine sprechen, mein Lieber, aber manchmal läuft man Gefahr, sie ein bißchen zu viel sprechen zu lassen. Nein, versteh mich nicht falsch – Cassinis Hypothese ist hochinteressant, und mir wäre nichts lieber, als sie definitiv bestätigt zu sehen. So, da wären wir, komm rein und achte nicht auf das Durcheinander. Leider haben wir keinen anderen Ort, an dem wir die Funde unterbringen können, wir müssen uns also mit diesem alten Kornspeicher zufriedengeben ... aber immer noch besser als nichts.«

»Ist er wenigstens geschützt?« fragte Ottaviani auf der Schwelle.

»Es gibt eine elektronische Alarmanlage, einen Nachtwächter und eine Carabinieri-Streife, die nachts ein paarmal vorbeischaut.«

»Könnte schlimmer sein.«

»Ich beschwere mich nicht … sicher, in der Gegend treiben sich komische Gestalten herum. Du weißt, wie das ist, das Gerücht hat sich verbreitet, Radio und Fernsehen haben über die Sache berichtet, und in diesem Speicher befinden sich unschätzbare Werte … sieh selbst.«

Ottaviani drückte die Tür zum Magazin auf und stand nun in einem großen Raum, der von einem Hängewerk überdacht wurde. Auf Holzböcken lagen Dielenbretter und auf diesen befanden sich, sorgfältig numeriert, sämtliche Funde der Ausgrabung. Die Statuen dagegen standen auf eigenen Füßen: Hier bot ein vielleicht fünfzehnjähriges Mädchen der Göttin seine Gabe dar, ein kleines Kaninchen, das gewiß der Gefährte ihrer Kinderspiele gewesen war. Dort hielt ein anderes Mädchen einen Granatapfel in der Hand, der als Fruchtbarkeitssymbol zahlreiche Nachkommenschaft für den noch unreifen Unterleib erbat; weich fiel das gescheitelte Haar zu beiden Seiten des Gesichts herab, der kindliche, sanfte Blick war nach oben gerichtet, und der halb geöffnete Mund schien eine Anrufung zu flüstern. Rechts an der Wand lehnte eine große, schmuckbehangene Dame mit prächtiger Frisur, die kaum von dem auf den Rücken fallenden Schleier verdeckt wurde. Daneben, in ein leichtes, an der linken Seite und über dem Brustkorb offenes Gewand gehüllt, stand eine mächtige männliche Figur, die wegen der roten Farbe ins Auge fiel, mit der der Künstler die Tönung der gebräunten Haut hatte wiedergeben wollen.

Außerdem gab es viele Teile, die noch darauf warten, zusammengefügt zu werden: Arme, kleine schlanke Finger, muskulöse Kriegertorsi, auf denen noch Spuren von Farbe sichtbar waren.

An der Wand im hinteren Teil des Lagerraums lehnten die fünf Athene-Statuen, die die Grabung bisher an den Tag gebracht hatte. Sofort trat Ottaviani darauf zu und betrachtete lange und schweigend die schreckliche Waffen tragenden Standbilder, die Gorgonenhäupter, die ineinander gewundenen Vipern. Besonders eine Statue zog seine Aufmerksamkeit auf sich, denn sie wirkte starrer und primitiver, statisch, fast als wäre sie die Nachbildung eines aus einem Baumstumpf herausgehauenen Idols. Die Ägis, die ihr bis zu den Füßen reichte, wirkte wie ein Mantel aus Rinde, und die groben, ausgestellten Füße sahen aus wie zwei knotige Wurzeln, die sich in den Boden schlugen. Er trat näher und betrachtete lange den rätselhaften Gesichtsausdruck.

»Ihre Augen sind geschlossen ...«, flüsterte er plötzlich.

»Wie bitte?«

»Die hier hat die Augen geschlossen ...«

»Was sagst du da, Fabio? Du redest dummes Zeug. Siehst du nicht die deutlich herausgearbeiteten Lider?« fragte Quintavalle, wobei er die Stirn des Idols berührte.

»Stimmt, du hast recht ... es war mir so vorgekommen ...«

»Komm«, sagte der Archäologe, »sieh dir mal ein paar Details der Ornamentik genauer an. Dieser Torso zum Beispiel ... da, sieh mal dieses Brustornament: in der Mitte das Palladion, rechts Ajax Oileus, der sich auf Kassandra wirft, um sie zu vergewaltigen, und hier: eine bewaffnete Gottheit in der Mitte, wieder Pallas Athene, nehme ich an, eingerahmt von zwei männlichen Nackten in Waffen, Göttern oder Helden vielleicht. Und dann hier ... Aufgrund der Disproportion der Dimensionen haben wir Anlaß zu der Annahme, daß die hier auf den Statuen dargestellten Schmuckstücke Abdrükke von Originalen sind.«

»Und das alles haben sie vor zweitausendzweihundert Jahren in rasender Eile bestattet ...«

»Es sieht so aus ... Na, was hältst du davon?«

»Was soll ich sagen, Paolo, ich bin sprachlos. Du hast eine Entdeckung von außergewöhnlicher Bedeutung gemacht. Eine Entdeckung, deren Wert noch gar nicht recht erkannt worden ist ... es ist fast unglaublich. Hör zu, so wie ich es sehe, ist diese Entdeckung wichtiger als die des Grabes des Tutenchamun.«

»Laß die Witze.«

»Aber das ist mein Ernst. Der Schatz des Pharao war ungeheuer wertvoll, aber welche Bedeutung hat er aus historischer Sicht? Wer war denn Tutenchamun? Ein achtzehnjähriger Knabe, dessen einziges Verdienst darin bestand, die rot-weiße Doppelkrone der Pharaonen zu tragen. Aber hier ... hier stehen wir vor dem Mythos des Ursprungs der latinischen Nation und des Römischen Reiches.«

Ottaviani hatte sich zu der rückwärtigen Wand umgedreht, um die Athene-Statue noch einmal zu betrachten, als die Tür zum Magazin geöffnet wurde.

»Ah, Lizzy, du bist es«, sagte Quintavalle. »Komm her, ich stelle dir einen alten Freund vor.« Die junge Frau bahnte sich einen Weg durch Tische und Statuen. Sie trug leichte Baumwolljeans, die sich an die perfekten Hüften schmiegten, sowie ein blaues T-Shirt mit der Aufschrift ›Property of the University of Michigan‹.

»Da siehst du, wie gut die amerikanischen Universitäten ausgestattet sind«, sagte der Archäologe lachend.

Ottaviani betrachtete die junge Frau, und einen Augenblick lang lösten sich die Statuen ringsum auf wie Gespenster. Die Zeugnisse der Archäologie und der Geschichte verblaßten, und er versank in dem irisierenden Grün jener Augen, verfing sich in den schwarzen, bläulich schillernden Haaren wie in einem Strudel. Er hörte nicht einmal mehr die Worte von Quintavalle, als er sagte: »Es ist mir eine Freude, dir Dottor Fabio Ottaviani vorzustellen, einen Kollegen, vor allem aber einen sehr lieben Freund von mir. Fabio, dies ist Elizabeth Allen, Archäologin und Schülerin von Professor Morrison, sie hat ein einjähriges Stipendium an unserem Fachbereich.« Leise fügte er hinzu: »Iòplok'agna mellikomèide ...«

»What's he sayin'?« fragte das Mädchen mit vergnügtem Lächeln.

«Das ist Lyrik, meine Liebe«, antwortete Quintavalle. »›Du veilchenlockige, reine, lieblichlächelnde[6] ...‹ Alkäus zu Ehren der Sappho, wenn ich nicht irre.«

An jenem Abend hatten sich nur wenige Gäste in Sergios Osteria eingefunden, und bevor er nach Rom zurückfuhr, hatte Quintavalle dem Wirt ans Herz gelegt, das Paar am Fenstertisch zuvorkommend zu bedienen.

Sergio brachte Fettuccine mit Fleischsauce und eine schöne, beschlagene Karaffe Frascati, den Hauswein, dann kümmerte er sich persönlich um die Lammkoteletts, damit sie gerade richtig durchbrieten.

»Ich war überrascht, als Paolo dich mir vorgestellt hat«, sagte Elizabeth, »du siehst überhaupt nicht aus wie ein Gelehrter.«

»Ist das jetzt ein Kompliment oder eine Provokation?«

»Wie du magst«, antwortete die junge Frau, »it's up to you.«

»Ich glaube, ich habe verstanden«, erwiderte Ottaviani. »Du beziehst dich auf mein Äußeres, das nicht ganz dem Bild eines Homme de Lettres entspricht.«

»Right.«

»Ich habe immer gearbeitet, Lizzy. Schon als Junge, bevor ich mich den Büchern widmete, mußte ich meinem Vater auf dem Feld helfen. In der Saison stand ich wochenlang hinter dem Pflug, und wenn ich kann, tue ich das auch heute noch. Mein Vater bewirtschaftet den Hof allein.« Einen Augenblick lang wurde seine Miene ernst, doch gleich darauf fuhr er lächelnd fort: »Ich hoffe, du gehörst nicht zu den Leuten, die praktische Fähigkeiten mit geringer Intelligenz oder Begriffsstutzigkeit gleichsetzen.«

»Wie kommst du denn darauf?«

»Bei euch Amerikanern, die ihr alles und jeden spezialisiert habt?, ist dieses Vorurteil ziemlich weit verbreitet.«

»Come on, Fabio, das ist nicht wahr!«

»Und ob das wahr ist, aber nicht nur bei euch, wohlgemerkt. Ein paar von meinen Kollegen bestehen nur aus Gehirn, und ihre Ärmchen sind wie Spatzenbeine.«

Elizabeth mußte lachen.

»Welch betörendes Lächeln«, sagte Ottaviani erstaunt. »So etwas sieht man sonst nur in der Zahnpastawerbung.«

»Ist das jetzt ein Kompliment oder eine Provokation?« äffte die junge Frau ihn lachend nach. Ottaviani nahm ihre Hand.

»Offengestanden glaube ich, daß es keine schönere Frau gibt als dich. Das ist banal, ich weiß, aber ich schwöre dir, als ich dich heute im Magazin gesehen habe, habe ich meinen Augen kaum getraut.«

Unterdessen hatte Sergio die Koteletts gebracht. Nun stand er stocksteif am Tisch und wußte sich keinen Rat, denn er war sich bewußt, daß er mit seinem Lamm den Zauber der Situation zerstören konnte. Elizabeth rettete ihn: »Thank you, Sergio ... Oh, that's great! Phantastisch! Und lecker ist es bestimmt auch.«

Ottaviani warf wegen der unwillkommenen Unterbrechung einen mißmutigen Blick auf den Teller mit den Koteletts. Elizabeth bemerkte seinen widerwilligen Gesichtsausdruck und versuchte ihn zu trösten: »Come on, Fabio, taste it, es ist gut.« Dann, als sie sah, daß ihre

Aufforderung ohne Wirkung blieb, schnitt sie ein Stück Fleisch ab, spießte es mit der Gabel auf und reichte es ihm. Ottaviani lächelte. »Diese Szene erinnert mich an etwas«, sagte er, »nur daß es damals statt eines Stückchens Lamm ein Apfel war.« Dann schluckte er das Fleisch herunter. Es schmeckte wirklich gut.

Als sie gingen, war das Lokal vollkommen leer. In der Gegend wohnten nur Bauern, und die gingen früh schlafen. Nur aus einem geöffneten Fenster sah man das blasse Flimmern eines Fernsehers.

»Gehen wir noch ein Stück?« fragte Ottaviani.

»Gerne, und wohin?«

»Ich würde sagen, wir folgen dem Feldweg, ich möchte nicht in irgendein Loch fallen, das Quintavalle heimtückischerweise ausgehoben hat. Dieser Hügel ist inzwischen schlimmer zugerichtet als ein Stück Schweizerkäse. Hast du früher schon mal an einer Ausgrabung in Italien teilgenommen?«

»Nein, es ist das erstemal, aber ich habe in Griechenland gegraben, auf Samos. Und du, stimmt es, daß du dich mit Paolos Entdeckungen beschäftigst?«

»Sagen wir, ich arbeite im Team von Professor Cassini, dem Direktor meines Fachbereichs. Vor ein paar Tagen bin ich von einer Reise nach Kleinasien zurückgekehrt, wo ich versucht habe, die Grenzlinie zwischen dem Syrischen und dem Römischen Reich nach dem Frieden von Apameia ausfindig zu machen, aber das ist kein leichtes Unterfangen, weil meine Quellen in dieser Beziehung Lücken und Interpolationen aufweisen.«

»All of them? Hast du alle überprüft?«

»Die grundlegenden Werke ja, Polybios vor allem, ferner Livius, aber der bezieht sich auf Polybios. Kannst du Griechisch?«

»Ein wenig, es reicht gerade, um die Evangelien zu verstehen.«

»Hm, so wie mein Englisch. Weißt du, mich hat die

Tatsache sehr erstaunt, daß die Quellen ausgerechnet dort verfälscht sind, wo es um Ereignisse geht, die, unseren Hypothesen gemäß, in direkter Beziehung zu der Bestattung der Statuen aus Lavinium stehen. Dieser Umstand ist unzweifelhaft mysteriös. Jedenfalls überzeugt mich Paolos Erklärung dafür nicht.«

Unterdessen waren sie in die Nähe der Ausgrabung gelangt. Unten, zu ihrer Rechten, funkelten die Lichter von Torvaianica an der Küste.

»Schau«, sagte Ottaviani, »der Strand, an dem Äneas gelandet ist ... sieh, wie wir ihn zugerichtet haben.«

»In Amerika gibt es Schlimmeres«, entgegnete Elizabeth.

»Amerika kann es sich erlauben. Es ist eine Großmacht, die auf die Zukunft ausgerichtet ist. Bei uns verhält es sich anders. Unsere Vergangenheit ist unser wertvollstes Erbe, sie auszulöschen bedeutete unsere Wurzeln zu kappen.« Er drehte sich zu dem Ausgrabungsgelände um, das sich ein paar Schritt entfernt zur Linken erstreckte. »Nun sind wir schon wieder hier, als wären wir nicht schon oft genug an diesem Ort gewesen.«

»Das stimmt ... but it's different now ...«

»Ja, es ist anders ... manche Stimmen hört man nur nachts, in der Stille. Ich erinnere mich, vor zwei Jahren in Syrien, in Dura Europos ... Die Sonne war bereits hinter den Ruinen der antiken Stadt untergegangen. Während meine Gefährten durch die Trümmer streiften, betrat ich die Stadt durch die Porta decumana. In der Ferne stieg riesig und blutrot der Vollmond aus dem Euphrat auf. In die Mauern der Wachstube hatten die römischen Legionäre mit der Schwertspitze Schriftzeichen eingeritzt. Eine Inschrift bat um die Rettung der Stadt, die vielleicht schon belagert wurde ... In der vollkommenen Stille ringsum bekamen jene niedergeschriebenen Worte eine solche Kraft, daß es mir einen Augenblick lang so vorkam, als hallten sie zwischen den abgebröckelten Mauern wider wie ein Schrei der Verzweiflung ... Ja, und vor zweitausendzweihundert Jahren, vielleicht in einer Nacht wie dieser, kamen plötzlich Männer hier herauf, fesselten oder töteten den Wächter oder den Priester, hoben ein Loch aus und bestatteten darin die Statuen aus dem Tempel. Nein, nicht in einer Nacht wie dieser, bestimmt in einer Winternacht, einer verregneten Nacht vielleicht, damit niemand sie sah. So hatten sie genug Zeit, ihr Werk zu vollenden, und danach löschten Regen und Schnee jede Spur aus.«

»Aber Fabio«, sagte Elizabeth, »in diesem Grab lagen Dutzende von Statuen. Das läßt sich nicht in kurzer Zeit und ohne aufzufallen erledigen. Läßt du deiner Phantasie nicht ein bißchen zu freien Lauf?«

»Im Gegenteil. Du argumentierst wie jemand, der mit Maschinen groß geworden ist und nichts über die Arbeit mit den Händen weiß. Weißt du, wie lange ich als Junge brauchte, um einen Wagen mit fünfzig Sack Getreide à einem Zentner abzuladen? Eine Stunde. Nicht länger als eine Stunde. Mit zwei oder drei Freunden vom richtigen Kaliber könnte ich in der gleichen Zeit Quintavalles Magazin vollständig leerräumen. Und was das Auffallen betrifft – schau«, sagte er, wobei er auf das Ausgrabungsgelände deutete, »das ganze Areal wird von diesem Hügel abgedeckt und ist dem Blick dessen, der von Torre Rossa beziehungsweise Lavinium herübersieht, gänzlich verborgen. Du kannst dich selbst davon überzeugen, wenn du mit mir in den Talkessel hinabsteigst.«

Elizabeth folgte ihm, und sie verließen den Feldweg, der sich auf dem Hügelkamm zur Landstraße nach Latina schlängelte.

»Siehst du?« fragte Ottaviani plötzlich. »Da, wenn wir uns umdrehen, sehen wir die Häuser von Torre Rossa nicht mehr, und dabei sind wir nur ein paar Meter hinabgestiegen.«

»I don't know, Fabio. Der Tempel ist noch nicht lokalisiert worden, es läßt sich noch nicht sagen ...«

»Der Tempel stand nicht weit vom Grab entfernt, dessen bin ich mir sicher. Er muß in unmittelbarer Nähe gestanden haben. Vielleicht auf dem kleinen Flachstück dort«, sagte er und deutete vor sich auf eine Stelle in der Dunkelheit, »oder vielleicht dort, auf diesem Hügelrücken.«

»Come on, Fabio, dort habe ich selbst gegraben, ich habe fünf Sondierungen vorgenommen. Da ist nichts.«

»Zu der Zeit, als die Statuen bestattet wurden, kann der Tempel bereits sehr alt gewesen sein, er könnte also aus Holz errichtet und mit Terrakotta-Ornamenten verziert gewesen sein.«

»That could be.«

»Gut. Dann ist es durchaus möglich, daß nichts davon übriggeblieben ist oder daß die wenigen Reste in den folgenden Jahrhunderten zerstört worden sind, als man das umliegende Gestein abbaute. Jedenfalls weiß ich, daß ihr architektonische Terrakotten gefunden habt, Stirnziegel und so weiter, ich habe sie doch im Magazin gesehen.«

»Ja, die hat Paolos Assistent auf diesem Hang gefunden«, erwiderte Elizabeth und deutete auf den gegenüberliegenden Rand des kleinen Tals.

»Das Grab hingegen ist intakt geblieben, weil es sich unterhalb des Bodenniveaus befand.«

»Du bist gut über diese Ausgrabung informiert«, meinte Elizabeth. »Sie interessiert dich sehr, stimmt's?«

Ottaviani setzte sich auf das trockene Gras. »Ja«, sagte er, »ihr habt mit der Spitzhacke in einen heiligen Ort geschlagen. Hier ist das alte Herz dieses Landes. Aber vielleicht ist das für dich etwas anderes ...«

Elizabeth setzte sich neben ihn.

»Eigenartig«, sagte sie, während sie in der Dunkelheit seinen Blick suchte.

»Was?«

»Deine Worte … klingen nicht wie die eines Gelehrten, eines Forschers … Es ist die Emotion, die dich so sprechen läßt, nicht die Wissenschaft.«

Ottaviani nahm ihre Hände. »Vielleicht hast du recht, ich sollte das Pathos den archäologischen Dilettanten überlassen … Ist es das, was du meinst?« Die junge Frau gab keine Antwort. Fabios Hand war groß und stark und warm, und der Gesang der Grillen stieg vom stillen Land her auf. Sie erwiderte den Druck.

»Nein, Fabio«, sagte sie nach einer Weile. »Das wollte ich damit nicht sagen. Ich wollte sagen, daß Emotionen einen dazu verleiten können, etwas Unüberlegtes zu tun … oder Enttäuschungen zu bereiten …«

»Du denkst an etwas Bestimmtes … Hat Paolo dir etwa von dem Forschungsprojekt erzählt, an dem ich teilnehme?«

»Ja, wir haben darüber gesprochen. Diese Hypothese von Cassini ist mit Sicherheit beeindruckend. Ihr glaubt, daß eine der Statuen das Palladion ist, nicht wahr? This is the crucial point, isn't it?«

»Ja. Die Römer waren davon überzeugt, daß sie in diesem Tempel das sagenhafte Palladion verwahrten, das Äneas aus Troja mitgebracht hatte. Vielleicht befindet es sich unter den Statuen, die Quintavalle ausgegraben hat. Die Nachbildungen müssen angefertigt worden sein, um das wahre Standbild zu tarnen.«

»Aber sie haben es bestattet. It doesn't make sense.«

»Offensichtlich ergibt das keinen Sinn, aber es muß doch einen Grund dafür geben. Vorläufig können wir lediglich Hypothesen aufstellen. Allerdings ist es meines Erachtens eine Tatsache, daß die Leute, die die Statuen bestattet haben, nicht wußten, welche davon das Palladion war, und deshalb haben sie alle bestattet.«

»Das kannst du nicht so einfach sagen. Wir wissen nicht, wie viele Nachbildungen es gab, und wir wissen nicht, ob eine fehlt … beziehungsweise diese eine.«

»Dazu kommt mir ein Gedanke. Die heilige Zahl der Göttin war die Sieben, also muß es sieben Statuen gegeben haben. Fünf sind bereits gefunden worden, andere Bruchstücke lassen an eine sechste denken … Ich bin sicher, daß noch eine weitere ausgegraben wird und dies dann die letzte ist.«

»Und was wirst du jetzt tun, wo du deine Arbeit in Kleinasien beendet hast?«

»Ich weiß nicht. Das Quellenproblem verwirrt mich sehr – es ist sehr seltsam, daß beide Autoren verfälscht sein sollen –, das riecht fast nach Manipulation. Ich würde am liebsten die Kodices in der Vatikanischen Bibliothek konsultieren, auch wenn ich kein Fachmann in Philologie bin.«

»Fabio, ich glaube, du solltest weitermachen, es ist eine wichtige Forschungsarbeit, und du bist mit soviel Begeisterung dabei.«

»Meinst du? Die Begeisterung ist wie die Liebe … sie kommt schnell und geht schnell … Wir sind hier, um alte Steine zu untersuchen, alte Papiere … die Geschichte von Leuten, die seit Jahrhunderten zu Staub zerfallen sind, und unterdessen geht die Welt, in der wir leben, in Flammen auf. Der Libanon brennt, Kanonen schießen an Euphrat und Tigris, Marschall Rustow zieht seine Divisionen im Kaukasus zusammen, und dein Präsident erprobt mitten im Mittelmeer die neuesten tödlichen Waffen … Manchmal habe ich den Eindruck, daß die Schlinge sich zuzieht, und dann gefriert mir das Blut in den Adern.«

»Denk nicht daran«, flüsterte Elizabeth, »please, not now.« Ein warmer Wind war aufgekommen und hatte den Chor der Grillen gedämpft. Ottaviani streckte sich im Gras aus, und Elizabeth legte sich neben ihn. Am Himmel wimmelte es von Sternen, die hellsten pulsierten, als reichte der Wind bis zu ihnen hinauf und fachte das unsterbliche Feuer an.

»Siehst du?« fragte er und zeigte auf einen Punkt am Firmament. »Das da ist mein Stern … er heißt Beteigeuze.«

»Warum hast du ausgerechnet diesen ausgesucht?« fragte Elizabeth.

»Wegen des Namens. Er ist schön, sanft wie die Liebkosung einer Frau.«

»Es ist schön, einen Stern für sich zu haben«, sagte Elizabeth. »Such auch einen für mich aus …«

Ottaviani suchte die funkelnde Unendlichkeit ab. Gleich würde er sich zu ihr hin drehen, ihren Mund finden und im blaugrünen Licht ihrer Augen versinken.

»Bellatrix«, sagte er. »Gefällt dir Bellatrix?«

Elizabeth schlang die Hände um seinen Hals und küßte ihn. Die Hitze ihrer Lippen übertrug sich auf seinen ganzen Körper, lief über sein Rückgrat, füllte seine Brust aus, verwirrte ihm die Sinne.

Einen kurzen Augenblick nur spürte er einen stechenden Schmerz in der Höhlung des Brustkorbs – als wäre plötzlich der Keim einer düsteren Verzweiflung dorthin gefallen, um Wurzeln zu schlagen.

3.

Rom, 25. Juli, 8.30 Uhr

Das Telefon auf dem Nachttisch klingelte. Elizabeth nahm den Hörer ab.

»Hier ist Paolo Quintavalle, bist du es, Lizzy?«

»Ja, Paolo. Guten Morgen.«

»Ich störe wohl … hast du noch geschlafen?«

»O nein, ich wollte gerade aufstehen. Was gibt's Neues?«

»Ich bin auf der Suche nach Fabio Ottaviani. Er hat vergessen, mir seine Adresse in Rom dazulassen. Weißt du zufällig, wo ich ihn finden kann?«'

»Of course, dear. Er ist hier, neben mir.«

»Ah.«

»Ich gebe ihn dir … Come on, Fabio, wake up, Paolo is on the phone.«

»Bin schon da«, sagte Ottaviani und griff nach dem Hörer.

»Donnerwetter …«, begann Quintavalle, »Zeit verlierst du keine, hm?«

»Meister«, gab Ottaviani zurück, »der Geist ist willig, doch das Fleisch ist schwach.«

»Von wegen schwach, soll dich doch …«, gab Quintavalle zurück.

»Schluß mit den Formalitäten, mein Freund, was brennt dir unter den Nägeln, daß du mich mitten in der Nacht vom Lager zerrst?«

»Bist du heute nachmittag frei?«

»Frei wie ein Vogel.«

»Die Restaurierung der beiden Statuen, die vor einiger Zeit bei Taormina gefunden wurden, ist abgeschlossen, und die Fachleute können sie jetzt besichtigen. Möchtest du mitkommen?«

»Und ob. Wer wird noch dasein?«

»Calabrese, Morrison, Johnson von der White Foundation, Barresi, Lefebvre von der Académie Française, die Balducci, meine Frau Silvia ...«

»Abgemacht, ich komme auf jeden Fall.«

»Um halb fünf am Eingang der Villa Giulia.«

»Kann Lizzy mitkommen?«

»Was für eine Frage.«

»Dann ist ja alles klar, ciao.«

Ottaviani stand auf und stellte sich unter die Dusche.

»Was möchtest du zum Breakfast?« fragte Elizabeth, die am Herd hantierte.

»Könnte ich bitte ein Dutzend Pancakes mit Maple syrup und schwarzen Kaffee haben?«

»Ist Aunt Jemima genehm?«

»Hm, das ist zwar nicht der beste Sirup, aber ich gebe mich damit zufrieden.«

»Das ist der, den man in Rom bekommt, mein Lieber.«

Mit großem Appetit verspeiste Ottaviani die Pfannkuchen. »Kompliment, sie sind hervorragend.«

»Thank you. Wie ich sehe, bist du bestens mit der amerikanischen Küche vertraut.«

»Ich habe sechs Monate lang bei Wallace und Pierson in Stanford studiert.«

»Und wer hat dir da das Breakfast gemacht?«

»Eine Bibliothekarin mit einem Paar ...«, kicherte Ottaviani, während er mit den Händen die Vorzüge der Bibliothekarin verdeutlichte.

»You son of a bitch!« rief Elizabeth und zog ihn an den Haaren. »Und warum bist du nicht dageblieben?«

»Ich kam mit euren Martinis nicht zurecht. Nach dem ersten war ich schon betrunken, und auf Partys stand ich immer wie ein Schwachkopf da. Außerdem kriege ich bei Klimaanlagen Schnupfen.« Elizabeth brach in Lachen aus. »Begleitest du mich heute nachmittag?« flüsterte Ottaviani ihr ins Ohr und zog sie zu sich heran.

»Ist der Ort denn ... exciting?«

»Hm, keine Ahnung ... In der Villa Giulia werden die beiden Bronzestatuen aus Taormina vorgeführt – nur für Fachleute. Dein Lehrer Morrison ist auch da. Paolo hat mich eingeladen.«

»Ich hatte eigentlich mehr erwartet.«

»Na ja, immerhin bekommst du zwei nackte Männer zu sehen ...«

»Für die Villa Giulia ist das okay.«

»Wunderbar, ich hole dich gegen vier ab, halte dich bereit, und ... ich erbitte mir professionelles Outfit.«

»Wohin willst du jetzt?«

»Das ist ein Geheimnis.«

»Eine Frau?«

»Nicht direkt. Sie heißt Polybios von Megalopolis, zweites Jahrhundert vor Christus.«

»Nationalbibliothek?«

»Nein, Vatikanische.«

Er zog sich an und trat auf die Straße. Kurz darauf hörte Elizabeth das Dröhnen seiner Benelli, die sich in den Verkehr stürzte. Am Eingang der Vatikanischen Bibliothek zeigte Ottaviani den Dozentenausweis der Universität vor und wurde in das Büro des Direktors geführt, einem Dominikaner in den Sechzigern mit Kneifer auf der Nase.

»Was kann ich für Sie tun, Professore?« fragte der Geistliche mit stark deutschem Akzent.

»Pater, ich möchte einen Ihrer Kodices einsehen, polybianus membranaceus 4731, wenn ich nicht irre.«

»Ein außergewöhnlich wertvoller Text«, erwiderte der Direktor, »den wir in einem klimatisierten Raum verwahren. Sie können den Mikrofilm sehen, wenn Sie sich in den Besuchersaal bequemen wollen.«

»Sehen Sie, Pater, den Mikrofilm kenne ich bereits, denn er gehört zum Bestand unserer Universitätsbibliothek. Ich würde wirklich gerne den Kodex selbst einsehen. Ich arbeite zur Zeit an einem wichtigen Forschungsprojekt und bin dabei, eine Hypothese zu formulieren, die eine direkte Konsultation erfordert.«

Verstohlen musterte der Direktor sein Gegenüber und dachte bei sich: Wieder so ein Grünschnabel, der die große Entdeckung machen will, und dann auch noch bei Polybios ... dazu gehört schon ein bißchen mehr. Laut fragte er: »Sind Sie denn Philologe, Professore?«

»Nicht direkt.«

»Aber dann verstehe ich nicht, wozu Ihnen eine Konsultation des Originals nützen könnte. Wenn Sie keine Textprobleme haben ...«

»Genau die habe ich.«

»Glauben Sie mir, es betrübt mich wirklich sehr, aber Sie werden verstehen, der Text wurde seit 1949, als die Aufnahmen für den Mikrofilm gemacht wurden, nicht mehr aus seinem Futteral genommen. Es tut mir leid.«

Mist, dachte Ottaviani. Er machte eine Verbeugung und verabschiedete sich: »Dominus vobiscum.«

»Et cum spiritu tuo«, antwortete der Geistliche mechanisch.

Ottaviani verließ die Bibliothek und suchte die nächste Telefonzelle.

»Ja bitte?« antwortete eine zarte Frauenstimme.

»Guten Tag, Schwester. Hier ist Dottor Ottaviani von der Borromeo-Universität in Pavia. Könnte ich bitte mit Seiner Eminenz sprechen?«

»Das geht leider nicht, denn er ist sehr beschäftigt.«

»Inwiefern beschäftigt?«

Es folgte eine verblüffte Pause, dann fuhr die Engelsstimme fort: »Er spricht mit Kanonikus Barigazzi aus San Vito Terme.«

»Dann geht es in Ordnung. Rufen Sie ihn an und sagen Sie, daß Dottor Ottaviani ihn sprechen möchte. Sie werden sehen, er antwortet, ich garantiere es Ihnen.«

Der Engel mit der Schwesternstimme kämpfte eine Weile mit der Telefonanlage, während Ottaviani bang die verbliebenen Telefonmarken zählte. Kurz darauf antwortete eine kräftige Männerstimme: »Hallo?«

»Eminenz? Hier ist Fabio.«

»Professore! Wie geht es dir, du Kanaille, der du dich nie sehen läßt?«

»Die Arbeit, Eminenz, die Arbeit. Haben Sie mein letztes Exzerpt erhalten?«

»Natürlich habe ich es erhalten, und ich habe es auch mit großem Interesse gelesen. Bravo, ich weiß, du bist ein tüchtiger Junge. Also, wann kommst du mich besuchen?«

»Bestimmt noch im August.«

»Dann komm in die Villa Altobelli, ich werde dort ein paar Tage ausspannen.«

»Hören Sie, Eminenz, ich möchte Sie um einen kleinen Gefallen bitten.«

»Sprich, mein Sohn.«

»Ich arbeite an einer höchst wichtigen Forschungsarbeit und muß unter allen Umständen einen Kodex der Vatikanischen Bibliothek konsultieren, aber der Direktor will mich mit dem Mikrofilm abspeisen. Mit dem Mikrofilm kann ich aber nichts anfangen, ich muß unbedingt den Kodex einsehen.«

»Wie heißt dieser Direktor?«

»Pater Willendorf.«

»Ach, der Deutsche. Den kenne ich, den kenne ich … ein ziemlicher Dickschädel, ein sehr bedeutender Gelehrter, aber ein bißchen starrsinnig, in der Tat.«

»Nun, Eminenz?«

»Aber mein Lieber, ich unterhalte keine engen Beziehungen zu diesem Mann, wir kennen uns nicht.«

»Entschuldigung, aber sind Sie nicht ein enger Freund des Staatssekretärs?«

»Das ist nicht so einfach, mein Junge, und außerdem müßte Gigi noch in Polen bei Primas Maleski sein.«

»Er ist zurück, es stand heute in der Zeitung.«

»Ach ja?«

»Ja.«

»Gut, ich werde sehen, ob ich dir helfen kann. Ruf mich übermorgen wieder an.«

»Könnte ich nicht heute abend noch einmal anrufen?«

»In Ordnung, ruf mich heute abend wieder an«, gab sich der Kardinal geschlagen.

»Eminenz, Sie sind ein Schatz!«

»Hör mir bloß damit auf, ich kenne dich, du Heuchler. Du meldest dich nur, wenn du etwas brauchst.«

»Das ist nicht wahr«, protestierte Ottaviani. »Sie wissen, wie gern ich Sie habe.«

»Ich weiß, mein Junge, ich weiß. Es war nur ein Scherz. Ciao, ich segne dich.«

»Auf Wiedersehen, ich danke Ihnen von Herzen.«

Kurze Zeit später klingelte das Telefon im Büro des Staatssekretärs, Seiner Eminenz Luigi Palazzeschi. »Gigi? Ich bin's, Fabrizio. Wie geht's?«

»Es geht, mein Lieber, es geht. Dieses ständige Reisen … ich bin todmüde.«

»Ach, ich verstehe dich … Hör zu, Gigi, ich rufe dich wegen etwas Bestimmtem an. Es geht um deinen Bibliothekar, diesen Deutschen.«

»Monsignore Willendorf?«

»Genau den meine ich. Er weigert sich, einem Dozenten von der Borromeo-Universität eins seiner Bücher zu zeigen. Dieser Dozent ist Fabio Ottaviani, ein lieber Freund, dem ich sehr verbunden bin. Ich selbst habe ihm Latein beigebracht und auch Griechisch, als ich noch im Seminar unterrichtete.«

»Schau, Fabrizio, es gibt da sehr alte und empfindliche Texte ...«

»Unsinn. Der Junge will das Buch ja nicht aufessen. Ich versichere dir, daß er es mit der gebotenen Sorgfalt behandeln wird. Ich bürge dafür.«

»Ich habe schon verstanden. Wenn du dir eine Sache in den Kopf setzt ... In Ordnung, in Ordnung, Fabrizio, ich werde versuchen, Monsignore Willendorf zu überzeugen.«

»Danke, Gigi, du bist ein echter Freund«, sagte der Kardinal im Dialekt der einfachen Leute der Poebene, denn er wußte, daß er damit den Staatssekretär rührte. »Wenn du wieder mal in unsere Gegend kommst, sage ich Schwester Filomena, sie soll dir die Cappelletti machen, die du so gern magst.«

»Abgemacht, Fabrizio«, erwiderte Kardinal Palazzeschi im gleichen Tonfall, »aber gib acht, ich nehme dich beim Wort.«

Um fünf Minuten vor vier klingelte Ottaviani an Elizabeth' Wohnungstür. Er hatte ein Paket von der Wäscherei bei sich.

»Was ist da drin?« fragte die junge Frau.

»Mein guter Anzug. Ich muß mich doch wie ein Professor anziehen, oder?« Elizabeth war schon fertig, in Rock und Bluse, und Ottaviani zog rasch seinen weißen Leinenanzug und das blaue Hemd an. Zur Feier des Tages band er sich auch eine dunkelblaue Seidenkrawatte um. Dann schnappte er sich die Hasselblad, mit der er, falls es sich ergeben würde, ein paar Fotos schießen wollte.

In der Villa Giulia wurden sie von Professor Costantino Carani empfangen, dem Direktor des Zentralinstituts für die Restaurierung von Kulturgütern. In einem kleinen Saal standen Salzstangen, Chips und alkoholfreie Getränke in verschiedenen Farben bereit. Quintavalle trug einen khakifarbenen Gabardineanzug und ein braunes Leinenhemd. Neben ihm stand seine Frau Silvia, deren apulische Bräune prächtig von dem beigefarbenen Seidenkleid unterstrichen wurde.

Barresi gesellte sich mit einem farblosen Getränk in der Hand zu ihnen. »Ciao, Fabio, ciao, Paolo. Silvia, deine Schönheit ist heute wieder blendend«, sagte er und setzte sich die Sonnenbrille auf.

»Schmeichler«, entgegnete Silvia und küßte ihn auf die Wange.

»Noch eine junge Dame von vollendeter Schönheit«, fügte er hinzu und verbeugte sich vor Elizabeth.

»Das ist Dottoressa Allen von der Universität Michigan, Freunde nennen sie Lizzy«, sagte Ottaviani.

»Ciao, Lizzy«, sagte Barresi. »Was ist, Freunde, sollen wir einen Blick auf diese famosen Bronzestatuen werfen? Sollen ja außergewöhnlich interessante Stücke sein.«

In diesem Augenblick ergriff Professor Carani das Wort: »Verehrte Kollegen, liebe Freunde, mit großer Freude und auch mit einer gewissen Ergriffenheit unterbreite ich Ihrem Urteil das Ergebnis der Restaurierungsarbeiten, die unsere Spezialisten an zwei Bronzestatuen vorgenommen haben, die wir bei Taormina aus dem Meer geborgen haben. Ich gebe Ihnen schon jetzt bekannt, daß zu diesem Thema Ende des Jahres in Palermo eine Fachtagung stattfinden wird, deren Ergebnisse in den Atti dell'Accademia dei Lincei veröffentlicht werden. Darüber hinaus beabsichtigen wir, die Ausstellung der Öffentlichkeit zugänglich zu machen, und warten diesbezüglich auf die Antwort des Oberintendanten für Altertumswesen und Kunst, Professor Giovanni Lanzi, dem wir unsere Anfrage bereits unterbreitet haben. Wenn Sie mir nun in den Ausstellungsaal folgen wollen, so können Sie die beiden Bronzestatuen bewundern, die – da es sich um erratische Funde handelt – vorläufig als Statuen A und B bezeichnet werden.«

»Das ist ja geradzu eine Epidemie«, flüsterte Ottaviani Quintavalle zu.

»Es handelt sich um zwei Krieger«, fuhr Professor Carani fort, während er den anderen voranging, »in heroischer Blöße. Beide trugen einst Schild und Lanze, und Statue B dazu noch einen vermutlich korinthischen Helm. Sämtliche Waffen fehlen, und nach dem letzten Stand der Dinge sind sie auch noch nicht aufgetaucht. Die zuständige Oberintendantur führt jedoch bereits vor Taormina Unterwasserforschungen durch und hofft, die wertvollen Stücke doch noch zu finden, weil sie uns vielleicht helfen könnten, die auf den Statuen dargestellten Persönlichkeiten zu identifizieren.«

Die Gelehrten betraten den Ausstellungssaal. Um jede Störung auszuschließen, waren die Wände mit braunem Dralonsamt verhängt worden. Von kleinen Strahlern an der Decke und den Wänden beleuchtet, thronten die beiden Statuen auf zwei Holzpodesten.

Die erste Statue stellte einen jungen Krieger dar, der früher offensichtlich Lanze und Schild getragen hatte und mit der Waffe nach unten zielte. Von dem hocherhobenen, stolzen Haupt fiel eine Flut üppiger Locken auf die muskulösen Schultern. Die klare Linie der Stirn, welche von einem im Nacken verknoteten Diadem geteilt wurde, setzte sich in der Nase fort, die schmal und gerade war wie eine Messerklinge. Der furchterregende Blick war gebieterisch und herausfordernd, die Augen strahlten ungeheure Kraft aus, waren unerschrocken und unerbittlich. Um den halb geöffneten Mund mit vollen Lippen sproß dichter Bartwuchs, die Zähne glänzten wie die Reißzähne eines Raubtiers, und das beunruhigende, wölfische Lächeln schien sich von Zeit zu Zeit in ein grausames Grinsen zu verwandeln. Die triumphale Anatomie des Torsos wurde von den kräftigen Brustmuskeln über den mageren Rippen betont, die mächtigen Bizepse schwollen trotz des Gewichts der Waffen, die sie halten mußten, kaum an. Unter der seidigen Haut des flachen, fast nach innen gewölbten Bauches zeichneten sich wie ein Relief die Bauchmuskelstränge ab, darunter prangte, in vollendete behaarte Schenkel eingebettet, das Geschlecht.

Der andere Krieger war weniger eindrucksvoll, sein Körper war zwar ebenfalls von herrlichem Wuchs, wies jedoch bereits Anzeichen des Alters auf. Nichts an der mächtigen Statur verriet die kriegerische Energie des anderen. Der leicht nach rechts geneigte Kopf war gesenkt, als lasteten auf jener Stirn die Erinnerung an unendliche Widerwärtigkeiten und das Bewußtsein von der Sinnlosigkeit der Schrecken des Krieges. In seinem Blick lagen Erschöpfung und Qual, als ahne er bereits das nahe Ende, doch seine kräftigen Arme, seine von angeschwollenen Adern überzogenen Hände schienen noch imstande, den Tod zu bringen. Der fließende, gelockte Bart verlieh dem erloschenen und gedankenverlorenen Gesicht eine fast königliche Majestät. Auch er hatte einst eine Lanze gehalten, deren Spitze zu Boden zeigte, und am linken Arm einen Schild getragen. Der jetzt unförmige Kopf hatte früher einen korinthischen Helm getragen, und das hochgezogene Visier mußte wie die unerbittliche Maske des Krieges gewirkt haben, stets bereit, heruntergelassen zu werden und jede Spur von Mitleid auf dem Gesicht auszulöschen.

Elizabeth beendete ihre Unterhaltung mit Professor Morrison und trat zu Ottaviani. »I've never seen anything like this«, flüsterte sie ihm ins Ohr und riß ihn aus seiner Versunkenheit.

»Ich auch nicht«, antwortete Ottaviani. »Es übertrifft all meine Erwartungen.« Um ihn herum betrachteten die anderen Gelehrten stumm die phantastischen Krieger. Professor Carani rief alle in die wissenschaftliche Atmosphäre zurück, als er die Anwesenden aufforderte, die Schautafeln mit den Fotografien zu betrachten, auf denen die einzelnen Phasen der Restaurierungsarbeiten dokumentiert waren. Da trat der Amtsdiener ein und verkündete, daß Oberintendant Lanzi am Telefon sei und sofort mit Carani zu sprechen wünsche. Dieser entschuldigte sich bei den Kollegen und folgte dem Amtsdiener. Kurz darauf kehrte er mit finsterer Miene zurück.

»Liebe Freunde«, sagte er, »ich habe Ihnen etwas Unerfreuliches mitzuteilen. Gerade habe ich mit Professor Lanzi am Telefon gesprochen. Er sagte mir, daß er keineswegs die Absicht hegt, eine öffentliche Ausstellung zu genehmigen. Offengestanden halte ich diese Einstellung für äußerst fragwürdig. Ich persönlich meine, daß zwei Meisterwerke von derartiger Schönheit den Bürgern nicht vorenthalten werden dürfen, denen sie letzten Endes gehören, und darüber hinaus denke ich, daß die geduldige Arbeit meiner tüchtigen Mitarbeiter öffentliche Anerkennung verdient hätte.«

»Sehr richtig! Diese Einstellung ist nicht hinnehmbar!« ließen sich mehrere Stimmen vernehmen.

Vincenzo Barresi trat vor. »Professore«, sagte er, »möchten Sie, daß ich noch einmal mit Lanzi spreche? Vielleicht gelingt es mir ja, ihn umzustimmen oder mir wenigstens die Gründe für seine ablehnende Haltung darzulegen zu lassen. Wir hatten stets ein sehr gutes Verhältnis.«

»Das wäre schön, lieber Barresi«, sagte Carani, »denn, sehen Sie, ich bin wirklich tief erschüttert.« Daraufhin begab Barresi sich ans Telefon, während im Saal die unterschiedlichsten Kommentare abgegeben wurden.

»Nichts zu machen«, sagte Barresi betrübt, als er kurz darauf zurückkam. »Er läßt sich nicht umstimmen. Er sagt, die Statuen könnten nicht ausgestellt werden, solange sie nicht eingehend erforscht worden seien. Ich habe alles versucht, aber er war nicht zu überzeugen. Tut mir leid.«

»I don't understand«, sagte Elizabeth, »was geht hier vor?«

»Der zuständige Oberintendant verweigert seine Zustimmung, die Statuen öffentlich auszustellen«, erklärte ihr Ottaviani.

»But why?«

»In diesem Land fällt jede archäologische Ausgrabung und konsequenterweise auch jeder Fund, der dabei ans Tageslicht kommt, in die Zuständigkeit des Oberintendanten, der zugleich Staatsbeamter und Archäologe ist. Er ist auch für die Konservierung und Verwahrung zufälliger oder erratischer Funde wie im Fall der beiden Bronzestatuen hier verantwortlich. Wenn also der Oberintendant bei einer Ausstellung oder Vorführung Risiken oder Gefahren für die Kunstwerke sieht, kann er die Genehmigung verweigern. Mit anderen Worten, Lanzi hat das Recht auf seiner Seite, obwohl seine Einstellung mehr ein Vorwand zu sein scheint, als von begründeten Argumenten geleitet. Ich kann wirklich nicht erkennen, welchen Risiken diese Statuen im Rahmen einer Publikumsausstellung ausgesetzt sein sollten, und falls doch, könnte er ja immer noch persönlich die Sicherheitsvorkehrungen begutachten und wenn nötig nach eigenem Ermessen verschärfen.«

»It's just crazy, ihr Italiener seid verrückt«, meinte Elizabeth.

»Tja, was soll ich dazu sagen ...«, gab Ottaviani zu.

»Professore«, schaltete sich Barresi wieder ein, »meiner Ansicht nach gäbe es einen Ausweg: Sie könnten die Ausstellung nicht als Präsentation der Statuen bezeichnen, sondern als Schau über die Restaurierung derselben. Im Grunde hat Ihr Institut doch die Arbeiten durchgeführt, folglich haben Sie das Recht, die Ergebnisse zu präsentieren.«

»Ausgezeichnete Idee«, entgegnete Carani erleichtert. »Mir scheint, auf diese Weise könnten wir das Hindernis umgehen. Noch heute abend rufe ich den Kulturminister an. Wenn Lanzi etwas einzuwenden hat, muß er sich mit ihm herumschlagen.«

Gegen achtzehn Uhr begann sich der Saal zu leeren. Während die Bediensteten bereits das Licht ausschalteten, warf Ottaviani einen letzten Blick auf die Umrisse der Krieger. Dann ging er zu den Freunden, die im Atrium auf ihn warteten.

»Und was machen wir jetzt?« fragte Quintavalle. »Gehen wir bei Sora Nina in Trastevere eine Pizza essen?«

»Ich bin dafür«, antwortete Ottaviani. »Und was sagen die Frauen dazu?«

»Great«, erwiderte Elizabeth und überzeugte auch Silvia, die lieber in eine Trattoria gegangen wäre.

Die Pizza war wirklich gut, und das gleiche galt für den kühlen Marino aus dem Weinkeller. Rasch kehrte die Unterhaltung zu den Kriegern aus Taormina zurück.

»Abgesehen davon, was Carani uns erzählt hat – was weiß man eigentlich noch über die beiden Stücke?« fragte Ottaviani.

»Nicht gerade viel. Lanzi hat sich stets zugeknöpft gegeben«, antwortete Quintavalle. »Jedenfalls hat es den Anschein, als hätten sich die beiden Statuen an Bord eines Schiffes befunden, dessen Überreste die Taucher dem Vernehmen nach auf dem Meeresgrund gefunden haben. Ein paar Holzplanken, mehr nicht ...«

»Das erklärt auch, warum die Waffen fehlen«, sagte Ottaviani. »Vermutlich wurden die Statuen vor dem Verladen in Holzkisten verpackt. Da die beiden Lanzen und die Schilde nicht hineinpaßten, wird man sie abmontiert haben.«

»Und der Helm?« wandte Elizabeth ein.

»Offensichtlich war auch der Helm zu sperrig, was

bedeutet, daß er einen großen Busch in Kammform gehabt haben muß, der so weit nach hinten reichte, daß er ebenfalls entfernt werden mußte. Das war nicht so schwer wie man denkt, weil es sich um ein separat gegossenes Teil handelte, das der Künstler mit Blei an der Statue festgelötet hatte. An den Rückständen auf den Händen der beiden Krieger sieht man, daß die Lanzen auf dieselbe Art angebracht wurden.«

»Das ist wahrscheinlich«, kommentierte Quintavalle.

»Was meinst du, Silvia, aus typologischer Sicht?« fragte Ottaviani.

»Auf den ersten Blick würde ich fünftes Jahrhundert vor Christus sagen ... erste Hälfte fünftes Jahrhundert ... die Locken in der Stirn von Statue A weisen gewisse Ähnlichkeiten zum strengen Stil auf. Auf jeden Fall griechisch.«

»Könnte es nicht auch gräko-sizilisch sein? Oder großgriechisch?« fragte ihr Ehemann nach.

»Das kann ich nicht ausschließen«, erwiderte Silvia, »aber grundsätzlich halte ich das für unmöglich. Eine dermaßen verfeinerte und weitentwickelte Technik ist meines Wissens für die Magna Graecia dieser Zeit nicht verbürgt. Denken wir nur an den Epheben von Selinunt, der noch zur strengen Typologie der Kuroi gehört.«

»Dann wurden sie also aus Griechenland herbeigeschafft«, warf Ottaviani ein.

»Oder aus Ionien, wenn's hochkommt«, präzisierte Silvia. »Zwar sind sie anscheinend aus griechischer Fabrikation, dennoch können wir nicht wissen, wo sie aufgestellt waren. Leider wissen wir nicht einmal, wen sie darstellen. Zwei Helden, sicher, aber welche?«

»Ich habe da so eine Idee«, sagte Ottaviani, »allerdings ist sie wissenschaftlich nicht abgesichert. Es handelt sich lediglich um eine Eingebung, weshalb es sich eigentlich nicht lohnt, darüber zu sprechen. Wenn man allerdings die Schilde finden würde ... Darauf müßte ein Wappen abgebildet sein, eine Widmung vielleicht, eine Inschrift. Hört zu«, fuhr er fort, während er eine Zigarette aus Quintavalles Päckchen zog, »nehmen wir einmal an, die Besatzung des Schiffes hat die Waffen abmontiert. Dann hat sie sie bestimmt in einer anderen Kiste verstaut. Als es zum Schiffbruch kam, sind die Kisten mit den sehr schweren Statuen geradewegs auf den Grund gesunken, während die leichtere Kiste mit den Waffen noch eine Weile geschwommen sein kann, bis sie an anderer Stelle versunken ist. Wenn man die Stärke der Meeresströmungen in diesem Gebiet untersuchen und mit dem hypothetischen Gewicht der Kiste mit den Waffen in Beziehung setzen würde, könnte man ein Gebiet lokalisieren, auf das sich die Suche konzentrieren müßte ...«

»Gar nicht mal dumm«, stimmte Quintavalle zu. »Warum gehst du nicht gleich ans Werk, schwimmen kannst du ja, oder?«

»Im Moment habe ich anderes im Kopf«, erwiderte Ottaviani, »und ... Mist, jetzt habe ich doch ganz vergessen ... Entschuldigt, ich muß telefonieren. Bin gleich wieder da.« Er ging zum Telefon und wählte die Nummer: »Hallo«, antwortete die Stimme von Kardinal Montaguti.

»Eminenz, hier ist Fabio. Hatten Sie Gelegenheit zu diesem Telefonat?«

»Allerdings. Gigi hat mir versprochen, er würde versuchen, diesen Willendorf zu überzeugen. Bist du zufrieden?«

»Und wie, Eminenz. Herzlichen Dank.«

»Hör mal, laß ihm aber ein bißchen Zeit, warte ein paar Tage, bevor du in die Bibliothek gehst, in Ordnung?«

»Das versteht sich von selbst, Eminenz. Ich werde Ihren Rat befolgen.«

»Dann erwarte ich dich also im August.«

»Ich komme auf jeden Fall, Eminenz«, erwiderte Ottaviani, obwohl er im Grunde seines Herzens schon jetzt einige Zweifel hegte. Als er zu den Freunden zurückkehrte, war ihm, als ob ein Mann, der nicht weit entfernt an einem anderen Tisch saß, Elizabeth intensiv ansah und ihr Zeichen machte. Er war fett, und sein Haar glänzte.

»Belästigt der Typ dich etwa?« fragte er, als er sich neben sie setzte.

»Welcher Typ?«

»Der da, der am Tisch hinter mir sitzt.«

»Glaube ich nicht, ich habe nichts gemerkt.«

»Sieh da! Er ist schon eifersüchtig«, lachte Quintavalle.

»Jetzt ist er endgültig verloren.«

Vatikanstadt, 1. August, 16.30 Uhr

Fabio Ottaviani hob den Blick vom Lesetisch und ließ sich enttäuscht gegen die Stuhllehne fallen. Stundenlang hatte er konzentriert in dem Codex vaticanus membranaceus 4731 gelesen und war doch auf keinerlei Indiz gestoßen. Es handelte sich um einen herrlichen Kodex, der in seiner Vollkommenheit fast wie gedruckt wirkte. Jede Seite war zweispaltig beschrieben, der perfekt spationierte Text folgte dicken Führungslinien, die noch auf dem Pergament zu erkennen waren. Er bedauerte seine Anmaßung – wie hatte er die Hoffnung hegen können, etwas Neues in einem Text zu entdecken, an dem sich schon die berühmtesten Philologen Europas und Amerikas versucht hatten? Er mußte sich mit dem Mißerfolg abfinden, mußte das Handtuch werfen. Mehr aus Gewohnheit denn aufgrund einer konkreten Idee zog er die Hasselblad mit dem High-speed-Film aus dem Futteral und machte eine Aufnahme von der Seite, auf der Kapitel XXII begann. Da die Tinte ziemlich verblaßt war, setzte er einen Kontrastfilter auf das

Makroobjektiv und blickte durch den Sucher, um die Schärfe einzustellen.

Fasziniert vom Potential der Linse, die ihm die winzigsten Details der zierlichen Schrift ebenso enthüllte wie den Grad der Erhaltung oder Schädigung des Pergaments, ging er Zeile für Zeile durch. Da bemerkte er etwas Eigenartiges ... etwas, das verschwand, wenn er den Filter vom Objektiv nahm, und erschien, wenn der Filter wieder aufmontiert war. Hier und da sprangen einige Buchstaben hervor, als wären sie eben erst mit frischer Tinte niedergeschrieben worden.

Um sicherzugehen, daß das Phänomen nicht auf einer optischen Täuschung oder einem Lichtreflex beruhte, beschloß er die Probe aufs Exempel zu machen, nämlich sämtliche Buchstaben herauszuschreiben, die hervorstachen, und anschließend noch einmal zu kontrollieren, indem er vor den Farbfilter einen Polarisator montierte. Nach Beendigung der Übertragung wiederholte er die Probe mit der Polarisationslinse: Das Ergebnis war exakt dasselbe. Er warf einen Blick auf die Buchstabenfolge, die er herausgeschrieben hatte, eine schwarze, unförmige Schlangenlinie auf einem weißen Notizzettel:

›t h e o d o r o s e g n o k e t e n a l e t h e i a n‹

Eine plötzliche Eingebung ließ ihn aufmerksamer hinsehen, und das Herz schlug ihm bis zum Hals – das war ein Satz, die Buchstaben bildeten einen Satz!

Theodòros égnoke tèn alétheian

Theodoros kannte die Wahrheit.

Erneut griff er nach der Kamera und verschoß einen ganzen Film für diese Seite, dann begab er sich in das Büro des Direktors.

»Monsignore«, fragte er, »könnten Sie mir wohl sagen, woher der membranaceus 4731 stammt?«

»Gewiß, Professore«, antwortete Monsignore Willendorf höflich, aber kühl. »Dieser Kodex stammt aus dem Kloster San Nilo in Grottaferrata und wurde der Vatikanischen Bibliothek zusammen mit anderen wertvollen Texten gegen Ende des fünfzehnten Jahrhunderts vermacht. Allerdings verwahrt die dortige Klosterbibliothek noch eine gewisse Anzahl weiterer Handschriften, unter anderem den weltberühmten Text von Strabo.«

»Ich kenne ihn«, sagte Ottaviani und fügte hinzu: »Pater, ich wollte Ihnen mitteilen, daß ich meine Arbeit an dem Kodex beendet habe, und möchte mich bei Ihnen für die ... gute Zusammenarbeit bedanken.«

»Keine Ursache, Professore, keine Ursache«, erwiderte der Direktor und fügte mit ironischem Lächeln hinzu: »Ich hoffe, Sie haben etwas Interessantes entdeckt?«

»O ja«, antwortete Ottaviani wie beiläufig, »eine versteckte Anmerkung.« Er machte eine Verbeugung und ließ den Kirchenmann mit offenem Mund und heruntergerutschter Brille auf der Nase zurück.

Vor der Bibliothek zündete sich Ottaviani eine Zigarette an und zog seinen Schatz aus der Tasche: ... tèn alétheian ... die Wahrheit. Welche Wahrheit? Der antike Kopist hatte auf der verstümmelten Seite des Polybios einen Hinweis für die Nachwelt versteckt, den Schlüssel zu einem Geheimnis, das er vielleicht aufgedeckt hatte, das er jedoch nicht offenbaren wollte oder konnte. Wie viele antike Dokumente waren durch Zerstörungen, Invasionen, Brände und die Barbarei der dunklen Jahrhunderte verlorengegangen, durch Säuberungen, Intoleranz und Fanatismus, durch den Zahn der Zeit ... und doch war die in einem berühmten und allgemein bekannten Text verborgene Stimme dieses Mannes bis zu ihm gedrungen wie eine Flaschenpost mit der Nachricht von einem Schiffsuntergang. Und nun befand sich diese Botschaft in seiner Hand, in der Hand eines unwürdigen Handlangers der Geschichte ...

Nur, von welcher Wahrheit sprach die Anmerkung? Von einer eingebildeten Wahrheit vielleicht? Oder von einer Wahrheit aus einer Zeit, die für immer vergangen war?

Er erinnerte sich an damals, als er bei einer Ausgrabung in das Grabmal einer adeligen römischen Matrone hinabgestiegen war und dort eine versiegelte Salbenbüchse aus Alabaster gefunden hatte. Instinktiv hatte er den Keramikverschluß entfernt, und der letzte spärliche Duft der kostbaren Creme darin war verflogen. Er hatte gerade noch flüchtig den Geruch von Aloë und anderen unbekannten Essenzen wahrnehmen können ... einen kurzen Augenblick lang. Auf dem Boden des Alabastergefäßes blieb nur ein schwarzer, nunmehr geruchloser Klumpen zurück. Was, wenn das gleiche mit der Wahrheit des antiken Kopisten passiert war?

Er faltete den Zettel zusammen, steckte ihn in seine Brieftasche und lief die sonnenüberflutete, von Autos verstopfte Straße entlang. Am liebsten hätte er sofort Quintavalle angerufen und ihm von seiner Entdeckung erzählt, aber er hielt sich vor Augen, daß er vorläufig nur ein merkwürdiges Rätsel entziffert hatte. Er mußte seine Nachforschungen fortsetzen und herausfinden, ob die Botschaft des Kopisten ihn zu einem Ergebnis führen oder ob sich alles als kurioser philologischer Schwindel herausstellen würde. An einem Kiosk blieb er stehen, kaufte sich eine Zeitung und betrat eine Bar, um einen Kaffee zu trinken. Rasch überflog er die Auslandsnachrichten: Der Libanon stand in Flammen, Tyros und Sidon brannten; Euphrat und Tigris flossen durch ein Inferno aus Stahl und Feuer, und von der türkischen, persischen und syrischen Grenze wurden Truppenbewegungen gemeldet. Er faltete die Zeitung zusammen, verließ die Bar und steuerte auf ein Fotogeschäft zu, wo er den Film zum Entwickeln gab.

Aus der Bar war ihm ein Mann gefolgt, der das Fotogeschäft erst betrat, nachdem Ottaviani es bereits wieder verlassen hatte. Mit der Begründung, er habe einen Großauftrag zu vergeben, bat er den Verkäufer um die Adresse des Fotolabors, notierte diese in seinem Notizblock und verließ das Geschäft.

Unterdessen fuhr Ottaviani auf seinem Motorrad bereits durch die Leoninische Mauer in Richtung Engelsburg. Er hatte sich mit Elizabeth vor einem Bekleidungsgeschäft verabredet.

»Wie war es heute?« fragte sie ihn.

»Das erzähle ich dir nachher. Warst du einkaufen?«

»Ein wenig. Hast du die Zeitung schon gelesen?«

»Ich habe nur einen Blick hineingeworfen. Warum?«

»Etwas Seltsames ist passiert: Professor Lanzi ist verschwunden.«

»Lanzi? Der Oberintendant?«

»Genau der. Die Polizei hat sein Auto verlassen auf dem Land gefunden. Von ihm gibt es nicht die geringste Spur.«

»Wo ist das passiert?«

»Around the Torre Rossa.«

»Lavinium?«

»Right. Paolo Quintavalle hat gegen vier angerufen und nach dir gefragt. You should call him back.«

»Dann laß uns sofort fahren, ich rufe ihn von deiner Wohnung aus an. Fährst du mit mir?«

»Sorry, dear, mein Auto steht um die Ecke im Halteverbot.«

»Dann sehen wir uns zu Hause.«

Rom, 17 Uhr

»Hallo, Paolo, Lizzy sagte mir, du wolltest mich sprechen. Was ist das für eine Geschichte mit Professor Lanzi? Ich habe in der Zeitung nachgesehen, aber da steht nur eine Notiz von ein paar Zeilen.«

»Hm, ich kann dich etwas über die Hintergründe aufklären«, antwortete der Archäologe. »Als Carani beschloß, die Ausstellung zu eröffnen, rief Lanzi ihn noch am gleichen Abend an – du weißt, wie schnell sich Neuigkeiten unter den Archäologen verbreiten. Er war außer sich. Er drohte mit Tod und Teufel, sagte, daß er persönlich zum Minister gehen würde, um dem Ganzen ein Ende zu setzen, seine Krieger einzupacken und sie nach Sizilien zurückzuschaffen.«

»Das ist doch leeres Geschwätz! Meines Wissens nach ist die Ausstellung ein Bombenerfolg. Die Besucher kommen in Scharen.«

»Das ist wirklich phänomenal. Aber hör dir das an: Gestern wurde Lanzis Auto in Torre Rossa gefunden, und zwar leer, die Schlüssel lagen auf dem Armaturenbrett, aber von ihm war nichts zu sehen, und nach allem, was ich gehört habe, tappt die Polizei bis jetzt völlig im Dunkeln.«

»Ja, so stand es auch in der Zeitung. Aber was meinst du denn, warum ist Lanzi überhaupt nach Torre Rossa gefahren … beziehungsweise nach Lavinium?«

»Ich habe die ganze Nacht darüber nachgedacht, aber ich komme einfach zu keinem Ergebnis. Ich hatte den Verdacht, er wolle mich auf der Ausgrabung besuchen, denn das Auto wurde nachmittags gefunden, und um diese Uhrzeit halte ich mich normalerweise dort auf, aber das finde ich irgendwie merkwürdig … Warum hat er mich dann nicht angerufen?«

»Vielleicht hat er es getan, dich aber nicht erreicht … Vielleicht war Silvia im Museum, und deine Kinder waren auf dem Tennisplatz oder im Schwimmbad.«

»Möglich wär's. Aber da ist noch etwas anderes: Ein Fundstück ist aus dem Magazin verschwunden.«

»Was für ein Fundstück?«

»Ein Tontorso, den wir bei den Grabungen gefunden haben.«

»Vielleicht hat Lanzi ihn mitgehen lassen.«

»Laß die Scherze.«

»Schon gut, aber es könnte immerhin eine Verbindung geben zwischen dem Verschwinden von Lanzi und dem des Fundstücks. Was sagt denn die Polizei dazu?"

»Ach, die halten alles für möglich, sogar eine Entführung, aber das fände ich sehr eigenartig. Lanzi nagt zwar nicht gerade am Hungertuch, aber reich ist er beileibe nicht, soweit ich weiß.«

»Das sagst du. Lanzi ist Oberintendant und als solcher der Hüter von Schätzen, die einen unermeßlichen Wert haben. Aber erzähl mir mehr über das Fundstück, das gestohlen wurde – war es bedeutend?«

»Auf dem Torso befand sich ein stilisiertes Relief, das drei Figuren in einem Heiligtum darstellte: eine bewaffnete Gottheit zwischen zwei nackten Männern.«

»Eigenartig ... Hast du wenigstens ein Foto davon?«

»Ja, ich glaube ja. Bisher haben wir alles fotografiert.«

»Gott sei Dank. Hör zu, Paolo, macht's dir etwas aus, mir das Foto zu zeigen? Ich könnte gleich vorbeikommen.«

»Treffen wir uns lieber bei Silvia im Museum: Das liegt auf halber Strecke zwischen meiner Wohnung und – sagen wir – deiner Wohnung.«

»In zwanzig Minuten.«

»Wer zuerst da ist, wartet.«

Ottaviani nahm Helm und Lederjacke und ging nach unten. Auf der Treppe traf er Elizabeth, die mit einer Plastiktüte voller Päckchen hinaufkam.

»Wo willst du denn hin?« fragte sie.

»Zu Paolo, in einer dringenden Angelegenheit. Wir sehen uns zum Abendessen.«

»Kann ich nicht mitkommen?«

»Wenn du willst, aber mach schnell.«

»Einen Moment, ich zieh' mir nur schnell die Jeans an.«

Kurz darauf brauste Ottaviani mit Elizabeth auf dem Sozius durch die Via Etruria und die Via Gallia Richtung Kolosseum.

Eine Viertelstunde später hielt er vor der Freitreppe zum Kapitol, stellte die Benelli ab und stieg mit Elizabeth zu den Museen hinauf. Quintavalles Wagen war noch nicht da, deshalb sagte er dem Pförtner, er möge Quintavalle, sobald er einträfe, Bescheid sagen und ihn hinaufschicken.

»Dottor Ottaviani und Dottoressa Allen«, sagte er zu dem Angestellten, der ihnen öffnete, »wir möchten zu Dottoressa Quintavalle.«

»Sie ist in der Restaurationsabteilung«, erwiderte der Angestellte. »Wenn Sie mir bitte folgen wollen.«

Silvia Quintavalle war gerade mit dem Grabstein beschäftigt, den sie einige Wochen zuvor an der Via Salaria gefunden hatte.

»Ciao, Fabio, ciao, Lizzy. Vor zwei Minuten hat Paolo angerufen. Er bittet euch, ein paar Minuten zu warten.«

»Kein Problem. Was hast du da Schönes?«

»Eine Grabinschrift, die ich an der Via Salaria gefunden habe. Ein Bagger der Gasgesellschaft hat ihn in zwei Teile zertrümmert. Jetzt ist er wieder zusammengesetzt, schaut her.«

Der Grabstein maß etwa hundertzwanzig auf achtzig Zentimeter, über der Inschrift befand sich ein kleines Giebelfeld.

Elizabeth nahm ein Blatt Papier und schrieb die Inschrift vollständig ab.

Dis Manibus
Lucio Fonteio Cai filio,
Heminae tribuno III legionis
Italicae, fato crudeli
XXXIV annos defuncto
Caius pater desolatus

»Der Ärmste«, kommentierte Ottaviani, nachdem er die Inschrift überflogen hatte, »er war etwa so alt wie ich, als er starb. Was meinst du, aus welcher Zeit stammt der Grabstein?«

»Frühes zweites Jahrhundert vor Christus, I would say«, sagte Elizabeth.

»Dem stimme ich zu«, sagte Silvia. »Er war Offizier, er könnte unter Flamininus im zweiten Makedonischen Krieg gefallen sein.«

»Oder in Asien unter Scipio Asiaticus, oder unter Manlius Vulso«, warf Ottaviani ein.

»Sinnlos, sich darüber das Hirn zu zermartern, Fabio. Vielleicht starb er auch durch das Messer eines eifersüchtigen Ehemanns, während er sich in irgendeiner hübschen Villa hier in der Gegend vergnügte.«

Eine Weile stand Ottaviani in Gedanken versunken da und fuhr mit der Hand über den Grabstein des Tribuns Hemina, der mit vierunddreißig Jahren von einem grausamen Schicksal dahingerafft worden war. Silvias Stimme rüttelte ihn auf: »Jedenfalls hat dieser Herr mich vor ein Problem gestellt, sein kleines Geheimnis muß noch gelöst werden.«

»Wer, der Mann von der Inschrift?« fragte Ottaviani. »Ich sehe nicht, wie, der Text ist eindeutig, und dem Anschein nach vollkommen gewöhnlich.«

Aus einer Schublade nahm Silvia eine Plastikschachtel für Dias und öffnete sie. »Sieh dir das mal an«, sagte sie. »Das habe ich in dem Grab gefunden, es gehörte dem Auftraggeber der Inschrift.« Ottaviani betrachtete den Bronzering und las die Inschrift auf der Einfassung.

»Stimmt«, sagte er, »das ist sein Familienring, aber entschuldige, ich verstehe immer noch nicht.«

»Ganz einfach«, entgegnete Silvia, »eine der beiden Inschriften lügt.«

Noch einmal besah Ottaviani sich die Inschrift auf dem Grabstein, dann nahm er den Ring, steckte ihn sich an den Ringfinger und betrachtete ihn eingehend. »Ich glaube, ich verstehe ...«, sagte er, »ich glaube, ich verstehe ...« Plötzlich, als hätten ihn die Kräfte verlassen, sank er auf einen Stuhl. Silvia und Elizabeth umringten ihn besorgt: »Fabio, geht es dir nicht gut? Was ist mit dir?«

Ottaviani fuhr sich mit der Hand über die schweißnasse Stirn, dann stützte er sich auf die Armlehnen des Stuhls und stand auf. »Ich weiß nicht ... ich weiß nicht, was mit mir los war, aber es ist vorbei«, sagte er, während er den Ring vom Finger zog und ihn auf den Tisch legte. »Macht euch keine Sorgen, mir geht es wieder prima.« In diesem Augenblick trat Quintavalle ein. »Entschuldigt, Mädchen, ich muß zwei Worte mit Paolo wechseln, wenn ihr gestattet.« Er trat zu dem Freund, und sie setzten sich an einen Tisch, der zur Hälfte mit Tonscherben bedeckt war.

»Und, hast du das Foto gefunden?« Quintavalle zog einen 13x18-Schwarzweißabzug heraus. »Das ist alles, was ich habe, Fabio. Ich war damals knapp bei Kasse, das Geld für großformatige Farbaufnahmen war noch nicht eingetroffen.«

»Das ist nicht besonders gut«, sagte Ottaviani enttäuscht. »Kaum Kontraste ... aber immerhin, besser als nichts. Kann ich es behalten?«

»Ja, ich habe das Negativ. Aber erzähl mal, welche Idee schwirrt dir im Kopf herum?«

»Nichts Konkretes, ich schwöre, aber irgendwie habe ich den Eindruck, daß Lanzis Verschwinden in irgendeiner Weise mit dem Diebstahl dieses Gegenstandes zusammenhängt, und deshalb wollte ich das Foto in aller Ruhe studieren, um zu sehen, ob es nicht vielleicht, was weiß ich, einen Hinweis gibt ...«

»Meiner Meinung nach bist du vollkommen übergeschnappt. Jetzt willst du auch noch Polizist spielen. Interessiert dich die Forschung nicht mehr?«

»Im Gegenteil. Ich denke, ich habe eine große Entdekkung gemacht.«

»Machst du Witze?«

»Allerdings muß ich noch weiter daran arbeiten und eine gewisse Spur verfolgen.«

»Und einem alten Freund willst du nicht verraten, worum es sich handelt? Du spannst mich auf die Folter.«

»Momentan handelt es sich nur um einen Hinweis, Paolo, sehr interessant, aber doch nur ein Hinweis, und ich möchte niemanden enttäuschen. Habe Geduld. Sobald ich etwas Konkretes in der Hand habe, bist du der erste, der davon erfährt. Ich wollte dir aber noch mitteilen, daß ich Rom verlasse. Ich gehe nach Grottaferrata, ins Kloster San Nilo.«

»Gütiger Gott im Himmel«, rief Quintavalle verblüfft. »Fabio Ottaviani sagt den Verlockungen der Welt und des Fleisches ade und beginnt ein kontemplatives Leben! Nicht zu fassen.«

»Hör schon auf, ich will ja nicht Mönch werden. Ich will dort lediglich arbeiten, ein paar Ideen nachgehen … Auf jeden Fall werde ich dich, solange ich dort bin, ab und zu anrufen und mich nach etwaigen Neuigkeiten erkundigen.«

»Einverstanden«, erwiderte Quintavalle. »Fiat voluntas tua.«

In diesem Augenblick trat Elizabeth zu ihnen. »Would you guys stop plotting together?« fragte sie.

»Von einem Komplott kann hier überhaupt nicht die Rede sein. Fabio hat mir seine Absicht anvertraut, das Keuschheitsgelübde abzulegen«, witzelte Quintavalle.

Es war schon Abend, als sie das Museum verließen, und Ottaviani fuhr mit Elizabeth ein bißchen durch die Stadt. Bevor sie nach Hause fuhren, machten sie einen Schlenker über die Villa Giulia. Die Türen des Museums waren geöffnet, und eine lange Schlange von Leuten wartete noch darauf, eingelassen zu werden. Ein Fernsehteam machte Aufnahmen, Verkehrspolizisten hielten die Menge im Zaum.

Ottaviani stoppte neben einem von ihnen und fragte:

»Können Sie mir bitte sagen, wann die Ausstellung schließt?«

»Tja, am Anfang hieß es, daß sie nur einen Monat läuft, dann haben sie drei Monate gesagt, und jetzt ist die Rede von sechs. Gestern hatten wir zweitausend Besucher, heute sollen es sogar dreitausend sein. Unglaublich, und das alles nur wegen zwei Statuen.«

»Ach ja?« gab Ottaviani mit seltsamem Lächeln zurück.

4.

Frascati, 7. August, 8 Uhr

Elizabeth zog die Jalousie hoch. Das Tageslicht flutete ins Schlafzimmer und weckte ihren Geliebten, der sich im Bett aufsetzte.

»Lieb von deinem Freund Barresi, uns sein Haus für das Wochenende zu überlassen. Ein wirklich zauberhafter Ort.«

Ottaviani betrachtete sie, als sähe er sie zum erstenmal. Im Licht des Sommermorgens zeichnete sich der perfekte Körper gegen die Spitzengardine ab. Ein Körper, wie er ihn sich in den frühen, naiven Träumen seiner Jugend vorgestellt hatte und von dem er niemals gedacht hätte, daß es ihn wirklich geben könne. Ausgiebig liebkoste er sie mit seinem Blick, während sie durch das Zimmer spazierte und nach dem Morgenmantel griff.

»Bedeck dich nicht, bitte«, sagte er fast melancholisch. »Ich will dich noch ansehen.«

»Aber du hast mich doch schon so oft gesehen, wenn wir uns geliebt haben«, erwiderte das Mädchen lächelnd.

»Wenn wir uns lieben, ist es anders. Es ist, als würde ich von einem Strudel in die Tiefe gerissen. Alles wird dunkel, ich sehe dich nicht mehr.« Elizabeth blickte ihm fest in die Augen.

»Was willst du mir sagen?« fragte sie.

»Also gut ... in Kürze wirst du weggehen, und ich werde es bereuen, dich nicht genug angesehen zu haben, mir nicht jeden Aspekt deiner Person eingeprägt zu haben.«

»Warum denkst du jetzt darüber nach?« fragte die junge Frau und setzte sich ihm gegenüber. »Ich bin doch hier.«

»Es ist eigenartig«, entgegnete er, »ich bin so daran gewöhnt, in die Vergangenheit zu schauen, daß die Zukunft mich verwirrt und erschreckt. Auf dem Bauernhof meines Vaters bin ich als Junge oft in den Brunnen hinabgestiegen, um den Wasserstand zu messen, und da hatte ich nie Angst. Dafür wurde mir jedesmal schwindelig, wenn ich irgendwo hinaufsteigen mußte, auf Bäume zum Beispiel. Wann gehst du zurück nach Amerika?«

Elizabeth gab keine Antwort, ihre Augen wurden feucht und düster. Sie rutschte zu ihm hin, strich ihm lange über das Haar.

»Verrätst du mir etwas?« fragte sie plötzlich.

»Sicher.«

»Als wir zu Silvia ins Museum gefahren sind, um Paolo zu treffen, erinnerst du dich? Da hat sie dir doch diese Grabinschrift und den Ring gezeigt. Du hast dir den Ring an den Finger gesteckt und gesagt: ›Ich glaube, ich verstehe …‹, und dann bist du plötzlich ganz weiß im Gesicht geworden, deine Hände fingen an zu zittern, du bist auf den Stuhl gesunken … fast als ob du die Besinnung verlieren würdest …«

»Ich fühlte mich nicht wohl, das sagte ich doch.«

»Das glaube ich nicht. Du bist stark und kerngesund. Es gab keinen Grund, warum du dich nicht wohl fühlen solltest. Nachdem du den Ring abgezogen hattest, kehrte die Farbe in dein Gesicht zurück, als ob nichts gewesen wäre. Das, was zu deinem Unwohlsein geführt hat, hat mit diesen beiden Gegenständen zu tun. Aber warum? Eben noch hast du mir erzählt, daß die Vergangenheit dir keine Angst einjagt.«

»Das ist eine komische Sache, ich weiß nicht, wie ich dir das erklären soll. Als ich den Ring an den Finger steckte, wurde ich plötzlich von Panik ergriffen, als ob mein Tod kurz bevorstünde ... Als ob diese Gedenktafel mir zugedacht wäre ...«

»Dann hast du das also gemeint, als du sagtest: ›Ich glaube, ich verstehe.‹« Mit einemmal verdüsterte sich Ottavianis Miene. »Bitte, Lizzy ... ich möchte nicht darüber sprechen.«

»Entschuldige, Liebling, forget it ... Steh jetzt auf, du mußt duschen und dich fertigmachen. Du wirst heute im Kloster erwartet, oder etwa nicht?«

»Ja, heute, aber ich bin mir gar nicht mehr so sicher, ob ich überhaupt dorthin will.«

»Come on, Fabio, sei nicht töricht. Du hast die Chance, eine außergewöhnliche Entdeckung zu machen. Du bist Gelehrter, du darfst nicht so emotional sein.«

»Stimmt ... die Wissenschaft zuerst, wie mein Chef sagen würde.«

»Dann los!« sagte Elizabeth lachend und zog ihn vom Bett. »Ab unter die Dusche.«

Gegen halb zehn verließen sie das Haus und stiegen in Elizabeth' Wagen.

»Ich verstehe nicht, was mit meinem Motorrad los ist«, sagte Ottaviani. »Die ganze Zeit lief es bestens, und plötzlich springt es nicht mehr an.«

»Es wird schon nichts Besonderes sein«, meinte Elizabeth.

»Morgen sage ich der Werkstatt Bescheid. Rufst du mich heute abend an?«

»Na klar, so um acht.«

Mit geringer Geschwindigkeit fuhr der große Wagen bergauf. Die von dem romanischen Glockenturm von San Nilo beherrschte Altstadt des Ortes kam ins Blickfeld. Elizabeth fuhr auf den kleinen Platz vor dem Kloster und parkte. Ottaviani holte einen kleinen Koffer aus dem Kofferraum.

»Are you okay, my love?« fragte sie.

»In Topform, amore mio.« Er gab ihr einen langen Kuß, dann ging er entschlossenen Schrittes auf das Klostertor zu.

Der Archimandrit empfing ihn mit großer Herzlichkeit und tauschte eine Weile Höflichkeiten mit ihm aus. Er war schon alt, doch immer noch eine stattliche Erscheinung, groß und imposant, mit blauen, ausdrucksvollen Augen. Er sprach Latein, Griechisch, klassisches Hebräisch und Aramäisch, und die wertvolle Bibliothek des Klosters barg für ihn keine Geheimnisse. Er unterhielt Briefwechsel mit Patriarch Porphyrios III. von Antiochia, mit Maximos VIII. von Alexandria, mit dem Maronitenoberhaupt Hakim II. sowie mit dem ökumenischen Patriarchen von Konstantinopel, der im Verlauf seines Besuches beim Papst einen Tag lang Gast im Kloster gewesen war.

Nach Beendigung der Unterhaltung rief der Archimandrit einen der nur noch vier Novizen und wies ihn an, den Gast im Kloster herumzuführen. Der junge Mann zeigte Ottaviani die ältesten Bauteile, die der ersten Klostergemeinschaft von San Nilo als Unterkunft gedient hatten. Es handelte sich um den Zentralbau eines römischen Gebäudes, und man vermutete, daß der gedeckte Wandelgang der Villa mit seinen von schweren Eisengittern geschützten Fenstern dem Dorf den Namen gegeben hatten. Aus *Crypta ferrata* war im Laufe der Zeit Grottaferrata geworden. Ottaviani besichtigte die Kirche mit der goldglitzernden Ikonostase und der mit Mosaiken verzierten Apsis. In der gewaltigen Nischenwölbung thronte die Figur des Christus Pantokrator, der festlich in die purpurne Dalmatika gewandet auf der Erdkugel ruhte. Über ihm sah man die Figur des Gottvaters und die Taube, die mit gespreizten Flügeln in einem goldenen Funkenregen schwebte.

Er besichtigte die Verteidigungsmauer, die massiven runden Wachtürme des Giuliano von Sangallo, und am

Nachmittag zeigte man ihm schließlich die Räume, die den Ruhm des Klosters begründet hatten: die Bibliothek und die weltberühmte Werkstatt, in der die uralten Bücher restauriert wurden.

Was sich da vor ihm ausbreitete, schien eine Szene aus vergangenen Zeiten. In einem riesigen Saal mit Kreuzgewölben widmeten sich die Mönche ihrer Arbeit. Einige beseitigten mit Hilfe von Lösungsmitteln das Seidenpapier, das zum Schutz auf die alten Pergamentseiten geklebt worden war, andere frischten die Miniaturen in einem Psalter auf, wieder andere erneuerten mit feinen Hanffäden die Bindung. Aufgeschlagen oder auseinandergenommen lagen dort auf den Tischen die Schätze der berühmtesten Bibliotheken Europas. Neben Kodices aus Papier, Pergament und Papyrus sah man die ausgeklügeltsten Werkzeuge der modernen Technik: Befeuchter, Vergrößerer, Röntgengeräte, Mikroskope, Infrarot- und UV-Lampen. Nachdem die Texte ihren Zweck erfüllt und die antike Kultur über das Mittelalter überliefert hatten, wurden sie nun von den fernen Epigonen jener, die sie vor der Zerstörung gerettet hatten, für die Ewigkeit einbalsamiert.

Ottaviani schlenderte von Tisch zu Tisch, betrachtete Miniaturen, Texte mit gregorianischen Gesängen, Meßbücher, die Werke berühmter klassischer Autoren wie Varro, Eusebios, Ammianus Marcellinus. In einem prächtigen griechischen Evangeliar, das aufgeschlagen auf dem Tisch lag, las er die ersten Zeilen des Johannes-Evangeliums: Im Anfang war das Wort … Anschließend besuchte er die berühmte Bibliothek. Von dort stammte der Text der Vatikanischen Bibliothek, in diesen Mauern war die versteckte Anmerkung niedergeschrieben worden, deren Bedeutung er entschlüsseln wollte.

Er kehrte zum Eingang zurück, um seinen Koffer zu holen, und folgte dem Novizen in den Klosterflügel mit den Mönchszellen. Am Fuß der Treppe stießen sie auf den Archimandriten, der in diesem Augenblick aus der Kapelle trat.

»Nun, Professore«, sagte er zu Ottaviani, »haben Sie unser Kloster besichtigt?«

»Ein herrliches Bauwerk, ehrwürdiger Vater, aber ich nehme mir vor, es in den nächsten Tagen, solange ich Ihre Gastfreundschaft ausnutzen werde, noch besser kennenzulernen.«

»Oh, Sie nutzen gar nichts aus, im Gegenteil, Sie sind in unserem Haus willkommen. Seine Eminenz Montaguti hat sich sehr positiv über Sie geäußert. Leider müssen wir einen geringen Beitrag zu den Kosten für Ihr Logis annehmen, Professore. Die Zeiten erlauben uns nicht die Großzügigkeit, die wir gerne gewähren würden.«

»Das versteht sich von selbst. Es war schon mehr als großzügig von Ihnen, ehrwürdiger Vater, daß Sie mich überhaupt im Kloster aufgenommen haben.«

»Geh und hole Laken und Bettbezüge«, sagte der Archimandrit zu dem Novizen. »Ich werde unseren Gast hinauf in den ersten Stock begleiten.«

Oben angelangt, standen sie vor einem langen Gang, von dem ein Dutzend Zellentüren abgingen.

»Sie haben mir noch nicht erzählt, worüber Sie forschen«, sagte der Archimandrit, »oder bin ich indiskret?«

»Durchaus nicht«, erwiderte Ottaviani. »Sehen Sie, ich habe eine versteckte Anmerkung im Codex polybianus 4731 der Vatikanischen Bibliothek entdeckt, der, wie Sie wissen werden, aus diesem Kloster stammt. Ich möchte Nachforschungen im Archiv anstellen, um nach Möglichkeit die Bedeutung der Anmerkung zu entschlüsseln.«

Der Alte runzelte die Stirn.

»Gibt es da Schwierigkeiten?«

»O nein«, antwortete der Archimandrit.

»Gott sei Dank ... Also dann, wenn Sie mir meine Zelle zeigen wollen ...«

»Nur die letzten vier sind belegt«, sagte der Archimandrit. »Suchen Sie sich nur diejenige aus, die Ihnen zusagt.«

Langsam ging Ottaviani den Gang entlang, in dessen Stille jeder seiner Schritte nachhallte. Vor der siebten Tür blieb er stehen: »Diese gefällt mir«, sagte er und drehte sich um.

»Wie Sie möchten, Professore«, antwortete der Alte. »Ich werde Ihnen die Bettwäsche hierher bringen lassen.«

»Nochmals vielen Dank«, sagte Ottaviani und machte eine Verbeugung. Er öffnete die Tür und trat ein.

Der Greis stand aufrecht mitten im Korridor, in seinem Blick lag Erstaunen.

»Wohin soll ich die Bettwäsche bringen, Ehrwürdiger Vater?« fragte der Novize, der in diesem Augenblick die Treppe heraufkam.

»Er hat sich die siebte Zelle ausgesucht ...«, sagte der Alte wie zu sich selbst, »die siebte.«

Ariccia, Restaurant La Pergola, 7. August, 21.30 Uhr

»In drei oder vier Tagen ist dein Motorrad fertig«, sagte Elizabeth. »Du weißt ja, um diese Jahreszeit hat alles geschlossen, und eine Werkstatt, die arbeitet, ist nicht leicht zu finden.«

»Na gut, da kann man halt nichts machen«, antwortete Ottaviani. »Das bedeutet, daß ich während dieser arbeitsamen Tagen in mönchischer Abgeschiedenheit leben werde. Es tut mir nur leid, daß ich nicht zu dir kann, wenn ich Lust dazu habe.«

»Dann komme eben ich zu dir, amore, vielleicht abends, so wie heute. Tagsüber bin ich mit Quintavalle und den anderen vom Institut auf der Ausgrabung.«

»Gibt es Neuigkeiten?«

»Große sogar. Du hattest recht, die siebte Statue ist aufgetaucht, und anscheinend ist es die letzte, denn wir haben den Boden des Grabmals erreicht. Und du, hast du etwas entdeckt?«

»Bis jetzt habe ich mich ein wenig umgesehen und meine Zelle bezogen. Morgen fange ich an.«

»Wie fühlst du dich?«

»Hm, ich weiß nicht ... Natürlich bin ich fasziniert von der Vorstellung, die Bedeutung der Anmerkung in dem vatikanischen Kodex zu entschlüsseln, aber ich bin nur ungern von dir getrennt. Allein in dieser Zelle zu schlafen macht mich melancholisch. Und du? Fühlst du dich nicht einsam?«

In diesem Augenblick betrat eine Gruppe Jugendliche mit großem Hallo das Restaurant.

»Sollen wir gehen?« fragte Elizabeth. Ottaviani rief den Kellner und zahlte. Sie traten auf die Allee hinaus und spazierten unter den Bäumen entlang.

»Auch ich fühle mich einsam«, sagte Elizabeth. »Mir war nicht bewußt, wieviel Platz du bereits in meinem Leben einnimmst. Dabei sind wir doch erst seit so kurzer Zeit zusammen.«

»Willst du damit sagen, ich mache mich zu breit?« fragte Ottaviani lachend.

»Ich meine es ernst, Fabio. Auch wenn wir noch nicht lange zusammen sind, kommt mir die Zeit, die du nicht bei mir bist, verschwendet vor.«

»Das sagt du nur mir zuliebe ... In ein paar Monaten kehrst du nach Amerika zurück, zu deinen gewiß zahlreichen Verehrern ... Freunden.«

»Du irrst dich, Fabio, wirklich. Ich bin eine einsame Frau.«

»Du bist intelligent, wunderschön, und soweit ich verstanden habe, sogar reich. Was willst du von einem wie mir? Elizabeth, ich verlange nicht, daß ich deine große Liebe bin. Okay, ich halte mich nicht für blöde oder unsympathisch, und ich glaube dir, wenn du sagst, daß du gern mit mir zusammen bist, aber ich erwarte nicht, daß ich für dich mehr bin als ein guter Freund. Wie sagt ihr, ein boy-friend, der dir den Sommer versüßt ...«

»Das sagst du nur, weil du Angst hast zuzugeben, daß du mich wirklich liebst, aus tiefstem Herzen.« Ottaviani lehnte sich an den Stamm einer jahrhundertealten Linde und drückte Elizabeth fest an sich. »In mir sind viele Worte der Liebe«, sagte er.

»Willst du sie nicht herauslassen ... please, my love ...«

»Damit sie wie warmes Wasser über dein Gesicht gleiten, über deinen Körper ... durch dein Haar strömen wie ein Duft? Nein, ich möchte kraftvolle Worte kennen, die in dich eindringen, deine olympische Vollkommenheit zerstören, dich zum Weinen bringen wie ein Kind, das Angst vor der Dunkelheit hat ...« Wind kam auf, und zu ihrer Rechten kräuselten sich schwarze Wellen auf dem Lago di Nemi, der den dunklen Vulkankessel ausfüllte. »Ich möchte deinen Blick trüben, der immer so klar ist ... Ich habe keine Angst vor der Tiefe ...«

Elizabeth befreite sich aus der Umklammerung seiner Arme, trat einen Schritt zurück und sah ihn an. Langsam verfinsterte sich ihr Blick, ein Schatten trat in ihre Augen, und die Lippen begannen zu zittern. Reglos und stumm stand sie vor ihm und weinte bitterlich.

»Elizabeth ... o mein Gott, Elizabeth, verzeih mir ... amore mio ...« Er zog sie an sich, küßte sie. Ihre Lippen schmeckten salzig und bitter.

Sie gingen zum Auto, und Ottaviani setzte sich ans Steuer.

»Fabio.«

»Ja?«

»I am sad … Don't do that to me … never again … never.«

»Ich weiß nicht, warum ich diese Dinge gesagt habe …«

»Glaubst du jetzt, daß ich dich liebe?«

»Ja.«

»Mehr als mein Leben.«

»Ja, ich glaube dir.«

»Fabio, es gibt da etwas, um das ich dich bitten möchte, etwas Wichtiges.«

»Alles, was du willst.«

»Laß uns nach Rom fahren. Verlaß diesen Ort, bitte. Hier kann nichts sein, das nicht schon bekannt ist. Alle Bücher des Klosters sind in den bibliographischen Verzeichnissen erfaßt, ich selbst habe sie kontrolliert. Komm mit mir nach Hause … now.«

»Lizzy … was redest du denn da …«

»Ich meine es ernst, please, Fabio, laß uns nach Hause fahren, ich will heute nacht neben dir schlafen, und morgen auch und übermorgen …«

»Aber Lizzy, ich habe wirklich nicht die Absicht, mehr Zeit als unbedingt nötig in Grottaferrata zu vergeuden. Vielleicht ist es so, wie du sagst, und ich werde nichts finden, aber laß es mich doch wenigstens versuchen. Es ist sehr wichtig für mich.«

»Wichtiger als ich?«

»Zum Donnerwetter, Lizzy, ich verstehe gar nichts mehr. Du sagst mir dauernd, ich soll mich nicht von Gefühlen leiten lassen, daß ein Wissenschaftler sich nicht von Gefühlen leiten läßt, und dann auf einmal bist du selbst es, die sich so verhält. Ich meine, du hast mich doch immer ermutigt, und jetzt machst du auf einmal einen Rückzieher.«

Elizabeth schien zu resignieren. »All right«, sagte sie. »Wie du willst.«

Ottaviani ließ den Motor an und schlug die Richtung

nach San Nilo ein. Auf dem Platz vor der Kirche hielt er an und machte den Motor aus.

»Gibt es Neuigkeiten von Professor Lanzi?«

»Nein. Soviel ich weiß, schließt die Polizei eine Entführung aus, weil weder bei der Familie noch bei den Zeitungen oder sonstwo eine Lösegeldforderung eingegangen ist.«

»Seltsam«, sagte Ottaviani, »ich halte trotzdem an meiner Idee fest. Meiner Meinung nach hat man ihn entführt, und der Diebstahl dieses Torsos aus dem Magazin muß irgendwie damit zusammenhängen.«

»Laß gut sein, Fabio, das ist Sache der Polizei. Kümmere dich jetzt um deine Arbeit, ich will, daß du bald mit mir zurückfährst.« Ottaviani streichelte sie lange, ohne etwas zu sagen.

»Woran denkst du?« fragte Elizabeth.

»Das, was ich für dich empfinde, ist dabei, mein Leben zu verändern ...«

»Wie sehr?«

»Sehr ... zu sehr, vielleicht. Deshalb habe ich Angst.«

»Auch ich habe mich verändert«, sagte Elizabeth, »aber ich habe keine Angst. Es ist schön, dich zu lieben, Fabio, und zu wissen, daß du mich liebst.« Sie küßte ihn zart auf den Mund: »Rufst du mich morgen an?«

»So gegen sieben?«

»All right. Bist du sicher, daß du nicht mit mir nach Rom zurück willst?«

»Ich komme bald zurück, Liebling. Aber jetzt laß mich gehen.«

Er stieg aus dem Wagen, betrat einen Augenblick, bevor der Pförtner das Tor abschloß, das Kloster und ging hinauf in seine Zelle. Oben trat er ans Fenster und sah, wie Elizabeth' Auto davonfuhr. Er wäre jetzt gern bei ihr gewesen, zu Hause, und neben ihr eingeschlafen, nachdem er lange dem Wind gelauscht hätte.

Plötzlich erfaßte ihn ein Gefühl der Einsamkeit und

der Angst. Die Lichter der Ewigen Stadt, ihre vertrauten Geräusche schienen ihm weit weg, als sollte er diese Mauern nie mehr verlassen ...

Der Wind frischte noch mehr auf, bewegte die Wipfel der Steineichen und Zypressen vor dem schwarzen Himmel, dann setzte Regen ein, und aus dem Garten stiegen der Geruch von gelöschtem Staub und intensiver Kieferndujft herauf.

Er schloß das Fenster, knipste die Tischlampe an und begann in der Zeitung zu lesen. Ein Blitz schlug in der Stadt ein, dreiköpfig wie die Schlange der Athene, und kurz darauf rollte ein gewaltiger Donner heran. Das Lampenlicht wurde schwächer, flackerte einen Augenblick und erlosch. Ottaviani zog die Streichhölzer hervor und zündete die Kerze auf dem Betstuhl an. Er nahm den Leuchter und hob ihn hoch, um das Zimmer zu erhellen. Die zitternde Flamme warf ihren Schein auf die Wand mit der Fensteröffnung und ließ jeden Vorsprung an den Steinen hervortreten.

Plötzlich blieb sein Blick an einem eigenartigen Zeichen hängen, das jemand auf einen Stein gezeichnet hatte. Er hielt die Kerze noch näher an die Wand und konnte im starken Kontrast von Licht und Schatten deutlich eine Art Gravur in dem Kalkstein erkennen. Es sah aus wie ein Oval mit einem kleinen Querstrich in der Mitte – wie ein großes griechisches *Theta*. Er wollte mit der rechten Hand die Ränder des Zeichens ertasten, doch im gleichen Augenblick wurde er von Unwohlsein befallen, ein Schwindelgefühl ergriff ihn, eine seltsame, plötzliche Atemnot. Mit einem Mal wurde ihm übel, Schweißtropfen traten ihm auf die Stirn, und dann verspürte er Brechreiz. Mühsam drehte er sich um und lehnte sich mit dem Rücken gegen die Wand, und während er zu Boden sank, entriegelte er mit der Linken das Fenster und riß es auf. Eine kalte Windbö fuhr herein, Regenspritzer ergossen sich über ihn und flößten ihm neues Leben ein. Er atmete tief durch und stützte sich mit beiden Händen auf das Fensterbrett: Es war vorüber.

Er schloß das Fenster wieder und suchte tastend nach dem Bett, legte sich nieder und versuchte zu entspannen. Nach und nach beruhigte sich sein Herzschlag, ging der Atem wieder regelmäßig. Als der Strom wiederkam und die Tischlampe wieder leuchtete, schlief er bereits tief und fest.

Am nächsten Morgen, gleich nach dem Aufstehen, klopfte er an die Tür zum Büro des Archimandriten.

»Herein«, erklang eine Stimme von innen. Ottaviani trat ein und sah, daß dem Archimandriten bereits jemand gegenüber saß. »Kommen Sie, Professore, kommen Sie nur herein. Ich stelle Ihnen einen Kollegen vor, Dottor Ioannidis. Als Byzantinist interessiert er sich für die Geschichte unseres Ordens und wird sich ebenfalls eine Zeitlang bei uns aufhalten.«

»Sehr erfreut«, sagte Ottaviani und schüttelte dem anderen die Hand. Ioannidis machte eine Verbeugung und sagte im Hinausgehen: »Ich würde später gerne ein paar Ideen mit Ihnen besprechen. Wie ich höre, sind Sie ebenfalls zu Studienzwecken hier.«

»Sehr gerne«, antwortete Ottaviani. »Der ist aber kein Italiener«, sagte er dann, nachdem der andere hinausgegangen war, zum Archimandriten.

»In der Tat, das ist er nicht. Ich glaube, er kommt aus Kreta. Also, was haben Sie auf dem Herzen?«

»Ehrwürdiger Vater, gestern abend, als das Licht ausfiel, habe ich eine Kerze angezündet und auf der Zellenmauer ein Zeichen bemerkt, eine Art großes *Theta*. Ich wollte Sie fragen, ob Sie davon wissen und ob Sie vielleicht die Bedeutung des Zeichens kennen. Ich bin nicht gerade unbewandert in der Epigraphik, aber ein derartiges Zeichen ist mir noch nie untergekommen. Ich hätte es gerne eingehender untersucht, doch fühlte ich mich nicht wohl ... vielleicht war es das Essen im Restaurant, oder ich habe mich ein bißchen verkühlt, wer weiß. Heute morgen dachte ich, ich sollte am besten Sie fragen.«

»Ja, Professore«, antwortete der Alte, »ich kenne das Zeichen, das übrigens ziemlich alt ist. Gewöhnlich deutet man es als Initiale des griechischen Wortes *Theòs*, Gott. Vielleicht ist es ein Monogramm wie das berühmte griechische *Chi*, das auf den Grabsteinen in den Katakomben für *Christòs* steht.«

»Ist es denn an anderer Stelle verbürgt?«

»Nicht, daß ich wüßte. Ich glaube aber eher nicht, ich habe nie davon gehört ...«

»Ich auch nicht. Jedenfalls vielen Dank, und verzeihen Sie, falls ich Sie gestört habe.«

»Ich stehe Ihnen jederzeit zur Verfügung«, antwortete der Archimandrit, während er aufstand und ihn zur Tür begleitete.

Ottaviani verließ das Kloster, um in einer Bar zu frühstücken und eine Zeitung zu kaufen. Unter der Rubrik Vermischtes fand er eine kurze Notiz, die sich mit dem Verschwinden Professor Lanzis beschäftigte. Mehr als eine Woche war nun schon vergangen, und immer noch gab es kein Lebenszeichen von ihm. Hielten sich die Zeitungen vielleicht an eine Nachrichtensperre, um eventuelle Kontakte zu den Entführern nicht zu gefährden? Die Seite, die der Innenpolitik gewidmet war, wurde ganz von einem Bericht über die Krieger in der Villa Giulia ausgefüllt, die von immer größeren Menschenmassen belagert wurden. Die Polizei hatte sogar mehrmals Gruppen von Leuten vertreiben müssen, die außerhalb der Öffnungszeiten in das Museum eindringen wollten. Soziologen und Psychologen gaben sich alle Mühe, eine Erklärung für das einzigartige Phänomen zu finden, allerdings mit dürftigem Resultat. Die Archäologen dagegen schienen mehrheitlich verärgert über die lautstarke Invasion des gemeinen Volkes. Was zum Teufel wollten all diese Leute, die nicht das geringste von griechischer Kunst und Kultur verstanden? Am meisten verärgert waren ausgerechnet diejenigen, die sich gewöhnlich über das völlige Desinteresse der öffentlichen Meinung für die vom Zerfall bedrohten künstlerischen und architektonischen Altertümer beklagten.

Er trank den Cappuccino, den der Kellner ihm auf den Tisch gestellt hatte, zündete sich eine Zigarette an und blätterte den Rest der Zeitung durch. Admiral Zamjatin schickte seine Hubschrauberträger durch die Dardanellen gegen die Sechste Flotte, die zwischen Ionischem Meer und Ägäis kreuzte, und aus dem Kaukasusgebiet wurden massive Truppenbewegungen gemeldet. Tausende persische Soldaten verließen das Zagrosgebirge und rückten gegen Nimrud, Kalah und Arbil vor. In dem unzugänglichen Bergland von Urartu zwischen Mahabad und Kars überschritten Tausende von Peschmerga ständig die Grenzen von fünf Staaten und warteten nur auf eine Gelegenheit, einen Aufstand ihres geteilten und unterjochten Volkes zu entfachen.

Aber das waren alles nur Kurzmeldungen, ihre Stimme war unbedeutend. Die Strände bordeten über von Mittelschichtsfamilien, die den August am Meer verbrachten. Die Bankangestellten ließen sich in Rimini und Viareggio eilig rösten, um nach dem Urlaub an den Kundenschaltern von Mailand, Turin und Bologna ihre exotische Bräune zur Schau zu stellen.

Tausende von Touristen zogen durch die archäologischen Zoos der Halbinsel, wuselten um die verstümmelten Kolosse herum, die wehrlos den Instamatics und Videokameras ausgesetzt waren.

Die letzten Wälder Umbriens standen in Flammen, die Stieleichen Sardiniens und die Schwarzkiefern Kalabriens loderten wie Fackeln. Auf der Flucht vor der

Feuersbrunst kamen die letzten italienischen Wölfe aus den Samnischen Bergen, um wie streunende Hunde unter Lastwagenrädern zu verenden. Und die triumphierende Sonne herrschte über ein Reich von Touristen, ergoß ihre Strahlen über fette Bäuche und schamlos zur Schau gestellte Hinterteile, sandte unerbittlich Feuer über die ausgetrockneten Böden der Bauern, dörrte das Viehfutter aus, ließ die schutzlosen Reben verdorren, verbrannte die unsterblichen Olivenbäume.

In der Nacht zuvor hatte es nur in der Ewigen Stadt geregnet, gleich hinter der Stadtgrenze waren aus den Regentropfen große Hagelkörner geworden, die das Land mit unreifen Früchten und abgerissenen Blättern übersät hatten.

Der Cappuccino war schlecht und schmeckte nach H-Milch, es gab keine frischen Brioches, weil die Konditorei Betriebsferien machte. Es gab nur die in Plastik verpackten Hörnchen, die mit beißender, schreiend roter Marmelade gefüllt waren. Angewidert flüchtete sich Ottaviani zurück in die Klostermauern und schloß sich in seiner Zelle ein. Er warf sich aufs Bett und schob das Kissen auf das metallene Kopfteil. Genau vor ihm prangte das Zeichen, unscheinbar jetzt, kaum wahrnehmbar im diffusen Morgenlicht. Im Transistorradio stellte er einen Musiksender ein und zündete sich eine Zigarette an.

Das Zeichen war ein Theta. Theta wie Theòs, also Gott ... Vielleicht war das alles ein Zufall, denn wenn man in Latein betete und dachte, dann wäre es ein D gewesen, wie Deus. Und doch war es ein Theta – wie es sich für die Zelle eines basilianischen Mönches gehörte. Eines Mönches wie – Theodoros? Sogar der Cappuccino lag ihm im Magen und verursachte ihm Übelkeit. Dummkopf, was hatte er nur hier zu suchen, in einem Kloster mit Mönchen, die langsam ausstarben, wo er doch die Lanze in fruchtbares Land stoßen konnte, von der verbotenen Frucht essen, hoch in einem Himmel ohne Wolken fliegen, über ein smaragdgrünes Meer segeln, den Nabel der Welt berühren und wie ein Drache Flammen speien konnte, solange noch Zeit war, bevor die Sterblichkeit ihn einholte wie ein herbstliches Blatt an einem Baum … bevor er sich auf den Abstieg ins Reich des Todes begab. »Ich sehe ein schwarzes Segel am Horizont …«, klagte Jethro Tull aus dem Radio, *»I see a dark sail on the horizon set under a dark cloud that hides the sun …«*, bevor es zu spät war, solange noch Zeit war …

Und das Zeichen war immer noch da, und es war ein Theta, th..e..t..a, wie wie THEODÒROS ÉGNOKE TÈN ALÉTHEIAN! – Theodores wußte die Wahrheit! Und du wußtest auch, daß ich dich verstehen würde, du alter Bastard von Mönch. Wie viele Jahre, wie viele Jahrhunderte sind vergangen, sechs, sieben, acht? Nur ich habe dich verstanden, ich habe dich aufgestöbert, trotz Klimaanlage und Luftbefeuchtern, trotz der Bewachung durch den deutschen Zerberus … und jetzt enttäusche mich nicht … Bruder … ich bitte dich, enttäusche mich nicht.

Fabio Ottaviani hatte sich am Bettrand aufgesetzt. Die Ellbogen auf die Knie gestützt und das Gesicht in den Händen, weinte er.

9. August, 16 Uhr

»Bitte, machen Sie es sich bequem«, sagte Ottaviani, während er rasch sein Schweizermesser in der Schublade verschwinden ließ. Ioannidis setzte sich auf den Hokker, der vor dem Schreibtisch stand.

»Also, wenn ich es recht verstanden habe, Ottaviani, dann sind Sie wegen einer philologischen Recherche hier.«

»Mehr oder weniger.«

»Und wie läuft es?«

»Nicht schlecht, allerdings könnte es besser laufen. Und Sie?«

»Wie Ihnen der Archimandrit bereits sagte, bin ich Byzantinist und interessiere mich für die Geschichte dieses Klosters.«

»Sind Sie zufällig auf der Suche nach unveröffentlichtem Quellenmaterial?«

»So ist es. Aber das hier ist ein seltsamer Ort ... haben Sie das bemerkt?«

»Hm ... um die Wahrheit zu sagen, mir ist nichts Besonderes aufgefallen.«

»Meiner Ansicht nach ist das Archiv des Klosters unvollständig, ein Teil der Dokumente ist praktisch unzugänglich, weil er sich im Privatarchiv des Archimandriten befindet.«

»Dort, wo wir uns kennengelernt haben?«

»Nein, das ist nur sein Büro. Das private Arbeitszimmer befindet sich im Untergeschoß, hinter der Krypta. Jedenfalls, ich sage Ihnen, lieber Kollege – darf ich Sie Kollege nennen?« Ottaviani nickte. »Wenn es um die Forschung geht, dann mache ich vor nichts halt.«

»Und wie haben Sie von diesem Privatarchiv erfahren?«

»Lieber Ottaviani, wie Sie wissen, sind wir Forscher ein bißchen wie Detektive ... Wie sagt man in Italien? Investigatori.«

»Stimmt, aber Sie sprechen ein besseres Italienisch als ich ... Dabei hat man mir gesagt, Sie seien Kreter.«

»Ja, aber ich habe in Rhodos studiert, damals, als die Insel noch zu Italien gehörte. Kennen Sie Griechenland?«

»Ja, ich bin oft in Griechenland gewesen, fast immer zu Studienzwecken«, antwortete Ottaviani auf Griechisch mit eindeutig athenischem Akzent, um seinen Gesprächspartner auf die Probe zu stellen.

»Ah, omilàte hellenikà poly kalò«, beglückwünschte sich Ioannidis.

Dumm ist er nicht, dachte Ottaviani, aber er ist nie und nimmer Kreter ... eher aus dem Norden, würde ich sagen, aus Thrakien vielleicht.«

»Darf ich fragen, worüber Sie forschen?« fragte Ioannidis.

»Keine große Sache. Ich studiere die Geographie des Strabo, die Kodices des Polybios. Eine kleine textkritische Untersuchung.«

»Interessant ... Ich würde mich freuen, mich bei nächster Gelegenheit mit Ihnen darüber unterhalten zu können und auch über meine Entdeckungen zu sprechen, natürlich nur, wenn Sie Lust dazu haben.«

»Sehr gerne«, log Ottaviani, der es gar nicht erwarten konnte, daß der andere endlich ging. Ioannidis verabschiedete sich und verließ die Zelle, und Ottaviani holte sofort das Taschenmesser hervor, zog die kleine Stahlsäge heraus und machte sich daran, den Stein mit dem Theta freizulegen.

Vier Stunden lang arbeitete er systematisch und geduldig, sammelte die Mörtelreste in einer Tüte und unterbrach sein Tun nur einmal, kurz bevor die Geschäfte schlossen, um in einer Eisenwarenhandlung zwei solide Schraubenzieher zu kaufen. Diese setzte er, nachdem der Steinblock freigelegt war, abwechselnd rechts und links wie Hebel an, um so den Brocken herauszulösen.

Die Stunde der Nachtruhe war schon seit geraumer Zeit eingeläutet worden, als er die abgeschürfte und zitternde Hand in die dunkle Maueröffnung steckte. Er tastete rechts, links und dann noch weiter hinten, und schließlich berührten seine Finger etwas, das schleimig und knotig war wie die Haut einer Kröte. Angewidert zog er die Hand zurück und holte die Taschenlampe, um die Höhlung auszuleuchten. Etwa dreißig Zentimeter entfernt lag eine Art schwarzer, knorriger Klumpen mit rechteckiger Form. Ottaviani hielt die Taschenlampe mit dem Mund fest, streckte beide Hände aus und zog den seltsamen Gegenstand so behutsam wie möglich hervor.

Er legte ihn auf den Tisch und schabte die Oberfläche vorsichtig mit dem Taschenmesser ab. Unter einer Schicht aus Staub und nassem Schimmel stieß er auf eine ungleichmäßige Wachsschicht. Wer immer dieses Werk vollbracht hatte, hatte mit Hilfe einer brennenden Kerze den Gegenstand mit einer Schutzhülle umgeben.

Während er die Wachsschicht entfernte, versuchte Ottaviani seine Gefühle so gut es ging im Zaum zu halten, doch seine Hände zitterten wie die eines unerfahrenen Bombenexperten, der es mit einem Klumpen Plastiksprengstoff zu tun hatte. Als er fertig war, hielt er eine Holzkiste in der Hand. Er öffnete sie und erblickte ein uraltes Buch. Auf der ersten Seite las er die Aufschrift POLIBIOU HISTORIAI!

Er mußte sich bremsen und ans Fenster treten, um Atem zu schöpfen, eine Weile die frische Nachtluft einzuatmen. In diesem Augenblick drang das Dröhnen eines startenden Motors von der Straße zu ihm herauf, eines großen, rund laufenden Motors … wie von einem Sechszylinder … wie von Lizzys Ford Camaroy …

Lizzy! Er hatte vollkommen vergessen, sie anzurufen! Vielleicht hatte sie sich Sorgen gemacht und war in der Hoffnung, ihn zu sehen, von Rom heraufgefahren. Aber um diese Uhrzeit war es zu spät für Besuche, und mit Sicherheit würde sie vor einem verschlossenem Tor stehen. Er kehrte an seinen Schreibtisch zurück und begann zu lesen. Rasch stellte er fest, daß er den vollständigen Text der Geschichte des Polybios in Händen hielt. Er holte Fotoapparat und Blitz hervor und begann Seite für Seite zu fotografieren. Die ganze Nacht setzte er diese Arbeit fort, ohne einmal innezuhalten. Um Punkt sechs Uhr hatte er seine Arbeit beendet, den Kodex an seinen Platz zurückgelegt, die Höhlung mit dem Stein verschlossen und die Fugen mit Kalksteinkrümeln und Gummiarabikum verkittet. Kurz darauf ging er in die Bar, wo er bis auf einen Nachtwächter, der gerade seinen Dienst beendet hatte, der einzige Gast war.

»Ugo«, sagte der Wachmann zu dem verschlafenen Barbesitzer, »ich sage dir, im Kloster gibt's Gespenster.«

»Und ich sage dir, daß du gestern abend ein bißchen zu tief ins Glas geschaut hast.«

»Von wegen, ich trinke doch gar nicht. Ich sage dir, die ganze Nacht über habe ich gesehen, wie Blitze aus einem Fenster im Kloster gekommen sind. Als ob da drin ein Gewitter gewesen wäre!«

»Machen Sie mir einen Cappuccino?« fragte Ottaviani, um diese Unterhaltung zu unterbrechen. Der Barmann machte sich an die Arbeit. »Haben Sie Telefonmarken?«

»Glauben Sie mir, Dottore«, beharrte unterdessen der Nachtwächter zu Ottaviani gewandt, »da drin gibt's Gespenster.«

Ottaviani trank seinen Cappuccino, nahm die Telefonmarken und ging zum Telefon.

»Lizzy? Hier ist Fabio.«

»Fabio?«, antwortete eine verschlafene Stimme. »Wie spät ist es denn? Was ist los?«

»Hör zu, Lizzy, ich habe dich gestern nicht angerufen, weil etwas passiert ist. Ich hab's geschafft, Lizzy, ich hab's geschafft ... eine phantastische Entdeckung. Hör zu, sobald die Geschäfte aufmachen, mußt du mir alles besorgen, was man für Schwarzweißentwicklungen braucht: Entwickler, Fixierer, Wannen ... hast du verstanden? Braves Mädchen, und dann fahr sofort her zu mir. Ruf Paolo an, daß du nicht zur Ausgrabung kommen kannst und erst morgen zurückkehrst. Du mußt unbedingt herkommen, es ist ungeheuer wichtig. Okay?«

»Okay, Fabio, sei unbesorgt. Gegen neun bin ich bei dir, in Ordnung?«

»Ausgezeichnet. Ciao, amore, ich erwarte dich.«

Er zahlte und ging zurück in seine Zelle, um ein bißchen zu schlafen. Genau um neun Uhr weckte ihn der Pförtner und sagte, daß eine Signorina am Eingang auf ihn wartete.

Elizabeth folgte der Straße nach Albano, bog nach einigen Kilometern in einen Feldweg ein und hielt unter einem Maulbeerbaum an.

»Heute morgen habe ich kein Auge mehr zugemacht«, sagte sie, »du hast mich in helle Aufregung versetzt. Das ist wunderbar, Fabio ... und ich hatte kein Vertrauen und wollte, daß du nach Rom zurückkommst.«

»Ich kann's auch noch nicht glauben«, antwortete Ottaviani. »Ist dir klar, was das heißt? Ein vollständiger Kodex von Polybios, älter als der vaticanus 4731. Das ist die größte philologische Entdeckung der letzten vierhundert Jahre!«

Elizabeth umarmte ihn: »Aber sag mal, wo ist er jetzt?«

»Ich habe ihn an einem sicheren Ort versteckt, wo niemand ihn je finden wird. Zuerst will ich ihn genau studieren und vor allem die Bedeutung der in dem vatikanischen Kodex versteckten Anmerkung entschlüsseln. Es liegt auf der Hand, daß der Kopist auf irgendeine Stelle im Originaltext anspielte, etwas, das ihm aufgefallen war und ihn erschüttert hat. Ich habe das Original fotografiert, und heute will ich die Negative entwickeln. Ich brauche nicht einmal Abzüge zu machen, die Schrift erscheint in Schwarzweiß, und angesichts des großen Formats genügt mir eine Linse, um sie problemlos lesen zu können.«

»Warum fährst du nicht mit mir zurück nach Rom?«

»Nein, Lizzy, noch nicht. Ich will den Kodex nicht

zurücklassen, und mitnehmen kann ich ihn auch nicht. Hab Geduld.«

Elizabeth betrachtete ihn. Er sah abgespannt aus, die Augen waren gerötet.

»Entspanne dich, Fabio«, sagte sie und fuhr ihm mit der Hand durch das Haar, »du bist völlig erledigt, du mußt dich ausruhen.«

»Später, amore mio, später. Jetzt muß ich wieder an die Arbeit.«

11. August, 19.30 Uhr

Den ganzen Tag hatte er damit zugebracht, die Negative des zweiundzwanzigsten Kapitels zu entwickeln und zum Trocknen aufzuhängen. Nunmehr waren die meisten Aufnahmen trocken und lesbar. Mit Hilfe der Nachttischlampe baute er sich einen behelfsmäßigen Diabetrachter und begann mit der Lektüre des Textes: ... Nachdem sie von der Niederlage des Cnaeus Manlius Vulso in Thrakien erfahren hatten, hatten sich die Senatoren an das Standbild der trojanischen Pallas gewandt, als böte nur dieses der Stadt Schutz vor dem göttlichen Zorn; zusammen mit sechs Nachbildungen, die das echte Palladion tarnen sollten, wurde das Standbild in Lavinium aufbewahrt. Darüber hinaus hatte man das Delphische Orakel befragt, das eine schwer zu interpretierende Antwort gegeben hatte: Man solle das Palladion auf dem Kapitol aufstellen und von den Helden bewachen lassen, welche der Göttin die liebsten waren – Odysseus und Diomedes.

Ottaviani legte die Lupe beiseite und rieb sich die müden Augen. Kein Zweifel – die sieben Statuen, von denen der Geschichtsschreiber sprach, waren dieselben, die Quintavalle in Lavinium ausgegraben hatte, allerdings fand er den Bezug des Orakels auf Odysseus und Diomedes seltsam. Unter Mühen las er die folgende Passage, die hier und da aufgrund der Schimmelflecken, die das Gewebe des Kodex angegriffen hatten, lückenhaft war: ... Einer wußte von einem Heiligtum, in dem die Statuen von Odysseus und Diomedes aufbewahrt wurden, und so wurde das Schiff Aquila ausgesandt, um sie von der Insel, auf der sie sich befanden, nach Rom zu bringen, doch als die Waffen der Statuen abmontiert wurden, hatte ein Zauber die Seeleute so erschreckt, daß sie die Waffen ins Meer warfen. Auf der Rückreise geriet das Schiff nahe der italienischen Küste in einen Sturm und sank. Nur zwei Seeleute konnten sich retten. In der Folge hatte ein Erdbeben Konsul Vulso unter den Trümmern seines Hauses begraben ... die gerechte Strafe dafür, daß er dem Sibyllinischen Orakel nicht gehorcht hatte ... Von jenem Augenblick an hatte sich das Gerücht verbreitet, das Palladion befinde sich in Rom, im Allerheiligsten des Vesta-Tempels.

Ottaviani konnte kaum glauben, was er soeben gelesen hatte – die Theorien von Professor Carani wurden vollständig bestätigt! Die vom Senat verbreitete Nachricht, wonach das Palladion im Vesta-Tempel stand, war also falsch, denn das Standbild befand sich aller Wahrscheinlichkeit nach unter den sieben Statuen, die Quintavalle ausgegraben hatte. Aber das war längst noch nicht alles: Die Statuen von Odysseus und Diomedes, von denen Polybios sprach, waren mit Sicherheit mit den Helden aus Taormina identisch! War der junge Mann mit der Löwenmähne etwa nicht der göttliche Tydide und der andere, der nachdenkliche Krieger, nicht der große Odysseus, der Meister der List? Und fehlten ihnen etwa nicht die Waffen, waren sie nicht auf dem Meeresgrund nahe der Küste gefunden worden? Alles paßte perfekt zusammen: Das Orakel nannte sie die liebsten Helden der Göttin, so wie sie in den homerischen Dichtungen erschienen; erst in der späteren Äneis des Vergil waren sie dann von Athene verdammt worden, weil sie es gewagt hatten, das Palladion mit blutbefleckten Händen zu berühren.

Die Mosaiksteinchen fügten sich so perfekt ineinander, daß es ihm schon unwirklich schien, und er erwartete fast, von einer Sekunde zur anderen aus einem Traum zu erwachen und mitansehen zu müssen, wie alles verschwand, der Kodex, die Mauern seiner Zelle ...

Der Torso. Der gestohlene Torso! Darauf war eine Gottheit zwischen zwei männlichen Nackten mit Waffen dargestellt! Er kramte in seiner Brieftasche nach dem Foto, das Quintavalle ihm gegeben hatte, untersuchte mit der Lupe jedes Detail. Es war ein kleiner stilisierter Tempel abgebildet, unter dem drei Gestalten standen. Wer dieses Relief geformt hatte, mußte das Orakel gekannt haben, von dem Polybios berichtete.

Er nahm die Lektüre des Textes wieder auf. Dort stand Theodoros' Wahrheit geschrieben, eine Wahrheit, die ihn bestimmt erschüttert hatte, so wie jetzt auch ihn, Fabio Ottaviani, nach so vielen Jahrhunderten.

Am gleichen Abend suchte er Ioannidis, doch er fand ihn nicht. Am Tag darauf traf er ihn nachmittags, als er gerade sein Zimmer betrat.

»Hören Sie, Ioannidis, Sie forschen doch über die Geschichte dieses Klosters, nicht wahr? Also, ich wollte Sie fragen, ob es ein Dokument über die Mitglieder dieser Gemeinschaft gibt, insbesondere in der Epoche des Hochmittelalters.«

»Hängt das etwa mit Ihren Forschungen zusammen?«

Der Mann beantwortet jede Frage mit einer Gegenfrage, dachte Ottaviani bei sich.

»So ist es«, sagte er laut, »ich versuche die Hand zu identifizieren, die gegen Ende des elften Jahrhunderts eine Reihe von Kodices kopiert hat, zu denen auch der polybianus vaticanus 4731 gehört.«

»Ich verstehe. Ein Problem des Textvergleichs – oder handelt es sich etwa um Vorarbeiten zu einer kritischen Ausgabe?«

»Sowohl als auch«, log Ottaviani. »Sehen Sie, der Kopist, für den ich mich interessiere, hieß Theodoros. Ich versuche zu überprüfen, ob man ihm die Urheberschaft einer gewissen Anzahl von Kodices, die ich gerade untersuche, zuschreiben kann.«

»Theodoros, haben Sie gesagt ... nein, bis jetzt ist mir dieser Name nie begegnet, und obendrein ist es mir noch nicht gelungen, die Texte zu konsultieren, die im Privatarchiv des Archimandriten verwahrt werden. Aber ich habe noch nicht aufgegeben, und wer weiß – vielleicht in den nächsten Tagen ... Auf jeden Fall werde ich Sie wissen lassen, wenn ich auf etwas Interessantes stoße.«

»Ich danke Ihnen, und ... verfügen Sie ruhig über mich, falls ich Ihnen behilflich sein kann.«

Ottaviani verließ das Kloster und ging in die Bar, wo er eine Handvoll Telefonmarken kaufte und sich ans Telefon hängte.

»Sind Sie es, Signora? Hier ist Fabio, ist Alfredo da?«

»Dieser Nichtsnutz ...«, hob Signora Settembrini an, »die ganze Nacht ist er unterwegs, und tagsüber schläft er. Warum setzen Sie ihm nicht den Kopf zurecht, wo Sie doch so tüchtig sind. Er ist nebenan und frühstückt, ich hole ihn gleich.«

»Da bin ich«, antwortete kurz darauf Scooters Stimme.

»Wolltest du nicht nach Rom fahren, um diesen Bericht für *Archäologie und Kunst* zu machen?«

»So ist es. Ich fahre um Mitternacht, wenn es ein bißchen kühler ist. Claudio Rocca und Dino Rasetti kommen nicht mit, sie haben zu tun.«

»Schade. Hör zu, mein Motorrad ist außer Gefecht. Angeblich soll es morgen repariert werden. Könntest du nicht vorbeifahren und einen Blick darauf werfen? Weißt du, ich habe nicht das geringste Vertrauen zu diesem Mechaniker.«

»Soll ich ihm auch die Hand auflegen?«

»Hm, wenn man dich läßt ... Die Werkstatt befindet sich in der Via Tuscolana 352.«

»Roger. Wo bist du eigentlich?«

»In einem Kloster.«

»Pax tibi«, antwortete Scooter ungerührt.

Anschließend rief Ottaviani bei Elizabeth an.

»Lizzy, ich bin's. Ich bin jetzt fertig. Morgen abend kannst du mich abholen.«

»Das wurde auch Zeit«, erwiderte Elizabeth. »I'm dying to be with you again.«

»Ich auch, Liebling, ich kann's auch kaum erwarten.«

Eilig aß er eine Kleinigkeit in der Osteria und ging dann zurück ins Kloster, wo er bis spät in die Nacht hinein arbeitete.

Vollkommen erschöpft legte er sich zu vorgerückter Stunde schlafen.

5.

Kloster San Nilo, 12. August, 1 Uhr

Vielleicht hatte er sich überanstrengt, jedenfalls ließ der Schlaf auf sich warten. In seinem Hirn überlagerten sich unzählige Bilder, die er zu verfolgen, zu packen und zu begreifen versuchte. Ab und zu war alles ganz klar, dann wieder erschien ihm die vollkommene Übereinstimmung zwischen der antiken Quelle, die er entdeckt hatte, und den archäologischen Funden zu Lande und im Meer gar zu perfekt, fast banal.

Eine Figur blieb noch im dunkeln: Theodoros, der Kopist, der Autor der versteckten Anmerkung. Was mochte ihn veranlaßt haben, den Kodex in seiner eigenen Zelle zu verstecken? Warum hatte er nicht die vollständige Version des Textes, den er ja kannte, anstelle der verfälschten und verstümmelten Version der Vatikanischen Bibliothek transskribiert?

Und Ioannidis, was wußte er? Wieviel Wahres steckte in seinen Andeutungen über das Archiv des Archimandriten? Und dann sein Gesicht, von dem er meinte, es schon einmal gesehen zu haben, doch ihm fiel nicht ein, wo. Endlich schlief er ein, und ihm war, als ginge er auf einer einsamen Straße durch Felder auf das Meer zu. Ihm war, als ginge er nach Lavinium, doch plötzlich blieb er an einer Kreuzung stehen. Vor ihm lag ein breiter, mit großen Steinplatten gepflasterter Weg, der links und rechts von großen, halb verfallenen Bauwerken gesäumt wurde.

Und da waren Leute. Eine Gruppe von Menschen, die Schaufeln, Hacken und Stöcke in Händen hielten, drängte sich um etwas, das er nicht erkennen konnte. Er empfand ein eigenartiges Unbehagen, eine Last auf seinem Herzen, er spürte, daß er nicht stehenbleiben durfte, daß er sein Ziel erreichen mußte, unter allen Umständen. Doch die Neugier ließ ihn näher treten. Er bahnte sich einen Weg durch die andächtig schweigenden Menschen, bis er die Ursache für ihr Erstaunen sehen konnte. Mitten in der Menge erhob sich eine mannshohe Mauer, die von drei eingestürzten Bögen abgeschlossen wurde, und dahinter befand sich ein offener Steinkasten, eine Art Schrein. Er beugte sich vor, fast wagte er nicht hinzusehen, sein Herz schlug schneller, krampfartig, und da sah er in dem Schrein plötzlich einen Körper ... den Körper einer jungen Frau, perfekt wie der einer Göttin, doch von der wächsernen Farbe des Todes. Ihr Gesicht war von außergewöhnlicher Schönheit, die Augen waren geschlossen, Stirn und Wangen von glänzendem schwarzen Haar eingerahmt. Ein Stich ging ihm durchs Herz, düstere Verzweiflung bemächtigte sich seiner Seele ... Was er da sah, war das Gesicht von Elizabeth, hinreißend, unendlich sanft und zugleich leichenstarr, und es war der Körper von Elizabeth, der den Blicken des Bauernvolks ausgesetzt war.

Langsam sank er zu Boden, doch jemand zerrte ihn gewaltsam hoch und schleifte ihn an den Straßenrand, unter eine große Kiefer. Seine Verzweiflung war so groß, daß er glaubte, er müsse daran sterben, doch als er die Augen wieder öffnete, sah er, daß die Menge immer weiter anwuchs und daß jeder, der des Weges kam, sich dem Gedränge anschloß. Da stürzte er sich wie ein Wahnsinniger auf diese Leute, versuchte, sie zurückzudrängen, sie zu verscheuchen, doch die Menge wälzte sich ihm entgegen und riß ihn mit sich. Sie trampelten auf ihm herum, schlugen ihn mit Fäusten und traten ihn mit Füßen, und er hatte das Gefühl, als stürze er in einen bodenlosen Abgrund.

In dieser Finsternis, voll ohnmächtiger Wut, hörte er

von ferne den wirren Lärm Tausender Stimmen, einige verhalten wie Geflüster, andere waren lauter, Ausrufe der Bewunderung und des Erstaunens, widerwärtige Obszönitäten.

Ihm war, als währte dieser Zustand ewig, bis er plötzlich Licht erblickte, rötliches Dämmerlicht. Er blickte sich um in der Hoffnung, seine Qual habe eine Ende, doch die Menge war noch da, und sie wurde immer zahlreicher. Plötzlich ließ sich Pferdegetrappel vernehmen und dann das Geräusch von Rädern auf dem Pflaster. Soldaten mit Helmen und Kettenpanzern ritten heran. Sie drängten die Menge zurück, zerstreuten sie unter Flüchen und ließen einen Karren vorfahren, der von einem Esel gezogen wurde. Sie hoben den Körper von der steinernen Bahre, warfen ihn auf den Karren und führten ihn fort. Da überwand er die Trägheit seiner schmerzenden Glieder, stand mit ungeheurer Mühe auf und folgte dem Karren. Lange schleppte er sich humpelnd dahin, während die Menge sich nach und nach lichtete, bis der Karren vor einer Backsteinmauer mit massiven Türmen anhielt. Dort hoben die Soldaten eine Grube aus, während ein zweiter Karren mit übereinander gestapelten Körpern eintraf, den Körpern von in rotgefärbtes, grobes Leinen gekleidete Frauen. Und dann mußte er mitansehen, wie der Gegenstand seiner Leidenschaft und seiner Verzweiflung zusammen mit diesen halb verwesten Körpern in die Grube geworfen wurde wie ein Tierkadaver.

Dann war ihm, als befände er sich erneut in seiner Zelle, auf seinem Bett, eingetaucht in Dunkelheit und Stille, als sähe er jenes bezaubernde Gesicht wie ein Gespenst aus dem Dunkel auftauchen und als höre er eine Stimme ... jene Stimme, die ihn mit eindringlicher Beharrlichkeit rief, bis er begriff, daß er aufstehen mußte und gehen... dorthin gehen mußte, von wo niemand zurückkehrt.

Und da war noch eine andere Stimme, fern, unsicher, wie von Schluchzern unterbrochen, die Stimme eines alten Mannes, der sagte: »KYRIE, O KYRIE, HELEISON TON HUION SOU THEODORON HOS APETHANE EN TAIS CHERSI TOU DIABOLOU KAI HELEISON HUMAS!«

Und er glaubte, sich selbst flehen zu hören: »Herr! O Herr, hab Erbarmen mit deinem Sohn Theodoros, der in den Händen des Dämons gestorben ist!«

Ihm war, als schrie er immer lauter, als würde er von einem Strudel hinabgerissen und wollte seine Stimme erklingen lassen, doch je lauter er schrie, desto schneller sank er hinab, und da wurde sein Schmerz grausam, ewig, und sein Schrei verwandelte sich in ein anhaltendes, gurgelndes Klagen, wie der Schrei eines Menschen unter Wasser, ein leidvolles, unterdrücktes Schluchzen, das in der endlosen Finsternis verklang.

3 Uhr

Jemand schüttelte ihn, zog ihn am Arm und rief seinen Namen: »Ottaviani, Ottaviani, was haben Sie, geht es Ihnen nicht gut?«

»Wer ist da? O Gott, diese Kopfschmerzen ... wer ist denn da?« Er knipste die Nachttischlampe an.

»Sie, Ioannidis? Was tun Sie hier? Wie spät ist es?«

»Ich war gerade auf dem Weg in mein Zimmer, als ich Sie stöhnen hörte, ich hörte Schreie aus Ihrem Zimmer und kam herein. Beruhigen Sie sich, es war nur ein Traum. Kommen Sie, setzen Sie sich auf ... es ist alles vorbei. Soll ich Ihnen ein Glas Wasser holen?«

»O ja, danke.« Ioannidis ging zum Waschbecken und brachte ihm einen Plastikbecher mit Wasser.

»Himmel, aber es ist ja drei Uhr morgens. Wo treiben Sie sich denn um diese Uhrzeit herum?«

Ioannidis lächelte zweideutig.

»Lieber Kollege, Sie wissen doch, daß wir Forscher ein bißchen wie die Detektive sind, Investigatori ...«

»Ich glaube, das haben Sie schon mal gesagt.«

»Stimmt. Tja, was man am Tag nicht findet, das kann man des Nachts finden.«

»Und was haben Sie entdeckt?«

»Daß es in diesem Kloster tatsächlich ein Geheimarchiv gibt, in dem die Zeugnisse der finstersten und unerfreulichsten Vorfälle in dieser ehrwürdigen Gemeinschaft aufbewahrt werden.«

Ottaviani stand auf und zog den Morgenmantel über. »Das Geheimarchiv, hm? ... Und darf ich fragen, wie es Ihnen gelungen ist ...«

»Ganz einfach: Ich bin dem Archimandriten gefolgt. Gegen Mitternacht las ich noch ein wenig vor dem Schlafengehen, als ich die Tür zu seinem Zimmer knarren hörte. Ich sah, daß er in die Kirche hinunterging, und bin ihm bis in die Krypta gefolgt. Dort befindet sich das Geheimarchiv. Der Alte trat ein, nahm ein Pergamentbündel aus dem Regal, setzte sich an einen Tisch und las über eine halbe Stunde darin. Als ich sah, daß er wieder nach oben ging, konnte ich der Versuchung nicht widerstehen: Ich habe die Tür geöffnet und mich ein wenig in dem Archiv umgesehen.«

»Ein wenig ist gut – Sie waren mindestens zweieinhalb Stunden dort«, sagte Ottaviani und sah auf die Uhr. »Man würde meinen, Sie hätten etwas Interessantes gefunden.«

»O ja, gewiß. Sehr interessant ... auch für Sie, glaube ich ...«

»Hören Sie zu, Ioannidis«, sagte Ottaviani ungeduldig, »es scheint mir nicht die rechte Uhrzeit für Ratespiele. Wenn Sie mir etwas mitteilen wollen, sprechen Sie – wenn nicht, dann lassen Sie uns schlafengehen.« Er drehte ihm den Rücken zu und trat ans Fenster.

»Theodoros von Phocäa ...«

»Was?« sagte Ottaviani und fuhr wie von einem Peitschenhieb getroffen herum.

Ioannidis setzte ein selbstgefälliges Lächeln auf: »Ihr Kopist hieß Theodoros von Phocäa. Ich habe sein Tagebuch gefunden.«

»Sie machen Witze.«

»Keineswegs.«

»Wie kommen Sie überhaupt darauf?«

»Sie haben mir doch erzählt, daß er Theodoros hieß und im elften Jahrhundert gelebt hat. Jenes Tagebuch ist auf Februar 1071 datiert. Es kann sich nur um ihn handeln.«

»Ja, verdammt, Sie haben recht. Und was haben Sie noch entdeckt?«

»Machen Sie sich keine allzu großen Hoffnungen, Ottaviani, ich glaube nicht, daß Sie darin viel finden werden, was Ihre Recherche weiterbringt. Falls Ihre Fragen philologischer Natur sind, so gibt dieses Tagebuch keine Antworten.«

Ioannidis ließ ihn zappeln. Für das wenige, das er durchblicken ließ, wollte er eine Gegenleistung. Doch welches Interesse konnte ein Byzantinist am Werk des Polybios haben? In seinem stumpfen, kalten Blick lag etwas Treuloses und Falsches. Ottaviani beschloß, seine Karten nicht aufzudecken.

»Gut, Ioannidis, ich will Sie nicht zwingen, mir noch mehr zu erzählen, wenn Sie nicht wollen. Vielleicht sprechen wir ein andermal darüber.«

»Aber nicht doch, ich habe nichts zu verbergen. Mir erscheint die ganze Geschichte nur vollkommen absurd. Also, der Mann berichtet, er habe einen antiken Text gefunden und darin eine schreckliche Wahrheit entdeckt, die ihm keine Ruhe mehr ließ. Um dieser Wahrheit auf den Grund zu gehen, habe er das Kloster verlassen, doch Satans Macht habe sich auf seinem Weg in Gestalt eines wunderschönen, toten Mädchens offenbart.«

»Was bedeutet das?«

»Auf dem Weg war er Bauern begegnet, die ein heidnisches Grab abrissen, um die Steine wiederzuverwenden. Als sie den Deckel des Sarkophags abhoben, fanden sie darin den unversehrten Körper eines wunderschönen Mädchens, so perfekt, als sei er eben erst bestattet worden. Wie gebannt von dem Anblick hatte Theodoros an nichts anderes mehr denken können ...«

»Fahren Sie fort«, stieß Ottaviani hervor, während er mit Mühe das düstere Gefühl der Panik im Zaum hielt, das diese Worte in ihm hervorriefen. Bei Ioannidis' ersten Worten war die schmale Trennwand zwischen Alptraum und Wirklichkeit eingestürzt, und nun überfluteten die Empfindungen und Bilder des Traums erneut sein Inneres und rissen jeden Schutzwall mit sich fort.

Ioannidis schien von alldem nichts zu bemerken. »Nun, viel mehr ist nicht hinzuzufügen«, sagte er. »Von jenem Augenblick an fand Theodoros keinen Frieden mehr. Soweit ich verstanden habe, wurde er permanent von diesem Bild gepeinigt, und sein Leben wurde zur Hölle. Er muß in völliger Verzweiflung gestorben sein ... vielleicht hat er sich sogar umgebracht. Aber besser, ich gehe jetzt. Ruhen Sie sich aus, lieber Freund, kalinichta.«

»Kalinichta sàs«, antwortete Ottaviani. Mühsam stand er auf und wankte zum Fenster. Es war eine schöne Mondnacht, sacht wiegten sich die Baumwipfel im Wind.

Er dachte über Ioannidis' Worte nach und beschloß, gleich am nächsten Morgen den Archimandriten um Erlaubnis zu bitten, das Geheimarchiv konsultieren zu dürfen. Doch wie sollte er rechtfertigen, daß er von dessen Existenz wußte? Nein, wenn er dieser Geschichte auf den Grund gehen wollte, mußte er es jetzt gleich versuchen, er durfte nicht zögern. Barfuß trat er auf den

Korridor hinaus. Kein Mensch war zu sehen, auf halbem Weg schimmerte eine einsame Lampe.

Er betrat die Kirche und ging in die Krypta hinunter. Dies war eindeutig der älteste Bauteil des gesamten Klosterkomplexes. Die Mauern deuteten darauf hin, daß es sich wahrscheinlich um den gedeckten Wandelgang einer römischen Villa handelte. Er bemerkte, daß die Apsis, also die Exedra des Wandelgangs, im Scheitelpunkt durch eine Quermauer abgetrennt war. Das Archiv konnte sich nur dahinter befinden. Mit der Hand drückte er gegen die Mauer, und diese gab nach. Gut getarnt hinter dem Profil einer Blendarkade und von demselben Putz bedeckt wie die übrige Wand, befand sich an dieser Stelle eine Tür, deren Schloß aufgebrochen worden war. Er löschte das Licht in der Krypta, trat ein und lehnte die Tür an. Er hatte sich nicht geirrt: Der halbkreisförmigen Wand der Exedra folgend, zogen sich die Archivregale fast bis hinauf an die Decke, und dort, wo noch etwas vom Wandputz zu sehen war, ließ das Licht der einzigen Lampe alte Freskomalereien erahnen: Farbflecken, verschwommene Bilder, ungelenke, von der Zeit zersetzte Figuren.

Die nicht sehr zahlreichen Texte standen ordentlich und gut erhalten in ihren Regalfächern. Er schaltete die Taschenlampe ein, leuchtete die Fächer ab und fand mühelos die Stelle, an der die feine Staubschicht darauf weggewischt war: Dort hatte Ioannidis gesucht. Nach kurzer Suche hielt er ein Pergamentbündel in der Hand, nicht dick, fünf, sechs Seiten mit regelmäßiger, zierlicher Schrift, die jedoch nicht so perfekt war wie jene des vatikanischen Kodex. Leider jedoch war der Text in Kursivschrift geschrieben, und Ottaviani konnte mit Müh und Not die ersten Wörter entziffern: ›Theodoros von Phocäa schrieb diese Seiten, damit sein Name nicht in Vergessenheit gerate …‹ Die Lektüre des ganzen Textes hätte mindestens eine Woche erfordert. Also mußte er notgedrungen Ioannidis' Version Glauben schenken, obwohl es ihm absurd vorkam, daß sie dermaßen mit dem Alptraum übereinstimmen konnte, der immer noch durch sein Hirn geisterte. Und wenn er im Schlaf gesprochen hatte? Vielleicht war Ioannidis hereingekommen und hatte auf das gelauscht, was er im Schlaf geredet hatte. Aber nein, die Geschichte war zu verwikkelt …

Noch einmal blätterte er das Bündel durch, und als er es gerade wieder in sein Regal zurückstellen wollte, fiel sein Blick auf das letzte Blatt des Heftes. Etwas, das wie eine verblaßte, jedoch noch gut erkennbare Zeichnung aussah, zog seine Aufmerksamkeit auf sich. Es handelte sich um das Gesicht einer Frau. Stilisiert in seinen wesentlichen Zügen … und doch … und doch wiedererkennbar … Abrupt klappte er das Bündel zu, als wolle er eine Halluzination vertreiben. Auch auf dieser Seite, wie in seinem Traum, hatte er das Gesicht von Elizabeth wiedererkannt!

Er hatte sich überanstrengt … so mußte es sein, es gab keine andere Erklärung. Die übermäßige Arbeit, die nervliche Anspannung, die allzu heftigen Empfindungen, vielleicht auch die Gefühle, die er für Elizabeth hegte … alles hatte sich in seinem Hirn vermengt, das ihm nun seltsame Streiche spielte. Er schaltete die Taschenlampe aus, lehnte die Tür zum Archiv wieder an und stieg in das erste Stockwerk hinauf. Er war tief erschüttert, doch versuchte er weiter nachzudenken, fast als wolle er sich davon überzeugen, daß sein seelisches Gleichgewicht nicht in Gefahr war.

Dieser Ioannidis … er gefiel ihm nicht … er trieb sich nachts herum, hatte das Schloß zum Archiv aufgebrochen. So verhielt sich kein Gelehrter. Doch konnte er einfach keine plausible Erklärung für die Übereinstimmung zwischen seinem Traum und der Geschichte, die Ioannidis ihm unmittelbar darauf erzählt hatte, finden.

Er trat an die Tür zur Zelle des Kollegen. Als er Licht sah, klopfte er leise an.

»Seien Sie gegrüßt, Ottaviani«, sagte Ioannidis, nachdem er geöffnet hatte. »Was haben Sie, geht es Ihnen wieder schlechter?«

»Es geht mir ausgezeichnet.«

»Gut, dann kommen Sie herein, bleiben Sie doch nicht in der Tür stehen.«

»Hören Sie, Ioannidis, diese Geschichte, die Sie mir da erzählt haben ... Sind Sie sicher, daß Sie sorgfältig gelesen haben?«

»Natürlich, und hier ist der Beweis«, sagte er und deutete auf ein Buch, das aufgeschlagen auf seinem Tisch lag.

»Was ist das?«

»Eine römische Chronik aus dem Mittelalter. Sehen Sie selbst: Die Begebenheit wird erwähnt. Ein paar Landarbeiter, die ein antikes Monument an der Via Appia niederrissen, um sich Baumaterial zu verschaffen, stießen auf ein Grab und fanden darin den nackten Körper einer jungen Frau, der so wundersam erhalten war, als wäre er erst wenige Stunden tot. Die Nachricht verbreitete sich, und der Ort zog so viele Leute an, daß der empörte Papst den Körper fortschaffen und an der Aurelianischen Mauer in ein Massengrab werfen ließ, und zwar dort, wo die Prostituierten begraben wurden, denn er war sicher, es handele sich um eine Heidin.« Ottaviani ließ sich auf einen Stuhl fallen.

»Da sehen Sie es, es geht Ihnen doch nicht gut«, sagte Ioannidis erneut. Ottaviani atmete tief durch: »Nein, es ist nichts, ich bin ein bißchen müde ... es ist spät ... Und das Porträt, was halten Sie von diesem Porträt?«

»Welches Porträt?«

»Ich bin ebenfalls unten in der Krypta gewesen, gerade eben. Ich habe das Manuskript gesehen. Auf der letzten Seite ist das Porträt einer Frau.«

»Mir ist nichts aufgefallen.«

»Was wird hier eigentlich gespielt, Ioannidis? Ich sage Ihnen, auf dieser Seite befindet sich das Porträt einer Frau.«

»Es tut mir leid, wenn ich Ihnen widersprechen muß, aber ich habe mir den Text genau angesehen: Da ist kein Porträt.«

Ottaviani schwieg. Wenn Ioannidis so sicher war, dann verhielt es sich wahrscheinlich wirklich so, vielleicht hatte er nur geglaubt, jenes Bild zu sehen.

»Würden Sie jetzt gleich mit mir ins Archiv hinuntergehen?«

»Sie glauben mir wohl nicht? In Ordnung, gehen wir, aber beeilen wir uns.«

Sie gingen in die Krypta hinunter und betraten das Archiv. Ioannidis zog das Pergamentbündel heraus und blätterte es vor Ottavianis Augen durch. »Sehen Sie?« fragte er. »Hier ist nichts. Sehen Sie genau hin, da ist kein Porträt. Sie werden sich getäuscht haben ... das kommt vor, wenn man müde ist. Sie hatten einen Alptraum, lieber Freund, und vielleicht haben Sie geglaubt, ein Bild aus Ihrer Phantasie in der Wirklichkeit zu sehen. Verzagen Sie nicht, es ist nur die Müdigkeit.«

»Wir sollten besser das Schloß in Ordnung bringen«, sagte Ottaviani im Hinausgehen. »Die Mönche werden es bemerken ... Ich möchte nicht, daß ein Verdacht auf mich fällt.«

»Sie haben recht«, erwiderte Ioannidis. »Gehen Sie nur zu Bett, wenn Sie wollen, ich werde mich um alles kümmern.«

Ottaviani ging zurück in seine Zelle und trat ans Fenster, das er offengelassen hatte. Aus dem Garten war der Gesang einer Nachtigall zu hören, die im Geäst einer Steineiche saß. Von der Melodie ergriffen, lauschte er eine Weile, bis der Wind vom Meer her Wolken vor den Mond trieb und der kleine Sänger plötzlich verstummte.

13. August, 8 Uhr

Nach der Morgenmesse hatte sich der Archimandrit mit einem Kaffee an seinen Schreibtisch gesetzt und blätterte gerade in der neuesten Ausgabe des *Osservatore Romano,* als an die Tür geklopft wurde. »Herein«, rief er und faltete die Zeitung zusammen. Die Tür ging auf, und Fabio Ottaviani trat mit einer Reisetasche in der Hand ein. Allmächtiger, er war fast nicht wiederzuerkennen: das Gesicht aschfahl, dunkle Ringe um die Augen, trüber Blick.

»Dottore«, sagte der Archimandrit konsterniert, »setzen Sie sich, bitte, setzen Sie sich ... fühlen Sie sich nicht wohl? Möchten Sie, daß ich einen Arzt rufe?«

»Nein, ehrwürdiger Vater, seien Sie unbesorgt, es ist nichts. Ich wollte mich nur von Ihnen verabschieden. Ich reise ab.«

»Das tut mir leid, mein Sohn. Ich bin erschüttert über Ihre Verfassung. Sie sind nur wenige Tage geblieben; ich hatte gehofft, Sie würden eine heitere Zeit des Studiums bei uns verbringen. Als Sie ankamen, waren Sie voller Begeisterung und Lebensfreude, und jetzt sind Sie verzagt und niedergeschlagen, wenn Sie entschuldigen, daß ich mir erlaube ...«

»Glauben Sie mir, ehrwürdiger Vater, mir fehlt nichts. Ich habe viel gearbeitet, ich bin erschöpft ... Ein paar Tage Ruhe, Ferien, und ich bin wieder hergestellt.«

»Ich hoffe, daß wenigstens Ihre Forschung fruchtbar war ...«

»O ja, gewiß«, antwortete Ottaviani wie abwesend.

»Weil ... verzeihen Sie mir ... da ich Sie nie in der Bibliothek oder im Archiv gesehen habe ...« Ottaviani senkte den Blick, ohne zu antworten.

»Verzeihen Sie«, sagte der Archimandrit, »das geht mich nichts an.«

»Ehrwürdiger Vater«, sagte Ottaviani daraufhin, »wissen Sie, ob es in dieser Gemeinschaft – ich meine, vor vielen hundert Jahren – einen Mönch gab, einen Kopisten namens Theodoros?« Die blauen Augen des Alten verfinsterten sich, und seine Stirn legte sich einen Augenblick lang in Falten.

»Schon möglich, der Name ist ziemlich gewöhnlich. Vielleicht gab es mehr als einen. Warum fragen Sie mich das?«

»Der, den ich meine, ist in völliger Verzweiflung gestorben.« Er zog die Brieftasche hervor und entnahm ihr einen Umschlag. »Hier, Vater, der Beitrag zu meinem Aufenthalt.« Der Alte hob ablehnend die Hand. »Das kommt überhaupt nicht in Frage, mein Sohn, selbst im Refektorium habe ich Sie fast nie gesehen.«

»Nehmen Sie es trotzdem«, beharrte Ottaviani und warf ihm einen melancholischen Blick zu, »für eine Gedenkmesse.« Er drückte seinem Gegenüber kräftig die Hand und ging.

Der Archimandrit folgte Ottaviani auf den Korridor und sah ihm nach, während er die Treppe hinabstieg, dann ging er in die Kirche und sammelte sich im Gebet vor der Ikonostase. Als der Sakristan ihn fragte, was er für den Wochengottesdienst am nächsten Tag bereitlegen sollte, drehte er sich nicht einmal um. »Die schwarzen Paramente«, sagte er und nahm sein Gebet wieder auf.

Rom, 16. August, 20 Uhr

Elizabeth kam mit einer Plastiktüte vom Supermarkt und dem *Time Magazine* unter dem Arm herein. Jeans und T-Shirt waren staubbedeckt, sie war den ganzen Tag auf der Ausgrabung gewesen. »You look a lot better today«, sagte sie fröhlich. Sie stellte die Einkäufe ab und umarmte ihn.

»Ich habe bis zum Mittag geschlafen, dann bin ich den ganzen Nachmittag mit dem Motorrad durch die Hügel gefahren, ich habe einen Bärenhunger, und wenn du willst, könnte ich heute abend mit dir zu den Adlern im Himmel fliegen.«

»Großartig, Kommandant«, antwortete die junge Frau, »aber vor dem Start tankt man besser noch auf.« Sie legte zwei Steaks in die Pfanne, während Ottaviani den Tisch deckte und eine Flasche Trentiner Pinot aus dem Kühlschrank nahm.

»Oh, Schempein!« antwortete Elizabeth mit ihrem Midwest Akzent.

»Das heißt Champagner, und außerdem ist das Sekt, sparkling dry, aber er ist genauso gut und noch dazu billiger.«

Elizabeth stellte sich an den Herd: »So, dear, du hast also eine große Entdeckung gemacht und willst niemandem davon erzählen. Warum?«

»Weil die Sache noch nicht abgeschlossen ist und ich ihr auf den Grund gehen möchte. Wenn ich rede, dann soll die Nachricht in Italien einschlagen wie eine Bombe.«

»Was soll das heißen?«

»Ich habe gute Gründe zu glauben, daß Lanzis Verschwinden eng mit dem Diebstahl dieses Torsos zusammenhängt. Gestern habe ich Paolo Quintavalle getroffen, und er hat mir bestätigt, daß das Archäologische Institut dem Oberintendanten eine vollständige Fotodokumentation der wichtigsten Funde aus Lavinium geschickt hatte, einschließlich des gestohlenen Torsos. Tja, und auf jenem Torso ist eine Gottheit zwischen zwei männlichen Nackten abgebildet, die mit Schild und Lanze bewaffnet sind, in der gleichen Haltung wie die Krieger aus der Villa Giulia. Meines Erachtens hatte Professor Lanzi geahnt, daß es eine Verbindung zwischen diesem kleinen Basrelief und den beiden Bronzestatuen gibt, und war nach Lavinium gekommen, um die Identität seiner Krieger herauszufinden.«

»Und dann hat er den Torso gestohlen und sich damit aus dem Staub gemacht … Come on, Fabio.«

»Das habe ich nicht gesagt, das fehlte noch, daß die Oberintendanten jetzt auch Fundstücke stehlen. Er hätte nur Paolo um Erlaubnis bitten müssen, den Torso sehen, fotografieren und untersuchen zu dürfen. Überhaupt kein Problem.«

»Und weiter?«

»Es gibt nur eine Erklärung: Jemand anderes wußte von der Sache und ist ihm zuvorgekommen. Leider wissen wir nicht, was Lanzi vorhatte. Aber mit Sicherheit muß es sich um etwas außergewöhnlich Wichtiges gehandelt haben, wenn er nach Lavinium gefahren ist, noch bevor er sich beim Minister über die Eröffnung der Ausstellung seiner Krieger beschwert hat. Der Ärmste, was immer er sich auch dabei gedacht haben mag – im Grunde hatte er recht, diese beiden Statuen stiften heilloses Durcheinander … Ich bin sogar bei der Polizei gewesen: In Lanzis Auto hat man außer einer Plastiktüte im Kofferraum nichts gefunden. Darin waren Proben der beim Schmelzvorgang benutzten Schamotteziegel, die man in den beiden Statuen gefunden hatte.«

»Woher weißt du das denn?«

»Ein Freund von mir ist Fotograf und arbeitet ab und zu für die Polizei. Er kennt da ein hohes Tier … I mean a very high official. Also, der Erkennungsdienst hat in der Schamotte Spuren von verkohltem Holz und Pflanzenfarben gefunden, sagt dir das nichts?«

»My god … ein antikes Xoanon?«

»Sehr gut. Und jetzt hör dir meine Rekonstruktion der Fakten an.« Elizabeth stellte das Essen auf den Tisch und setzte sich. »Beim Betrachten der Fotos aus Lavinium fällt Professor Lanzi die Ähnlichkeit zwischen den beiden Nackten auf dem Torso und den Bronzekriegern auf, aber er denkt nicht weiter darüber nach. Welche Beziehung kann es denn auch zwischen einem irdenen Fund, den man irgendwie der trojanischen Epoche zuordnet, und zwei Statuen, die eindeutig auf die Mitte des fünften Jahrhunderts vor Christus datierbar sind, geben? Aber dann, als er den Schamottestein untersucht, wird ihm bewußt, daß dieser Holzreste und Farbspuren enthält. Ihm kommt der Verdacht, daß die beiden Bronzestatuen sozusagen die Erben von zwei Holzstandbildern sind, nämlich den sehr viel älteren Xoana, die gewiß – wie alle Xoana – jahrtausendelang verehrt wurden. Jetzt könnte es auf einmal eine Beziehung geben, und Lanzi schießt der Gedanke durch den Kopf, daß eine Identifikation möglich wäre – besonders, wenn er noch über andere Anhaltspunkte verfügte, von denen wir nichts wissen.«

»Woran genau denkst du?«

»Ich weiß nicht, ich habe keine Ahnung, aber die Tatsache, daß Lanzi sich so hartnäckig der Ausstellung der beiden Heroen widersetzt hat, bringt mich auf den Gedanken, daß er noch andere Funde in seinem Besitz hatte, die sicherlich weniger aufsehenerregend, jedoch genauso bedeutend waren, und daß er abwarten wollte, um die Ergebnisse seiner spektakulären Entdeckung alle auf einmal zu veröffentlichen. Es gilt herauszufinden, ob dieser Fund existiert und worum genau es sich dabei handelt; und in Erfahrung zu bringen, wer den Torso gestohlen hat, weil diese Leute dieselben sind, die Professor Lanzi entführt haben.«

»Are you kidding me?«

»Nein, das ist kein Witz. Es ist der einzige Weg, Ordnung in diese Geschichte zu bringen.«

»Und dein geheimnisvoller Kodex ... hat er etwas mit all dem zu tun?« Ottaviani schenkte sich und Elizabeth Wein nach.

»Und ob. Ich weiß, was Lanzi herauszufinden versuchte. Höchstwahrscheinlich ist es dasselbe, was diejenigen, die ihn meiner Meinung nach entführt haben, erfahren wollten.«

»Und du hast nicht die Absicht, es mir zu erzählen, stimmt's?«

Ottaviani nahm ihre Hand und drückte sie fest: »Lizzy, ich liebe dich zu sehr, um es dir zu erzählen. Seit ich diesen Kodex entdeckt habe ... seit ich mich mit dieser Sache beschäftige, bin ich nicht mehr ich selbst. Mir passieren komische Sachen, ich begegne komischen Leuten. Manchmal überkommt mich plötzlich Übelkeit ... ich habe furchtbare Träume ... Ich habe Angst, Lizzy.«

Die junge Frau stand auf und setzte sich auf seinen Schoß. Sie gab ihm einen langen Kuß, dann legte sie den Kopf auf seine Schulter und schlang die Arme um ihn: »Don't worry ...«, sagte sie, »don't worry ... solange ich bei dir bin, wird dir nichts Schlimmes passieren, my Lover.«

»Sicher, Liebling, sicher, mach dir keine Sorgen. Wenn ich bei dir bin, geht alles besser.«

Während Elizabeth duschen ging, machte Ottaviani sich einen Kaffee, setzte sich in den Sessel und schaltete den Fernseher ein. Die großen Manöver von Marschall Rustow hielten die Welt in Atem, in den orientalischen Steppen sahen seine Panzer aus wie gigantische Käfer, die ihr bedrohliches Horn nach vorne reckten. Die Stimme des Kommentators im Hintergrund berichtete von Terroranschlägen und Unruhen in Jugoslawien. Dann kamen die Jagdbomber von Präsident Harris ins Bild, die scharenweise aus den Flugzeugträgern schwärmten wie Heuschrecken aus Stahl, allzeit bereit, die Welt in eine Wüste zu verwandeln. Wieder spürte er Abscheu und Angst. Abrupt stand er auf und schaltete das Gerät aus. Das Rauschen der Dusche im Badezimmer hatte aufgehört, im Haus war es still. Er ging zum Schlafzimmer und öffnete die Tür. Das schwache Licht der Nachttischlampe streifte kaum den Körper von Elizabeth, die sich aufs Bett gelegt hatte, die schwarzen Haare fielen auf das Kissen … die Augen waren geschlossen … die Augen waren geschlossen … DIE AUGEN WAREN GESCHLOSSEN!

Der Alptraum packte ihn wieder, machte sich in ihm breit, ließ sein Herz gefrieren. Entsetzt, als hätte er ein Gespenst gesehen, wich er zurück und prallte mit den Schultern gegen die Tür, so daß Elizabeth sich auf dem Bett aufsetzte:

»Fabio, o my god, Fabio, was hast du?« Er zuckte zusammen, als führe er aus dem Schlaf auf.

Elizabeth streckte die Arme nach ihm aus, ihr Busen war ein sicherer Hafen, ihre Brüste waren weich und voll, ihre Beine glatt und glänzend, ihre Haut golden. Ihre ausdrucksvollen Augen funkelten unter den tiefschwarzen Wimpern, strahlten eine unbesiegbare, unüberwindliche Kraft aus … Was war dagegen alles andere, wenn nicht Staub … leerer Schein?

Er liebte sie mit grenzenloser Leidenschaft, mit unendlicher Zärtlichkeit, blickte ihr die ganze Zeit in die Augen, war immer bei sich. Dann legte er sich auf den Rücken, und sie streichelte seine Brust, die Schultern, küßte ihn zärtlich, bis er eingeschlafen war.

Das Telefon auf dem Nachttisch klingelte, er sah auf die Uhr. Es war nach Mitternacht.

»Ja, hallo, wer ist da?«

»Hier ist Ioannidis. Sind Sie das, Ottaviani?«

»Ioannidis? Aber was, zum Teufel … wissen Sie, wie spät es ist? Wer hat Ihnen eigentlich meine Nummer gegeben?«

»Who is it?« fragte Elizabeth verschlafen.

»Hören Sie, Ottaviani, ich erklär's Ihnen später. Jetzt hören Sie mir zu, ich muß Sie sofort sehen, es ist sehr wichtig. Ich bitte Sie, kommen Sie sofort her, Via Appia Antica Nummer 804. Sie können es nicht verfehlen, dort steht eine alte Mauer mit drei Bögen ...«

»Sie sind verrückt, ich denke gar nicht daran. Leben Sie wohl«, erwiderte Ottaviani und legte auf.

»Wer war das denn?« fragte Elizabeth.

»Ich hab's dir ja gesagt, Lizzy, in letzter Zeit passieren mir komische Sachen. Denk nicht drüber nach, laß uns schlafen.«

Das Telefon klingelte erneut. Es war dieselbe Stimme.

»Hören Sie«, sagte Ottaviani stinkwütend, »Sie haben kein Recht ...«

»Hören Sie mir genau zu«, fuhr die Stimme eiskalt fort, »Sie müssen kommen, haben Sie verstanden? Via Appia Antica Nummer 804. Dort steht eine Mauer mit drei Bögen.«

»Eine Mauer mit drei Bögen ...«, wiederholte Ottaviani, der sich mit einem Schlag beruhigt hatte, »eine Mauer mit drei Bögen ...«

Er legte den Hörer weg und stand auf.

»Fabio, wo willst du hin?« fragte Elizabeth. »Wer war das?«

Ottaviani zog die Jeans an, streifte ein Hemd über, griff nach dem Helm und einer Taschenlampe, die er an seinem Gürtel befestigte.

»Fabio, wo willst du denn um diese Uhrzeit hin? Please, Fabio, please, don't go.«

»Sorry, aber ich muß gehen.« Hastig lief er die Treppe hinunter und trat in den Hof hinaus. Kurz darauf hörte Elizabeth vom Fenster aus das Dröhnen seines Motorrads, das mit rasender Geschwindigkeit davonfuhr.

Er jagte durch die leeren Straßen der stillen Stadt, bis er an die Via Appia gelangte. Er fuhr zügig weiter, ohne auf die Hausnummern zu achten, nur an Abschnitten mit antiker Pflasterung drosselte er das Tempo. Plötzlich sah er den Ort – die Mauer mit den drei Bögen, gut hundert Meter vor ihm, zur Rechten, spärlich vom Licht der letzten Laterne gestreift. Er stellte das Motorrad ab und trat näher. Kein Mensch war zu sehen. Sollte sich da jemand einen schlechten Scherz erlaubt haben? Er stellte sich vor das Eisengeländer, das die Ruine von der Straße trennte. Da war ihm, als sähe er einen Schatten, als stünde jemand hinter der Mauer auf, genau vor dem mittleren Bogen.

»Sind Sie das, Ioannidis? Sind Sie das? Was soll der Unsinn? Los, kommen Sie heraus.«

Der schwarze Umriß lehnte sich nun mit dem ganzen Oberkörper über die Mauer. Ottaviani löste die Taschenlampe vom Gürtel, zielte vor sich und schaltete sie ein. Was er nun sah, er staunte und lähmte ihn zugleich, fast wäre ihm die Taschenlampe aus der Hand gefallen. Der Lichtstrahl fiel auf das Gesicht und den nackten Oberkörper von Elizabeth. Nur die Haare schienen feuerrot, und die Augen funkelten unwirklich starr, goldgelb wie die eines Raubvogels, zumindest schien es ihm so, denn die Gestalt verschwand so schnell, wie sie aufgetaucht war.

Verblüfft hielt Ottaviani inne, dann sprang er über das Eisengeländer und lief, die Finger fest um die Taschenlampe geklammert, hinter die Mauer. Er leuchtete über das von Unkraut überwucherte Gelände, aber da waren nur die Überreste eines antiken Sarkophags und darin eine Plastiktüte und eine leere Zigarettenschachtel. Er hob die Lampe, um die Umgebung auszuleuchten, doch in diesem Augenblick ließ ihn das Knacken eines brechenden Astes urplötzlich zur Seite springen – gerade rechtzeitig, um einem stumpfen Gegenstand auszuweichen, mit dem jemand von hinten auf seinen Kopf zielte. Der vom Helm abgelenkte Schlag streifte seine Schulter und riß die Haut unter dem Hemd auf. Mit aller Kraft stieß er den Arm nach hinten und versetzte dem anderen einen heftigen Hieb mit der Taschenlampe, dann rannte er zur Straße. Er hörte einen unterdrückten Schrei und dann das Geräusch von brechendem Gestrüpp und Geäst hinter sich. Blitzschnell sprang er über das Geländer, um den beiden Schatten zu entkommen, die plötzlich hinter den Ruinen hervorgekommen waren. Als die beiden ihrerseits das Geländer überwunden hatte und sich mit Stangen bewaffnet auf ihn stürzen wollten, hatte Ottaviani sich bereits auf den Sattel seines Motorrads geschwungen. Er riß den Lenker nach links und landete auf dem gegenüberliegenden Bürgersteig. Dann legte er den Gang ein und brauste, während er das Kunststoffvisier vors Gesicht zog, mit Höchstgeschwindigkeit Richtung Rom davon.

Er war einen knappen Kilometer weit gekommen, als er im Rückspiegel zwei Autoscheinwerfer bemerkte, die rasch näherkamen. Er warf einen Blick auf den Tacho: Er zeigte hundertzwanzig an, also mußten die anderen mindestens hundertvierzig fahren. Das konnte nicht irgendein Auto sein. Er drehte den Gasgriff bis zum Anschlag auf und kauerte sich an den Tank. Jedesmal, wenn er eine Seitenstraße kreuzte, erschauerte er bei dem Gedanken, jemand könne die Vorfahrt mißachten, dann warf er einen Blick in den Rückspiegel und hoffte, diese gelben Augen nicht mehr zu sehen, die unablässig auf ihn zielten. Die Schulter schmerzte immer mehr, und jedesmal, wenn er bremsen mußte, spürte er bei der Kontraktion der Muskeln ein heftiges Stechen im Hals. Er war nun in Sichtweite des Autobahnrings, wo er hoffte, im dichten Verkehr einen Vorsprung zu gewinnen. Ganz nach links geduckt, bog er in die Auffahrt ein, fast streifte sein Knie den Asphalt, doch dann mußte er feststellen, daß die Schnellstraße praktisch leer war. Hier hätten seine Verfolger leichtes

Spiel. Zum Glück war links von ihm die Leitplanke in der Fahrbahnmitte unterbrochen. Er schlängelte sich durch das Oleandergebüsch und verließ die Autobahn in verbotener Richtung über die gegenüberliegende Auffahrt. Sobald er ausreichende Sicht hatte, schaltete er rasch hintereinander in den zweiten und dann in den dritten Gang und zog die Gänge so hoch es ging. Mit einem Brüllen bäumte sich die schwere Benelli auf und schoß über die Via Appia Nuova davon. Ottaviani sah noch einmal in den Rückspiegel und atmete erleichtert auf. Er wurde zwar immer noch von Scheinwerfern verfolgt, doch darüber blitzte das Blaulicht einer Polizeistreife auf. Er war gerettet, doch er verringerte die Geschwindigkeit nicht. Hinter sich das Sirenengeheul, folgte er dem Weg zurück, auf dem er eine Stunde zuvor gekommen war, bis er zu Hause ankam. Er sprang vom Motorrad, betrat die Garage, öffnete die Motorhaube von Elizabeth' Wagen und fuhr mit der Hand über den Zylinderkopf: Er war kalt. Einen Augenblick lang stützte er die Ellbogen auf den Kotflügel. Ich bin vollkommen verrückt, dachte er, ich bin tobsüchtig. Elizabeth hätte nie vor mir dort sein können, zumal nicht mit dieser Karre.

Mit gesenktem Kopf ging er hinaus und stellte sich den Ordnungshütern.

»Aha, wir fahren also Rennen auf öffentlichen Straßen ...«, hob der Polizist, die Hand am Pistolenhalfter, an.

»Lassen Sie doch die Kanone stecken«, sagte Ottaviani, während er den Helm absetzte und ein halbwegs freundliches Lächeln aufsetzte. »Ich bin ein ehrenwerter Bürger, der sich gegen seinen Willen gezwungen sah, die Straßenverkehrsordnung zu übertreten.«

»Ach ja? Sie wollen mich also auch noch verscheißern?« gab der Polizist zurück, während er sich zu seinem Kollegen umdrehte, der näherkam und dabei seine

Dienstpistole entsicherte. »Dann werfen wir doch mal einen Blick auf Führerschein und Papiere.«

»Ich bin Fabio Ottaviani von der Universität Pavia. Hier ist mein Führerschein. Ehrlich, es tut mir leid wegen der Spritzfahrt ... leider kann ich Ihnen nicht den Grund mitteilen, weshalb ich wie ein Irrer hierher rasen mußte. Behalten Sie nur meinen Führerschein, wenn Sie meinen. Jedenfalls können Sie bei Hauptmann Reggiani im Polizei-Hauptquartier Erkundigungen über mich einziehen, er ist ein alter Klassenkamerad und enger Freund von mir.«

Verdutzt hielt der Polizist einen Augenblick inne. In zehn Dienstjahren hatte er noch nie einen Homme de Lettres gesehen, der auf einer Vierzylinder-Maschine mit hundertzwanzig Sachen durch die Stadt raste.

»Sie sind mit Hauptmann Reggiani befreundet?«

»Er wird es Ihnen bestätigen. Aber ich will nicht, daß Sie Schwierigkeiten bekommen. Wie gesagt, es war höhere Gewalt.«

»Behalten Sie Ihren Führerschein vorerst«, sagte der Polizist.

»Ich werde beim Hauptmann nachfragen, was er dazu meint. Wenn Sie dann schon mal das Verwarnungsgeld begleichen würden ...«

»Aber selbstverständlich«, erwiderte Ottaviani, während er das Protokoll unterschrieb und dem anderen einen Fünfzigtausend-Lire-Schein reichte, »und ... vielen Dank.«

Der Polizist legte die Hand an den Mützenschirm: »Gute Nacht, Professore«, sagte er, »und versuchen Sie das nicht noch mal, hören Sie auf mich. Heutzutage ist das zu gefährlich.« Er stieg wieder in den dunkelblauen Alfa, der rasch am Ende der Straße verschwand.

Ottaviani öffnete die Tür und stieg langsam die Treppen hinauf. Elizabeth saß im Morgenmantel in einem Sessel und las.

Sie stand auf, lief ihm entgegen und umarmte ihn.

»Was ist los, Fabio, wo warst du? Please, tell me ... Du bist ja verletzt ... o Fabio, bitte, willst du mir nicht sagen ...«

»Beruhige dich, Lizzy. Ich bin nicht verletzt ... und ich habe jetzt keine Lust zu reden ... ich will mich ausruhen.«

»O Fabio, you don't trust me ...«, sagte sie.

»Das ist nicht wahr, Lizzy, ich vertraue dir, aber ich will dich nicht in diese Geschichte hineinziehen. Ich muß ihr auf den Grund kommen – allein.«

»Aber du hast dir weh getan«, sagte Elizabeth und fuhr mit den Fingern über seine Schulter.

»Jemand hat mich geschlagen, zum Glück hatte ich den Helm auf. Unbekannte ... zwei, drei ... sie haben sich mit Stangen auf mich gestürzt.«

»Aber wer hat dich denn vorhin angerufen ... warum bist du weggefahren?«

»Ich kann dir nicht sagen, warum ich das getan habe, aber jetzt weiß ich mit Gewißheit, daß man mich schnappen und zum Reden bringen will. Es muß jemand sein, der mich seit längerem überwacht und vor nichts zurückschreckt. Begreifst du nun, warum ich dich da nicht hineinziehen will?«

Er setzte sich, zündete eine Zigarette an und machte ein paar tiefe Züge. Elizabeth holte Jodtinktur und Watte aus dem Medizinschränkchen und verarztete die Prellung.

»Was hast du jetzt vor?« fragte sie besorgt.

»Abreisen, bald.«

»Und wo willst du hin?«

»Nach Sizilien, nach Taormina, ich will herausfinden, was die Leute gesucht haben, die Professor Lanzi entführt haben.«

»I'll come with you.«

»Nein, ich sagte bereits, daß ich dich da raushalten will.«

»Das kannst du nicht«, sagte Elizabeth mit fester Stimme.

Ottaviani nahm ihr Gesicht zwischen die Hände und sah sie lange schweigend an.

»Weißt du was?« fragte er plötzlich.

»What?«

»Wenn ich eines Tages entdecken sollte, daß du mich nicht mehr liebst, hätte mein Leben keinen Sinn mehr.«

Elizabeth erwiderte nichts, aber ihre Augen füllten sich mit Tränen.

Lido di Ostia, 23. August, 19.30 Uhr

Der schwere Jaguar mit Liechtensteiner Kennzeichen parkte am Bürgersteig vor der Bar Pineta. Ein junger, athletischer Mann in elegantem blauen Anzug und mit Ray-Ban-Sonnenbrille stieg aus. Er setzte sich, bestellte einen Wodka Martini und schlug den *Daily American* auf. Fünf Minuten später stieg ein Mann von kleiner Statur mit graumeliertem Haar und kariertem Sakko aus einem Taxi und setzte sich zu ihm an den Tisch.

»Guten Abend«, sagte er auf Englisch, »man hat mir gesagt, wir könnten über Geschäfte reden, falls Sie nicht anderweitig beschäftigt sind.«

»Ich bin nicht anderweitig beschäftigt«, antwortete der Jüngere. Er zog ein silbernes Zigarettenetui hervor und steckte sich eine Senior Service an: »Also, steht das Geschäft?«

Der Mann mit dem graumelierten Haar rückte verlegen seine Krawatte zurecht und sagte dann: »Nein. Das Geschäft steht nicht, es ist im letzten Augenblick geplatzt. Sie hätten zuverlässige Leute schicken müssen, keine Dilettanten.«

»Schwachkopf«, zischte der junge Mann. »Wegen Ihnen wäre alles fast aufgeflogen.«

»Ich habe getan, was ich konnte, mein Plan war genial und wäre problemlos umsetzbar gewesen. Alles andere ist nicht meine Schuld.«

»Du hast Glück, daß ihm nichts passiert ist«, sagte der Jüngere eiskalt und blies ihm den Rauch ins Gesicht. »Ihm den Kopf einschlagen zu wollen war die idiotischste Idee, die ihr haben konntet … Man darf ihn nicht auf den Kopf schlagen, auf gar keinen Fall, hast du kapiert? Auf gar keinen Fall.«

»Dark Sail arbeitet nur mit euch zusammen«, sagte der Mann ärgerlich. »Hätte sie sich direkt mit mir in Verbindung gesetzt, wäre das Problem jetzt gelöst.«

»Dark Sail weiß, was sie tut. Du beschränke dich darauf, unsere Befehle auszuführen. Also, was weißt du über die Entdeckung dieses Mannes?«

»Es ist mir gelungen, die Kopien der Negative zu beschaffen, von den Bildern, die er in der Vatikanischen Bibliothek aufgenommen hat. Sie sind alle gleich und zeigen ein und dieselbe Seite. Hier drin habe ich eines«, sagte er und reichte ein Feuerzeug über den Tisch. Der junge Mann nahm es und steckte es in die Tasche. »Der Text ist von Polybios, einem griechischen Historiker aus dem zweiten Jahrhundert vor Christus, und berichtet von den Ereignissen im Zusammenhang mit dem Ende des Krieges zwischen den Römern und König Antiochos III. von Syrien. Es gibt keinerlei Hinweis, der uns interessieren könnte. Ich habe den Text mehrmals gelesen, da ist nichts.«

»Und doch liegt in dieser Seite der Schlüssel zu einer ungeheuer wichtigen Entdeckung … soweit uns bekannt ist.«

»Dark Sail?«

»Dark Sail ist nicht die einzige, die für die *Institution* arbeitet … und wie ist es im Kloster gelaufen? Du bist mehrere Tage lange mit ihm in diesem Kloster gewesen.«

»Der Mann ist ein härterer Brocken, als ich erwartet

habe, einen Moment lang hatte ich sogar den Eindruck, daß er mich verdächtigte. Er sagte, er forsche über ein paar Kodices von Strabo und Polybios, aber ich habe ihn nie in dem Saal mit den Inkunabeln gesehen. Daraus schloß ich, daß er allein in seiner Zelle arbeitete, und als ich ihn ein paar Tage vor seiner Abreise um sechs Uhr morgens hinausgehen sah, bin ich in seine Zelle gegangen und habe sie in aller Ruhe durchsucht, ich konnte ja vom Fenster aus den Eingang der Bar, in die er gegangen war, im Auge behalten. Die Zelle war vollkommen leer, es gab keinen Hinweis, keine Notiz, keinen Text ... nichts, verstehen Sie? Absolut nichts. Auf dem Tisch lag sein Fotoapparat, eine Profi-Kamera. Ich habe im Magazin nachgesehen, aber es war leer – kein Film darin, oder, falls doch, hatte er ihn herausgenommen und mitgenommen. Außerdem gibt es da noch ein Rätsel, aber bevor ich Ihnen davon erzähle, möchte ich etwas von Ihnen wissen.«

»Was?«

»Befand sich in jenen Tagen außer mir noch ein weiterer Agent der *Institution* in San Nilo?«

»Tut mir leid, ich bin nicht befugt, darauf zu antworten. Erzähl du erst einmal, was du zu sagen hast, wir kümmern uns dann darum, welche Schlüsse zu ziehen sind.«

»In Ordnung«, sagte der Mann, obwohl er seine Enttäuschung kaum verbergen konnte, »aber kommt später nicht und macht mich dafür verantwortlich, wenn diese Geschichte zu verwickelt wird.«

»Das wird nicht geschehen.«

»Also, ich hatte herausgefunden, was ihn wirklich in San Nilo interessierte. Er suchte nach Hinweisen auf einen mittelalterlichen Kopisten namens Theodoros. Strabo und Polybios waren nur ein Vorwand. Und ich hatte Glück: Nachdem ich zuvor im öffentlich zugänglichen Teil der Bibliothek vergeblich nach Hinweisen auf diesen Mönch gesucht hatte, entdeckte ich den Eingang zum Geheimarchiv des Klosters. Ich konnte mir Zugang verschaffen und fand ein Tagebuch, das dieser Kopist geschrieben hatte. Am gleichen Abend ging ich zu Ottaviani hinauf, um ihm von meiner Entdeckung zu erzählen und den Grund in Erfahrung zu bringen, warum er Hinweise auf diesen Mönch suchte. Ich hörte ihn im Schlaf schreien und trat ein. Er war vollkommen verstört und kreidebleich, er wirkte, als habe er dem Teufel persönlich ins Auge geblickt. Ich sprach ihm Mut zu, gab ihm ein Glas Wasser, und als er sich schließlich wieder erholt hatte, begann er mir Fragen zu stellen: Warum ich um diese Uhrzeit noch auf den Beinen war, wollte er wissen. Ich wollte keinen Verdacht erwecken, ich mußte sein Vertrauen gewinnen, und deshalb erzählte ich ihm von meiner Entdeckung im Geheimarchiv: Sein Kopist, Theodoros von Phocäa, war in völliger Verzweiflung gestorben, unter dem unheilbringenden Einfluß eines alten heidnischen Götzenbilds.«

»Was für ein Götzenbild?« fragte der Jüngere.

»Ich weiß nicht, im Tagebuch stand darüber nichts, und auf der anderen Seite kam es mir vor wie die Ausgeburt eines kranken Hirns. Theodoros von Phocäa berichtete, er habe der Exhumierung eines heidnischen Mädchens beigewohnt, das, glaube ich, an der Via Appia bestattet worden war. Von diesem Zeitpunkt an wurde der Anblick des wundersam erhaltenen Körpers und des Gesichts dieses Mädchens für ihn zur Zwangsvorstellung, die ihn in den Wahnsinn trieb, wenn ich recht verstanden habe.«

»Eine reichlich merkwürdige Geschichte.«

»Aber, wahrscheinlich ist sie wahr. Ich habe einen glaubwürdigen historischen Beleg dafür gefunden. Eine Sache paßt jedoch nicht ins Bild: Woher kannte Ottaviani diesen Namen, wenn er vorher nie einen Fuß in das Geheimarchiv gesetzt hatte?«

»Schwer zu sagen.«

»So ist es. In der gleichen Nacht ging Ottaviani in die Krypta hinunter und betrat seinerseits das Geheimarchiv. Seinem Verhalten nach zu urteilen, hatte er diesen Ort nie zuvor betreten.«

»Warum hast du mich eigentlich gefragt, ob noch ein Agent von uns in San Nilo war?«

»Weil es da einen Umstand gibt, den ich mir anders nicht erklären kann. Auf dem Rückweg vom Archiv kam Ottaviani in mein Zimmer. Er sagte, er habe das Tagebuch gesehen, und fragte mich, was ich von dem Frauenporträt auf der letzten Seite hielt. Ich fiel aus allen Wolken, weil es auf dem Blatt überhaupt kein Porträt gab. Er wollte, daß ich mit ihm in die Krypta hinunterging, und erst, als er den Text erneut in Händen hielt, gab er zu, sich geirrt zu haben. Aber es war offensichtlich, daß er kurz zuvor noch felsenfest überzeugt gewesen war von dem, was er gesagt hatte. Ich sagte zu ihm, er habe vielleicht eine Halluzination gehabt, aber daran glaubte ich selbst nicht. Jemand muß dieses Porträt in das Tagebuch gelegt und dann wieder entfernt haben, als Ottaviani auf dem Weg in meine Zelle war.«

»Sonst noch was?«

»Ja. Als Ottaviani zu mir kam, bemerkte ich, daß er das Tagebuch nicht gelesen hatte, vielleicht, weil er es nicht konnte, und darauf setzte ich, als ich ihn vor einer Woche in die Via Appia lockte. Als ich ihn anrief, wünschte er mich erst zum Teufel, aber dann dachte er, ich könnte ihm vielleicht wertvolle Informationen über seinen Kopisten geben, etwas, das er noch nicht bemerkt hatte. Also machte er sich schnurstracks auf den Weg. In diesem Augenblick hätte er schon in unserer Hand sein können …«

»Warum hast du diesen Ort gewählt und … diese Vorgehensweise?«

»Auch ich verfüge über einen gewissen Handlungsspielraum. Ich muß mich für die Ergebnisse rechtfertigen, nicht für die Methoden, die ich anwende.«

»Richtig ... Und was sagst du hierzu?« fragte der junge Mann, wobei er die Zeitung auseinanderfaltete und ihm ein Blatt reichte.

»Was ist das?«

»Die Anzeigenseite aus dem *Messagero*. Sieh genau hin.« Der andere setzte die Brille auf und überflog die Seite. Unten, stark hervorgehoben, stand da: ›IOANNIDIS, ich bin bereit, dir zu sagen, was du wissen willst. Rufe am 10. September um neun Uhr abends die Nummer an, die du kennst. F. O.‹

»Siehst du? Du hättest dir gar nicht so einen komplizierten und gefährlichen Plan ausdenken müssen. Man muß nur fragen«, sagte der Jüngere spöttisch. Der andere setzte die Brille ab und gab die Zeitungsseite zurück: »Hören wir uns erst einmal an, was er dafür haben will«, sagte er, wobei er seine Gereiztheit nur mühsam verbergen konnte.

»Warten wir's ab«, erwiderte der Jüngere ungerührt.

»Und jetzt, wo ist er jetzt?«

Der junge Mann blickte auf die Datumsanzeige seiner Digitaluhr: »In Taormina, auf Sizilien.«

6.

Taormina, 23. August, 9 Uhr

Als Elizabeth nach dem morgendlichen Bad am noch leeren Strand aus dem Meer kam, ging Ottaviani ihr mit dem Bademantel entgegen.

»Wie ist das Wasser?«

»Gorgeous. Warum schwimmst du nicht auch ein Ründchen?«

»Sorry. Ich habe schon gefrühstückt, und mit vollem Magen soll man nicht baden gehen.«

»Good boy«, lachte Elizabeth, während sie sich mit dem Bademantel abrieb, »aber du hast vor mir gefrühstückt. You don't love me anymore.«

»Du weißt doch, wenn ich nicht innerhalb einer Stunde nach dem Aufstehen frühstücke, bin ich zu nichts zu gebrauchen. Außerdem habe ich die Zeit für ein paar Telefonate genutzt.«

»Mit wem?«

»Unter anderem mit einem alten Freund. Er weiß über alles Bescheid, was zwischen der Straße von Messina und Kap Pachino geschieht, und nichts geschieht, ohne daß er davon erfährt.«

»Ist er ein Mafioso?«

»Was für eine Frage. Selbstverständlich ist er einer.«

»Und was weiß er Interessantes?«

»Du kennst die Sizilianer nicht. Zuallererst wird der Ritus der Freundschaft und der Gastlichkeit zelebriert, über Geschäfte spricht man später. Er erwartet mich zum Mittagessen.«

»Und was ist mit mir?«

»Ehrlich gesagt habe ich keine besondere Lust, dich

mitzunehmen. Sobald der Kerl dich sieht, beginnt er dir den Hof zu machen, und dann ist es aussichtslos, das Gespräch auf ein anderes Thema zu lenken.«

»Aber dann bist du doch der Sizilianer, nicht er ... Kann ich wirklich nicht mitkommen?«

»Na gut, allerdings nur unter der Voraussetzung, daß du ihn nicht ermutigst und ein weites Kleid ohne Ausschnitt anziehst. Darüber hinaus darfst du ihn nicht duzen, und wenn er dich etwas fragt, antwortest du ›Yes, Mister Licasi‹ und ›No, Mister Licasi‹.«

»Okay, Boß«, gab Elizabeth zurück. »Ich bin gleich fertig.«

Sie eilte zum Hotel, um sich umzuziehen, und kam zwanzig Minuten später in einem langen, farbenfrohen Baumwollkleid mit Volants zurück, das entfernt an ein Zigeunerkleid erinnerte. Das dezente Make-up betonte die natürliche Schönheit ihrer Züge noch mehr, und die eilige Dusche hatte den Geruch des Meeres nicht vollständig weggewaschen.

»Zwecklos«, sagte Ottaviani kopfschüttelnd. »Du bist immer noch hinreißend.«

Ottaviani, der am Steuer von Elizabeth' Ford Camaro saß, verließ die Autobahn nach Catania bei der ersten Ausfahrt und nahm die Straße nach Linguaglossa. Hinter Randazzo bog er links ab, Richtung Bronte. Die ganze Zeit über ragten zu ihrer Linken die kahlen Lavafelsen des Ätna auf, der Gipfel lag halb hinter den Rauchwolken verborgen, die aus den Nebenkratern aufstiegen. Ab und zu hörte man ein dumpfes Gekoller aus dem Bauch des Berges, ein Zeichen dafür, daß er seit dem letzten Ausbruch noch nicht ganz zur Ruhe gekommen war.

»What is Branti?« fragte Elizabeth, die die Karte studierte.

»Das heißt Bronte«, verbesserte Ottaviani. »Das ist

ein kleines Dorf am Fuß des Ätna, das früher einmal der Witwe von Admiral Nelson gehört hat, die sich danach Herzogin von Bronte nannte. In den italienischen Unabhängigkeitskriegen war es Schauplatz einer Bauernrevolte gegen die Gutsherren, die von Garibaldis Rothemden blutig niedergeschlagen wurde. Heute ist es ein recht bedeutendes landwirtschaftliches Zentrum.«

»Und dein Freund ist der Boß.«

»Sagen wir, er ist die Respektsperson. Ein Omo de panza, wie man in dieser Gegend sagt, ein Bauchmann.«

»Was bedeutet das?« fragte Elizabeth neugierig.

»Früher, als die Insel bettelarm war, hatten nur die Adligen oder die Besitzenden die Möglichkeit, sich ausreichend zu ernähren, und deshalb war ein wohlgenährter, fetter Mann gleichbedeutend mit einer Person von Rang, der man Respekt schuldete – ein Omo de panza eben.«

»Funny«, sagte Elizabeth. Sie faltete die Karte zusammen und genoß die Aussicht. Die Straße führte bergauf durch Oliven-, Feigen- und Mandelbäume, deren Blätter in der brütenden Hitze baumelten. In der Ferne wurde das gelbliche, von der Trockenheit ausgedörrte Tal hier und da, wo die Bauern die Stoppelfelder abgebrannt hatten, von schwarzen Flecken unterbrochen.

»It's so dry ...«, sagte Elizabeth, die die Ebene jenseits der Spitzkehren betrachtete.

»Ja, leider«, stimmte Ottaviani zu, »aber in der Antike war das anders. Die Insel hatte drei schiffbare Flüsse, Wälder bedeckten die Berge, und die Ebenen gaben soviel Getreide, daß der Hunger ganz Italiens davon gestillt wurde. Noch heute wachsen dort, wo es Wasser gibt, alle Arten von Früchten und die schönsten Blumen, die du dir vorstellen kannst. Es tut weh, das Land in diesem Zustand zu sehen und sich vorzustellen, wie es sein könnte.«

»Wieso, glaubst du denn, daran ließe sich jetzt noch etwas ändern?«

Ottaviani gab keine Antwort.

Die schroffen Felsen von Bronte tauchten auf, das Städtchen hob sich weiß gegen den kobaltblauen Himmel ab. Nachdem sie die letzte der steilen Spitzkehren bewältigt hatten, parkte Ottaviani den Wagen auf dem Hauptplatz des Dorfes. Vor der größten Bar tranken Honoratioren in weißen Anzügen und Strohhüten Zitronenlimonade und eisgekühlte Mandelmilch. Ottaviani trat an einen Tisch: »Entschuldigen Sie, Signori, Don Michele Licasi ... würden Sie mir bitte sagen, wo ich ihn finde? Ich bin ein Freund vom Festland und möchte ihn besuchen.«

Aus der Art, wie ihre Blicke sich dem Platz zuwandten, begriff er sofort, daß Elizabeth ausgestiegen sein mußte. Nur ein über siebzigjähriger Mann schien ihm Aufmerksamkeit zu schenken, doch bevor er den Mund aufmachen konnte, dröhnte eine Stentorstimme aus der diskreten Dunkelheit der Bar. Blaues Jackett, weiße Hose, Seidenhemd mit weitem Kragen, großes, goldenes Kreuz auf der tiefbraunen Brust, Sonnenbrille – Don Michele Licasi gab eine stattliche Erscheinung ab und sah keineswegs aus wie zweiundvierzig.

»Professore!« rief er und breitete die Arme aus. »Welch schöne Überraschung! Wie geht es dir?« Dann, zu den Anwesenden gewandt: »Ich habe die Ehre, euch einen lieben Freund vorzustellen. Professor Ottaviani, Dozent an der Borromeo-Universität in Pavia, beehrt uns mit seinem Besuch.« Mit einem Kopfnicken bezeigten die Männer ihren Respekt. Unterdessen war Elizabeth dazugekommen und versuchte, sich einen Weg durch die neugierigen und eindeutigen Blicke der Ehrenmänner zu bahnen. Ottaviani reichte ihr die Hand und zog sie in die Respektzone neben sich und den Freund. »Mimì, ich stelle dir meine Freundin und Kollegin vor, Dottoressa Allen von der Universität von Michigan.«

Don Michele küßte ihr galant die Hand und gab ein formvollendetes ›Enchanté‹ von sich, danach geleitete er seine Gäste in einen abgetrennten kleinen Saal und bestellte drei mit Orangenscheiben garnierte Eislimonaden.

»So, Professore«, begann er in seinem starken Catania-Dialekt, »nun erzähl mal, machst du Ferien? Oder bist du hier, um zu arbeiten? Oder willst du mit der hübschen Kleinen hier ein bißchen Kartenspielen, he?« Elizabeth lächelte, denn sie ahnte, daß es um sie ging.

»Mimì, ich möchte dich um einen großen Gefallen bitten.«

»Alles, was du willst, Professore«, erwiderte Don Michele, »aber erst fahren wir zu mir, ich habe nämlich eine Überraschung für dich.« Ottaviani überlegte einen Augenblick, dann rief er: »Lella! Ist sie hier?«

»Hier, und nirgendwo anders. Mein kleines Schwesterlein ist frisch aus den Ferien in England eingetroffen und stirbt vor Sehnsucht nach dir. Also, gehen wir?«

Don Michele bestand darauf, daß sie in seinen klimatisierten Mercedes stiegen, und fuhr sie durch seinen Besitz zu der Villa aus dem achtzehnten Jahrhundert, in der er mit seiner Schwester, wenn sie da war, sowie zwei Hausangestellten wohnte.

Lella Licasi hatte gerade den Tisch unter dem Laubengang fertig gedeckt und dekorierte die Tafel nun mit Blumen. Als sie Ottaviani aus dem Wagen ihres Bruders steigen sah, lief sie ihm entgegen und umarmte ihn.

»Lella«, sagte Ottaviani, »das ist meine Freundin Elizabeth Allen, sie ist eine amerikanische Kollegin und arbeitet in Rom bei Paolo Quintavalle.«

»Toll«, rief Lella Licasi, »da kann ich ja gleich mein Englisch ausprobieren!« Sie lud Elizabeth sofort zu einem Rundgang durch Villa und Garten ein. Die zurückgebliebenen Männer unterhielten sich bei einem Glas eisgekühltem Regaleali aus eigenem Anbau.

»Was kann ich für dich tun?« fragte Don Michele, während er die Brille abnahm und die Beine übereinanderschlug.

»Es, tut mir leid, Mimì, daß ich so bei dir hereinplatze und dich um einen Gefallen bitte, aber ich stecke da in einer sehr eigenartigen Sache und versuche ihr auf den Grund zu gehen.«

»Fabio, ich bin dir sehr dankbar dafür, wie du dich oben in Pavia meines Schwesterleins annimmst, und außerdem habe ich dich gern, weil du ein alter Freund bist. Soweit es in meiner bescheidenen Macht steht, kannst du auf mich zählen.«

»Du weißt ja wahrscheinlich, daß Professor Lanzi, der Oberintendant für Altertumswesen und Kunst, verschwunden ist.«

»Ich habe davon gehört.«

»Gut, bis jetzt hat man nichts von ihm gehört, aber meiner Ansicht nach ist er entführt worden, und ich glaube sogar, ich kann an die Leute herankommen, die ihn sich geschnappt haben.«

»Ach was«, sagte Don Michele mit ironischem Unterton, »spielst du jetzt den Carabiniere?«

»Mimì, das ist eine große Sache, die beiden Bronzestatuen aus Taormina haben etwas damit zu tun. Vielleicht besteht die Möglichkeit, die fehlenden Waffen wiederzufinden ... Es handelt sich um Gegenstände von unschätzbarem Wert, und für mich bedeutet das eine beispiellose wissenschaftliche Herausforderung. Begreifst du jetzt?« Don Michele nickte und zündete sich mit seinem massiven Cartier-Goldfeuerzeug eine Zigarette an.

»Hör zu«, fuhr Ottaviani fort, »ich bin davon überzeugt, daß man noch mehr Gegenstände herausgefischt hat, als die Statuen aus dem Meer geborgen wurden.

Ich kann dir zwar nicht sagen, was, aber ich bin sicher, daß es sich um etwas Wertvolles handelt, wenn auch nicht in finanzieller Hinsicht. Und hinter diesem Gegenstand sind auch die Leute her, die Lanzi entführt haben.«

»Glaubst du denn, diese Leute stammen von hier?«

»Ich weiß nicht, ich hatte gehofft, du könntest mir auch in dieser Beziehung helfen. Mit Sicherheit muß jemand aus der Gegend in die Sache verwickelt sein, und sei es als Informant. Was weiß ich, jemand, der dabei war, als die Statuen geborgen wurden, oder der Schwarzhandel mit Antiquitäten treibt, vielleicht auch einer von Lanzis Mitarbeitern im Büro der Oberintendantur in Palermo.«

Don Michele fuhr sich mit der Hand über die Stirn, wobei der Solitär an seinem Ringfinger funkelte, und dachte eine Weile nach.

»Professore«, sagte er dann, »du weißt, daß ich mich vorwiegend mit dem Bau von Häusern beschäftige und nur soviel mit Landwirtschaft« – dabei zeigte er mit der sorgsam gepflegten Hand auf die Weinberge rings um die Villa –, »aber ich habe ein paar Freunde, Respektspersonen, die die Güte haben, mich zu ihresgleichen zu zählen. Ich werde sehen, was ich für dich tun kann. Wie lange bleibst du?«

»Nur so lange, bis ich erfahren habe, was mich interessiert, aber ich will dir nicht zur Last fallen, ich fahre nach Taormina zurück und lasse dir die Telefonnummer meines Hotels da.«

»Du machst wohl Witze, Professore! Wenn du schon einmal deinen Fuß auf diese Insel setzt, kannst du mir nicht das Vergnügen vorenthalten, dich zu bewirten. Nach Taormina fahren wir zum Abendessen oder zum Baden, wenn du unbedingt willst. Baden kannst du nämlich auch hier«, sagte er und deutete auf den Swimmingpool, der von englischem Rasen und hier und da von ein paar Oleanderbüschen und Zwergpalmen umgeben war.

In diesem Augenblick kamen die beiden Frauen zurück, und Lella verkündete, das Mittagessen sei fertig. Don Michele hängte sich bei seinem Freund ein und bot ihm den Platz zu seiner Rechten an, während die Hausangestellten Austern mit Zitrone und Scampi als Vorspeise auftrugen. Anschließend gab es eine Brasse vom Grill, und zuletzt die unvermeidliche, triumphale und kunterbunte Eistorte. Als der Marsala in alten neapolitanischen Gläsern, die so zart waren wie Seifenblasen, serviert wurde, ging Turi, der alte Diener, mit einer Kiste Toskanerzigarren herum.

Lella nahm Elizabeth an der Hand. »Besser, wir gehen jetzt, meine Liebe, der Rauch dieser Zigarren ist unerträglich. Laß uns auf einen Sprung in meine Zimmer gehen, die Räume haben Klimaanlage, und wir können uns ein wenig hinlegen, hast du Lust?« Elizabeth folgte ihr.

Auch Don Michele stand auf und entschuldigte sich, doch ließ er die brennende Zigarre im Aschenbecher zurück als Zeichen, daß er bald wiederkäme. Ottaviani blieb allein zurück und trank den starken Kaffee, den Turis Frau ihm pünktlich fünf Minuten nach dem Essen eingeschenkt hatte. Nach einer Weile kam Don Michele zurück.

»Bist du müde, willst du schlafen?« fragte er.

»Ganz und gar nicht.«

»Hast du Lust, ein Stückchen zu fahren?«

»Nur zu«, erwiderte Ottaviani und stand auf.

Don Michele nahm die Straße, die am Fuß des Ätna nach Adrano führte. Gleich hinter dem Dorf bog er links in ein Sträßchen ein, das sich die Hänge des Vulkanberges hinaufwand. Es war gegen vier Uhr nachmittags, als er vor einer von Feigen- und Johannisbrotbäumen umstandenen Hütte anhielt.

»Hier wohnt und arbeitet Mastro Calogero Licodi … der fähigste Antiquitätenfälscher von ganz Sizilien«, sagte Don Michele. »Die Stille und Abgeschiedenheit dieses Ortes sind für einen Künstler wie ihn ideal.«

Er stieg aus dem Wagen und klopfte an. Ihm öffnete ein alter Mann in Lederschürze und kurzen Hosen, der verdorrt und krumm wie ein Haken war. »Gott segne Sie, Exzellenz«, begrüßte er Don Michele ehrerbietig. »Treten Sie ein, treten Sie ein.« Dann ging er den anderen ins Innere seiner Behausung vor. Er durcheilte einen langen, engen Flur und führte die Gäste in seine Werkstatt, eine Art schwarze Höhle mit Ziegelfußboden, die von Maschinen aus einer anderen Zeit bevölkert war. Es gab eine Schmiede mit Blasebalg, eine Töpferscheibe, einen Schmelzofen, dessen Tiegel an einer schweren Eisenkette baumelte, und an den Wänden hingen Hämmer, Greifzangen, Stichel, Raspeln, Stäbchen, Spatel, Stechbeitel, Schaber, Hobel, Feilen, Bohrer, Feuerzangen, Sperreisen, Ahlen, Kellen, Klemmen, Bistouris und Meßlöffel. In der Mitte thronte ein riesiger Amboß, auf dem ein Drei-Kilo-Hammer lag. Ottaviani betrachtete die schmächtigen Arme des Alten, die runzlige, trockene Haut, die Sehnen und Adern bedeckte wie ein schlaffes Segel Wanten und Stagen.

»Einige Stücke aus seiner Werkstatt stehen als authentische Kunstwerke in berühmten Museen«, sagte Don Michele und trat zu einer Figur, die mit einem Leintuch verhüllt war. »Was ist hier drunter, Don Calò?«

Der Alte hob das Tuch an, und eine Terrakotte von außergewöhnlicher Schönheit kam zum Vorschein. Ein verschleiertes Mädchen mit großen traurigen Augen und zartem Körper, der in einen langen Chiton gehüllt war. Es war eine bis ins kleinste Detail vollkommene Tanagrafigur. Ottaviani nahm die Statue hoch. Sie war leicht wie eine Feder, der Alte kannte tatsächlich jedes

Geheimnis der antiken Tonbildnerkunst. Es fehlte nur die Alterung, die er mit Hilfe eines geheimen Verfahrens erreichte, das in seiner Familie vom Vater auf den Sohn vererbt wurde.

»Mein Freund hier«, begann Don Michele, »versucht dem armen Professor Lanzi zu helfen, dem Oberintendanten, der offenbar entführt worden ist. Er meint, der Grund dafür sei ein Fundstück, das zusammen mit den Bronzestatuen bei Taormina aus dem Meer gezogen wurde. Wissen Sie etwas darüber, Don Calò? Sie können ihm vertrauen. Es ist, als würden Sie es nur mir sagen. Der Professore hier ist wie ein Bruder.«

Der Alte setzte sich auf einen rauchgeschwärzten Hackklotz und brummelte etwas durch seinen zahnlosen Mund, dann sagte er mit boshaftem Lächeln: »Die Lanzen und die Schilde ... alle suchen sie, aber sie sind nicht da ... Allerdings«, fügte er augenzwinkernd hinzu, »kann man sie jederzeit nachmachen. Auch der Helm läßt sich machen, alles läßt sich machen, man braucht nur Zeit und Geld, viel Geld.«

»Also ist sonst nichts aufgetaucht ... wirklich nichts?« bohrte Ottaviani nach.

»Nichts – oder fast nichts. Ein paar verfaulte Holzstücke und ein Stück Metall«, fügte er hinzu, wobei er die Hände zwei Spannen auseinanderhielt, »etwa so lang, über und über verkrustet, aber fein, biegsam, schwer wie ...«

»Wie Gold!« rief Don Michele aus, der sich plötzlich für das Gespräch interessierte.

»Oder wie Blei«, verbesserte Ottaviani.

»Wie Blei, wie Blei«, sagte Mastro Calogero bestimmt. »Die Burschen unten am Hafen sagten, es war Blei. Das können Sie glauben, Don Michele.«

»Und wo ist es hingekommen?« fragte Ottaviani.

»Sie haben es dem Professor ausgehändigt, was sonst?«

»Danke, Don Calò. Das wollte ich wissen.«

Der Alte begleitete sie hinaus, und sie fuhren davon.

»Tut mir leid, Fabio, wenn er nicht mehr weiß, bedeutet das, daß es nicht mehr darüber zu wissen gibt. Alle, die mit archäologischen Funden aus Sizilien handeln, kennen ihn, und er kennt sie. Ihm entgeht nichts, weil er sie alle in der Hand hat und weil er ihnen in mageren Zeiten mit seiner Produktion ein Auskommen beschert.«

»Es braucht dir nicht leid zu tun«, erwiderte Ottaviani. »Es war sehr interessant, ihn kennenzulernen, und ich verhehle nicht, daß ich ihm gern einmal bei der Arbeit zusehen würde. Außerdem habe ich genug erfahren.«

»Eine Bleiplatte ... Was kann daran schon wichtig sein?«

»Auf den antiken Schiffen wurden die Logbucheintragungen häufig auf dünnen Bleifolien niedergeschrieben, denen das Salzwasser nichts anhaben konnte. Dieses Stück Metall könnte ein ungeheuer wichtiges Dokument sein.«

»Und deswegen, meinst du, ist Lanzi entführt worden?«

»Mimì«, sagte Ottaviani ernst, »falls du erfahren hast, daß er wegen etwas anderem entführt wurde oder daß er getötet wurde ...«

»Professore«, antwortete Don Michele und blickte ihm fest in die Augen, »ich hatte nie etwas mit Leuten zu tun, die zu einem Mord fähig sind. Schon beim leisesten Verdacht suche ich das Weite.«

»Entschuldige, Mimì, ich habe mich falsch ausgedrückt.«

»Ich habe schon verstanden, Professore, du mußt dich nicht bei einem Freund entschuldigen. Was ich weiß, ist, daß es einigen Aufstand um diese Statuen gegeben hat und daß einmal sogar nicht viel gefehlt hätte, und sie wären verschwunden. Eines schönen Tages dann hat jemand den Oberintendanten benachrichtigt, Lanzi hat blitzschnell gehandelt, und die anderen saßen mit langen Gesichtern da. Niemand weiß, warum er jetzt von der Bildfläche verschwunden ist, aber ich kann dir versichern, daß er nicht in Sizilien ist und daß die Sache nicht hier ihren Ausgang genommen hat. Ich weiß, daß gewisse Leute aufgescheucht sind, als befürchte man eine Einmischung von außen, von fremden und möglicherweise gefährlichen Konkurrenten ... Die Leute haben Angst.«

»Mimì, ich bitte dich, wenn du etwas Genaues weißt, sag es mir. Wer sind diese Fremden ...«

»Ich weiß auch nicht mehr, als ich dir gesagt habe, Fabio, glaub mir. Aber wenn dir wirklich daran liegt, werde ich versuchen, Informationen einzuholen, und es dich wissen lassen.«

»Danke«, entgegnete Ottaviani und reichte ihm ein Kärtchen, »dies ist meine Telefonnummer in Rom. Abends bin ich fast immer zu Hause.«

Die Sonne ging hinter dem violetten Kamm des Madonie-Gebirges unter. Rechts stieg die graue Rauchfahne aus dem Schlund des Vulkans mehrere hundert Meter kerzengerade auf, bis sie sich wie ein Schirm waagerecht ausbreitete. Dort oben mußte es eine kalte Luftströmung geben.

Als das Tal bereits im Schatten lag, erklomm Don Micheles Mercedes die Spitzkehren von Bronte, durchquerte, gehörig über die Lavakiesel schlingernd, das Dorf und bog dann in den Feldweg ein, der zur Villa Licasi führte. Don Michele parkte im Hof und hielt den Freund zurück, als dieser schon aussteigen wollte. »Fabio«, sagte er ernst, »warum läßt du diese Sache nicht auf sich beruhen? Ich fürchte, es wird sehr gefährlich. Die Polizei oben in Rom kümmert sich doch schon darum, und den Amateurdetektiv, der die Wahrheit aufdeckt, gibt es nur im Film. Hör auf mich, vergiß es und genieße hier bei uns deine Ferien, schwimm ein Ründchen im Pool, vergnüge dich mit der atemberaubenden Brünetten, diskutiere mit Lella über eure Studien. Hier ist es bis in den September schön … hör auf mich.«

Ottaviani legte ihm die Hand auf die Schulter. »Ach, weswegen machst du dir Sorgen? Ich arbeite doch nur an einer wissenschaftlichen Forschung. Wenn möglich, will ich herausfinden, wo dieses Stück Blei ist und was darauf geschrieben steht. Mehr nicht.« Er öffnete erneut die Tür, doch der Freund hielt ihn noch einmal zurück. »Professore«, sagte er kopfschüttelnd, »ich glaube kein Wort von dem, was du mir gerade erzählt hast, und ich fürchte, du bringst dich in große Schwierigkeiten. Laß mich wenigstens wissen, was, zum Teufel, du treibst. Ich kann dir immer behilflich sein … auch in Rom … auch in Pavia … in Mailand …«

»Danke«, sagte Ottaviani, »du bist ein wahrer Freund.«

Bronte, Villa Licasi, 22 Uhr

Lella Licasi klappte das Buch zu, in dem sie gelesen hatte, und drehte sich zu Ottaviani um, der sich mit einem Glas Marsala in der Hand ihr gegenüber in den Sessel gesetzt hatte. »Und wo ist Elizabeth?« fragte sie.

»Oben, sie räumt das Zimmer auf. Und, welchen Eindruck hat sie auf dich gemacht?«

»Sie ist ein bezauberndes Mädchen, gebildet, sehr intelligent. Dich hat's ganz schön erwischt, he?«

»Ich fürchte ja.«

»Paß auf, daß du dich nicht verbrennst.«

»Komm schon, Lella, ihr Sizilianer müßt immer gleich tragisch werden. Sie gefällt mir, ich komme ihr gelegen. Alles gut und schön, solange es läuft, und wenn's vorbei ist, dann Amen, ein jeder für sich und Gott für uns alle. Was liest du da?«

»Nostradamus.«

»Immer im Dienst, was? Machst du eigentlich nie Ferien?«

»Wußtest du das? Es gibt hier eine Stelle, in der es heißt, wenn Äneas' Grab entdeckt wird, bedroht eine Heeresmacht Italien und das gesamte Abendland. Ganz schön beeindruckend, es hört sich an wie das Delphische Orakel.«

»Wahrscheinlich ein Zufall.«

»Möglich.«

Langsam ging Ottaviani zur großen Loggia und stellte sich an die Galerie, die nach Osten ging. Der Ätna-Gipfel warf blutrotes Licht gegen den schwarzen Himmel. Der Koloß spie seine Wut in die Dunkelheit hinaus.

Cerveteri, etruskische Nekropole, 11. September, 15.30 Uhr

Ioannidis war bereits da. Er saß auf einem Stein am Ende des Pfades durch die großen Tumulusgräber, rauchte und blickte ständig um sich. Ottaviani beobachtete ihn eine Weile, dann wandte er sich zum nördlichen Teil der Nekropole und schlich sich geräuschlos von hinten an.

»Warten Sie auf jemanden?« sagte er ihm fast ins Ohr. Ioannidis zuckte zusammen und drehte sich abrupt um, dann setzte er ein flüchtiges, ironisches Lächeln auf. »Ein würdiger Rahmen für einen Altertumsforscher«, sagte er, wobei er auf die Tumuli deutete, die in doppelter Reihe vor ihm lagen.

»Angesichts Ihrer Vorliebe für Gräber«, antwortete Ottaviani bissig, »dachte ich mir, daß es Ihnen hier gefallen würde.«

»Unser Zusammentreffen ist wirklich merkwürdig«, fuhr Ioannidis fort, »ich bin hier, weil Sie denken, daß ich etwas von Ihnen wissen will. Aber ehrlich gesagt hätte ich erwartet, daß Sie etwas von mir wissen wollen … eine Erklärung für jene Nacht, zum Beispiel. Ich hatte einen Unfall und konnte nicht zu dem Treffen kommen, um das ich selbst Sie gebeten hatte, und später hatte ich nicht mehr den Mut, Sie …«

»Schluß mit dem Unsinn. Sie sind hinter mir her, seit wir uns im Kloster begegnet sind. Falls Sie mich für einen Tölpel halten, werde ich Ihnen sogleich beweisen, daß Sie auf dem Holzweg sind. Erstens sind Sie nicht aus Kreta, und vielleicht sind Sie nicht einmal Grieche; meiner Meinung nach sind Sie ein Türke aus Alexandrupolis oder aus Komotini. Zweitens gehen Sie für einen Gelehrten sehr schlampig vor, denn im Ausleihverzeichnis des Lesesaals tauchte Ihr Name nicht ein einziges Mal auf. Und drittens sind Sie am Morgen des neunten August zwischen sechs und halb sieben in meinem Zimmer gewesen, haben das Magazin meines Fotoapparates geöffnet, um nachzusehen, ob ein Film darin lag, und haben es anschließend eilig wieder verschlossen, aber leider unsachgemäß …«

»Sie wollen doch nicht etwa behaupten …«

Ottaviani zog einen kleinen Abzug aus der Brieftasche und hielt ihn dem anderen hin: »Dieses Foto von Ihnen wurde von einer Mikrokamera mit High-Speed-Film aufgenommen, die hinter den Fensterläden versteckt war und von einer hundsgewöhnlichen Lichtzelle ausgelöst wurde. Es ist ein bißchen kontrastreich, aber das ist zweifelsohne Ihr Gesicht.«

Verblüfft betrachtete Ioannidis das kleine Foto, das unbestreitbar ihn in Ottavianis Zimmer zeigte.

»Da Sie aber nicht gefunden haben, was Sie suchten, haben Sie mich an einem finsteren und abgelegenen Ort in einen Hinterhalt gelockt, wo die beiden Gorillas mich schnappen sollten. Nun bin ich aber ein umsichtiger und disziplinierter Motorradfahrer und trage stets einen Helm … und so ist die Sache glimpflich für mich ausgegangen. Da ich mich allerdings nicht noch mehr Risiken aussetzen will, habe ich beschlossen, diese Komödie ein für allemal zu beenden. Anfang Mai hat jemand in der Nahe von dem Ort, an dem die beiden Statuen aus der Villa Giulia gefunden wurden, die Küstengewässer vor Taormina erforscht, und Sie waren zu der Zeit in der Gegend. Sie haben zwei Wochen lang im Hotel Sorriso gewohnt, Zimmer 39. Auch damals hatten Sie Pech und haben nichts gefunden. Das einzige, was an dieser Stelle im Meer zum Vorschein kam, war eine Bleifolie, die sich im Besitz von Oberintendant Lanzi befand. Als er nach Rom zurückfuhr, müssen Sie oder einer Ihrer Leute die Folie in seinem Büro oder bei ihm zu Hause gesucht haben. Da Sie sie jedoch nicht fanden, folgerten Sie, daß Lanzi sie bei sich trug, und deshalb haben Sie ihn gekidnappt. Doch entweder hat Lanzi sich geweigert, mit Ihnen zusammenzuarbeiten, oder das Dokument genügt nicht, um zu finden, wonach Sie in Wahrheit suchen, nämlich die Waffen der Helden aus Taormina. Eines Abends, in einer Pizzeria in Rom, haben Sie ein Gespräch zwischen mir und meinen Kollegen belauscht und beschlossen zu überprüfen, ob es sich lohnte, meiner Spur nachzugehen. Sie haben sich in San Nilo eingeschlichen und geduldig gewartet, daß der Hund die Beute für Sie aufspürte. Da aber der Kerl weniger dumm war, als Sie dachten, haben Sie beschlossen, ihn zu schnappen und im Guten oder im Bösen zum Reden zu bringen. Ioannidis, oder wie zum Teufel Sie heißen, Sie arbeiten für jemanden, der überall Augen und Ohren hat, jemand, der den Torso einer Statue aus Lavinium stehlen ließ, weil er darauf Darstellungen der Helden aus Taormina vermutet, jemand, der imstande gewesen ist, Sie unter wahrscheinlich falschen Personalien im Kloster San Nilo einzuschleusen. Ich möchte, daß meine Knochen heil bleiben, und deshalb schlage ich Ihnen einen fairen Tauschhandel vor: Sie lassen Lanzi frei, und ich nehme seinen Platz ein. Sie zeigen mir, was er bei sich hatte, und ich bin bereit, Ihnen zu enthüllen, was ich entdeckt habe.«

Ionnidis blickte verdutzt um sich, dann senkte er den Blick und nahm einen tiefen Zug aus der Zigarette.

»Wann?« fragte er.

»Sofort, jetzt gleich.«

Als sie den Ausgang erreichten, wollte der Wächter gerade das Tor verschließen und Feierabend machen.

An jenem Abend fand Elizabeth auf dem Tisch in ihrem Arbeitszimmer einen maschinegeschriebenen Brief:

Lizzy,
ich komme heute abend nicht nach Hause, und um die Wahrheit zu sagen – ich weiß nicht, ob ich jemals zurückkommen werde. Ich wollte dich aus dieser Geschichte heraushalten, und das war gut so, denn die Recherche, die ich vor ein paar Tagen mit soviel Enthusiasmus begonnen habe, hat eine zwar faszinierende, dafür aber auch gefährliche Entwicklung genommen. Ich bin kein Dummkopf und habe versucht, mich zu schützen, mir einen Fluchtweg offenzuhalten, aber es gibt da etwas, das mich beunruhigt: Ich bin nicht mehr derselbe, deine Liebe hat mich von Grund auf verändert; ebenso hat mich verändert, was ich gesehen, gelesen und getan habe. Seit Wochen lebe ich wie in einem Traum, in einer unwirklichen Dimension.

Ich weiß, daß das, was ich dir jetzt sagen werde, verrückt erscheinen mag, aber ich liebe dich, und deshalb schäme ich mich nicht und scheue mich auch nicht, dir von den verrückten Träumen zu berichten, die mir durch den Kopf gehen. Ich allein auf der ganzen Welt habe Worte gelesen, die über Jahrtausende begraben waren, und vielleicht war es ja ein Fehler, nicht sofort allen davon zu erzählen, denn dann wäre dieser Text wie jeder andere Fund von Gelehrtenkongressen untersucht und auf Herz und Nieren geprüft worden, und die phi-

lologische Untersuchung und die Publikation hätten ihm die Brisanz genommen.

Doch ich war so anmaßend und auch ehrgeizig, meine Entdeckung für mich zu behalten, und am Ende hatte dieser Text mich in seinen Bann gezogen. Langsam, mit jedem Tag ein Stückchen mehr, hat die Kraft dieses Geistes, die Jahrhunderte der Dunkelheit und der Stille zu überdauern vermochte, die Oberhand über mich gewonnen, und es ist nicht das erste Mal, daß dies geschieht. Ich weiß, daß vor mir ein anderer Mann diesen Text gelesen hat und davon nicht mehr loskam. Er hat nichts darüber berichtet, hat ihn sogar versteckt und in einer verstümmelten und verfälschten Kopie den Schlüssel zur Entdeckung der Wahrheit hinterlassen.

Wie du weißt, habe ich diesen Schlüssel durch einen Zufall gefunden, der fast unglaublich erscheint. Ich habe in der Zelle dieses Mannes geschlafen, und seine Alpträume sind meine geworden, sie haben mir die Nächte zur Qual gemacht, und jetzt, meine Liebe, jetzt versuche ich das zu tun, was er nicht konnte oder nicht wollte. Ich versuche seinem letzten Willen zu entsprechen. Ich wiederhole, ich bin mir darüber im klaren, daß es verrückt ist, aber ich habe keine Alternative: Weder mein Wissen noch mein Handwerkszeug als Wissenschaftler helfen mir, nicht einmal die lange Vertrautheit mit antiken Dokumenten. Oft habe ich mir gesagt: ›Himmel, ich bin Forscher, ich weiß, wie man eine wissenschaftliche Untersuchung vornimmt; wie oft habe ich die Phantastereien und die Gedankenspiele der Möchtegernwissenschaftler verspottet‹, aber es hat nichts genützt, ich schwöre dir, es hat nicht das geringste genützt. Die Notwendigkeit treibt mich, ich kann nicht anders. O meine wunderbare, phantastische Liebe, du Traum meines Lebens – zweitausend Jahre lag das mächtigste und schrecklichste Idol der Antike in dieser Landschaft begraben, und über seinem Haupt pflügten Bauern und zogen Ochsen ihre Karren, zweitausend Jahre lang haben die Bronzekrieger auf dem Meeresgrund geschlafen, und oft haben die Netze der Fischer ihre mächtigen Glieder gestreift.

Die von einer dicken Wachsschicht geschützten Seiten jenes Textes haben jahrhundertelang eine schreckliche und vergessene Botschaft bewahrt. Nun hat das Idol das Licht wieder erblickt, die Krieger erheben sich auf ihren Sockeln, und heute wie damals droht eine Katastrophe, aber die Krieger sind unbewaffnet.

Ich werde herausfinden, wo die Waffen sind, ich muß sie finden und die Göttin und ihre Krieger auf den Burgfelsen der Ewigen Stadt zurückbringen.

Das Bewußtsein, wie verrückt all dies ist, ein in sorgsamem Abwägen gewonnenes Bewußtsein hätte mir vielleicht helfen können, mein Leben in natürliche Bahnen zurückzuleiten, aber leider habe ich ein schrecklich reales und konkretes Gegenstück: Jemand versucht nämlich, mir zuvorzukommen, doch aus anderen, mir unbekannten Gründen. Jemand will das Palladion, und er will die Krieger und deren Waffen. Es handelt sich dabei nicht um einfache Hehler, denn ihr Unterfangen wäre sinnlos – wer würde den Diebstahl der Wölfin vom Kapitol oder des Stuhls Petri aus seiner Basilika wagen? Diese Leute haben andere Beweggründe, andere Ziele, und um sie zu verfolgen, machen sie vor nichts halt. Sie haben Professor Lanzi entführt, einen alten und kranken Mann, und halten ihn gefangen, dessen bin ich mir sicher. Wie du weißt, hätten sie um ein Haar auch mich geschnappt. Ich habe eingesehen, daß ich dem Treffen nicht länger aus dem Weg gehen konnte, und deshalb habe ich meinen Entschluß gefaßt.

Nur eines hätte mich davon abhalten können, und das warst du, die Liebe, die ich für dich empfinde, aber ich habe Pech, Lizzy. In der Nacht, in der ich nach jenem Anruf das Haus verließ, traf ich nicht den Mann an, der mich angerufen hatte, sondern ich sah dich, dein Bild erschien mir an jenem Ort, den ich schon mehrfach in meinen Alpträumen gesehen hatte. Dein Bild lockte mich in den Hinterhalt. Eine Halluzination vielleicht, oder ein Zeichen? Ich habe immer an Zeichen geglaubt, und das war mit ein Grund dafür, daß ich mich ausliefern werde. Es ist so, amore mio: Wenn das

Zeichen sich als falsch erweist, werde ich sicherlich die ungeheure Kraft finden, die mich zu dir zurückführen kann, aber wenn es sich als wahr erweist, weiß ich nicht einmal, ob ich die Kraft haben werde, das zu Ende zu führen, was ich mir vorgenommen habe, dann weiß ich nicht, ob mein Leben ohne dich noch eine Bedeutung haben wird.

Ich bitte dich nur um eines: Mein Vater lebt noch, er ist ein alter Mann, der sich über der Mühsal des Lebens verbraucht hat. Er lebt allein auf seinem Hof in einem Tal des Apennins. Ich habe ihm mehrere Briefe mit unterschiedlichen Daten geschrieben: Schicke sie bitte an den angegebenen Tagen ab, damit ich beruhigt sein kann.

Erinnerst du dich an die Theseussage? Als Theseus auszog, um gegen das Ungeheuer im Labyrinth zu kämpfen, waren die Segel seines Schiffes schwarz, und er versprach, bei seiner Rückkehr weiße Segel aufzuziehen, falls das Unternehmen erfolgreich wäre. Nun suchte der alte Vater jeden Tag das Meer ab, in der Hoffnung, das weiße Segel zu erblicken, das ihm den Sohn zurückbringen würde. Eines Tages jedoch sah er am Horizont ein schwarzes Segel ... und da stürzte er sich von einem Felsen hinab in die Tiefe. Während ich dies schreibe, erinnert mich die Sage an meinen alten Vater, warum auch immer. Er ist kein König, er ist nur ein armer Bauer, und ich bin gewiß kein Held, und doch spüre ich jetzt, da ich das Labyrinth betreten werde, daß keine Ariadne mir den Weg der Rettung zeigen wird.

Ich konnte dich nicht ein letztes Mal lieben, ich konnte dich nicht küssen und dir auch nicht noch einmal lange in die Augen blicken, obwohl ich mich unendlich danach sehne, und ich nicht weiß, ob es mir jemals wieder vergönnt sein wird.

Deshalb ist diese Stunde für mich so bitter.

Fabio.

Ein weiterer Brief wurde in der Wohnung von Paolo und Silvia Quintavalle zugestellt, aber keiner von beiden war zu Hause. Sie waren in Urlaub gefahren und hielten sich momentan in einem kleinen apulischen Dorf am Meer auf. Ende des Monats wollten sie zurück sein.

Monte Circeo, 15. September, 22 Uhr

Ioannidis stoppte den Wagen an einem Feldweg und schaltete den Motor aus. Am Ende des von Zypressen gesäumten Sträßchens war der dunkle Umriß einer Villa zu erkennen, die an einen mittelalterlichen Wachturm angebaut war. Dahinter glitzerte das Meer im Mondschein. Er wartete ein paar Minuten, dann schaltete er mehrmals das Abblendlicht ein und aus; von der Villa antwortete der Strahl einer Taschenlampe. Wieder vergingen einige Minuten, dann war das Quietschen eines Gittertors zu hören, das Jaulen eines Hundes und anschließend Schritte auf dem Kies der Allee, zunächst fern und undeutlich, dann immer klarer: langsame, unsichere Schritte.

Schließlich tauchte im Licht des Mondes der Schatten eines Mannes auf, der langsam auf das parkende Auto zukam. Ioannidis steckte den Schlüssel ins Zündschloß, doch Ottaviani gebot ihm Einhalt: »Keine Bewegung. Erst will ich sichergehen, daß er es ist, und dann warten wir noch eine halbe Stunde, damit er genug Zeit hat, um die Asphaltstraße zu erreichen. So lautet die Abmachung.«

»Wie Sie wollen«, erwiderte Ioannidis. Er zog den Zündschlüssel wieder heraus und lehnte sich im Fahrersitz zurück. Der Mann ging weiter, und Ottaviani berechnete den Abstand, der ihn von dem Wagen trennte, indem er die hellen Zwischenräume zwischen den Schatten zählte, die die Zypressen auf den Feldweg warfen.

Ohne den Kopf zu wenden, ging der Alte am Wagen

vorbei, und Ottaviani konnte ihn sehen: Es war ohne jeden Zweifel Professor Lanzi. Er konnte nicht genau erkennen, in welchem Zustand er war, aber ihn beeindruckte die Art, wie er den Kopf hielt, leicht erhoben, als sähe er nach oben, in die Leere vor sich. Die Schultern waren mehr als gewöhnlich gekrümmt, der Schritt war schleppend, als trügen ihn die Beine nur mit Mühe. Der Mann wirkte, als hätte er eine harte Prüfung hinter sich, und Ottaviani folgte ihm lange mit dem Blick, weil er fürchtete, er könne von einem Augenblick zum anderen stürzen. Das letzte, was er sah, war der Schimmer des weißen Haarschopfs am Ende der Allee. Eine Weile konnte er noch das Geräusch der Schritte hören, dann nichts mehr. Ioannidis ließ gut zwanzig Minuten verstreichen, dann startete er den Motor, und als Ottaviani mit einem Kopfnicken sein Einverständnis gab, fuhr er mit eingeschaltetem Standlicht zur Villa. Das Tor öffnete sich automatisch, Ioannidis steuerte den Wagen links auf den Turm zu und hielt vor einer Tür, die mit einem Rolladen verschlossen war. Er blendete ein paarmal auf, und als der Rolladen sich zu heben begann, legte er den Gang ein und fuhr hinein.

Sie befanden sich nun in einer geräumigen, von ein paar Neonleuchten erhellten Garage mit Wänden und Boden aus Beton. Hinten rechts parkte eine Jaguarlimousine mit Liechtensteiner Kennzeichen. Links wurde eine Tür geöffnet. Sie gab den Blick auf ein paar Stufen frei, die ins Innere des Wachturms führen mußten. Ioannidis stieg aus und machte Ottaviani Zeichen, einzutreten. Die Treppe mündete im Erdgeschoß des Wachturms, dann führte sie an einer Seite des weitläufigen, kreisrunden Saals hinauf auf die darüberliegende Terrasse.

Als sie auf das Glacis hinaustraten, war Ottaviani einen Augenblick lang von der prächtigen Aussicht überwältigt. Gewiß handelte es sich hier um einen der alten

Wachtürme, die im Mittelalter dazu gedient hatten, Ausschau nach sarazenischen Piratenschiffen zu halten, von denen damals das Mittelmeer heimgesucht wurde. Von dort oben suchten die Posten den Horizont nach den schwarzen Segeln der Korsaren ab, um die schutzlose Bevölkerung zu alarmieren.

Wieder das schwarze Segel ... war das vielleicht ein Zeichen? Sobald seine Augen sich an die Dunkelheit gewöhnt hatten, blickte er um sich und sah zu seiner Linken den dunklen Umriß eines Hubschraubers. Er mußte einsteigen. Der Pilot startete den Motor, und zwei Minuten später hob das Gefährt ab und flog Richtung Süden davon.

Zur gleichen Zeit bemerkte ein Touristenpärchen, das gerade auf der Küstenstraße zurück nach Anzio fuhr, am linken Straßenrand einen Mann auf dem Boden. Sie hielten an, um erste Hilfe zu leisten. Der Mann war leichenblaß und hatte verdrehte Augen. Sie fragten, wer er sei und ob er sich nicht wohl fühle, doch sie erhielten keine Antwort. Daraufhin zogen sie seine Brieftasche heraus und sahen in den Personalausweis: Der Mann war Professor Giovanni Lanzi, wohnhaft in Palermo, via Ruggiero III. Nummer 27.

So gut es ging, luden sie ihn ins Auto und brachten ihn in das Krankenhaus von Anzio, wo die Ärzte bei ihm einen Zustand der Verwirrung konstatierten, als stünde er unter starkem Drogeneinfluß. Der Puls war äußerst schwach und unregelmäßig, der Atem ging flach; das Elektrokardiogramm ergab, daß der Mann kurz vor dem Kollaps stand. Während der Patient umgehend in den Reanimationsraum gebracht und dort unter das Sauerstoffzelt gelegt wurde, ging einer der Krankenpfleger hinunter ans Telefon der Erste-Hilfe-Station und rief die Polizei an.

Um Mitternacht übermittelte ein Agenturtelex den wichtigsten italienischen Tageszeitungen die Meldung, daß Professor Lanzi an der Küstenstraße am Monte Circeo aufgefunden worden war und in äußerst ernstem Zustand im Krankenhaus von Anzio lag.

Der eilig herbeigerufene Oberarzt war an das Krankenbett des berühmten Gelehrten geeilt und versuchte das Unmögliche, um ihn dem Tod zu entreißen.

Als die Tageszeitungen gegen ein Uhr nachts in Druck gingen, hatte sich sein Zustand weiter verschlechtert. Um sieben Uhr morgens lag er in tiefem Koma. Das Elektroenzephalogramm zeigte an, daß keine Hoffnung mehr bestand. Der Geist von Giovanni Lanzi war für immer erloschen.

7.

22.30 Uhr

Etwa eine Viertelstunde lang folgte der Hubschrauber der Küste, dann wandte er sich nach rechts, dem offenen Meer zu. Eine Weile konnte Ottaviani die Lichter von Terracina und die angestrahlten Bögen des Jupiter Anxur-Tempels erkennen, dann nichts mehr. Der Hubschrauber flog zweifellos einen südwestlichen Kurs, mußte also die Pontinischen Inseln ansteuern, die einzigen Flecken Land, die in dieser Richtung erreichbar waren. Vielleicht wollte er auf das unbewohnte Zanone.

Ottaviani kam es allerdings eigenartig vor, daß seine Begleiter ihm nicht die Augen verbunden hatten, damit er sich nicht orientieren, die Bordinstrumente beobachten und auf die Uhr sehen konnte. Etwa eine halbe Stunde später begriff er den Grund dafür, als er ein paar Kilometer voraus eine große zweimastige Hochseejacht erblickte, die unbeweglich im Meer trieb. Der Hubschrauber ging in Sinkflug, während aus den Decksaufbauten der Jacht ein Lichtzeichen gegeben wurde.

Wenige Meter über der Wasseroberfläche blieb der Hubschrauber in der Luft stehen, direkt über einem Beiboot, das von einem einzigen Mann gerudert wurde. Ioannidis öffnete die Tür, ließ eine Strickleiter herunter, bedeutete Ottaviani hinabzusteigen und folgte ihm sogleich. Die Rotorblätter wirbelten so heftige Schaumfontänen vom spiegelglatten Meer auf, daß Ottaviani nichts mehr sehen konnte und mit der Fußspitze den Raum unter sich ertasten mußte, bis er schließlich die Sitzbank des Beiboots fand. Als auch Ioannidis die Strickleiter hinabgestiegen war, blickte er nach oben, und der Hubschrauber verschwand rasch in nordöstlicher Richtung. Ottaviani betrachtete den Ruderer, der sie zur Jacht brachte: Es war ein junger Mann von herkulischem Körperbau und mit langem, gewelltem Haar, der nur mit Shorts und einem dunklen T-Shirt bekleidet war.

Nachdem sie an Bord geklettert waren und das Beiboot verstaut worden war, wurde Ottaviani unter Deck in die luxuriös ausgestattete Messe geführt. Die Möbel waren aus Teakholz, auf dem Boden lag ein Teppich aus der Stadt Kayseri, an den Wänden hingen glänzende Messinglampen und alte Gemälde, und in das Mahagoniregal waren geschickt die Lautsprecher einer Stereoanlage eingebaut worden. Plötzlich bemerkte er eine Vibration und gleich darauf das kaum wahrnehmbare Geräusch eines Motors – die Jacht nahm wieder Fahrt auf.

Ein paar Minuten vergingen, in denen Ottaviani in der Erwartung, daß jemand hereinkäme, den Blick nicht von der Tür wandte. Als er plötzlich eine Frauenstimme hörte, drehte er sich abrupt um und blickte um sich, bis er bemerkte, daß die Stimme aus den Lautsprechern kam: »Guten Abend, Signor Ottaviani, willkommen an Bord. Es tut uns wirklich leid wegen des Zwischenfalls in Rom auf der Via Appia Antica. Es handelte sich um einen bedauerlichen Irrtum, der sich nicht wiederholen wird. Wir sind sehr gerne auf Ihren Vorschlag eingegangen, der allein uns vernünftig und weise erschien. Ihre Qualität als Wissenschaftler ist uns bekannt, und wir wissen, daß Sie eine Entdeckung gemacht haben, die eines brillanten Geistes würdig ist. Sie hatten auch recht mit Ihrer Einschätzung bezüglich der Beweggründe, derentwegen wir uns schweren Herzens genötigt sahen, Professor Lanzi bei uns zu behalten.« Ottaviani ließ den Blick durch den Raum schweifen, denn er war sicher, daß eine Videokamera auf ihn gerichtet war, doch er fand nicht heraus, wo sie versteckt war. Mit Sicherheit handelte es sich um ein sehr raffiniertes Versteck. »Lange haben wir geglaubt, daß Professor Lanzi uns etwas sehr Wichtiges verheimlichte. Das Dokument in seinem Besitz, das wir Ihnen werden zeigen können, ist zweifellos von außergewöhnlichem Wert, aber für sich genommen reicht es nicht aus, uns die Informationen zu liefern, die wir benötigen. Signor Ioannidis hatte eines abends Gelegenheit, Ihre Unterhaltung mit Ihrem Kollegen Professor Quintavalle anzuhören, und beschloß daraufhin, Ihr Wirken aus der Nähe zu beobachten. Ich muß Ihnen allerdings mitteilen, daß es ihm nicht gelungen ist, den genauen Gegenstand Ihrer Forschungen herauszufinden, und es ist einzig Ihnen und Ihrer Entscheidung, mit uns zusammenzuarbeiten, zu verdanken, daß wir Professor Lanzi freilassen und eine Unternehmung in Angriff nehmen konnten, die zu aufregenden Ergebnissen führen könnte – für Sie wie für uns.«

»Wer sind Sie?« fragte Ottaviani, der sicher war, daß man ihn nicht nur sehen, sondern auch hören konnte.

»Es tut mir leid«, antwortete die Stimme, »darauf kann ich Ihnen nicht antworten, und ich bitte Sie auch, mich nicht mehr danach zu fragen. Aber Sie werden müde und hungrig sein. Wenn Sie möchten, können Sie in Ihre Kabine gehen, wo eine kalte Mahlzeit für Sie bereitsteht. Es ist die erste Tür rechts auf dem Gang, den Sie auf dem Weg in diesen Salon durchquert haben. Sie können ein Bad nehmen und sich ausruhen. Morgen werden wir in allen Einzelheiten die Bedingungen unserer Zusammenarbeit besprechen. Gute Nacht, Signor Ottaviani.«

Das leise Klicken eines Schalters war zu hören, seine Gesprächspartnerin hatte nichts mehr hinzuzufügen. Ottaviani stand auf und trat auf den Gang hinaus, wo er sich nach links wandte und die Kabine betrat, die ihm zugewiesen worden war. Es handelte sich um einen nicht sehr großen Raum, der mit einem kleinen Tisch, einem Stuhl und einer Koje ausgestattet war. An der Wand waren die Türen eines kleinen Schrankes zu sehen, in dem er Wäsche, einige Kleidungsstücke und Handtücher fand. Auf dem Tisch stand ein Tablett mit mehreren Schälchen: Filet mit gekochtem Gemüse, Schokoladenpudding, Tomatensalat, ferner gab es ein Tütchen mit der Aufschrift *italian dressing* für den Salat, ein Stück Brot und eine Flasche Bier. Er hatte keinen Appetit, aber er setzte sich trotzdem hin und aß. In einem Holzkistchen fand er Zigaretten unterschiedlicher Marken, italienische, französische, griechische, ägyptische, alle mit Duty-free-Banderole. Nach dem Essen trank er einen löslichen Kaffee, dann zog er sich aus und legte sich hin.

In seinem ganzen Leben war dies die erste Nacht, in der er gezwungen war, ins Bett zu gehen, ohne vorher einen Blick gen Himmel oder auf die Erde geworfen zu haben, ohne in ein menschliches Gesicht geblickt zu haben.

Er wurde vom Licht der Sonne geweckt, das durch das Skylight in der Kabinendecke einsickerte. Außer dem Schwappen des Wassers, das an die Bordwand schlug, drang nicht das geringste Geräusch herein. Der Motor war ausgeschaltet, die Jacht fuhr unter Segeln.

Die Sonne stand außerhalb seines Blickfeldes, weshalb er jede Hoffnung aufgeben mußte, den Kurs zu bestimmen. Ihm fiel auf, daß die Außenwand der Kabine gekrümmt war. Man mußte ihn im Vorschiff untergebracht haben, in einem der Mannschaftsquartiere, und das Bad seiner Kabine mußte an die Schottwand der Messe grenzen. Dort hatte er die Stimme der Frau aus den Lautsprechern gehört. Er berechnete, daß sich hinter der Messe der Kartenraum mit dem Funkgerät und außerdem eine große Achterkabine anschließen mußten. Auf der anderen Seite des Ganges, gegenüber seiner Eingangstür, mußte sich die andere Vorderkabine befinden, die vielleicht Ioannidis oder ein Mitglied der Besatzung beherbergte, das den Auftrag hatte, ihn zu überwachen. Während er versuchte, sich einen ungefähren Überblick über den Grundriß der Jacht zu verschaffen, ließ sich die Frauenstimme aus einem Lautsprecher vernehmen: »Guten Morgen, Signor Ottaviani. Ich hoffe, Sie haben gut geschlafen. Es freut mich, Sie ausgeruht und entspannt zu sehen.«

Ottaviani stieß eine Verwünschung aus und suchte nach dem unsichtbaren Auge der Videokamera. »Observiert ihr mich etwa auch auf dem Klo?« schrie er. Die Stimme schwieg eine Weile. »Wenn Sie sich bitte in die Messe bequemen wollen«, fuhr sie dann ohne die leiseste Änderung des Tonfalls fort, »Ihr Frühstück steht bereit.« Ottaviani rührte sich nicht.

»Sie können Ihre Kabine verlassen, wann immer es Ihnen beliebt, die Tür ist offen.«

Es stimmte. Während Ottaviani durch den Gang lief, zählte er die Schritte, um wenigstens ein paar Anhaltspunkte über die Raumaufteilung des Schiffes zu haben, dann betrat er die Messe. Sie war leer. Auf dem Tisch stand ein Tablett mit zwei Spiegeleiern, schwarzem Kaffee, Orangensaft sowie mit gesalzener Butter bestrichenen Toasts.

»Es tut uns leid, daß Sie alleine frühstücken müssen«, hob die Stimme wieder an, »aber wir meinen, daß die Gesellschaft eines Tischgenossen mit verhülltem Gesicht für Sie noch unerfreulicher wäre. Sicherheitserwägungen erlegen uns dieses Verhalten auf. Haben Sie bitte Verständnis dafür.«

Ottaviani gab keine Antwort und nahm schweigend sein Frühstück ein. Dabei versuchte er herauszufinden, wo die Videokameras plaziert waren, die ihn beobachteten. Als er fertig war, sagte die Stimme: »Nun, Signor Ottaviani, ist für Sie der Moment gekommen, das Dokument zu untersuchen, das Professor Lanzi uns überlassen hat. Öffnen Sie die Schublade des Möbelstücks, das Ihnen gegenüber an der Wand steht, und nehmen Sie heraus, was Sie dort finden, dann kehren Sie an den Tisch zurück. Sie können hier arbeiten, es ist sehr viel bequemer als in Ihrer Kabine. In dem Bücherregal werden Sie eine reichliche Anzahl bibliographischer Hilfsmittel finden. Sollten Sie weitere Materialien benötigen, brauchen Sie nur danach zu fragen. Die Jacht, auf der wir uns befinden, segelt einen großen Kreis. Sobald Sie in der Lage sind, uns eine genaue Angabe zu liefern, werden wir den Kurs ändern und uns auf die Fahrt nach dem von Ihnen angegebenen Ziel machen.«

»Und falls ich es nicht schaffe?« fragte Ottaviani. Einen Augenblick lang herrschte Schweigen, dann fuhr die Stimme fort: »Dann werden wir in die Nähe der Küste fahren und Ihnen ein Beiboot geben, mit dem Sie das Festland erreichen können. Aber halten Sie sich bitte an die folgenden Regeln: Überschreiten Sie niemals die achterliche Begrenzung der Messe. Wenn in Ihrer Kabine oder hier in der Messe ein blaues Licht aufleuchtet, dürfen Sie hinauf an Deck; dort wird Sie ein akustisches Signal davon unterrichten, wann Sie in Ihre Unterkunft zurückkehren müssen. Halten Sie sich an diese Instruktionen, dann setzen Sie sich keinerlei Risiko aus, im gegenteiligen Fall muß ich Ihnen zu meinem Bedauern mitteilen, daß wir dann nicht mehr für Ihre Sicherheit garantieren können. Sagen Sie mir bitte, ob Sie mit diesen Bedingungen einverstanden sind.«

»Ich bin einverstanden«, antwortete Ottaviani. Er stand auf und trat zu dem bezeichneten Möbel, öffnete die Schublade und sah, was er erwartete hatte: Eine etwa fünfunddreißig Zentimeter lange und rund zehn Zentimeter breite Bleifolie, auf die mit einem Griffel lateinische Buchstaben eingeritzt waren. Er nahm sie heraus, setzte sich wieder an den Tisch und begann mit der Untersuchung.

Es handelte sich um einen Guß aus ziemlich reinem Material. Er war mit einer Holzwalze geplättet worden, die in regelmäßigen Abständen Druckstellen hinterlassen hatte. Hier und da war die Schrift deshalb unleserlich. Es gab keine Führungslinien, weshalb die Zeilen sich nach unten neigten.

Als er links oben das Siegel des Kommandanten sah, empfand er eine ungeheure Befriedigung. Es zeigte einen Vogel mit ausgebreiteten Flügeln und darum herum den Schriftzug *Aquila*: Das war der Name des Schiffes, den Polybios in seinem Kodex erwähnte!

In diesem Augenblick zählte nichts anderes mehr für ihn. Er verfolgte wieder seine Spur, seine Recherche ging mit einem neuen, aufregenden Dokument weiter.

Die Schrift war ziemlich deutlich, jedoch unregelmäßig, als hätte dem Schreiber nicht besonders viel an Eleganz gelegen, als handelte es sich um ein Promemoria zum persönlichen, nicht zum offiziellen Gebrauch. Die Folie wies Spuren einer früheren Reinigung auf, die hauptsächlich mit Hilfe chemischer Lösungsmittel vorgenommen worden war, während die Furchen der Buchstaben wahrscheinlich mit einer pneumatischen Sonde gesäubert worden waren. Allerdings war die Arbeit nicht zu Ende geführt worden, dem Restaurator mußte es mehr darum gegangen sein, den Text leserlich zu machen, als den Fund in seinen Ursprungszustand zu versetzen.

Ottaviani war sich darüber im klaren, daß er die Schrift reliefartig herausarbeiten mußte, um sie lesen zu können. Deshalb bat er um Wasser, Löschpapier, einen Fotoapparat mit Blitzlicht sowie um ein Heißluftgebläse, ein Fön würde genügen. Die Stimme aus den Boxen gab ihr Einverständnis, und zehn Minuten später erschien Ioannidis mit dem Gewünschten. Als er hinausging, murmelte er eine Art Abschiedsgruß, den Ottaviani keiner Erwiderung würdigte.

Er weichte das Löschpapier ein und befestigte es mit einem Klebestreifen an den Rändern der Folie, dann benutzte er eine Kerze, die er aus dem Kerzenständer genommen hatte, als Walze, so daß das Papier bei jedem Darüberfahren ein Stückchen tiefer in die Buchstabenfurchen gepreßt wurde. Nun trocknete er das Löschpapier, löste es ab und fotografierte es, wobei er es von der Seite ausleuchtete und die Blende so weit öffnete, daß auf dem dunklen Untergrund nur die stark hervorgehobenen Stellen, auf die Licht fiel, sichtbar wurden. Anschließend verlangte er Wanne und Entwickler, woraufhin Ioannidis zurückkam und ihn in den Kartenraum führte, der als Dunkelkammer hergerichtet war. Die Abzüge erwiesen sich als ausreichend leserlich. Ottaviani kehrte in die Messe zurück und machte sich ans Werk. Er transkribierte Wort für Wort, und während er schrieb, vergaß er alles andere: die gläsernen Augen der Videokameras, die ihn beobachteten, die geheimnisvolle Frauenstimme, die zu ihm sprach, die absurde Situation, in der er sich befand. Eine eigenartige, machtvolle Energie erfüllte ihn – was er bereits jetzt von dem Text begriff, gab ihm die Gewißheit, daß die Lösung des Problems, das Ende seiner Recherche in greifbarer Nähe war. Er verweigerte das Mittagessen, um die Übertragung des vollständigen Textes zu beenden, der sich schließlich – wie er vermutet hatte – als Auszug aus dem Logbuch erwies, das der Kommandant des römischen Schiffes, das die beiden Bronzestatuen nach Italien gebracht hatte, geführt hatte:

… soweit ich wahrhaftig sagen kann, denn da ich beim Ruder stand … sah ich nicht … ins Meer fielen.

… unmöglich wegen des starken Windes, der … Tenedos bereits um zwei Meilen Richtung Rhoeteum … Da wir allerdings dem Wind nachgeben mußten … gegen Abend in den Hafen von Adramyttium ein. Von dort gelangten wir in zwei

Tagen Fahrt nach Smyrna, wo ein östlicher Wind vorherrschte und ... Tagen Fahrt nach Delos. Von dort gelangten wir in zwei ... Kap Melea, und ungefähr um Mitternacht ... die Insel Sphakteria, die Pylos gegenüberliegt. Von dort gelangten wir in einem Tag Fahrt nach Kerkyra. Von dort gelangten wir in zwei ... nach Kallipolis. Von dort gelangten wir an das Kap Lacinium in zwei Tagen Fahrt. Von dort gelangten wir in einem Tag Fahrt ... doch ein heftiger Sturm, der urplötzlich aufgekommen war, hinderte uns daran, in die Meerenge einzufahren ...«

Obwohl der Text einige korrodierte Stellen aufwies, ergänzte er den polybianischen Kodex aus San Nilo im großen und ganzen gut. Der Kommandant berichtete eingangs, daß die Waffen ins Meer gefallen waren, während er auf dem Achterdeck die Segelmanöver überwachte. Ein kräftiger Nordwestwind hatte ein Umkehren nicht gestattet und das Schiff statt dessen an die kleinasiatische Küste verschlagen. Unter Landabdekkung und von den Etesien begünstigt, konnte der Kommandant nun wieder westlichen Kurs einschlagen. In der Folge hatte er Kap Santa Maria di Leuca umrundet, den Golf von Tarent durchquert, um dann auf der Höhe von Kap Colonne die Straße von Messina anzusteuern, wo das Schiff in den Sturm geriet. Der nüchterne und auf das Wesentliche beschränkte Text hielt sich größtenteils an ein damaliges Schifferhandbuch und war zweifelsohne authentisch.

Lenzi mußte ihn gelesen haben, und bei der Betrachtung der Fotos von den Funden aus Lavinium mußte ihm der später gestohlene Torso aufgefallen sein. Das Basrelief des Torsos hatte er dann mit der Auffindung der beiden Bronzekrieger in Beziehung gesetzt. Seine brillante Beobachtung hatte er allerdings mit Entführung und Gefangenschaft bezahlt.

Mit Sicherheit hatte Ioannidis einen Informanten in

Sizilien gehabt und seinerseits die Organisation verständigt, die nun ihn gefangenhielt. Jetzt gab es keinen Grund mehr zu zaudern – alles war klar. Er mußte nach Tenedos, das die Türken Bozcaada nannten, dort den östlichen Anlegeplatz suchen, hierauf eine Linie Richtung Rhoeteum ziehen und die Stelle zwei Seemeilen von der Insel entfernt bestimmen. Dort lagen, bedeckt vom Sand des Meeresgrundes, die Waffen der Helden …

Er sah auf die Uhr: Es war vier Uhr nachmittags, und er hatte seine Arbeit beendet. Wieviel Zeit war vergangen, seit er mit seinen Nachforschungen begonnen hatte? Im Grunde nicht viel, und doch schien es ihm, als wären es lange Monate gewesen. Er hob den Kopf und blickte zu dem Bücherregal, und erst da fiel ihm wieder ein, daß er die ganze Zeit über von jemandem beobachtet worden war, der auf jede Regung in seinem Gesicht gelauert hatte. Er beschloß, immer nur soviel zu enthüllen, wie zur Fortsetzung der Mission unerläßlich war; mehr konnte er diesen Leuten zu seinem Schutz nicht entgegensetzen.

»Ich bin fertig«, sagte er, »ich bin in der Lage, den Inhalt dieses Dokuments zu deuten. Es handelt sich ohne Zweifel um einen Logbuchauszug des Schiffes, das die beiden Bronzestatuen nach Italien brachte. Die darin gemachten Angaben ergänzen die bereits in meinem Besitz befindlichen Informationen, so daß ich nun die Stelle orten kann, an der sich die Waffen der Krieger befinden müßten.«

»Würden Sie uns bitte sagen, um welchen Ort es sich handelt?« fragte die Stimme aus den Boxen.

»Nein«, entgegnete Ottaviani. »Das werde ich erst sagen, wenn es an der Zeit ist. Vorerst brauchen Sie nur zu wissen, daß Sie Kurs auf die Straße von Messina nehmen müssen. Morgen werde ich Ihnen weitere Anweisungen geben.« Einige Augenblicke herrschte Schweigen, dann sagte die Stimme: »Haben Sie Angst, Signor Ottaviani?«

»Ja, ich habe Angst.«

»Dazu besteht kein Anlaß.«

»Möglich, aber ich habe allen Grund, das Gegenteil zu glauben. Sie haben Lanzi gekidnappt und wer weiß was mit ihm angestellt. Sie haben versucht, mich zu kidnappen, Sie haben mich geschlagen und verfolgt ... Sie spionieren mich aus, vierundzwanzig Stunden am Tag, Sie kontrollieren jede meiner Bewegungen, während ich Ihnen nicht einmal ins Gesicht sehen kann, weil ich sonst Gefahr laufe, beseitigt zu werden. Sie behandeln mich wie ein Insekt unter dem Mikroskop!« schrie er.

Die Stimme schwieg erneut, dann fuhr sie fort: »Ich habe Ihnen bereits gesagt, daß der Zwischenfall, dessen Opfer Sie wurden, ein bedauerlicher Irrtum war. Was den Rest betrifft, ist es uns leider nicht möglich, anders vorzugehen. Heute abend, wenn es dunkel ist, können Sie auf die Brücke hinaufgehen, wenn Sie möchten. In einer Stunde wird Ihnen das Abendessen serviert, denn Sie haben nicht zu Mittag gegessen. Sie können sich jetzt in Ihre Kabine zurückziehen und ausruhen. Sie werden müde sein.«

Man hörte das leise Klicken des Schalters, die Unterhaltung war beendet. Ottaviani stand auf, ging in seine Unterkunft und legte sich erschöpft hin. Nach einer Weile bemerkte er, daß das Schiff wendete: Die Reise begann. Er sah auf die Uhr und merkte sich die Uhrzeit, damit er, wenn man ihn nach dem neuen Kurs fragen würde, einen Anhaltspunkt für die Berechnung der Geschwindigkeit des Bootes hatte.

Er fragte sich, ob Quintavalle in diesem Augenblick wohl schon zu Hause war und seinen Brief gelesen hatte. Wie gern hätte er mit ihm gesprochen ... aber niemand hatte den Hörer abgenommen. Er fragte sich, ob Elizabeth seine Nachricht gelesen hatte und wie sie reagiert hatte. Er bereute, daß er nicht deutlicher geworden war ... er hätte ihr eine lange Zeit der Sorge und Angst erspart ... Tage über Tage ... Wochen vielleicht ... Würde sie das Geheimnis seines Verschwindens hüten? Würde sie die Briefe abschicken, die er an seinen Vater geschrieben hatte? Aber was hätte er ihr denn noch sagen können, wenn er selbst nicht wußte, was ihn erwartete, wenn er einzig Bitterkeit in seiner Seele spürte und in seinem Kopf düstere Melancholie herrschte ... dunkle Vorahnung ... Und er fragte sich, was mit ihm geschehen würde, wenn er erst einmal die verlorenen Waffen der Krieger wiedergefunden hatte. Wozu sollten seine Kerkermeister ihn dann noch am Leben lassen? Ihn schauderte bei dem Gedanken, daß sein Körper ins Meer geworfen wurde ... Er hatte noch nie darüber nachgedacht, wo er einmal begraben sein wollte, aber stets hatte er den Gedanken an die ewige Ruhe mit dem kleinen Friedhof in seinem Dorf im Apennin verbunden, die Vorstellung der kalten Umarmung des Meeres dagegen machte ihm angst. Ausschnitte aus alten Piratenfilmen kamen ihm plötzlich in den Sinn, wo ein Leichnam, der in ein Laken gehüllt war wie eine Mumie, von einem Brett ins Meer gestoßen wurde und, von einem Gewicht an den Füßen in die Tiefe gezogen, auf der Stelle versank.

Doch einen Trumpf hatte er noch in der Hinterhand: Wenn es zutraf, daß diese Leute den Torso der Statue aus Lavinium gestohlen hatten, dann lag es auf der Hand, daß sie ihm irgendeine Bedeutung zumaßen und meinten, daß er hilfreich für die Lösung eines Problems sein konnte ... nur, welches Problems? Waren es die beiden nackten Männer und damit die Statuen der Helden, die ihre Aufmerksamkeit auf sich gezogen hatten, oder war es die Gruppe der drei Figuren ... die Göttin und die Helden ...

Dann stellt, o Unglückliche,
auf dem hohen Felsen das heilige Palladion auf,
bewacht von den liebsten Helden der Göttin:
Odysseus, Meister der List,
und der göttliche Tydide.

Er fuhr sich mit der Hand über die schweißnasse Stirn. Wenn es sich so verhielt, und es konnte nicht anders sein, dann war klar, daß diese Leute auch das Palladion wollten. Warum? Und wenn Lanzi Notizen bei sich gehabt hatte? Nein, das war nicht möglich. Vielleicht waren es nur Kriminelle, die in fremdem Auftrag Kunstwerke stahlen. Nur, dies mochte im Fall der prächtigen Bronzestatuen, die Millionen Menschen in ihren Bann gezogen hatten, ja noch plausibel sein, aber welchen Sinn ergab der Diebstahl einer bescheidenen Tonstatue, eines Werkes von minderem künstlerischem Wert, das zudem auf Dutzenden von Fotografien dokumentiert war? Nein, was er Elizabeth in seinem Abschiedsbrief geschrieben hatte, war die Wahrheit, ein derartiger Diebstahl kam überhaupt nicht in Frage. Diese Leute handelten aus einer präzisen Motivation heraus, sie hatten einen ausgeklügelten Plan, in dem die bronzenen Helden in enger Beziehung zu den Statuen aus Lavinium standen. Vielleicht würde es ihm nie gelingen, die Machenschaften dieser Leute aufzudecken, aber vielleicht bedeutete dieser Torso für ihn auch die Rettung, vorausgesetzt, er befand sich an Bord und diese Leute hielten ihn, Ottaviani, für fähig, dessen Geheimnis zu enthüllen. Auf jeden Fall konnte er bluffen, so tun, als wüßte er das, was ihm in Wahrheit noch verborgen war. Dies konnte der Weg der Rettung sein ... der Ariadnefaden, der ihn aus dem Labyrinth führen würde.

Da fiel ihm das Foto ein, das Paolo Quintavalle ihm gegeben hatte. Er zog die Brieftasche heraus und suchte es zwischen den wenigen Geldscheinen darin, doch in diesem Augenblick rief ihn das Signal zum Abendessen in die Messe. Er steckte das Foto zurück, betrat den Salon und setzte sich vor das Tablett mit den fertigen Speisen.

Es herrschte tiefe Stille. Die Jacht fuhr unter Segeln, und das Geräusch, das das Besteck auf dem Teller verursachte, hallte seltsam laut, wie verstärkt. Ottaviani wurde bewußt, daß diese vollkommene Einsamkeit, die ihm das Gefühl gab, auf einem Geisterschiff zu sein, eine heimtückische Wirkung auf ihn hatte. Er verlor zunehmend das Gefühl für die Zeit und in gewissem Sinn auch für sich selbst. Die Erinnerung an die geliebten Menschen, die Freunde, selbst Elizabeth verblaßte beinah. Er hatte das Gefühl, daß der Augenblick nicht mehr fern war, an dem er sie nicht mehr wiedererkennen würde. Mit jeder Stunde, die verging, verspürte er stärker das Bedürfnis, mit einem menschlichen Wesen zu sprechen. Sollte diese Isolation andauern, wäre ihm sogar Ioannidis willkommen gewesen.

Er blickte sich um, versuchte aber, den Blick nicht an einzelnen Gegenständen haften zu lassen, um nicht den Eindruck zu erwecken, als würde er seine Umgebung auskundschaften. Dabei fielen ihm mehrere Teller auf, die an den Wänden hingen. Sie wirkten wie Dekorationsstücke, doch obwohl sie unterschiedliche Dekors aufwiesen, hatten sie alle etwas gemeinsam: eine Reihe konzentrischer Kreise, die hervorgehoben waren wie bei einem Relief. Darüber hinaus bemerkte er, daß sie alle im gleichen Abstand von der Stelle hingen, wo er saß. Als er hinausging, benutzte er einen Augenblick lang die Tür als Deckung und konnte deutlich sehen, daß auch hinter seinem Platz Teller hingen und sogar einer in der Mitte der Decke angebracht war, genau über seinem Kopf. Er schloß die Tür und machte sich auf den Weg zurück in seine Kabine.

Obwohl er sich Sinn und Funktion dieser Gegenstände nicht erklären konnte, ergriff ihn ein heftiges Gefühl der Panik, und er wünschte sich sehnlichst, aus dieser Situation zu entkommen.

Die Sonne mußte jetzt tief über dem Horizont stehen. Um diese Uhrzeit spielten die Kinder auf dem kleinen Platz in seinem Dorf Nachlauf und Fußball, und die Männer, die vor dem einzigen Café saßen, diskutierten, während sie auf das Abendessen warteten, über die Weinlese und die Qualität des neuen Weins. Um diese Uhrzeit kam sein Vater immer mit dem alten, schnaufenden Traktor von den Feldern zurück und versorgte die Tiere, bevor er sich in der großen, kahlen und dunklen Küche einen Teller Suppe bereitete, auf Schritt und Tritt von dem schwanzwedelnden Hund verfolgt.

Bevor er sich in die quälende Enge seiner Kabine einschloß, trocknete er sich mit den Händen die Augen.

Kloster San Nilo, 18. September, 21 Uhr

Der schwarze Diplomatenwagen hielt im Hof des Klosters. Ihm entstieg ein Mann um die Sechzig in anthrazitfarbenem Anzug und mit schwarzem Hut. Nur ein kleines weißes Metallkreuz am Jackettkragen verriet, daß es sich um einen Geistlichen handelte.

Der Pförtner kam herbeigelaufen, um ihm zu öffnen, begrüßte ihn mit einer Verbeugung und ließ ihn im Empfangszimmer im Erdgeschoß Platz nehmen. Dann ging er hinauf in das Büro des Archimandriten: »Kardinal Montaguti ist soeben eingetroffen«, verkündete er.

»Bitte ihn herauf, ich habe ihn erwartet.«

Während der Pförtner wieder hinunterging, stand der Archimandrit auf, ging zum Fenster und warf einen Blick in den Hof. Das schwarze Auto mit vatikanischem Kennzeichen machte sich auf den Rückweg nach Rom, ein Hinweis darauf, daß der Kardinal über Nacht bleiben würde. Als es leise an der Tür pochte, drehte er sich um und stand dem Prälaten gegenüber.

»Treten Sie ein, Eminenz, machen Sie es sich doch bitte bequem«, sagte er, wobei er dem anderen einen Platz anbot und sich ihm gegenüber setzte. »Haben Sie zu Abend gegessen?«

»Ja, danke, keine Umstände bitte.«

»Es ist stets eine Ehre für uns, Sie in diesem Haus als Gast begrüßen zu dürfen. Wie geht es Euer Eminenz?«

»Wie der Herr will, ehrwürdiger Vater. Leider verschlimmert sich die Situation mit jedem Tag. Seine Heiligkeit ist tief besorgt wegen seiner Unterredung mit dem Generalsekretär der Vereinten Nationen: Seine Schilderung der Lage ist dramatisch.«

»Wollen Sie damit sagen, daß sich die Lage zugespitzt hat?«

»Das kann ich nicht mit Bestimmtheit sagen, aber die Atmosphäre im apostolischen Palast ist von großer Furcht und Sorge geprägt. Der heilige Vater ist zutiefst beunruhigt über die Ereignisse in seinem Heimatland und wegen der Nachrichten, die uns aus den östlichen Diözesen erreichen. Man kann sich des Eindrucks nicht erwehren, daß der Friede noch nie so gefährdet war. Leider kann die Kirche im Augenblick außer Beten nicht viel tun, denn wenn die Nationen den Verlockungen des Krieges nachgeben, werden sie taub für jeden Appell.«

»In der Tat«, erwiderte der Archimandrit, »uns bleibt nur, auf die Barmherzigkeit des Herrn zu hoffen. Aber ich will Sie nicht aufhalten, Eminenz, vielleicht möchten Sie sich zurückziehen.«

»Ja, gewiß«, sagte der Kardinal, »aber vorher wollte ich Sie noch fragen, ob Dottor Ottaviani zu Ihnen ins Kloster gekommen ist und ob er seine Recherche durchführen konnte.«

»Er war hier. Hat er Ihnen nicht davon erzählt?«

»Er hatte mir versprochen, mich im August in der Villa Altobelli zu besuchen, wo ich gewöhnlich ein paar

Tage Ferien mache, aber ich habe nichts mehr von ihm gesehen oder gehört, und offen gestanden kommt mir die Sache komisch vor. Ich habe den Jungen sehr gern und kenne ihn von Grund auf. Ich weiß sehr wohl, daß nur etwas Schwerwiegendes ihn daran gehindert haben kann, mich aufzusuchen. Ich habe den Pfarrer seines Dorfes angerufen, aber er hat mir versichert, daß Ottaviani sich dort nicht hat blicken lassen. Haben Sie nichts Außergewöhnliches bemerkt? Haben Sie zufällig mit ihm gesprochen?«

»Ja, ich habe mit ihm gesprochen ... mehrmals. Das Eigenartige ist, daß er mit Ausnahme des ersten Tages nie in der Bibliothek gesehen wurde, obwohl Sie mir doch am Telefon gesagt hatten, er wolle bei uns forschen.« Der Kardinal runzelte die Stirn: »Wollen Sie damit sagen, daß er all die Zeit in seinem Zimmer verbracht hat?«

»So ist es. Und als er kam, um sich von mir zu verabschieden, war er völlig verstört, als hätte er seit Tagen nicht geschlafen. Seine Stimme war heiser, in seinen Augen lag ein seltsames Leuchten. Ich hatte Angst, ich fragte ihn, ob er sich nicht wohl fühle, ob ich einen Arzt rufen solle ...«

»So schlimm war es?« fragte der Kardinal. »Was mochte da vorgefallen sein? Fragte oder sagte er nichts, als er sich verabschieden kam?«

»Doch«, antwortete der Archimandrit, »er fragte mich, was ich über einen Mönch wisse, der im elften Jahrhundert in diesem Kloster gelebt hat, einen Kopisten.«

»Diese Frage hatte bestimmt mit seinen Nachforschungen zu tun«, warf der Kardinal ein. »Und was haben Sie geantwortet?«

»Daß es durchaus möglich sei, daß es einen Mönch dieses Namens gegeben hat, vielleicht sogar mehr als einen.«

»Und er?«

»›Der, den ich meine‹, sagte er, ›starb in völliger Verzweiflung.‹«

Ein leises Zucken durchfuhr den Kardinal, seine Miene verfinsterte sich. »Eine recht seltsame Antwort, ehrwürdiger Vater«, sagte er. »Was mag das bedeuten?«

Der Archimandrit wirkte unschlüssig, als könnte er sich nicht entscheiden, was er darauf antworten sollte, und auch der Kardinal schien den eigenen Gedanken nachzuhängen. Ihm fiel wieder ein, wie Staatssekretär Palazzeschi ihm am Morgen berichtet hatte, was Ottaviani dem Direktor der Vatikanischen Bibliothek zum Abschied gesagt hatte – daß er eine versteckte Anmerkung in dem Kodex des Polybios gefunden habe. Seine Nachforschungen hatten ihn dann nach San Nilo geführt, wo er nie einen Fuß in die Bibliothek gesetzt und außer einem rätselhaften Satz keine Spur hinterlassen hatte.

Es ergab keinen Sinn, daß, nachdem Ottaviani ihn um Hilfe gebeten hatte und ihn sogar beim Staatssekretär persönlich hatte anrufen lassen, er sich nicht mehr gemeldet hatte, nicht einmal, um sich zu bedanken. Das war nicht seine Art. Er betrachtete den Archimandriten. Sein langer Bart bewegte sich wie unter einem leichten Zittern des Kinns.

»Eminenz«, hob der Alte an, »ich wüßte eine vage Möglichkeit, wie dieser Satz zu interpretieren ist, aber ich greife dieses Thema nur mit äußerstem Widerwillen auf.«

»Sie könnten wenigstens eine Andeutung machen …«, hakte der Kardinal nach. »Etwas an dieser Geschichte beunruhigt mich.«

»Eminenz, wir wissen nur zu gut, daß die Kirche wie Einschlüsse in einem Edelstein die vergessenen Hinterlassenschaften einer zweitausendjährigen Geschichte geerbt hat. Dinge, die zu ihrer Zeit einen Wert besaßen, eine Bedeutung, für die die Menschen damals empfänglich waren und die heute – wenn überhaupt – Quelle zweifelhafter Gedanken wäre, ein Hindernis für den Frieden von Geist und Seele …«

»Wenn Sie gestatten, ehrwürdiger Vater«, warf der Kardinal ein, »das genau ist der Punkt. Nach allem, was Sie mir erzählt haben, kam der Junge heiter hierher, doch als er das Kloster verließ, war er verwirrt, und das ist genau das Gegenteil von dem, was man vernünftigerweise erwarten würde. Wenn wir nun, in aller Gelassenheit, diesen Umstand dem bloßen Zufall zuschreiben könnten, bräuchten wir kein Wort mehr darüber zu verlieren. Aber dieser Satz, zusammen mit der Situation, die Sie mir beschrieben haben, und dem seltsamen Verhalten von Dottor Ottaviani mir gegenüber ist meines Erachtens ein Indiz für einen ganz und gar unnormalen Zustand. Falls also all das für Sie – wenn auch entfernt – mit Dingen in Verbindung gebracht werden kann, die eine plausible Erklärung bieten könnten … offengestanden begreife ich Ihre Zurückhaltung nicht. Verzeihen Sie, ehrwürdiger Vater, aber Sie sitzen einem Bischof der heiligen Römischen Kirche gegenüber, dem Sie – bei aller Bescheidenheit – glauben können, daß er mit Meditation und Studium genauso vertraut ist wie – unwürdigerweise – mit dem Geschäft des Regierens, und zwar mit aller Verantwortung, die das mit sich bringt.«

»Also gut«, sagte der Archimandrit mit Resignation in der Stimme. »Ich werde Ihnen sagen, was ich weiß. Vor vielen hundert Jahren hat sich in diesem Kloster ein sehr trauriger Vorfall ereignet, der zum Tod eines Mönches führte – eines Kopisten namens Theodoros. Die Ursache für diesen Tod blieb allen verborgen, mit Ausnahme seines Beichtvaters. Es waren Zeiten, in denen sich trotz allem der Aberglaube mit dem gerechten Eifer und dem aufrichtigen religiösen Empfinden mischten. Der

Beichtvater des Ärmsten war an das Beichtgeheimnis gebunden und durfte nichts sagen, aber was er aus dem Mund des Bußfertigen vernommen hatte, erschütterte ihn so sehr, daß auch er bald darauf starb ... oder zumindest wurde das geglaubt. Denn bevor er starb, überreichte er dem Archimandriten Demetrios I. ein Dokument und forderte seinen Eid, daß er niemandem den Inhalt enthüllen werde.

Seit damals haben die Vorsteher unserer Gemeinschaft jenen Text im geheimen Teil unseres Archivs versteckt, und so habe auch ich es gehalten, obwohl ich ihm, um die Wahrheit zu sagen, nie eine besondere Bedeutung beigemessen habe. Aber Sie wissen, Eminenz, daß gewisse, manchmal jahrhundertealte Gewohnheiten von ganz allein eine, wie soll ich sagen ... eine gewisse Kraft erlangen. Vor einiger Zeit hatte ich Gelegenheit, jene Seiten zu lesen. Es handelt sich um ein Tagebuch, in dem Theodoros von Phocäa seine Geschichte erzählt. Eine seltsame Geschichte, die sicherlich einem kranken Geist entsprungen ist. Offensichtlich hatte ihn das, was er in einem alten heidnischen Text gelesen hatte, in seinen Bann gezogen. Er spricht von schrecklichen Prophezeiungen, die Rom, Italien und das gesamte Abendland bedrohen, von der Macht einer antiken Gottheit. Darüber hinaus, nun ja ... beschreibt er, in abstoßend realistischen Details, die Exhumierung eines Frauenleichnams, der er angeblich auf seinem Weg nach Rom beigewohnt hat. Kurz, wenn ich mich recht erinnere, hat ihn dieser Anblick wohl tief verstört, um nicht zu sagen Besitz von ihm ergriffen. Euer Eminenz, bitte verstehen Sie mich recht, es handelt sich eindeutig um Phantastereien ... Theodoros' Tod ist gewiß auf rein natürliche Ursachen zurückzuführen, und nur den Umständen kann es zugeschrieben werden, daß sich Gerüchte verbreitet haben ... Phantasien, die jeglicher Grundlage entbehren.«

Die Turmuhr zeigte die Stunde an, und der Kardinal schien darauf zu warten, daß der letzte Glockenschlag verklang. Als in den Klostermauern wieder Stille eingekehrt war, sagte er: »Ehrwürdiger Vater, ich schäme mich zutiefst, daß ich Sie gedrängt habe, eine derart heikle Begebenhcit zu enthüllen, eine Begebenheit, die, bei meiner Priesterehre, in meinem Herzen begraben bleiben wird. Leider mehrt das, was Sie mir da erzählten, meine Sorge mehr, als daß es mich beruhigt. Verzeihen Sie meine Offenheit, aber ich bin davon überzeugt, daß dieser Satz von Dottor Ottaviani für Sie eindeutig in direktem Bezug zu den Ihnen bekannten Begebenheiten steht. Darüber hinaus muß diese Geschichte, wenn sie von Ihrem fernen Vorgänger bis zu Ihnen gekommen ist, eine innere Anziehungskraft besitzen ... die, wie ich fürchte, auf Angst beruht ... vielmehr auf Schrecken, und das läßt mich erschauern.«

»Eminenz«, erwiderte der Archimandrit, »ich sagte Ihnen bereits, daß der Aberglaube in manchen Epochen eine entscheidende Rolle gespielt haben kann, und darüber hinaus muß man auch die unvermeidliche Entstellung eines Geredes bedenken, das über so viele Jahrhunderte überliefert wurde. Verzeihen Sie, aber ich halte es wirklich für unnütz, weiter über dieses Thema zu sprechen.«

Der Kardinal senkte den Kopf. »Um eines möchte ich Sie noch bitten, ehrwürdiger Vater«, sagte er, »würden Sie mit mir für den Jungen beten?«

»Von ganzem Herzen gern, Eminenz«, antwortete der Archimandrit.

Er stand auf, öffnete eine kleine Tür in der rechten Wand seines Büros und führte den Kardinal in eine winzige Kapelle, die nach byzantinischem Brauch ausgeschmückt war. Eine koptische Ikone auf dem Altar zeigte die Jungfrau mit dem segnenden Kind auf dem Schoß. Die beiden Kirchenfürsten knieten nieder, und der Kardinal begann: »Höre, o Herr, unser Gebet. Beschütze Deinen Diener, den Du einst durch die Taufe mit dem Namen Fabio zum Leben erweckt hast, und lasse nicht zu, daß ihm Böses widerfährt.«

»Bewahre ihn, o Herr«, fuhr der Archimandrit fort, »bewahre ihn vor den Übeln, rette ihn vor der Hinterlist des Bösen, um der Zuneigung willen, die wir, Deine unwürdigen Diener, für ihn hegen, und um der Fürsprache Deiner heiligen Mutter willen … Amen.«

Sie verharrten noch eine Weile in Andacht, um sich zu sammeln, dann gingen sie zurück in das Büro. Der Kardinal nahm Hut und Reisekoffer, und der Archimandrit geleitete ihn zu Tür.

»Eine Bitte habe ich noch«, sagte der Kardinal, »auch wenn es Ihnen seltsam vorkommen mag. Ich möchte, daß Sie mein Bett in der Zelle herrichten lassen, in der Dottor Ottaviani gewohnt hat. Wer weiß, vielleicht verstehe ich dort … vielleicht habe ich irgendeine brauchbare Inspiration …«

»Es tut mir leid, Eminenz«, antwortete der Archimandrit, »aber dieser Raum ist unbenutzbar. Die Elektrik funktioniert nicht. Ich habe Ihnen Ihr übliches Zimmer herrichten lassen. Gute Nacht.«

»Gute Nacht«, erwiderte der Kardinal. Er setzte den Hut auf und machte sich im Halbschatten des Korridors auf den Weg.

An Bord der Jacht North Star, 40° 3′ Nord, 14° 6′ Ost, 18. September, 22.30 Uhr

Angetrieben von einem kräftigen Westwind, schoß das Boot still dahin. Alle Segel waren gesetzt, einschließlich eines – seltsamerweise – dunklen Spinnakers, der sich prall wie ein Ballon über den Wellenkämmen blähte. Ottaviani, der am Bug auf dem Kettenraum saß, rief sich all sein seemannisches Wissen ins Gedächtnis, um in etwa abschätzen zu können, wie viele Personen sich wohl an Bord befanden. Die Berechnungen, die er unter Deck angestellt hatte, erwiesen sich im großen und ganzen als richtig. Das Schiff war etwa zwanzig Meter lang, und alles deutete darauf hin, daß außer ihm nicht mehr als vier Personen an Bord waren, nämlich Ioannidis, der Matrose, der ihn im Beiboot in Empfang genommen hatte, die Frau, die über Mikrofon mit ihm sprach, sowie höchstwahrscheinlich ein weiterer Matrose, der für die Segelmanöver zuständig war.

Am Heck sah er das Rettungsboot, in welches er aus dem Hubschrauber gestiegen war und dessen Außenbordmotor unter einer Schutzhülle steckte, sowie ein Schlauchboot. Er hatte schätzungsweise drei oder vier Tage vor sich, in denen er einen Fluchtversuch aushekken konnte für den Fall, daß sich eine günstige Gelegenheit bieten würde. Doch je mehr er darüber nachdachte, desto mehr kam er zu der Überzeugung, daß sein höchster Trumpf war, den Eindruck zu erwecken, als könnte er die Bedeutung des Basreliefs auf dem gestohlenen Torso interpretieren. Leider war das kein leichtes Unterfangen, denn selbst wenn er herausfinden würde, wo der Torso aufbewahrt wurde, war es fast unmöglich, der allgegenwärtigen Überwachung durch die Videokameras an Bord zu entkommen. Die Unendlichkeit des Meeres, von dem er in der Dunkelheit nur den titanischen Atem hörte, und die Pracht des sternenübersäten Himmelsgewölbes vergrößerten seine Einsamkeit, seine schutzlose Kleinheit nur noch mehr, vernichteten den letzten Rest von Sicherheit, machten jede Hoffnung zunichte. Eine Stimme rüttelte ihn auf.

»Guten Abend, Signor Ottaviani.« Es war die Stimme, die sonst aus den Boxen zu ihm sprach.

»Guten Abend«, antwortete er, ohne sich umzudrehen. »Wie kommt es, daß Sie Ihre Stimme diesmal nicht hinter den Lautsprechern verstecken? Haben Sie keine Angst, ich könnte Sie daran wiedererkennen?«

»Finden Sie, daß meine natürliche Stimme anders klingt?«

»Sehr sogar. Meiner Meinung nach wird Ihre Stimme, wenn Sie über Lautsprecher mit mir reden, durch einen Equalizer gefiltert.«

»Sie sind ein intelligenter Mensch, Ottaviani.«

»Ich besitze lediglich ein wenig Beobachtungsgabe und verstehe etwas von Technik.«

»Ungewöhnlich für einen Altertumsgelehrten.«

»Also, finden Sie es nicht unvorsichtig, mich Ihre wirkliche Stimme hören zu lassen?«

»Nein, Sie werden sich wieder an meine künstliche Stimme gewöhnen, und diese letzte Erinnerung daran wird sich Ihnen einprägen.«

»Es ist also alles berechnet. Haben Sie auch schon bestimmt, was aus meinem Hirn ausgelöscht werden soll und was nicht? Oder haben Sie etwa eine ... definitive Behandlung vorgesehen?«

»Sie haben nichts zu befürchten, Ottaviani, solange Sie die Regeln beachten, die wir vereinbart haben.«

»Die Sie mir aufgezwungen haben ...«

»Was würde es für Sie ändern, wenn Sie mir ins Gesicht sehen würden? Nichts, ihre Neugier würde Sie nur in große Gefahr bringen und eine bedeutende Mission gefährden.«

»Es würde viel ändern. Sie beobachten mich ständig, ich dagegen kann das nicht. Sie wissen genau, daß mir das ein Gefühl der vollkommenen Machtlosigkeit gibt, es gibt mir das Gefühl, ich wäre nur ein Gegenstand in Ihrer Hand, es zerstört meinen Willen, es erniedrigt mich. Aber vergessen Sie nicht ... ich war es, der Sie aufgesucht hat, nicht Sie haben mich geschnappt. So wie ich zu Ihnen gekommen bin, so kann ich auch wieder gehen ...«

Die Stimme schwieg. Ottaviani zog den Kopf zwischen die Schultern und lauschte auf den Wind und das monotone Schwappen des Wassers gegen den Kiel.

»Nein, Ottaviani«, fuhr die Stimme fort, »Sie werden bestimmt keinen Versuch unternehmen fortzugehen. Sie wünschen sich nämlich vielleicht noch mehr als wir, das zu finden, wonach wir suchen.«

»Das stimmt.«

»Warum? Aus wissenschaftlicher Neugierde?«

»Ich habe die Frau verlassen, die ich mehr liebe als mein Leben, ich habe meinen alten, einsamen Vater verlassen, ich riskiere, fern von allen zu sterben ... Glauben Sie etwa, wissenschaftliche Neugier reiche dafür als Erklärung aus?«

»Und warum dann?«

»Ich weiß es nicht. Ich weiß nur, daß ich es tun muß ...«

Wieder schwieg die Stimme eine Weile, doch Ottaviani spürte, daß die Frau immer noch da war, in der Dunkelheit hinter ihm stand.

»Was wird mit mir geschehen, wenn ich gefunden habe, was Sie suchen?« fragte er plötzlich.

»Ich weiß es nicht«, antwortete die Stimme, »es hängt weder von mir ab noch von irgend jemandem sonst auf diesem Schiff, aber seien Sie auf der Hut ... Ich bitte Sie, seien Sie auf der Hut.«

»Falls ...«, sagte Ottaviani nach einer kurzen Pause, »für den Fall, daß mir etwas zustößt ... benachrichtigen Sie bitte meine Freunde ... Professor Quintavalle, seine Adresse steht in meinem Notizbuch. Das kostet Sie nichts, und meinem Vater würde dadurch langes Leiden erspart.«

»Ottaviani«, fuhr die Stimme fort, »wenn man Ihnen garantieren würde, daß Sie zurückkehren ... wären Sie bereit, Ihr Wort zu geben?«

»Worauf?«

»Denken Sie nicht mehr an diese Waffen … wenn wir sie finden. Sie müssen vergessen … Wir werden noch Verwendung für Sie haben.«

»Ich weiß.«

Eine weitere Schweigepause trat ein. Ottaviani starrte auf den Bug, auf das große schwarze Segel über den Wellenkämmen.

»Was wissen Sie?« fragte die Stimme.

»Sie haben den Torso einer Statue aus Lavinium gestohlen, stimmt's?«

»Stimmt.«

»Ich glaube, ich weiß warum. Ich kann Ihnen auch sagen, daß Sie recht mit Ihrer Vermutung gehabt haben, aber daß Sie allein niemals das entdecken werden, woran Sie interessiert sind. Sie können mir deshalb gar keine Bedingungen stellen.«

»Vorsicht, Ottaviani, sollten wir von allein auf den Schlüssel zur Interpretation stoßen, wären Sie für uns weit gefährlicher als nützlich.«

»Dieses Risiko muß ich eingehen. Was habe ich schon zu verlieren?«

»Das Leben.«

»Dann sag es mir wenigstens ins Gesicht!« schrie Ottaviani und drehte sich abrupt um. Einen Augenblick lang, im Widerschein der erleuchteten Kuppel des Skylights am Bug, funkelten zwei goldene Augen, kalt wie die eines nächtlichen Raubvogels. Ein dunkler Umriß zeichnete sich ab, der sofort hinter den Decksaufbauten verschwand wie ein Gespenst, das vom Erdboden verschluckt wurde.

Kloster San Nilo, 18. September, 24 Uhr

Wie es seine Gewohnheit war, betete Kardinal Montaguti die Komplet, bevor er zu Bett ging. Als er gerade fertig war, klopfte es. Es war der Archimandrit. »Eminenz«, sagte er, »ich muß Ihnen etwas beichten, ich habe Ihnen gegenüber gefehlt.«

»Ehrwürdiger Vater, Sie haben keinerlei Veranlassung, sich zu entschuldigen«, erwiderte der Kardinal.

»Nein, lassen Sie mich reden. Ich habe lange darüber nachgedacht und bin mir bewußt geworden, daß die Möglichkeit besteht, daß Dottor Ottaviani sich in große Gefahr begibt, eine wahrscheinlich geringe Möglichkeit, aber immerhin – die Möglichkeit besteht. Ich habe Ihnen nicht alles erzählt, was ich weiß, doch ich möchte nicht die Verantwortung auf mich nehmen, in dieser Sache länger zu schweigen.«

Der Kardinal bot dem Gast einen Stuhl an und setzte sich ihm gegenüber.

»Eminenz«, begann der Archimandrit, »haben Sie sich nicht gefragt, wieso ich eine Geschichte in allen Einzelheiten vor Augen haben konnte, die vor neun Jahrhunderten niedergeschrieben und dann seit undenklichen Zeiten im hintersten Winkel eines Archivs vergessen wurde?«

»In der Tat, darüber habe ich nachgedacht«, erwiderte der Kardinal, »und um die Wahrheit zu sagen, erschien mir dieser Umstand bemerkenswert. Andererseits haben Sie mir erzählt, Sie hätten kürzlich Gelegenheit gehabt, diesen Text zu lesen ...«

»Eminenz, noch vor zwei Monaten kannte ich nicht einmal den Namen Theodoros von Phocäa. Seit zwanzig Jahren stehe ich jetzt diesem Kloster vor, und in all dieser Zeit habe ich vielleicht drei-, viermal meinen Fuß in das Geheimarchiv gesetzt. Und das letzte Mal nun war vor zwei Monaten. Es war kurz nach Mitternacht, ich war gerade zu Bett gegangen und schon fast eingeschlafen ... da war mir, als hörte ich unten in der Krypta Schritte. Wissen Sie, mein Arbeitszimmer liegt genau über der Krypta, dicht an der rechten Apsismauer.«

»Sie werden es sich nicht nur eingebildet haben ...«

»Nein. Tatsächlich waren Schritte zu hören, dann vernahm ich das Quietschen von Türangeln und das Geräusch einer Tür, die geschlossen wurde. Es gibt nur eine Tür in der Krypta, und zwar die zum Geheimarchiv. Ich stand auf und lauschte – kein Zweifel, da war jemand im Archiv. Mit einer Kerze in der Hand ging ich hinunter und nahm die Schlüssel mit. Ich fand die Krypta dunkel und leer, doch unter der Tür zum Archiv sikkerte ein wenig Licht durch, ich hatte mich nicht geirrt. Ich klopfte leise und fragte: ›Wer ist da?‹, doch ich erhielt keine Antwort. Da trat ich ein, aber das Archiv war leer, kein Mensch zu sehen. Nur auf dem Lesetisch brannte eine Kerze, und da lag ein Heft, das auf der ersten Seite aufgeschlagen war. Es war das Tagebuch des Theodoros von Phocäa.«

»Der Eindringling hatte Ihre Schritte gehört und konnte gerade noch verschwinden, hatte jedoch nicht mehr die Zeit, das Heft zurückzulegen und die Kerze zu löschen«, warf der Kardinal ein.

»Nein, Eminenz.«

»Wieso nicht?«

»Seit einigen Jahren bin ich der einzige, der von der Existenz des Archivs weiß, und nur ich weiß, wie man hineingelangt. Ziehen Sie bitte keine falschen Schlüsse, Eminenz, dort ist nichts Besonderes, nichts wirklich Interessantes … ich habe Ihnen ja schon erklärt …«

»O ja, gewiß. Aber das ist nicht der Punkt.«

»Stimmt. Dieses Tagebuch wurde zum Mittelpunkt einer Reihe seltsamer Begebenheiten.«

»Zuallererst sein – sagen wir – ungewöhnliches Erscheinen auf jenem Tisch. Wie erklären Sie sich das?«

»Offengestanden weiß ich nicht, was ich Ihnen darauf antworten soll. Ich habe Nachforschungen angestellt, aber ich bin auf keine plausible Erklärung gestoßen.«

»Aber Sie haben es gelesen. Was halten Sie davon?«

»Meiner Auffassung nach muß diese Geschichte, für die ich mehrere Belege in den Klosterchroniken gefunden habe, abergläubischer Leichtgläubigkeit zugeschrieben werden. Was mich bewogen hat, erneut das Gespräch mit Ihnen zu suchen, ist eine andere Erwägung. Ich denke an die Gefahren, die die Suggestion hervorrufen kann, Gefahren, die wir in günstigen Momenten vielleicht durch Umsicht vermeiden können. Als Theodoros von Phocäa mit nur vierunddreißig Jahren starb, wurde die Sache – wie zu jener Zeit üblich – dämonischen Einflüssen zugeschrieben, die sich mittels des geheimnisvollen Textes, den Theodoros suchte, manifestiert haben sollen, eines Textes, über dessen Verbleib allerdings nie etwas bekannt wurde.«

»Der Satz, den Ottaviani beim Verlassen Ihres Arbeitszimmers sprach«, sagte der Kardinal, »läßt vermuten, daß er diese Geschichte kannte. Wie konnte er davon wissen, wenn niemand ihm davon erzählt hatte? Oder meinen Sie, daß er das Tagebuch des Theodoros eingesehen hat?«

»Ich habe diese Möglichkeit in Betracht gezogen, dann aber verworfen. Ich glaube nicht, daß Dottor Ottaviani ein Mensch ist, der Tür und Schränke des Geheimarchivs aufzubrechen versucht.«

»Das hätte er in der Tat niemals getan«, stimmte der Kardinal zu.

»Und angenommen, er hätte es getan, dann weiß ich nicht, ob er in so kurzer Zeit Handschrift und Sprache des Textes hätte entziffern können. Nur wenige Spezialisten, glaube ich, wären imstande ...«

»Aber ein anderer hätte das Tagebuch lesen können.«

Der Archimandrit zögerte einen Augenblick, als versuchte er sich etwas in Erinnerung zu rufen: »In der Tat kann ein anderer den Text gesehen und dann Ottaviani davon erzählt haben.«

»Was wollen Sie damit sagen?«

»Zur gleichen Zeit wie Ottaviani war ein weiterer Gelehrter hier, Stavros Ioannidis, ein Byzantinist aus Kreta, ein – um ehrlich zu sein – eigenartiger Mensch. Eines Nachts, als ich ins Archiv hinunterging, um mit der Lektüre dieses Tagebuchs fortzufahren, hatte ich den Eindruck, als würde er mir folgen. Ich kann nicht ausschließen, daß er gesehen hat, wie ich die Tür geöffnet habe, auch wenn ich jede nur mögliche Vorsicht walten ließ.«

»Ich vermute, der Mann wurde von jemandem bei Ihnen eingeführt. In der heutigen Zeit würde es mich wundern, wenn jeder x-beliebige im Kloster Aufnahme fände.«

»Ja, Eminenz, es ist, wie Sie sagen.«

»Ist es zuviel verlangt, wenn ich Sie bitte, mir …«

»Die Empfehlung stammte von Professor Herbert Morrison.«

»Morrison? Er ist Mitglied der päpstlichen Akademie und arbeitet im Institut für Bibelforschung. Er genießt einen tadellosen Ruf … das erscheint mir sehr merkwürdig.«

»Mittlerweile gibt es viele merkwürdige Dinge in dieser Angelegenheit, Eminenz.«

Kardinal Montaguti dachte lange nach und malte dabei mit einem Füllfederhalter Schnörkel auf ein Blatt Papier. »Nach allem, was Sie mir erzählt haben«, sagte er schließlich, »scheint auf der Hand zu liegen, daß sowohl Ottaviani als auch dieser Ioannidis etwas gesucht haben, das in dieser oder jener Weise mit Theodoros von Phocäa in Verbindung stand, etwas, das Ottaviani tief erschüttert hat. Könnte es sich nicht um jenen alten heidnischen Text handeln, von dem Sie mir erzählt haben?«

»Nach allem, was ich darüber weiß, wurde dieser Text nie gefunden. Vielleicht existiert er nicht mehr.«

»Und doch muß es eine Erklärung geben«, entgegnete der Kardinal. »Fällt Ihnen sonst nichts ein, was Ottaviani Ihnen bei seinem Abschied gesagt hat?«

»Jetzt, wo ich darüber nachdenke, fällt mir ein, daß er mir Geld anbot, um die Unkosten für seinen Aufenthalt zu begleichen, und daß ich ablehnte, weil er fast nie ins Refektorium hinuntergegangen war, doch er bestand darauf: ›Nehmen Sie es trotzdem‹, sagte er, ›für eine Gedenkmesse.‹«

Der Kardinal runzelte die Stirn. Als wäre er selbst dabeigewesen, sah er jenes Licht, das in dem unzugänglichen Kellergewölbe brannte, jenes Heft auf dem Tisch, das von unsichtbaren Händen aufgeschlagen worden war, hörte er das Echo jener Schritte in den Gewölben der verlassenen Krypta.

»Wie alt, sagten Sie, war Theodoros von Phocäa, als er starb?« fragte er.

»Vierunddreißig Jahre«, antwortete der Archimandrit.

»Vierunddreißig … In genau zwei Wochen wird Fabio Ottaviani vierunddreißig … o mein Gott!«

8.

Auf der Jacht North Star, 18. September, 23 Uhr

Fabio Ottaviani hob den Blick zum Sternenhimmel. Mittschiffs an Backbord funkelte Kassiopeia knapp über dem Horizont. Es war Zeit, wieder unter Deck zu gehen.

Auf seinem Weg nach achtern mußte er sich an der rechten Seitenwand der Messe vorbeizwängen. Dahinter, direkt vor dem Mast, konnte man das erleuchtete Steuerhaus erkennen und den Mann, der am Ruder stand. Ottaviani drückte sich an die Holzwand und schlich weiter, bis er den Steuermann ausreichend im Blickfeld hatte. Er war vielleicht vierzig Jahre alt, Bart und Haar wiesen graue Stellen auf, die muskulösen Arme lagen auf dem Ruder. Er trug ein ärmelloses, enganliegendes schwarzes T-Shirt und blickte seltsam starr vor sich hin. Ottaviani hatte ihn nie zuvor gesehen, wohingegen er den anderen, den jungen Mann mit dem herkulischen Körperbau, der ihn mit dem Beiboot in Empfang genommen hatte, manchmal von unten durch das Skylight in der Kabinendecke erkennen konnte.

Während er den Steuermann betrachtete, hörte er plötzlich eine Stimme aus dem seitlich offenen Steuerhaus, als ob jemand über eine Gegensprechanlage spräche, und gleich darauf die Stimme des Mannes, der antwortete: »Où, Ànassa, tòn àndra où dýnamai horàn.«

Ottaviani zuckte zusammen. Der Mann hatte in Altgriechisch geantwortet. Kein Zweifel, er hatte genau gehört, wie der andere in Altgriechisch geantwortet hatte: »Nein, Herrin, ich sehe ihn nicht.« Er fuhr sich mit der Zunge über die Lippen und war in einer Sekunde naßgeschwitzt, während ihm das Herz bis zum Halse schlug.

Gedeckt durch den Schatten der Bordwand, schlich er noch näher an das Steuerhaus heran und drehte den Kopf nach oben, um den reglosen Mann am Ruder genauer zu betrachten: Er hatte dunkle Augen, eine breite Brust, volle Lippen im braungebrannten Gesicht. Das Licht der Bordinstrumente beleuchtete ihn von unten und hob jede Einzelheit in seinen Zügen hervor, die hart und kräftig waren, wie aus Stein gehauen. Der starre Blick wurde nur manchmal von plötzlicher Trauer verschleiert.

Wieder hörte Ottaviani die Stimme aus der Gegensprechanlage, verzerrt, kaum wahrnehmbar, und die Antwort des Mannes: »Nài, Ànassa.« Einen Augenblick lang hatte er sich einzureden versucht, er träume, doch diese Antwort, die klar und deutlich hervorgebracht wurde, obwohl der Mann scheinbar nicht die Lippen bewegte, war in einer seit Jahrtausenden toten Sprache gegeben worden.

Er wollte aufstehen und sich auf den Mann werfen, um ihn aus dieser unwirklichen Starre aufzurütteln, ihn zu schlagen, ihn vom Ruder fortzureißen und zum Kampf zu zwingen, damit er echten Schweiß und echtes Blut vergoß, doch in diesem Moment hörte er vom Bug her das Signal, das ihn unter Deck rief. Einen Augenblick verharrte er reglos, dann richtete er sich nur drei Meter von der Frontscheibe des Steuerhauses entfernt langsam auf.

Der Mann rührte sich nicht, er zuckte mit keiner Wimper und sah ihn nicht an, als sei das Oberdeck vor ihm vollkommen leer. Lange stand Ottaviani so da, heftig atmend. Schließlich drehte der Mann abrupt den Kopf zu ihm hin und blickte ihm einen Augenblick lang direkt in die Augen. Ottaviani war wie vom Blitz getroffen, seine Beine begannen zu zittern, als trüge er eine gewaltige Last auf den Schultern, und sein Blick vernebelte sich. Instinktiv stützte er sich auf den Handlauf, während das Signal wieder und wieder über das Deck hallte.

Gischtspritzer näßten sein Gesicht, er kam wieder zu Bewußtsein und richtete sich erneut auf. Noch einmal drehte er sich zum Steuerhaus um, aber es war leer, kein Mensch war zu sehen, unbeweglich hielt das Ruder das Schiff sicher auf Kurs. Da kehrte er zurück zum Niedergang und ging unter Deck. Bevor er in seine Kabine trat, horchte er an der gegenüberliegenden Tür, doch es drang kein Laut heraus. »Bist du da, Ioannidis?« fragte er heiser. »Bist du da, du Hurensohn?« Er erhielt keine Antwort. Da schrie er: »Ich habe genug, genug, hast du verstanden, du Hundesohn?«

Doch seine Stimme verhallte sofort in dem engen Gang. Einzig das gedämpfte Sirren der Segel an Deck und das leise Knirschen der Planken blieb. Er ging in seine Kabine und warf sich aufs Bett, und während hinter ihm das metallische Klicken des Türschlosses erklang, begann er vor Zorn leise zu weinen.

So verbrachte er vielleicht zehn, fünfzehn Minuten, dann war ihm plötzlich, als hörte er ein Geräusch, und er drehte sich zur Tür. Hinter dem Spion erkannte er einen Augenblick lang jene goldenen Augen im Licht der Lampe im Gang. Aber er war müde, jeder Tatkraft beraubt, besiegt, gebändigt ... Am liebsten wäre er weit weg gewesen, bei seinen Freunden, in Rom, in der Universität, wie gerne wäre er mit Elizabeth auf dem Motorrad durch die Albaner Berge gebraust ... hätte seinen Vater auf dem Bauernhof im Apennin besucht, um die reifen Trauben zu ernten, denn es war schon Mitte September ... Zeit für die Weinlese ... Wie sollte sein Vater die ganze Arbeit allein bewältigen?

Ein eigenartiges, pulsierendes Brummen kreiste in

seinem Kopf, immer deutlicher, immer lauter ... das Geräusch eines Motors ... Rotorblätter ... Der Hubschrauber, bestimmt war der Hubschrauber in der Nähe. Er brachte etwas, vielleicht holte er auch jemanden ab. Eine Weile blieb das Geräusch unverändert, dann wurde es plötzlich lauter, bis es schließlich in der Ferne verklang. Es war fast ein Uhr nachts, aber in das Schiff kam Leben: An Deck waren Schritte zu hören, die sich über den Niedergang in Richtung Messe entfernten.

Er legte das Ohr an die Kabinentür und hörte deutlich, wie zweimal im Abstand von zwei Minuten die Tür zur Messe geöffnet und wieder geschlossen wurde. Er legte sich hin, versuchte sich vorzustellen, was da vor sich ging, und hörte von neuem Schritte auf dem Gang und dann das Geräusch der Tür zur gegenüberliegenden Kabine. Ioannidis? Oder jemand anderes? Er spürte, daß er vor Müdigkeit keinen klaren Gedanken mehr fassen konnte, und überließ sich dem Schlaf.

Unruhig schlief er ein paar Stunden, dann wachte er schweißgebadet auf. Es war drückend heiß, die Luft war verbraucht. Die Klimaanlage mußte ausgesetzt haben. Aber wenn die Klimaanlage außer Betrieb war, war vielleicht auch die Bordelektrik beschädigt. Vielleicht waren sogar die Videokameras außer Gefecht gesetzt!

Er betätigte den Schalter der Nachttischlampe, aber das Licht ging nicht an. Daraufhin tastete er nach Schweizermesser und Feuerzeug, trat zur Tür und hielt die kleine Flamme an das Schloß. Es war mit drei Kreuzschrauben im Holz verankert. Er zog den Kreuzschlitz-Schraubenzieher heraus und schraubte so lange, bis er die Platte in der Hand hielt. Er knickte den Schraubenzieher wieder ein, zog die Punze heraus und drückte den Riegel nach hinten. Nun war die Tür offen. Barfuß schlüpfte er auf den Gang hinaus und gelangte ohne das mindeste Geräusch in die Messe. Die Flamme seines Feuerzeugs erleuchtete eine dunkle Masse auf dem

Tisch, die mit einem Stück Stoff bedeckt war. Er hob den Stoff an und stand vor dem Torso der gestohlenen Statue aus Lavinium. Auf dem Tisch lag Klebeband, und nachdem er die Gaszufuhr so klein wie möglich eingestellt hatte, fixierte er damit das Ventil des Feuerzeugs.

Nun hatte er ausreichend Licht, um das Fundstück endlich zu untersuchen. Er nahm die Lupe, die auf dem Tisch lag, und betrachtete aufmerksam das kleine Basrelief in der Mitte des Torsos. Rechts und links waren zwei nackte Männer mit Schilden zu sehen, die ihre Lanzen nach unten hielten; einer der beiden, der Linke, trug einen Helm mit Helmbusch. Mit Sicherheit waren dies die Helden, die im Kodex aus San Nilo erwähnt wurden und die vor Taormina aus dem Meer geborgen worden waren!

Zwischen den Kriegern stand eine weitere Figur mit Lanze, Schild und Helm, bei der es sich fast mit Gewißheit um eine Darstellung der Göttin Athene handelte. Im Innern wurde die kleine Abbildung von einer Art Portal aus zwei senkrechten Pfeilern und einer waagerechten Leiste eingefaßt. Es sah aus wie ein stilisierter Tempel oder ein Heiligtum. Die waagerechte Leiste wies ein Zierfries in Form einer unterbrochenen Linie auf … oder vielleicht … nein, auf den ersten Blick sah es aus wie eine unterbrochene Linie. Konnten das nicht Buchstaben aus dem chalkidischen Alphabet sein? Aber ja doch, er brauchte nur mit der Spitze des Brieföffners vorsichtig die Erdreste abzukratzen, und schon konnte er, einen nach dem anderen, die Buchstaben lesen …  bis sich die Buchstabenfolge *alladion* ergab. Es fehlte nur das Anfangs-P … Seltsam, denn es deutete nichts auf einen weiteren, verlorengegangenen Buchstaben hin. Es sei denn … der Tempel! Da war das griechische Pi, die beiden senkrechten Linien mit der waagerechten Linie darüber … das vollständige Wort lautete: PALLADION!

Er trocknete sich die Stirn und betrachtete die schwache Flamme des Feuerzeugs. Es blieb nicht mehr viel Zeit. Das kleine Bild zwischen den beiden Kriegern stellte offensichtlich das echte Palladion dar. Auf diese Weise hatte der antike Bewahrer des Geheimnisses das echte Standbild von den anderen Statuen unterscheiden wollen.

Er untersuchte jedes noch so kleine Detail, um sich die Figur einzuprägen, die der Bildhauer hatte darstellen wollen. Die Gottheit war von Kopf bis Fuß in eine Agis gehüllt, trug jedoch weder Panzer noch Harnisch. Da waren nur das kaum auf der Brust wahrnehmbare Gorgonenhaupt und eine Schnur um die Taille ... oder war das etwa eine Schlange? Ihm fiel die Statue ein, die er im hinteren Teil des Magazins in Torre Rossa betrachtet hatte, starr wie die primitive Darstellung eines aus einem Baumstamm gehauenen Idols. Ihm war, als hörte er seine eigene Stimme, die sagte: »Ihre Augen sind geschlossen«, und er zweifelte nicht länger.

Er sah auf die Uhr. Es war halb vier Uhr morgens, das Gas im Feuerzeug ging zur Neige. Er mußte in seine Kabine zurück. Als er schon die Messe verlassen wollte, fiel ihm die eigenartige Unruhe an Bord ein, die er in dieser Nacht bemerkt hatte, er erinnerte sich an den Hubschrauber, der jemanden gebracht haben mußte ... vielleicht. Und ihm kam der Satz in den Sinn, den die Frau auf dem Oberdeck zu ihm gesagt hatte: »Vorsicht, sollten wir von allein auf den Schlüssel zur Interpretation stoßen, wären Sie für uns weit gefährlicher als nützlich.«

Er trat erneut zu dem Torso, nahm einen schweren Aschenbecher und schlug damit auf die Skulptur ein, bis sie in Stücke brach, dann schlich er zurück zu seiner Kabine. Er hatte berechnet, daß, selbst wenn der Strom wieder da wäre, ihm immer noch ein paar Sekunden bleiben würden, bevor die Videokameras sich wieder einschalteten und die Bilder aufgezeichnet und scharf gestellt werden würden. Deshalb montierte er sorgfältig wieder die Platte auf das Schloß und legte sich dann erschöpft hin.

Genau um vier Uhr, als bereits ein schwacher Schimmer durch das Skylight in der Decke sickerte, begann die Lampe wieder zu leuchten.

Gegen acht Uhr wachte er auf. Er hörte, wie die gegenüberliegende Kabinentür geöffnet wurde und zwei Personen sich in Richtung Messe entfernten. Ottaviani rührte sich nicht aus dem Bett und wartete mit offenen Augen etwa eine Stunde. Gewöhnlich wurde er um diese Uhrzeit zum Frühstück gerufen. Offensichtlich war jemand anderes in der Messe, jemand, der in der Nacht mit dem Hubschrauber gekommen war.

Als er gegen neun Uhr erneut Schritte im Gang hörte, stand er auf und blickte durch den Spion in der Tür. Er sah Ioannidis, der ihm den Rücken zudrehte und einen anderen Mann verdeckte, der die Kabine betrat. Als er sich umdrehte, um die Tür zu schließen, konnte Ottaviani ihm einen Augenblick lang ins Gesicht blicken: Es war Professor Morrison von der Universität Michigan, der berühmte Archäologe, Mitglied der päpstlichen Akademie.

Gewiß hatte man ihn kommen lassen, damit er sich den Torso aus Lavinium ansah. War es möglich, daß ein Gelehrter von Weltruf mit diesen Leuten unter einer Decke steckte? Wahrscheinlich nicht, sie mußten ihn irgendwie getäuscht haben, vielleicht hatten sie ihn wer weiß was glauben gemacht … oder schlimmer, vielleicht hatten sie ihn ebenfalls entführt, so wie sie Professor Lanzi entführt hatten. Unterdessen war er wieder von der Tür zurückgetreten, um die Aufmerksamkeit nicht auf sich zu ziehen, falls jemand ihn am Monitor beobachtete, und hatte sich unter die Dusche gestellt. Während er sich von dem Wasserstrahl den Rücken massieren ließ, empfand er Erleichterung: Er war nicht mehr allein, ganz in der Nähe war ein Kollege, ein geschätzter und berühmter Kollege dazu, in jedem Fall aber ein gelehrter Mensch, ein alter Gentleman, dessen Intelligenz und Ehrbarkeit er sich vielleicht anvertrauen konnte, wenn es ihm nur gelang, Kontakt zu ihm aufzunehmen.

Kurz darauf wurde er zum Frühstück gerufen und ging in die Messe. Auf dem Tisch standen Eier und Toast mit schwarzem Kaffee bereit. Während er aß, sah er sich um. Weder auf dem Tisch noch auf dem Fußboden lag das winzigste Terrakotta-Bruchstück. Die Einzelteile des Torsos waren bis zum letzten Krümel aufgesammelt worden. Vielleicht wollten sie versuchen, ihn wieder zusammenzusetzen ... womöglich mit Morrisons Hilfe. Aber nein: Ein Wissenschaftler von diesem Format würde sich nie mit diesen Leuten einlassen.

Er beendete das Frühstück, ohne daß die Stimme sich aus den Lautsprechern gemeldet hätte, und dieser Umstand bereitete ihm Unbehagen und Sorge. Vielleicht hatten sie noch keine Erklärung dafür, wie die Skulptur zerstört worden war. Er stand auf, kehrte in seine Kabine zurück und legte sich hin. Gegen zehn Uhr hörte er, daß Morrison, gefolgt von einer weiteren Person, bei der es sich wahrscheinlich um Ioannidis handelte, in die Messe ging. Erst gegen vier Uhr nachmittags kam er zurück. Eine halbe Stunde später bemerkte Ottaviani, daß die Jacht die Fahrt unterbrochen hatte, er hörte das Rasseln der Ankerkette und dann das Eintauchen des Ankers ins Meer.

Erneut packte ihn die Nervosität: Warum war Morrison fast sechs Stunden lang in der Messe gewesen? Er spitzte die Ohren. Die gegenüberliegende Tür war geöffnet worden, Morrison und Ioannidis stiegen die Treppe zur Brücke hinauf.

Sechs Stunden ... genug Zeit, den Torso wieder zusammenzusetzen ... außerdem hatte man ihm kein Mittagessen gebracht: Er hatte Hunger – und Angst. Er hörte das Geräusch eines Motorbootes, das näherkam, dann Schritte an Deck, Stimmengewirr, und anschließend wieder das Motorboot, das davonfuhr. Er berechnete, daß die Jacht sich in diesem Augenblick ungefähr auf der Höhe des Peloponnes oder in der Nähe der Kykladen befinden mußte.

Der Anker wurde hochgeholt, das Schiff setzte die Fahrt unter Motor fort. Noch achtundvierzig Stunden, und sie wären mehr oder weniger am Ziel ihrer Reise, zwischen der Insel Bozcaada und der türkischen Küste bei Canakkale. Dort lagen, dessen war er gewiß, auf dem Meeresgrund und von Sand bedeckt, die Waffen der Krieger, die seit zweitausend Jahren von keiner Menschenhand mehr berührt worden waren.

Auf der Jacht North Star, Oberdeck, 20. September, 22 Uhr

»Habe ich Ihr Wort, daß Sie nicht versuchen werden, sich umzudrehen, Signor Ottaviani?« ließ sich plötzlich die Stimme hinter ihm vernehmen.

»Sie haben mein Wort.«

»Möchten Sie reden?«

»Ja.«

»Würden Sie mir dann zuallererst sagen, welchen Kurs wir heute nacht und morgen nehmen sollen?«

»Wo sind wir jetzt?«

»Ungefähr dreißig Meilen östlich von Skyros.«

»Tèn hodòn labè éis tòn Hellèsponton.«

»Was haben Sie gesagt? Ich verstehe nicht.«

»Richtung Dardanellen, nehmen Sie Kurs auf die Dardanellen.«

Eine Weile schwieg die Stimme, und Ottaviani zündete sich eine Zigarette an, um sich zu beruhigen, doch seine Hände zitterten.

»Heute nacht haben Sie Ihre Kabine verlassen. Wie

haben Sie das angestellt?« Erstaunt senkte Ottaviani den Kopf.

»Ich habe das Bett nicht verlassen.«

»Sie sind in die Messe gegangen und haben den Torso aus Lavinium zerstört. Das war eine törichte und unnütze Tat.«

Er wurde von Panik ergriffen. Und wenn Morrison den Torso wieder zusammengesetzt und entziffert hatte? Nein, das war unmöglich ... er hatte genau auf die Mitte der Statue gezielt, und die Schrift war klein und schon kaum lesbar gewesen, als der Torso noch intakt war ... sie bluffte.

»Dieser Torso gab die Antwort auf das, was Sie in Erfahrung bringen wollten«, sagte er. »Ich konnte das Risiko nicht eingehen, daß ein anderer dies entdeckt. Nun bin ich der einzige, der es weiß, ich habe das Zeichen entziffert, das jemand dort eingeprägt hatte, damit der Schlüssel zum Geheimnis nicht verlorenginge. Und ich habe es vernichtet.«

»Sie haben meinen Rat nicht befolgt. Außerdem waren Sie tollkühn. Jemand hätte Sie sehen können, und Ihr Leben hätte dann nur noch an einem seidenen Faden gehangen. Haben Sie das bedacht?«

»Ich bin wegen der Hitze in meiner Kabine aufgewacht. Ich folgerte, daß der Schaden an der Klimaanlage vielleicht auf einen Stromausfall zurückzuführen war und daß deshalb auch die Videokameras außer Betrieb sein mußten. Wenn das niemand bemerkt hatte, war klar, daß alle außer dem Steuermann schliefen. Ich stieg auf den Hocker und sah durch das Skylight. Auf der Brücke war Licht, also mußte es mehrere Stromkreisläufe geben, und deshalb konnte der Steuermann nicht wissen, daß die Elektrik unter Deck ausgefallen war. Daraufhin bin ich in die Messe gegangen.«

»Sie sind ziemlich gerissen, Ottaviani, und schlau. Sie haben auch einen Weg gefunden, die Tür zu öffnen.«

»Wenn ich nicht verrückt werden will, muß ich meinen Verstand benutzen.«

»Warum sagen Sie das?«

»Ich bin allein … manchmal verläßt mich mein Verstand. Ich habe den Eindruck, als lebte ich schon immer unter diesen Bedingungen. Ich weiß nichts über das, was um mich herum geschieht, ich weiß nicht, was in der Welt geschieht. Ich habe Halluzinationen.«

»Die Welt ist in großer Gefahr. Es bedarf einer neuen Kraft, um sie zu regieren, einer neuen … und alten Kraft zugleich. Diese Kraft ist auch in Ihnen, Ottaviani. Warum helfen Sie uns nicht?«

»Ich helfe Ihnen bereits.«

»Sie wissen, was ich meine.«

»Ja.«

»Also, warum …«

»Im Leben eines jeden Mannes gibt es ein Ziel, das er verfolgt. Ich weiß, was ich zu tun habe.«

Erneut verstummte die Stimme. Ottaviani betrachtete das Meer an Steuerbord. Hier und da blinkten bunte Lichter auf den Wellen, man konnte die kleinen Dörfer auf den Inseln erahnen, die sich um die friedlichen Buchten schmiegten. Er dachte an die Leute, die draußen unter den Pergolen saßen, eisgekühlten Ouzo tranken und über Fischerei und Politik diskutierten. Ihm war, als wehte der intensive Geruch von Retsina und das Aroma von aufgekochtem Kaffee herüber, vermischt mit dem Duft von Rosmarin und Minze. Mit aller Kraft wünschte er sich, daß alles bald vorbei wäre.

»Warum werden Sie *Ànassa* genannt?« fragte er plötzlich. »Das ist ein Wort aus dem Altgriechischen, und doch haben Sie mich nicht verstanden, als ich Sie vorhin in dieser Sprache angesprochen habe …«

»Sie wissen sehr viel. Sie sollten auch das wissen.«

»Was ich denke, hat inzwischen keinen Sinn mehr. Ich kämpfe gegen die Geister in meinem Kopf.«

»Sie lügen, Ottaviani. Wenn es so wäre, wie Sie sagen, warum wollten Sie dann verhindern, daß ein anderer das Geheimnis des Torsos zu entziffern versucht? Ihr Kopf ist vollkommen klar und erlaubt Ihnen, Ihre Pläne mit Logik und Entschlossenheit zu verfolgen.«

»Nichts ist klarer als der Wahnsinn«, erwiderte Ottaviani düster.

Rom, 20. September, 20 Uhr

Paolo Emilio Quintavalle parkte den Wagen vor dem Haus, nahm die Post aus dem Briefkasten und ging in seine Wohnung im ersten Stock hinauf. Die Pförtnerin hatte recht: Es sah aus wie nach einem Bombenangriff. Ein alter Wasserhahn, der seit Ewigkeiten tropfte, hatte dem Druck der Wasserleitung nicht mehr standgehalten und die halbe Wohnung überschwemmt, bevor jemand den Schaden bemerkt und Gegenmaßnahmen ergriffen hatte.

Das Parkett im Eingangsbereich und im Wohnzimmer war aufgequollen, viele Leisten hatten sich aus der Verankerung gelöst. Der Schaden war ziemlich groß. Quintavalle öffnete das Fenster, um Luft hereinzulassen, und trat auf die Terrasse, wo er die Blumen goß. Dann öffnete er das Fenster in seinem Arbeitszimmer. Gott sei Dank waren die Bücher der Bibliothek nicht beschädigt worden. Nur ein Stapel mit Ausschnitten aus den *Hellenic Studies,* den er auf dem Fußboden vergessen hatte, war vollkommen durchnäßt. Mit Wäscheklammern hängte er die Blätter zum Trocknen auf, dann setzte er sich an den Schreibtisch und warf einen Blick auf die Post. Er fand die neuen Vorschauen der Oxford University Press und von Thames and Hudson, eine Postkarte der Kinder aus dem Pfadfinder-Sommerlager, ein Mahnschreiben der Nationalen Archäologischen Akademie, in dem ein entliehener Text zurückgefordert wurde, sowie einen Brief von Fabio Ottaviani, der auf den 11. September datiert war. Darin hieß es:

Lieber Paolo,
ich hätte dir lieber persönlich gesagt, was ich nun statt dessen diesem Papier anvertrauen muß. Ich habe mich seit längerer Zeit nicht gemeldet, weil ich vollkommen von einer Recherche in Anspruch genommen wurde, die zu verblüffenden, ja geradezu unglaublichen Ergebnissen geführt hat. Ich habe jetzt nicht die Zeit, dir alles zu erklären, aber ich hoffe, daß ich es nach meiner Rückkehr nachholen kann.

Wenn du diesen Brief liest, müßte Professor Lanzi von seinen Entführern bereits freigelassen worden sein, und seine Aussage wird beweisen, daß das, was ich sage, der Wahrheit entspricht. Als ich das Foto von dem gestohlenen Torso aus Lavinium sah, hatte ich den Eindruck, daß die beiden männlichen Nackten, die das Motiv in der Mitte des Basreliefs flankierten, in irgendeiner Weise mit den beiden Bronzefiguren aus Taormina in Beziehung gesetzt werden könnten. Als Lanzi in der Nähe von Lavinium verschwand, schoß mir die Idee durch den Kopf, daß er vielleicht dieselbe Idee hatte und das Fundstück persönlich in Augenschein nehmen wollte. Allerdings waren noch mehr Leute auf diese Idee gekommen und haben den Torso aus Lavinium gestohlen.

Dieselben Leute haben dann auch Lanzi entführt, weil sie dachten, daß sich in seinem Besitz weitere, für sie nützliche Informationen befänden. Diese Leute haben mich verfolgt und bespitzelt und sogar gewaltsam versucht, mich gefangenzunehmen, weil auch ich etwas weiß, das für sie von größter Bedeutung ist und mit dem sich ein unglaubliches Geheimnis aus der Vergangenheit rekonstruieren läßt.

Ich habe einen vollständigen Kodex von Polybios entdeckt und besitze den Schlüssel, um die verlorengegangenen Waffen der Helden aus Taormina wiederzufinden. Und nicht nur das: Die Seiten des Polybios, die ich lesen durfte, belegen, daß eine der Athene-Statuen, die du in Lavinium gefunden hast, von den Menschen der Antike als das Palladion verehrt wurde, das Äneas aus Troja mitgebracht hatte.

Die Leute, die Professor Lanzi gekidnappt haben, wollen die Krieger, ihre Waffen und vielleicht auch das Palladion. Nichts kann sie aufhalten, und ich glaube, zur Ausführung ihres Plans sind sie zu jeder Schandtat bereit. Es handelt sich dabei nicht um einfache Kunsträuber, Paolo, glaube mir, das sind größere Kaliber, und nur mit Angst und Widerstreben habe ich den Entschluß gefaßt, mich im Tausch gegen die Freilassung von Professor Lanzi in ihre Gewalt zu geben.

Ich habe nicht das Zeug zum Helden, lieber Paolo, und unter anderen Umständen hätte ich einen derart gefährlichen Entschluß niemals fassen können. Aber wenn jemand um jeden Preis unser Heimatland um diese wertvollen Symbole seiner Vergangenheit bringen will, dann muß es meines Erachtens einen äußerst gewichtigen Grund dafür geben. Ich konnte nicht anders: Die Neugier und ein bißchen vielleicht auch der Ehrgeiz waren stärker als die Angst.

Ich weiß nicht, was geschehen wird, aber ich verzweifle nicht. Es gibt viel mehr Menschen, die mich lieben, als solche, die mir Böses wollen. Wenn ich Glück habe, wer weiß … komme ich vielleicht zurück und gebe den Kriegern ihre Waffen zurück. Aber bis es soweit ist, beschütze du die Statuen aus Lavinium und vor allem jene, die die Göttin darstellen. Ich weiß natürlich, daß du knapp bei Kasse bist und daß man dir eine kostspielige Bewachung wahrscheinlich nicht bewilligen wird. In diesem Fall, Paolo, organisiere eine Ausstellung in einem großen Museum im Stadtzentrum, auf dem Kapitol vielleicht, mache die Statuen der Öffentlichkeit zugänglich und lasse sie von dieser bewachen. Es wird nicht einfach sein, aber um Gottes Willen – du mußt sie aus Lavinium fortschaffen! Das ist keine Torheit von mir, mein Freund, und auch kein Hirngespinst, ich schwöre es dir: Für einen Scherz setzt man nicht sein Leben aufs Spiel.

Bitte bleibe in der nächsten Zeit in Rom, denn falls ich zurückkomme, werde ich einen zuverlässigen Freund brau-

chen und muß dich treffen können. Falls ich nicht zurückkehre, dann denk bitte manchmal an einen alten Freund ... Aber das kommt mir melodramatisch vor, und das shakespearische ›Lebt wohl für immer und immer, Cassius‹ ist entschieden übertrieben, also füge ich nichts weiter hinzu. Ich umarme dich nur, mit der gleichen Zuneigung und Freundschaft wie immer,

Fabio

PS: Benachrichtige nicht die Polizei, aber wenn es nicht anders geht, wende dich an Hauptmann Reggiani von den hiesigen Carabinieri.

Quintavalle ließ den Brief auf den Tisch sinken. Er lehnte sich im Sessel zurück und versuchte seine Gedanken zu ordnen. Das Ganze war unglaublich, und doch erinnerte er sich genau daran, in den Zeitungen gelesen zu haben, wie Professor Lanzi an der Küstenstraße am Monte Circeo gefunden worden war.

Er hob den Hörer ab und rief die Nachrichtenagentur ANSA an. »Hier ist Professor Quintavalle von der Universität Rom, ich bräuchte eine Auskunft.«

»Bitte sehr, Professore«, antwortete die Stimme vom anderen Ende der Leitung.

»Könnten Sie mir bitte sagen, wann Professor Lanzi gefunden wurde? Ich weiß nicht, ob Sie den Vorfall präsent haben ... es handelt sich um den Mann, der entführt und dann auf der Straße nach Anzio freigelassen wurde.«

»Ja, ich habe verstanden ... einen Augenblick, bitte.« Quintavalle hörte Papier rascheln, und kurz darauf sagte die Stimme am Telefon: »Da ist es ... der Professor wurde von zwei Ausflüglern gefunden, Herrn und Frau Proietti, und zwar gegen Mitternacht am fünfzehnten September.«

Qintavalle bedankte sich und legte auf. Er überprüfte den Poststempel auf Ottavianis Brief. Er war vom elften September. Daraufhin rief er Elizabeth an, doch sie nahm nicht ab, vielleicht war sie Essen gegangen. Er zündete sich eine Zigarette an und las Ottavianis Brief noch einmal aufmerksam durch. Es war unzweifelhaft seine Handschrift, und es handelte sich mit Sicherheit nicht um einen Scherz, obwohl die Sache unwahrscheinlich klang. Ein verschollener Kodex von Polybios ... eine derartige Entdeckung hätte die gesamte Fachwelt in Aufruhr versetzt.

Fabio ist ein emotionaler Mensch, überlegte er, aber er ist nicht verrückt und besitzt eine gewisse wissenschaftliche Reputation. Kaum anzunehmen, daß er sich so etwas aus Spaß ausgedacht haben sollte ... und außerdem spürt man, daß er beunruhigt ist, verängstigt ... aber warum hat Elizabeth mir nichts davon erzählt? Weiß sie etwa gar nichts von der Geschichte? Gut möglich, daß er sie im unklaren gelassen und irgendeine Ausrede erfunden hat. Er kontrollierte das Datum auf dem Kalender, der neben den Fotos von Silvia und den Kindern auf seinem Schreibtisch stand. Wenn Fabio sich gegen Lanzi ausgetauscht hatte, war er bereits seit mehr als einer Woche überfällig. Vielleicht war es tatsächlich angebracht, die Polizei zu verständigen.

Er beschloß, es später noch einmal bei Elizabeth zu versuchen, und wenn das Mädchen ihm nichts Neues sagen könnte, würde er die Polizei verständigen. Mehr konnte er nicht tun. Als er die Zigarette ausdrückte, klingelte das Telefon.

»Quintavalle«, meldete er sich.

»Ist da Professor Quintavalle?« fragte die Stimme aus dem Hörer.

»Am Apparat. Mit wem spreche ich, bitte?«

»Ich bin Kardinal Fabrizio Montaguti. Wir kennen uns nicht, entschuldigen Sie, daß ich mir die Freiheit nehme ...«

»Aber ich bitte Sie, Eminenz, was gibt es denn?«

»Sie sind doch mit Fabio Ottaviani befreundet, nicht wahr?«

»Ja, natürlich.«

»Also, Professore, es geht um folgendes: Ich habe ernstlich Anlaß zur Sorge um den Jungen. Ich war sein Lehrer im Kollegium und habe seinen Lebensweg immer verfolgt. Ich war es, der ihn an der Borromeo-Universität eingeführt hat. Nun gut, soweit mir bekannt ist, ist er seit einigen Tagen verschwunden, und niemand weiß, wo er sich aufhält. Er hat einige Tage im Kloster San Nilo in Grottaferrata verbracht, um dort nach gewissen Texten zu forschen. Ich selbst habe ihm vor knapp zwei Wochen die Erlaubnis besorgt, einen alten Kodex der Vatikanischen Bibliothek einzusehen. Von dort aus ist er dann nach San Nilo gefahren, wo er, soweit ich weiß, drei oder vier Tage blieb, danach verliert sich seine Spur. Vielleicht ist meine Sorge ja unbegründet ... vielleicht war er bei Ihnen auf der Ausgrabung ...«

»Ich habe ihn auch nicht mehr gesehen, Eminenz, ich war nämlich mit meiner Frau in Urlaub. Ich bin rein zufällig vorzeitig zurückgekehrt und habe seinen Brief vorgefunden.«

»Ist es indiskret, Sie zu fragen, was darin steht?« Quintavalle zögerte ein wenig. »Entschuldigen Sie«, fuhr der Kardinal fort, »vielleicht sollte ich nicht ...«

»Das ist es nicht, Eminenz ... ich selbst befinde mich in einer sehr schwierigen Situation. Die Geschichte, die Fabio in diesem Brief erzählt, ist absolut außergewöhnlich. Er behauptet, er habe einen verschollenen Kodex von Polybios entdeckt – einen uralten, unbekannten Text.«

»Allmächtiger ...«, sagte der Kardinal, »und was noch?«

»Ich weiß nicht, Eminenz ... vielleicht ist es nicht klug, darüber einfach so am Telefon zu sprechen ...«

»Es handelt sich um etwas Schlimmes, nicht wahr?«

»Ich fürchte, ja.«

»Sagen Sie nichts mehr, bitte, sprechen Sie mit niemandem darüber. Können wir uns treffen? Ich bin hier in Rom im Collegio di Propaganda Fide.«

»Sofort, Eminenz. Ich komme zu Ihnen.«

»Haben Sie vielen Dank und ... bringen Sie den Brief mit?«

»Selbstverständlich«, erwiderte Quintavalle. Er nahm seine Aktentasche, steckte Ottavianis Brief hinein und ging hinunter auf die Straße. Kurze Zeit später schoß sein roter Alfa über die Via Nomentana, bog mit quietschenden Reifen in den Viale del Murotorto ein, stürzte sich in die Unterführung und tauchte an der Via Pinciana wieder auf. Hier bog er nach links, brauste die Gefällstrecke Richtung Trinità dei Monti hinunter, durchquerte die Grünanlage am Monte Pincio und bremste dann hinter der Piazza del Popolo am Bürgersteig vor einer Telefonzelle.

Er betrat die Zelle und wählte die Nummer des Carabinieri-Hauptquartiers.

»Hier spricht Professor Quintavalle«, sagte er, sobald abgehoben wurde, »kann ich mit Hauptmann Reggiani sprechen?«

»Einen Augenblick«, sagte die Stimme des Wachhabenden. Man hörte das Klingeln der Hausanlage, dann meldete sich eine andere Stimme: »Hauptmann Reggiani.«

»Hauptmann, ich bin Paolo Emilio Quintavalle von der Universität Rom, ich bin ein Freund von Fabio Ottaviani.«

»Ah, Fabio«, sagte die Stimme, »erst vor einem Monat habe ich ihn vor einem saftigen Strafzettel samt Führerscheinentzug wegen Geschwindigkeitsübertretung bewahrt. Wie geht es dem alten Freibeuter?«

»Sehen Sie, Hauptmann, genau darüber wollte ich

mit Ihnen sprechen. Ich fürchte, Fabio schwebt in großer Gefahr ...«

»Sie belieben zu scherzen.«

»Leider nein, Hauptmann. Die Sache ist sehr ernst.«

»Was ist passiert?«

»Ich kann darüber nicht am Telefon sprechen ... Könnten wir uns treffen?«

»Selbstverständlich, von mir aus sofort, wenn Sie möchten.«

»Tut mir leid, aber im Moment bin ich leider verhindert. Sagen wir in zwei Stunden?«

»In Ordnung. Wo?«

»In der Bar Colony in der Via Sicilia, gleich hinter der Via Veneto.«

»Die kenne ich, ich werde dasein.«

»Ach, da wir uns noch nie gesehen haben: Ich bin ein Meter fünfundsiebzig groß, habe schwarzes Haar und trage einen Schnurrbart. Ich bin mit einem braunen Ledermantel bekleidet ...«

»Keine Sorge, Professore, ich werde Sie ohne weiteres finden ... schließlich bin ich doch Polizist, oder etwa nicht?«

»Bestens. Dann bis nachher.«

Quintavalle stieg wieder in den Wagen und fuhr Richtung Ponte Vittorio Emanuele. Eine Viertelstunde später hielt er vor dem Collegio di Propaganda Fide. Kardinal Montaguti erwartete ihn im Atrium. Sobald er aus dem Auto gestiegen war, kam er ihm entgegen und führte ihn in ein kleines Empfangszimmer. Quintavalle zog Ottavianis Brief aus der Aktentasche und zeigte ihn dem Prälaten.

»Haben Sie die Polizei verständigt?« fragte der Kardinal, nachdem er zu Ende gelesen hatte.

»Noch nicht.«

»Werden Sie es tun?«

»Was meinen Sie?«

»Ich weiß nicht … das ist keine leichte Entscheidung. Leider hat der Junge keine Spur hinterlassen.«

»Professor Lanzi wurde an der Küstenstraße am Monte Circeo gefunden.«

»Er kann mit dem Auto wer weiß woher dorthin gebracht worden sein.«

»Jedenfalls war sein Zustand so kritisch, daß er keinerlei Hinweise geben konnte, bevor er starb.« Der Kardinal nahm die goldene Brille ab und legte die Hand an die Stirn. »Professore«, sagte er, »Sie sind sein Kollege und Freund. Sagen Sie mir, was meinen Sie, warum hat er das getan? Ist es möglich, daß er sein Leben für ein paar archäologische Fundstücke aufs Spiel setzt, wie wichtig auch immer sie sein mögen?«

»Er hat Lanzi das Leben gerettet … oder zumindest war das seine Absicht.«

»Aber das war nicht der Hauptgrund, wie mir aus dem Brief hervorzugehen scheint.«

»Wenn es stimmt, daß er diesen Kodex entdeckt hat, und wenn in diesem Text tatsächlich explizite Hinweise auf die Statuen aus Lavinium enthalten sind … nun, vielleicht erscheint Ihnen das seltsam, aber die Aussicht, eine beispiellose Entdeckung zu machen, kann ihn dazu verführt haben.«

»Professore, ich will Ihnen eins sagen: Wissen Sie, daß dieser Kodex in einem alten, aber noch erhaltenen Dokument erwähnt wird?«

»Nein … Falls ein solches Dokument existiert, muß es bis heute unzugänglich gewesen sein, sonst ließe sich nicht erklären, wie es solange unbekannt bleiben konnte. Können Sie mir sagen, worum es sich handelt?«

»Es handelt sich um das Tagebuch des mittelalterlichen Kopisten, der den Kodex transkribiert hat.«

»Und Fabio hat es eingesehen?«

»Ich glaube, dies ausschließen zu können. Während seiner Nachforschungen hat er die ganze Zeit in dem

Zimmer verbracht, in dem er untergebracht war. Das weiß ich aus sicherer Quelle.«

»Und haben Sie dieses Tagebuch gesehen?«

»Nein, es befindet sich in einem unzugänglichen Archiv, aber ich weiß mehr oder weniger, was darin steht. Ich kann Ihnen sagen, daß darin von dem Kodex die Rede ist. Anscheinend war der Kopist von dem Text, den er entdeckt hatte, so verstört, daß er Anzeichen von Wahnsinn zeigte. Er verließ das Kloster, und als er nach ein paar Tagen zurückkehrte, zog er sich in seine Zelle zurück, wo man ihn dann einige Zeit später tot auffand, er war gerade vierunddreißig Jahre alt. Kurz darauf starb auch sein Beichtvater, ohne ersichtlichen Grund …«

»Eminenz, Sie werden doch nicht an Zauberei glauben«, warf Quintavalle mit ironischem Unterton ein.

»Nein, aber ich verhehle Ihnen nicht, daß ich gleichwohl beunruhigt bin … bekümmert ist das richtige Wort. Fabio wird in weniger als zwei Wochen vierunddreißig, und er hat diesen Kodex gelesen, daran gibt es keinen Zweifel.«

»Sollte ihm etwas Schlimmes widerfahren, so wäre es gewiß nicht wegen … irgendeines unheilbringenden Einflusses dieses Textes. Was Fabios Alter betrifft … so werden Sie doch einem schlichten Zufall keine Bedeutung beimessen.«

»Professore«, sagte der Kardinal ernst, »Sie sind ein Gelehrter von Ruf. Ich, also, ich möchte Sie fragen … ist es nicht möglich, daß gewisse Fundstücke aus der Antike … was weiß ich … kontaminiert sein könnten? Manchmal hört man ja von Archäologen, die von geheimnisvollen Viren befallen wurden.«

»Eminenz«, erwiderte Quintavalle, während er sich eine Zigarette anzündete, »ich kann Ihnen versichern, daß es sich dabei um Phantastereien handelt, die jeder Grundlage entbehren. Wenn das alle Gefahren wären, die Fabio bedrohen, könnten wir uns beruhigt zurücklehnen.«

»Jedenfalls gibt es in dieser Sache viele Ungereimtheiten, und ich habe Sie um dieses Gespräch ersucht, damit wir versuchen, uns ein Gesamtbild zu verschaffen, indem wir zusammenlegen, was ich weiß und was Sie wissen. Also, vor etwa drei Wochen bittet mich Fabio Ottaviani, ihm die Erlaubnis zu besorgen, einen Text der Vatikanischen Bibliothek zu konsultieren, den membranaceus polybianus 4731, und anschließend bittet er mich noch, ihn bei dem Archimandriten des griechischen Klosters San Nilo in Grottaferrata zu empfehlen. Er hatte mir versprochen, daß er mich nach Beendigung seiner Nachforschungen in meiner Sommerresidenz in der Romagna, der Villa Altobelli, besuchen würde, bevor er auf den Bauernhof seines Vaters im Apennin führe. Als er aber nicht auftauchte und ich zurück nach Rom mußte, beschloß ich, einen Abstecher nach San Nilo zu machen, wo ich häufig übernachte, und nachzusehen, ob er zufällig noch da wäre. Der Archimandrit bestätigte mir, daß er sich vorgestellt und Quartier im Kloster genommen hatte. Während seines Aufenthalts hat er sich allerdings weder im Archiv noch in der Bibliothek jemals blicken lassen. Nach ein paar Tagen kam er dann, um sich zu verabschieden und die Rechnung für Kost und Logis zu begleichen. Er war vollkommen durcheinander, bleich im Gesicht, als hätte er Halluzinationen. Er fragte den Archimandriten, was er über einen mittelalterlichen Mönch namens Theodoros wisse. Nachdem er eine vage, ausweichende Antwort erhalten hatte, sagte er: ›Der, den ich meine, starb in völliger Verzweiflung‹, und bevor er ging, ließ er noch eine Gabe für eine Gedenkmesse da …«

»Für wen?«

»Das konnte mir der Archimandrit nicht sagen. Vielleicht für den alten Mönch, vielleicht auch für sich selbst.«

»Sie glauben, er hatte eine Vorahnung?«

»Was sonst?«

»Es gibt nur eine Erklärung: Fabio hat das Tagebuch dieses Theodoros gelesen und wurde davon in Bann geschlagen.«

»Wie ich Ihnen sagte, hält der Archimandrit das für ausgeschlossen ... allerdings ... allerdings hat er mir erzählt, daß möglicherweise ein anderer versucht hat, das Tagebuch zu lesen, und daß es ihm vielleicht auch geglückt ist.«

»Wer?« fragte Quintavalle, während er eine neue Zigarette am Stummel der ersten anzündete.

»Ein gewisser Ioannidis, Stavros Ioannidis, ein Byzantinist, glaube ich. Er hielt sich auf Empfehlung von Professor Morrison im Kloster auf, um zu forschen.«

»Morrison, der Archäologe?«

»Genau der.«

»Wenn ich recht verstanden habe, dann hat dieser Mensch sich also heimlich und ohne die Erlaubnis des Archimandriten in den unzugänglichen Teil des Klosterarchivs eingeschlichen.«

»Der Archimandrit hatte gute Gründe, ihm zu mißtrauen. Ihnen wird bekannt sein, Professore, daß viele kirchliche Institutionen ein Geheimarchiv besitzen.«

»Das ist mir bekannt, Eminenz, und Sie können auf meine Diskretion zählen. Wann ist dieser ... Ioannidis fortgegangen?«

»Sofort nach Fabios Abreise.«

»Verstehe ...«

»Es gibt noch eine weitere, sagen wir, außergewöhnliche Übereinstimmung«, fuhr der Kardinal fort. »In seinem Tagebuch phantasierte Theodoros von einer Prophezeiung, die Rom und das ganze Abendland bedrohe, und über die schreckliche Macht einer heidnischen Gottheit.

Nun ... sehen Sie, in seinem Brief« – dabei zeigte er auf die Blätter, die auf dem Tisch lagen – »beschwört Fabio Sie, die Statuen aus Lavinium in Sicherheit zu bringen, und zwar alle, die die Göttin darstellen ... weil sich darunter das Palladion befindet. Handelt es sich dabei nicht um eines der mächtigsten Idole der klassischen Antike?«

»Gütiger Himmel, Eminenz«, platzte es aus Quintavalle heraus, »die älteste dieser Statuen stammt frühestens aus dem siebten Jahrhundert vor Christus. Falls das Palladion überhaupt existiert hat, dann müßte es im zwölften Jahrhundert vor Christus auf dem Burgfelsen von Troja gestanden haben.«

»Sie verstehen nicht, was ich Ihnen sagen will, Professore. Im Leben eines Menschen zählt nicht das, was existiert, sondern das, von dem man glaubt, daß es existiert.«

Quintavalle beobachtete die Hand des Kardinals, die das Bischofskreuz, das er am Hals trug, gegen die Brust preßte.

»Tja«, sagte er, »der Glaube versetzt Berge.«

»Der Junge war besessen von der Idee, jemand könnte sich dieser Statuen bemächtigen und den Kriegern aus Taormina ihre Waffen zurückgeben. Die Übereinstimmungen zwischen seiner Situation und den Erlebnissen des Theodoros von Phocäa sind zu groß, um reiner Zufall zu sein. Professore, ich bin ein Diener der katholischen Kirche; Sie denken doch nicht etwa, ich glaubte ... was weiß ich ... an Magie?«

»Ich würde mir nie erlauben ...«

»Dann lassen Sie uns objektiv sein und uns an die Fakten halten. Die einzige logische Erklärung ist, daß ein gewisses, wenn wir so wollen, zufälliges Zusammentreffen von Umständen vor neunhundert Jahren den Tod des Theodoros von Phocäa herbeigeführt hat. Nun, wenn Fabio Ottaviani sich heute in der gleichen Lage befindet, wäre es dann nicht denkbar, daß sich eben jenes Zusammentreffen durch einen bizarren Zufall genau so wiederholt hat, ihn in seinen Bann gezogen hat und ihn – Gott möge es verhindern – der gleichen tödlichen Gefahr aussetzt?«

»Aber Fabio Ottaviani ist ein Forscher, ein Mann des zwanzigsten Jahrhunderts. Wir können ihn nicht mit einem Mönch aus dem Hochmittelalter gleichsetzen.«

»Professore, Wissenschaft, Logik und Vernunft vermögen uns nicht vor den Gespenstern unserer ererbten Natur schützen. Manchmal reicht ein Nichts, und ein geheimnisvoller Mechanismus wird ausgelöst. Der kindliche Schrecken im Dunkeln wird nie von uns weichen, und Sie wissen das nur zu gut. Der Junge hat sich in ein Abenteuer gestürzt, das tödliche Gefahren für ihn birgt, er hat sich von etwas mitreißen lassen, das vielleicht weder Sie noch ich uns erklären können, das wir jedoch nicht bestreiten können.«

»Vielleicht haben Sie recht, Eminenz, aber ich ... ich denke eher an die Leute, die ihn gefangenhalten und den Tod von Professor Lanzi zu verantworten haben. Aus einem Alptraum kann man erwachen ... aus dem Tod nicht.«

»Was können wir also tun?« fragte der Kardinal.

»Nicht viel, leider. Die Sache öffentlich zu machen, würde Fabio sicherlich nicht helfen. Aber vielleicht gibt es doch einen Anhaltspunkt, an den wir uns klammern können: Wenn es stimmt, was Fabio in seinem Brief schreibt, dann wollen diese Leute, wer immer sie auch sein mögen, etwas, das bis jetzt meiner Obhut anvertraut ist. Und wenn es sich so verhält, kann es sein, daß ich mit ihnen in Berührung komme. Und vielleicht habe ich auch schon die Person gefunden, die mir helfen kann. Sie erwartet mich« – er sah auf die Uhr – »in einer halben Stunde in einer Bar in der Innenstadt. Ich muß gehen.« Er nahm den Brief vom Tisch, faltete ihn zusammen und steckte ihn in die Aktentasche.

»Danke, Professore«, sagte der Kardinal, »danke für alles, was Sie für den Jungen tun werden.«

»Sie müssen sich nicht bei mir bedanken, Eminenz, Fabio ist auch mein Freund. Seien Sie guten Mutes. Er ist ein aufgeweckter Bursche, Sie werden sehen, er wird seinen Kopf schon aus der Schlinge ziehen. Unterdessen müssen wir uns bereit halten, denn früher oder später wird er sich melden, Sie werden sehen.«

»Hoffentlich«, erwiderte der Kardinal. »Jedenfalls weiß ich für meinen Teil, was ich zu tun habe.« Ein seltsamer Unterton schwang in seiner Stimme, Entschlossenheit lag in seinem Blick. Quintavalle reichte ihm die Hand. »Auf Wiedersehen, Eminenz, ich halte Sie auf dem laufenden.«

»Auf Wiedersehen, Professore ... und nochmals vielen Dank.«

Er begleitete ihn zur Tür und wartete, bis er fort war, dann ging er zurück ins Atrium und sagte zu dem Geistlichen in der Pförtnerloge: »Ist mein Fahrer schon zu Bett gegangen?«

»Nein, Eminenz, ich glaube, er sitzt dort drüben und sieht fern«, erwiderte dieser.

Der Kardinal nahm den Hut von der Garderobe und trat in den angrenzenden Raum. Aus dem Fernseher kam das durchdringende Pfeifen eines Geschwaders von Düsenjägern, die eine orientalische Stadt bombardierten. Er trat zu dem dunkel gekleideten Mann, der in einer Ecke saß.

»Giuseppe«, sagte er, »ich brauche dich ... ist es schlimm?«

»Aber nicht doch, Eminenz«, erwiderte der Mann und stand auf. »Ich habe den Wagen noch nicht in die Garage gefahren. Wohin fahren wir?«

»Nach Grottaferrata ... ins Kloster San Nilo.«

9.

Rom, Bar Colony, 20. September, 22 Uhr

»Professor Quintavalle? Ich bin Hauptmann Reggiani.«

Der Archäologe legte den Tramezzino, in den er gerade gebissen hatte, auf die Theke und drehte sich um. Vor ihm stand ein stattlicher Mittdreißiger in Jeans und schwarzer Nappa-Lederjacke.

»Sie müssen entschuldigen«, sagte Quintavalle, während er den Bissen hinunterschluckte, »ich hatte noch keine Zeit zum Essen und habe mir deshalb eine Kleinigkeit bestellt.«

»Aber nicht doch«, erwiderte Reggiani, »ich werde Ihnen sogar Gesellschaft leisten, ich habe auch noch nicht zu Abend gegessen.«

»Dann erlauben Sie, daß ich Sie einlade«, gab Quintavalle zurück. »Was möchten Sie?«

»Oh, danke ... ein Schinkensandwich und ein Bier, das reicht vollkommen.«

Sie setzten sich an einen Tisch im hinteren Teil des Lokals, in dem nach Art der amerikanischen Restaurants gedämpftes Licht herrschte.

»Darf ich fragen, wie Sie auf mich gekommen sind?« fragte Hauptmann Reggiani.

»Fabio hat mir Ihren Namen und Ihre Adresse hinterlassen.»

»Normalerweise ruft er mich nur an, wenn er Scherereien hat. Verstehen Sie mich bitte nicht falsch, seit dem Gymnasium sind wir die besten Freunde, aber Sie wissen ja, wie das ist, mit der Zeit verliert man sich aus den Augen und sieht sich nur ab und zu bei einem Freundestreffen, oder, wie gesagt, er ruft mich vielleicht mal an, wenn er sich wieder einmal in eine Sache hineingeritten hat und ich seinen Kopf aus der Schlinge ziehen soll. Sie kennen ihn ja, er ist impulsiv, um nicht zu sagen leichtsinnig. Nichts Gravierendes, eine Prügelei, ein Streit, ein Wettrennen mit einer Funkstreife ... Leider schließe ich aus dem, was Sie mir erzählt haben, daß es sich diesmal um etwas ganz anderes handelt.«

»So ist es ...«, entgegnete Quintavalle. »Es handelt sich um eine gefährliche und verworrene Angelegenheit. Vielleicht hätte ich sofort die Polizei verständigen sollen ...«

»Ich bin doch von der Polizei«, warf der Hauptmann lächelnd ein.

»Das stimmt, aber ich habe den Eindruck, daß Fabio bei Ihnen mehr an den Freund als an den Polizisten dachte.«

»An beides ... so wie ich ihn kenne, an beides. Aber sagen Sie, Professore, ich habe wirklich keinen blassen Schimmer, worum es geht.«

»Lassen wir den Professore«, sagte Quintavalle, »da wir einen gemeinsamen Freund haben, können wir uns genauso gut duzen, wenn es Ihnen recht ist. Ich heiße Paolo.«

»Und ich Marcello. Also, dann schieß mal los.«

Quintavalle ließ zwei Kaffee kommen, zündete sich eine Zigarette an und erzählte alles, was er wußte. Er versuchte, die Ereignisse chronologisch zu ordnen, verschwieg auch nicht die Unterhaltung mit Kardinal Montaguti, und zum Schluß holte er Ottavianis Brief hervor, den der Hauptmann langsam und sehr aufmerksam durchlas.

»Junge, Junge!« sagte Reggiani, als er zu Ende gelesen hatte, »alles hätte ich erwartet, aber nicht eine solche Geschichte. Wir haben es hier offensichtlich mit gefährlichen und skrupellosen Leuten zu tun. Hm, auf den ersten Blick würde ich sagen, es könnte sich um eine große Bande von Kunstschiebern handeln. Sag mal, wieviel mögen diese Statuen und die anderen Gegenstände wert sein? Die Waffen der Krieger, meine ich.«

»Einige hundert Millionen Lire, vielleicht sogar Milliarden.«

»Das ist eine ganze Menge. Heutzutage werden die Leute schon für eine Handvoll Kleingeld umgebracht.«

»Tja. Etwas an der Sache überzeugt mich aber nicht. Zuallererst schließt Fabio in seinem Brief ja wohl aus, daß es sich um einfache Kunsträuber handelt, und da er mit ihnen zu tun hatte, ist es wahrscheinlich, daß er gute Gründe für diese Behauptung hat. Darüber hinaus finde ich es seltsam, daß sie ausgerechnet die Statuen aus Lavinium haben wollen und dann nur diesen Torso aus dem Magazin gestohlen haben, wo sie doch andere Stücke von viel größerem Wert hätten mitnehmen können. Dann ist da noch dieser merkwürdige Kerl, Ioannidis, von dem mir der Kardinal erzählt hat und der zur gleichen Zeit in San Nilo war wie Fabio und dann verschwand. Er hatte eine Empfehlung von Professor Morrison vorgelegt, einem Gelehrten von Weltruf, von dem ich nicht glaube, daß er seine Reputation aufs Spiel setzen und sich für jemanden verbürgen würde, der dann, wenn ich den Kardinal recht verstanden habe, heimlich in ein Geheimarchiv eindringt.«

»So absurd es klingen mag, sollten wir trotzdem einmal davon ausgehen, daß dieser Professor Morrison in die Geschichte verwickelt ist«, warf Reggiani ein. »Findest du nicht, daß sich dann vieles ändern würde?«

»Und zwar?« fragte Quintavalle.

»Das Motiv ist entscheidend. Unser Verdächtiger ist kein einfacher Dieb oder Hochstapler, der seine internationale Reputation nur vorgaukelt, sondern ein Gelehrter, ein Wissenschaftler ... Wenn eine chemische Formel oder Pläne für eine Geheimwaffe gestohlen worden wären und ein berühmter Physiker beziehungsweise ein bekannter Erfinder darin verwickelt wäre, würdest du dann etwa keine Verbindung zwischen beidem herstellen? In unserem Fall wurde ein Torso gestohlen, in dem Fabio dem Anschein nach einen Zusammenhang mit den Statuen aus Taormina erkennt. Zur gleichen Zeit behauptet unser Freund, er habe einen verschollenen Kodex gefunden, der ihm ermöglicht, die verlorenen Waffen der beiden Bronzefiguren wiederzufinden. Nun hatte er, als er seine Nachforschungen betrieb, dieses verdächtige und von Professor Morrison empfohlene Individuum am Hals ... Und damit nicht genug: Fabio schwört, daß diese Leute das Palladion wollen, bei dem es sich, wenn ich recht verstanden habe, um eine der Statuen aus Lavinium handelt. Entschuldige, aber ich muß dich jetzt etwas fragen, das vielleicht auf der Hand liegt: War das Palladion nicht die Athene-Statue, die auf dem Burgfelsen von Troja stand? Doch was haben dann die Statuen aus Lavinium damit zu tun, die, wie ich gehört habe, viel jüngeren Datums sind?«

»Sagen wir, daß sich unter diesen Statuen eine befand, die vielleicht als das Palladion verehrt wurde, das Äneas nach Latium brachte. Das ist allerdings nur eine Vermutung. Auf alle Fälle wäre es ein Unglück, wenn jemand diese Fundstücke stehlen würde, denn unter historischem und künstlerischem Gesichtspunkt sind sie äußerst wertvoll.«

»Was mich an diesem Brief so erstaunt, ist der Ton«, sagte Reggiani, während er noch einmal das Blatt in seiner Hand überflog. »Fabio spricht über diese Statuen nicht, wie ein Fachmann über archäologische Funde sprechen würde, findest du nicht?«

»Du hast recht ... Genaugenommen ist Fabio ja auch kein Archäologe, aber er ist immer noch ein Fachmann, der in seiner Laufbahn Tausende von Fundstücken zu Gesicht bekommen hat. Aber wenn ich ehrlich sein soll, spricht er über diese Statuen wie ein Amateur, der sich in etwas verbohrt hat.«

»Eben ... Er scheint ihnen eine Bedeutung beizumesse, die sehr viel größer ist und, ich weiß nicht ... anders ... eine solche Bedeutung, daß er einen Entschluß faßt, der ihn durchaus das Leben kosten kann. Kurz, er scheint es ernst zu meinen, obwohl seine Motive für uns einstweilen nicht nachvollziehbar sind. Wie erklärst du dir das?«

Quintavalle erwiderte nichts.

»Und wenn es sich um einen Fall von ... wie sagt man ... Mythomanie handelte?« fuhr der Hauptmann etwas verlegen fort. »Ich sage das, weil ich sein Freund bin und weil auch du sein Freund bist und es für uns wichtig ist zu verstehen, in welcher Verfassung er ist ... in psychischer Hinsicht, meine ich.« Der Archäologe schüttelte den Kopf.

»Fabio ist ein ernsthafter Gelehrter«, entgegnete er, »daran besteht kein Zweifel. Seine Arbeiten sind gut dokumentiert, gewissenhaft und methodisch einwandfrei durchgeführt. Zugleich ist er jedoch ein begeisterungsfähiger und impulsiver Charakter, und das gilt auch für die Forschung. Insofern kann ich die Möglichkeit nicht ausschließen, daß ihm eine besonders suggestive Hypothese zu Kopf gestiegen ist. Aber ich weigere mich zu glauben, daß er soweit gehen würde, die Entdeckung eines Kodex von Polybios zu erfinden.«

»Oder daß er sich irgendwo versteckt hält und darauf wartet, daß die Sache mit großem Trara bekannt wird, um dann plötzlich wieder aufzutauchen und im Zentrum der nationalen Aufmerksamkeit zu stehen«, fügte Reggiani mit gesenktem Blick hinzu, während er die Zigarettenschachtel in den Händen hin und her drehte.

»Vielleicht kennst du Seiten seiner Persönlichkeit, von denen ich nichts weiß«, fuhr Quintavalle etwas verunsichert fort, »aber mir scheint diese Hypothese abwegig. Was hätte er denn davon, außer daß er sich auf ewig lächerlich machen, seine Karriere ruinieren und die Wertschätzung seiner Freunde verlieren würde? Nein, offengestanden halte ich das für absurd.«

»Versteh mich nicht falsch«, rechtfertigte sich Reggiani, »mein Beruf hat mich gelehrt, jede Möglichkeit in Betracht zu ziehen, aber nur aus, sagen wir, methodischem Prinzip. Auch ich glaube, daß Fabio in diesem Brief die Wahrheit sagt oder daß er wenigstens aufrichtig von dem überzeugt ist, was er behauptet. Jedenfalls kommt es zunächst darauf an herauszufinden, wo er sich aufhält, und wenn möglich ihn aus seiner gefährlichen Lage zu befreien.«

»Und wie?«

»Wenn es stimmt, daß diese Leute die Statuen aus Lavinium beziehungsweise eine bestimmte davon wollen, dann müssen sie irgendwann aktiv werden, und dann besteht vielleicht die Möglichkeit, sie auf frischer Tat zu ertappen. Auf jeden Fall war es gut, daß du die Polizei nicht verständigt hast, denn dann hätten die Zeitungen darüber berichtet, und der Überraschungseffekt wäre dahin. Sei du unterdessen auch vorsichtig, denn auch du könntest in Gefahr sein oder zumindest in die Sache hineingezogen werden. Halte mich über alles, was du unternimmst, auf dem laufenden, aber rufe mich immer von einer Telefonzelle aus an, nie von zu Hause.«

»In Ordnung. Und was ist mit den Statuen?«

»Fabio hat dir einen exzellenten Rat gegeben: Stelle sie im Rahmen einer Ausstellung aus, dann sind sie in Sicherheit. Wenn man einen Vertrag über eine sehr hohe Versicherungssumme abschließt, werden nicht nur die Polizei, sondern auch die privaten Wachleute der Versicherungsgesellschaft die Fundstücke unter ständiger Bewachung halten. Ließe sich eine derartige Ausstellung in relativ kurzer Zeit organisieren?«

»Ehrlich gesagt hat mich die Stadtverwaltung das auch schon gefragt, sie hat die Pläne für ein solches Projekt nämlich schon in der Schublade, es bedarf nur noch meiner Zustimmung. Bis es soweit ist, könnte ich die Statuen verpacken und in die Stadt transportieren lassen.«

»Wohin?«

»In den Konservatorenpalast auf dem Kapitol.«

»Ausgezeichnet«, stimmte Reggiani zu. Er zog eine Visitenkarte aus der Brieftasche und reichte sie dem Archäologen.

»Hier hast du meine Durchwahl und auch meine Privatnummer. Wenn nötig, ruf mich dort zu jeder Tages- und Nachtzeit an.«

»In Ordnung«, erwiderte Quintavalle. Er stand auf und legte einen Geldschein auf die Theke. »Dann auf Wiedersehen, und … danke.«

»Wofür? Es war mir ein Vergnügen, dich kennenzulernen.«

»Ganz meinerseits«, erwiderte Quintavalle. »Hm«, fügte er dann hinzu, wobei er auf die Uhr sah, »es ist spät geworden, ich muß nach Hause, vielleicht ruft meine Frau an. Gute Nacht.«

»Gute Nacht«, verabschiedete sich Reggiani.

Quintavalle wandte sich zum Gehen, doch dann schien er einen Augenblick zu zögern. Er drehte sich noch einmal zu Reggiani um, der am Tisch saß und mit abwesender Miene rauchte, als folgte er einem Gedanken durch die blauen Windungen, die von seiner Zigarette aufstiegen.

»Meinst du, er kommt heil aus dieser Geschichte heraus?« fragte Quintavalle und sah dem anderen in die Augen. Doch dann wartete er die Antwort nicht ab, drehte sich um und trat rasch auf die Straße.

Auf der Jacht North Star, 22. September, 7.30 Uhr

Ottaviani blickte durch das Skylight in der Kabinendekke und sah den Mann fast über sich am Bug stehen. Das gekrümmte Plexiglas verzerrte die Proportionen und ließ ihn unendlich groß erscheinen. Er war der jüngere von beiden, gewiß der, der ihn mit dem Beiboot in Empfang genommen hatte, als er zusammen mit Ioannidis aus dem Hubschrauber geklettert war. Er trug lediglich ein Paar Shorts und hielt eine Schot in der Hand, wahrscheinlich die vom Großmastbaum. Der andere mußte am Ruder stehen. Nach einer Weile hörte er das typische Geräusch des killenden Segels: Das Schiff hatte beigedreht.

Er lehnte sich an die Bugwand und beobachtete, wie das Großsegel am Mast herunterfiel, dann sah er, daß der junge Mann zum Bug ging, sicher um den Spinnaker zu bergen. Kurz darauf stand das Schiff fast still. Er hörte ein Klopfen an der Tür, das Geräusch des Riegels, dann erschien Ioannidis.

»Kalyméra, kyrie kathigetìs«, sagte er mit schiefem Lächeln, »pòs ìste?«

»Schlecht, wenn ich dich sehe«, erwiderte Ottaviani. »Was willst du?«

»Wir sind am Ziel, Professore. Frühstücken Sie jetzt, dann geht es an die Arbeit. Ich habe den Auftrag, Sie darüber zu instruieren, was Sie zu tun haben. Folgen Sie mir bitte in die Messe. Wenn Sie nichts dagegen haben, werde ich mit Ihnen frühstücken und Ihnen dabei alles erklären. Sollten Sie allerdings keinen Wert auf meine Gesellschaft legen, werde ich Ihnen hinterher alles erklären.«

»Sinnlos, Zeit zu verlieren«, sagte Ottaviani, während er ihm auf den Gang folgte, »ich kann genausogut sofort erfahren, was ich zu tun habe. Außerdem hasse ich es, allein zu essen.«

»Sehr gut«, erwiderte Ioannidis. Er öffnete die Tür zur Messe und ließ ihm den Vortritt. Auf dem Tisch standen Toast, Würste und gesalzene Butter bereit, dazu gab es Kaffee und Orangensaft.

»Nach dem Frühstück«, sagte Ioannidis, während er sich setzte und Kaffee einschenkte, »werden Sie sich in den Kartenraum begeben, um die Suche auf dem Meeresgrund zu überwachen. Das Schiff verfügt über hochentwickelte Geräte, die es ermöglichen, bis in eine Tiefe von dreihundert Metern und im Umkreis von hundert Metern jeden Metallgegenstand zu orten.«

»Ich dachte, ich könnte selbst tauchen«, wandte Ottaviani ein.

»Das ist nicht nötig. Im Kartenraum liegt eine Seekarte bereit, mit deren Hilfe Sie die richtige Stelle errechnen können, die Sie dann über die Gegensprechanlage an das Ruderhaus durchgeben werden. Unser Taucher ist über Funk mit uns verbunden, und Sie werden ihm anhand dessen, was Sie auf dem Monitor sehen, sagen, welche Richtung er einschlagen soll.«

»Und ... werde ich allein im Kartenraum sein?«

»Ich werde bei Ihnen sein.«

»In Ordnung. Ich bin bereit«, sagte Ottaviani, während er den letzten Bissen mit einem Schluck Kaffee hinunterspülte.

»Nur keine Eile, nur keine Eile«, winkte Ioannidis ab, »wenn es soweit ist, ertönt das Signal.« Er zog ein Päckchen Papastratos heraus und bot dem anderen eine Zigarette an. Ottaviani lehnte sich zurück, schloß die Augen und genoß in langsamen Zügen den starken griechischen Tabak. Der Augenblick der Wahrheit war gekommen: Irgendwo dort unten, vergraben im Schlick, lagen die Waffen der Krieger ... die bemalten Schilder ... die Lanzen ... der Helm mit Visier und Helmbusch ...

Doch was, wenn sie nichts fanden? Wenn alles umsonst gewesen sein sollte? Sie würden denken, daß er sich über sie lustig gemacht hatte und nur noch eine Gefahr darstellte. Sie würden auch nicht glauben, daß er das Geheimnis des Palladions kannte. Er würde sein Dorf nie mehr wiedersehen ... seinen Vater ... die Freunde ... Elizabeth. Vor allem sie hätte er so gern wiedergesehen. Wo war sie jetzt? Bestimmt schlief sie noch, und ihr Bett war noch warm von ihrem Körper. Doch vielleicht war er auch einfach nur traurig ... all die Tage allein auf einem Geisterschiff, das von Gespenstern bevölkert war. Nein, es gab keinen Grund zu verzweifeln ... die Waffen mußten dasein, bestimmt waren sie dort unten, die Waffen, die zweitausend Jahre zuvor den Seeleuten der Aquila aus den Händen geglitten waren, in den Höhlungen der großen Schilde hatten sich Muscheln und Krebse angesiedelt ... und auf den langen Speeren wucherten unzählige Konkretionen.

Die Waffen lagen hier. Dessen war er sich jetzt sicher. Das Signal ertönte, und Ioannidis sagte: »Kommen Sie jetzt, es ist Zeit.«

Insel Andros, Geheimbasis der Institution, *22. September, 16 Uhr*

Der große Saal hatte einen weißen Marmorfußboden und vier Bogenfenster, die auf einen zum Meer hin gelegenen Garten gingen. Der Swimmingpool in der Mitte des Gartens war von Palmwedeln und blühenden Klebsamenhecken umgeben, hier und da bedeckten Bougainvilleen die weiß gekalkte Einfriedung. Hinter dem von zwei Bewaffneten bewachten Tor war ein privater Landungssteg zu erkennen.

Der Mann in blauem Anzug und mit Sonnenbrille, der hinter der Glastür zwischen den Fenstern stand, blickte starr auf das Tor, als erwartete er jemanden. Hinter ihm, um einen massiven Mahagonitisch, saßen weitere Personen und unterhielten sich leise. Plötzlich drehte sich der Mann in Blau zu ihnen um und sagte: »Er ist da. Er kommt gerade herauf.« Dann ging er zur Tür und ließ einen Mann um die Sechzig eintreten, der eine lederne Aktenmappe unter dem Arm trug.

»Willkommen, Professor Morrison«, begrüßte er ihn, »wir haben nur auf Sie gewartet. Kommen Sie, nehmen Sie Platz.« Er bot ihm einen Stuhl an und setzte sich selbst an die gegenüberliegende Seite des Tisches. »Und jetzt«, fuhr er, zu dem Neuankömmling gewandt, fort, »berichten Sie uns bitte vom Ausgang Ihrer Mission. Wir sind sehr gespannt, was Sie uns mitzuteilen haben.«

Morrison öffnete die Tasche, zog einen Schnellhefter voller Notizen und Fotografien hervor, setzte die Brille auf und begann: »Meine Herren, es tut mir leid, aber ich muß Ihnen berichten, daß ich während meines Besuchs auf der North Star kein befriedigendes Ergebnis erzielt habe. Signor Ottaviani, der italienische Gelehrte, an dem wir unser Experiment durchführen, ist sehr viel tüchtiger und schlauer, als wir dachten. Es ist ihm gelungen, den Torso aus Lavinium zu zerstören, bevor ich ihn untersuchen konnte.« Der Mann in Blau sprang wutentbrannt auf. »Wie ist das möglich!« rief er und schlug mit der Faust auf den Tisch. »Wir werden die Verantwortlichen zur Rechenschaft ziehen!«

»Die Schuld ist nicht in eventuellen Nachlässigkeiten an Bord der North Star zu suchen«, fuhr Morrison ungerührt fort. »Leider ist in der Nacht die Bordelektrik teilweise ausgefallen, und Ottaviani hat es bemerkt. So kam er unbemerkt in die Messe, wo er den Torso mit Hilfe eines Aschenbechers zertrümmerte. Ich habe viele Stunden darauf verwandt, den Torso wieder zusammenzusetzen, aber einige Teile waren buchstäblich pulverisiert. Falls es an dieser Statue etwas gegeben haben sollte, das uns hätte nützlich sein können, so haben wir jetzt keinen Zugriff mehr darauf.«

»Wir haben immer noch die Fotos«, sagte der Mann in Blau und setzte sich wieder hin.

»Die hatten wir auch vorher schon und sind damit nicht weitergekommen. Ich hatte gehofft, daß die direkte Untersuchung des Fundstücks mir einen Anhaltspunkt liefern könnte, der auf den Fotos nicht zu sehen ist. Das Auge eines Fachmanns unterscheidet sich vom Auge eines Fotografen. Gewiß, es gibt Fotografien, die sichtbar machen, was dem menschlichen Auge verborgen bleibt, es kann sich aber auch umgekehrt verhalten. Dieser Torso besaß eine konvexe Form, und nur der stereoskopische Blick des menschlichen Auges kann, anders als das Objektiv eines Fotoapparates, das Gesamtbild wahrnehmen. Jedenfalls hat es keinen Sinn, darüber zu jammern. Eines ist gewiß – falls dieser Torso das Geheimnis des Palladions barg, dann muß Ottaviani es entdeckt haben. Also hat er den Torso zerstört, um der einzige Eingeweihte zu sein. Somit bleibt uns nichts anderes übrig, als ihn davon zu überzeugen, mit uns zusammenzuarbeiten.«

»Dark Sail ...«, sagte der Mann in Blau, »Dark Sail könnte das gelingen.«

»Genau das denke ich auch«, erwiderte Morrison. »Allerdings heißt es, äußerste Vorsicht walten zu lassen. Falls Ottaviani etwas von unseren Absichten ahnen sollte, könnte er uns große Schwierigkeiten machen. Der Mann hat ungeahnte Fähigkeiten an den Tag gelegt.«

»Wir können ihn immer noch gegen seinen Willen konditionieren«, schaltete sich einer der Anwesenden ein, ein hagerer Mann in den Fünfzigern, der mit Militärhemd und -hose bekleidet war, »an Mitteln fehlt es uns nicht.«

»Nein«, entgegnete der Mann in Blau, »das können wir nicht. Ottaviani zu konditionieren würde das Risiko mit sich bringen, seine mentalen Fähigkeiten zu beeinträchtigen. Und genau diese Fähigkeiten sind es, die uns bezüglich des Ausgangs unseres Experiments am meisten interessieren. Deshalb genießt er an Bord auch eine gewisse Bewegungsfreiheit. Doch nun ist es an der Zeit, daß ich Sie detailliert über die von uns erzielten Resultate in Kenntnis setze sowie über den Plan, den wir in vielen Monaten geduldig erarbeitet haben.« Er wandte sich an den Mann, der zu seiner Rechten saß. »Professor Shu«, sagte er, »würden Sie bitte Ihren Bericht vortragen.«

Shu, der fünfundsechzig Jahre alt sein mochte, war Professor für Psychoanalyse an der Universität von Seoul und hatte an den renommiertesten Hochschulen in Amerika und Europa gelehrt. Doch nur die Institution hatte ihm die Möglichkeit geboten, ein wissenschaftliches Experiment durchzuführen, das die völlige Instrumentalisierung eines Menschen und seines Geistes zum Ziel hatte.

Shu stand auf und begann seinen Vortrag in gutem Englisch mit kaum wahrnehmbarem koreanischen Akzent: »Meine Herrn, seit Jahrhunderten schon ist bekannt, daß der menschliche Geist weitaus mehr Fähigkeiten und Kräfte besitzt als ihm gemeinhin zugesprochen werden. In der Antike wurde derjenige, der diese Fähigkeiten anzuwenden verstand, von seinen Mitmenschen, die sich nicht bewußt waren, daß mehr oder weniger alle Menschen von Natur aus dazu imstande sind, je nachdem als Seher, Zauberer oder sogar als Gott angesehen. Aber dies ist Ihnen gewiß nicht neu, denn nicht wenige haben die eigenen Geisteskräfte vor Publikum oder Fernsehkameras demonstriert. Was dagegen niemand weiß, ist, daß der Mensch in der Lage ist, auch bestimmte materielle Gegenstände mit diesen Kräften sozusagen aufzuladen. Fetische, Idole, heilige Bildnisse und Reliquien waren und sind noch heute mit Kräften versehen, die von den Menschen wundertätig genannt werden.

Tatsächlich jedoch sind diese Kräfte das Resultat einer ungeheuren Konzentration von Energie, welche die Geister einer unendlichen Anzahl von Menschen über Jahrhunderte auf jene Gegenstände gelenkt haben, und diese wiederum haben die psychische und magnetische Energie gespeichert.

Anfangs hatten wir diesbezüglich nur eine Vermutung, dann, als Folge der Sammlung einer großen Datenmenge aus aller Welt, wurde daraus Gewißheit. Auf der Grundlage dieser Studien und Erhebungen sind wir heute in der Lage, eine Reihe jener als ›Wunder‹ oder ›Mirakel‹ bekannten Phänomene zu erklären. In einigen Fällen ist die Aktivierung dieser Phänomene durch den menschlichen Geist nur zu offensichtlich. Im Dom von Neapel zum Beispiel ereignet sich jedes Jahr zu verschiedenen Anlässen eines dieser vermeintlichen Wunder. Das Blut des Märtyrers Gennarius, eines Bischofs aus dem vierten Jahrhundert, wird in einer Glasampulle dem Volk gezeigt, das sich in der Kirche drängelt und äußerst erregt und von religiösem Eifer beseelt ist.

Nach einiger Zeit, manchmal nach wenigen Minuten, manchmal nach Stunden, beginnt das trockene und klumpige Blut sich auszudehnen, es schäumt auf und wird wieder lebendig, ja es nimmt sogar wieder Körpertemperatur an, als ob es eben erst aus den Adern eines Menschen geströmt wäre. Allerdings ereignet sich das Phänomen niemals auf dieselbe Weise, und die Eigenschaften der Flüssigkeit sind jedesmal verschieden.

Nun ist es uns gelungen, eine Apparatur zu konstruieren, mit der sich die Intensität der Energie nachweisen läßt, die aus den Gehirnen der in der Kirche versammelten Personen strömt. Auf diese Weise konnten wir feststellen, daß sich Geschwindigkeit und Intensität des Wunders direkt proportional zu der Geistesenergie der Kirchgänger verhalten, die ihre Kraft auf die Ampulle konzentrieren. Es ist kaum ein Zufall, daß der Erzbischof diese Ampulle in die Höhe hält, damit alle Blikke dort gebündelt werden wie die Strahlen der Sonne in einer Linse.«

Professor Shu gab dem jungen Mann, der hinter ihm stand, ein Zeichen, und dieser begann die Bogenfenster zum Garten abzudunkeln. Dann schaltete er auf der rückwärtigen Wand eine Leuchttafel ein.

»Auf dem Bildschirm hinter mir«, fuhr Shu fort, »sehen Sie ein Koordinatensystem mit der graphischen Darstellung der von uns zu diesem Anlaß durchgeführten Experimente. Wie Sie feststellen können, tritt das Wunder um so schneller ein, je größer die Energiemenge ist, die von den Gehirnen der Anwesenden freigesetzt wird. Auch die Temperatur des Blutes verhält sich proportional zu der Energie, die auf die Ampulle gerichtet wird. Unterhalb eines gewissen Wertes allerdings bleibt das Phänomen aus, denn die Energie reicht nicht aus, um es hervorzurufen. Unsere Entdeckungen gehen jedoch noch weit darüber hinaus«, fuhr der Wissenschaftler fort und setzte die Brille ab. »Wir hatten also herausgefunden, daß die Fähigkeit gewisser Gegenstände, sogenannte Wunder hervorzurufen, von der Geistesenergie des Menschen abhängt. In der Tat ist es so, daß, wenn die Verehrung oder Anbetung endet, auch das Wunder unterbleibt. Um die einzelnen Varianten besser analysieren zu können, ließen wir zu Experimentierzwecken vor rund einem Jahr aus einer Kirche in Venedig die Reliquien einer berühmten Heiligen herbeischaffen, deren Kult praktisch erloschen ist.

Die italienischen Zeitungen widmeten der Sache große Aufmerksamkeit, und die seltsamsten Hypothesen über den Diebstahl wurden vorgebracht. Unsere Agenten hinterließen jedoch falsche Spuren, um eine eventuelle Ermittlung in die Irre zu führen, denn in jedem Fall wollten wir uns nicht unnötigen Risiken aussetzen. Die

Macht der römischen Kirche ist noch immer groß und darf nicht unterschätzt werden.

Ähnlich verfuhren wir auch in anderen Teilen der Welt, und sämtliche Gegenstände, die in unseren Besitz kamen, wurden sorgfältig untersucht. Auf der Leuchttafel können Sie die Fotografien der Objekte und die jeweiligen Ergebnisse sehen ...«

Die Personen, die um den Tisch saßen und auf den Bildschirm blickten, hatten seit langem nur Darstellungen von hochentwickelten Waffensystemen, Plänen fortschrittlicher Technologien sowie Porträts der Mächtigen der Erde, von Staatsoberhäuptern, Generälen, Wissenschaftlern vorgeführt bekommen. Nun betrachteten sie fast ungläubig groteske Fetische und von der Zeit rosa gefärbte Schädel in wertvollen Reliquienschreinen, Amulette und Talismane. Was an diesem bizarren Sammelsurium mochte so interessant sein, daß die *Institution* sich entschloß, sie zu einer Dringlichkeitssitzung zusammenzutrommeln?

»Diese Studien«, fuhr Professor Shu fort, »führten zu einem unerwarteten Ergebnis: Anscheinend kann die Macht einiger Gegenstände auch dann noch überdauern, wenn sie nicht mehr kultisch verehrt werden oder wenn sie verloren und vergessen wurden und heute als Reliquien untergegangener Zivilisationen aufbewahrt werden. Das Erstaunlichste jedoch ist, daß eine solche, manchmal ungeheuer große Macht durch die Anwesenheit bestimmter Personen reaktiviert werden kann. Diese Personen sind mit der von uns vorläufig magnetisch genannten Fähigkeit ausgestattet, mit der dem Gegenstand innewohnenden, schlafenden Kraft, die sich in Jahrhunderten oder Jahrtausenden der Verehrung und des Glaubens angesammelt hat, in Kontakt zu treten.

Und während ich jetzt zu Ihnen spreche, findet, wie Sie wissen, das heikelste und wichtigste unserer Experimente statt, von dessen Ausgang das zukünftige Schicksal der Institution abhängen könnte.

Alles begann vor wenigen Monaten, als in Italien einige außerordentlich interessante, von der Weltöffentlichkeit jedoch unterbewertete archäologische Funde bekannt gemacht wurden. Es handelte sich um zwei große Bronzestatuen, die aus dem Meer vor Taormina geborgen und von italienischen Spezialisten restauriert wurden.« Ein Raunen der Bewunderung ging durch den Saal, als in rascher Folge Dutzende von Aufnahmen der beiden Statuen auf dem Bildschirm gezeigt wurden. »Was mich überraschte«, fuhr Shu fort, »war die ungeheure Wirkung, die die beiden Statuen auf die Bevölkerung ausübten, zumal insbesondere die Italiener seit Jahrhunderten an die unendliche Vielzahl von Kunstwerken in ihrem Land gewöhnt sind und den massenhaften Schätzen in ihren Museen nur wenig Interesse entgegenbringen.

Wie Sie aus diesen Fotografien ersehen können, stellen die Statuen zwei Krieger dar, denen jedoch die Waffen fehlen.

In dieser Angelegenheit schickten wir nun einen Agenten nach Sizilien, um in Erfahrung zu bringen, ob die Schilde und Lanzen der Krieger zufällig auf dem Schwarzmarkt für Kunstwerke gelandet waren, der auf der Insel floriert. Er fand keine Spur der Waffen, dennoch gelang es ihm, wichtige Informationen zu sammeln, die uns in der Folge dazu bewogen haben, Professor Lanzi zu entführen und uns in den Besitz des wertvollen Dokumentes, das er bei sich hatte, zu bringen.

In der Zwischenzeit informierte uns ein anderer Agent, daß ein Archäologe in der Nähe von Rom unter besonderen Umständen eine Reihe sehr alter Statuen gefunden hatte, unter denen sich, nach dem gegenwärtigen Stand der Dinge, der schrecklichste Fetisch des klassischen Altertums befinden könnte: das legendäre Palladion.

Leider war Professor Morrison, der vorhin zu Ihnen gesprochen hat, nicht in der Lage, das Palladion zu identifizieren, weshalb wir den von unseren Experten bereits ausgearbeiteten Plan, mit dessen Hilfe wir uns dieser Statue bemächtigen können, noch ein wenig zurückstellen müssen.

Falls die Hypothesen zutreffen, die Professor Morrison aus den Notizen des Oberintendanten Lanzi ableiten konnte, wissen wir immerhin, daß auch die Waffen der Krieger aus Taormina und die Krieger selbst in Zusammenhang mit dem Palladion gesetzt werden müssen.

Kommen wir nun jedoch zu dem italienischen Gelehrten, der sich gegenwärtig an Bord der North Star befindet. Er geriet in unser Blickfeld, als unsere Agenten sich in Rom aufhielten, um die Funde aus Lavinium und die Krieger aus Taormina aus der Nähe in Augenschein zu nehmen. Wir erfuhren, daß er eine Entdeckung von enormer Tragweite gemacht hatte, nämlich einen vollständigen Kodex des griechischen Historikers Polybios, in dem sich Hinweise befanden, die die Lokalisierung der verlorengegangenen Waffen der Krieger gestatten. Dank Dark Sail sind wir in den Besitz dieser Informationen gekommen und wurden uns bewußt, daß die Entdeckungen von Fabio Ottaviani nicht so sehr seiner Tüchtigkeit als Gelehrter zu verdanken waren als vielmehr seinen außergewöhnlichen Fähigkeiten auf dem Gebiet übersinnlicher Wahrnehmungen.

Sein Geist ist – möglicherweise unbewußt – imstande, den Energiefluß, der von den offensichtlich leblosen Relikten aus längst vergangener Zeit ausgeht, aufzufangen und weiter zu verstärken. Seit wir ihn in unsere Obhut genommen haben, wurde auf vielfältige Weise alles dafür getan, seine Sensibilität zu potenzieren, ihn zu beeinflussen und seine Fähigkeiten maximal aufzuladen. An Bord der North Star wurde sein Geist im Schlaf wie im Wachzustand durch hohe Konzentrationen von Magnetwellenbündeln stimuliert, und die Reaktionen seines Gehirns wurden erfaßt und analysiert.

Fabio Ottaviani ist – ohne es zu wollen – das ideale Objekt zur Durchführung unseres Experiments geworden.«

In diesem Augenblick wurde die Tür zum Saal geöffnet. Ein Mann trat ein, ging zu Professor Shu und flüsterte ihm etwas ins Ohr.

»Meine Herren«, sagte Shu mit plötzlicher Erregung in der Stimme, »gerade erreicht uns von der North Star die Mitteilung, daß die Waffen der Krieger aus Taormina auf dem Meeresgrund geortet wurden. Die an Bord installierten Instrumente haben den Fluß der Magnetenergie registriert, die Fabio Ottaviani auf direktem Weg zu den Waffen geführt hat. Machen Sie bitte Licht«, wandte er sich an den Mann, der den Saal für die Vorführung abgedunkelt hatte, »es bedarf keiner weiteren Argumente, um die Tragweite dieses Experimentes zu veranschaulichen. In Kürze, sobald die Waffen von einem Teil der Verkrustungen, mit denen sie überzogen sind, befreit sein werden, werde ich Befehl geben, Ottaviani in direkten Kontakt mit Ihnen treten zu lassen. Falls eintritt, was ich denke, falls also der lebendige Pol in der Lage ist, die ungeheure Energie in diesen Gegenständen wiederzuerwecken, dann werden wir im Besitz einer Waffe von unvorstellbarer Macht sein.«

Im Saal brandete Beifall auf, während die Rolläden vor den Bogenfenstern mit leisem Quietschen hochgezogen wurden.

»Ich hege keinen Zweifel, daß dieses Experiment einen günstigen Ausgang nehmen wird«, begann Shu erneut, sobald Ruhe eingekehrt war. »In diesem Fall gehen wir zu Phase zwei des Plans über. Wir werden uns der Statue bemächtigen, die über Jahrhunderte als das Palladion von Troja, als mächtigstes und gefürchtetstes Idol der Antike verehrt wurde, und vielleicht … vielleicht auch der Krieger aus Taormina. Dieses Unterfangen mag unmöglich erscheinen, aber ich erinnere Sie daran, daß auch das, was soeben an Bord der North Star geschehen ist, jede Vorstellung übersteigt und noch vor wenigen Jahren vollkommen unwahrscheinlich erschienen wäre. Sie, Professor Morrison«, wandte er sich an den Archäologen, »können sofort nach Rom zurückfahren, der Hubschrauber steht zum Abflug bereit. Teilen Sie uns so rasch es geht mit, wo sich die Statuen befinden, und berichten Sie uns jede Einzelheit, die der Verwirklichung unserer Ziele nützlich sein könnte.«

Morrison nickte kaum merklich, nahm seine Tasche und ging hinaus. Daraufhin stand der Mann in Blau auf und ergriff das Wort. »Meine Herren«, sagte er, »noch nie stand die internationale Lage so kurz vor dem Zusammenbruch wie heute. Die Rüstungskontrollverhandlungen sind praktisch gescheitert. Die Großmächte stehen sich gegenüber und lassen ihr militärisches Potential an allen kritischen Punkten des Globus aufmarschieren. Der Wettlauf, sich gegenseitig die bestgehüteten Militärgeheimnisse abzujagen, wurde noch nie so erbittert geführt, und Sie wissen nur zu gut, daß es auch diesem Umstand zu verdanken ist, daß die *Institution* in diesem Umfang an Macht gewinnen konnte. Nun, falls unsere Experimente den von uns erwarteten Ausgang nehmen, dann verfügen wir möglicherweise in Kürze über eine neue und vollkommen unbekannte Waffe, die uns erlaubt, die gegenwärtige Machtbalance zu beeinflussen. Im Moment richtet sich unser Streben darauf, eine Kraft zu erforschen und zu kontrollieren, die uns noch nicht vollkommen bekannt ist. Einstweilen wissen wir, daß sie existiert, daß sie ungeheuer groß sein kann und daß sie sich messen läßt. Sollten wir imstande sein, sie zu kontrollieren und dadurch nach Belieben einsetzen zu können, sie von ihren materiellen Katalysatoren zu isolieren und in reiner Form verfügbar zu machen, dann wird es keine noch so ambitionierten Ziele mehr geben, die wir nicht erreichen können.

Morgen bei Tagesanbruch wird das Spezialschiff Eagle, das vor der italienischen Küste kreuzt, der North Star den Befehl erteilen, das Experiment fortzusetzen, und auf unseren Monitoren hier in der Basis werden wir den Energiefluß sehen und messen können, der im Moment des Kontakts freigesetzt wird. Vierundzwanzig Stunden später ist das Zusammentreffen mit der North Star und der Übergang von Signor Ottaviani auf unser Schiff vorgesehen. Anschließend wird die North Star mit ihrer wertvollen Fracht unsere Basis auf den Hebriden ansteuern, wohin auch wir uns begeben werden, sobald wir die zweite Phase unseres Plans durchgeführt haben.«

Hierauf wandte er sich an den Mann in Militäruniform: »Setzen Sie unverzüglich unsere Agenten in Rom davon in Kenntnis, daß Morrison eintrifft, damit sie die nötigen Vorkehrungen treffen. Ich brauche nicht zu sagen, daß die zweite Phase äußerst heikel ist und daß jede Fehlerquelle von vornherein eliminiert werden muß. Alles ist vorausberechnet und einkalkuliert: Sie können nicht scheitern.«

Rom, 23. September, 18 Uhr

Das Mädchen legte den Band der Pauly-Wissowa, den sie aus dem Regal gezogen hatte, auf den Tisch und nahm den Hörer auf: »Archäologisches Institut. Mit wem spreche ich?«

»Hier ist Silvia Quintavalle. Ist mein Mann da?«

»Ja, Signora, er ist im Lesesaal. Ich rufe ihn sofort.«

Die Bibliothekarin legte den Hörer auf den Tisch und

ging in den angrenzenden Saal. Sie blickte sich um, sah jedoch nur einige Studenten und den Professor für lateinische Epigraphik über den Büchern brüten.

Unterdessen schritt Paolo Quintavalle durch den Minerva-Hof auf das Tor zu. Er warf einen Blick auf die Götterstatue aus der Mussolini-Zeit, die ihm mürrischer als sonst vorkam, dann überquerte er eiligen Schrittes den weitläufigen, fast verlassenen Platz und steuerte auf das Gebäude des Nationalen Forschungsrates zu. Bevor er den gegenüberliegenden Bürgersteig erreicht hatte, bog ein schwarzer Alfa Romeo um die Ecke der Via Monzambano und schnitt ihm den Weg ab. Verdutzt wollte Quintavalle zurückweichen, doch da hielt das Auto an, und die Beifahrertür wurde ihm geöffnet.

Er beugte sich vor, um in den Innenraum zu sehen, und nachdem er den Mann am Steuer erkannt hatte, stieg er rasch ein und schlug die Tür zu. Der Wagen fuhr an, bog mit hoher Geschwindigkeit in den Viale dell' Università ein und verschwand kurze Zeit später an der Kreuzung Viale Regina Margherita.

Unterdessen war die Bibliothekarin des Archäologischen Instituts ans Telefon zurückgekehrt: »Der Professore ist nicht da, Signora, tut mir leid, vor fünf Minuten war er noch im Lesesaal. Ich habe sogar in seinem Arbeitszimmer nachgesehen, aber da ist er auch nicht.«

»Seltsam, daß er einfach so gegangen sein soll, ohne sich zu verabschieden. Könnte er nicht ... auf der Toilette sein?« fragte Silvia Quintavalle ein wenig verlegen.

»Nein, Signora«, lautete die Antwort, »der Schlüssel hängt an seinem Platz. Normalerweise, wenn er ohne Bescheid zu sagen fortgeht, ist er nur mal unten an der Ecke Zigaretten holen und kommt gleich wieder. Soll ich ihm etwas ausrichten?«

»Hm, ich wollte ihn daran erinnern, daß wir in einer Stunde Professor Morrison bei uns zu Hause erwarten. Wissen Sie, ich möchte nicht, daß er ihn warten läßt.«

»Sie können sich darauf verlassen, Signora«, versicherte die Bibliothekarin, »sobald er zurück ist, sage ich ihm, daß Sie angerufen haben, und erinnere ihn daran.«

Während Silvia Quintavalle den Hörer auflegte, fuhr ihr Mann keine hundert Meter entfernt in dem schwarzen Alfa mit hundert Sachen über den Viale Regina Margherita.

»Es sind mehr als zwanzig Kilometer nach Lavinium«, sagte er gerade zu seinem Begleiter am Steuer. »Selbst wenn wir weiter fahren wie die Verrückten, komme ich keinesfalls rechtzeitig zu meiner Verabredung mit Morrison.«

»Wer will denn, daß du pünktlich bist?« antwortete Hauptmann Reggiani, während er mit quietschenden Reifen in die Via Salaria einbog.

»Und warum rasen wir dann so?«

»Damit du in einer halben Stunde aus Lavinium anrufen kannst, um Bescheid zu sagen, daß dir leider etwas dazwischengekommen ist.«

»Entschuldige, Marcello, aber ich verstehe immer noch nicht.«

Reggiani trat heftig auf die Bremse, um nicht einen mit japanischen Besuchern der Priscilla-Katakombe vollbesetzten Bus zu rammen, dann schaltete er erneut hoch und hatte in wenigen Sekunden die gleiche Geschwindigkeit wie zuvor. »Du hast mir erzählt, Morrison habe dich angerufen und um eine Verabredung um neunzehn Uhr dreißig gebeten und daß du ihn eingeladen hast, zum Essen zu bleiben«, sagte er ungerührt.

»Stimmt genau.«

»Aber um diese Uhrzeit hättest du eigentlich in Lavinium sein müssen, um die Verpackung der Statuen zu überwachen. Du mußtest es verschieben, weil Morrison auf ein Treffen bei dir zu Hause bestanden hat.«

»Richtig. Und weiter?«

»Weißt du, wo Morrison wohnt?«

»Im gleichen Hotel wie immer, an der Piazza di Santa Susanna, denke ich.«

»Da denkst du falsch. Morrison wohnt im Cristoforo Colombo in EUR. Und das bedeutet, daß er dich ohne weiteres hätte bitten können, dort vorbeizukommen. Für dich hätte es auf dem Weg gelegen, und du hättest nicht deine anderweitigen Verpflichtungen absagen müssen.«

Quintavalle strich sich über den Schnurrbart, wie er es immer machte, wenn er sich konzentrierte, doch er mußte sich gleich wieder am Türgriff festhalten, weil Reggiani mit achtzig Sachen in die Auffahrt zur Via Olimpica einbog. Als der Alfa wieder in der Horizontalen war, begann Quintavalle erneut, sich den Bart zu raufen. »Diese Überlegung ist nicht von der Hand zu weisen«, gab er nach einigem Nachdenken zu.

»Schau«, erwiderte Reggiani, »möglicherweise machen wir diesen Husarenritt völlig umsonst, aber du wirst zugeben, daß die Sache verdächtig ist. Nehmen wir an, jemand versucht die Statuen in einem Handstreich zu stehlen, bevor sie auf dem Kapitol ankommen – logisch, daß die Sache viel einfacher wäre, wenn du sie dabei nicht stören könntest. Mit anderen Worten, die Verabredung, um die Morrison dich gebeten hat, könnte nur ein Vorwand sein. Was genau hat er gesagt?«

»Hm, er sagte, der Rotary Club von Michigan habe fünf Stipendien für die Universität Rom zur Verfügung gestellt. Er wollte mit mir über die Konzeption eines gemeinsamen Forschungsprogramms sprechen, in das man die Stipendiaten einbinden könnte. Eine ganz normale Sache. Schon dieses Jahr hatte ich eine seiner Assistentinnen bei mir, ein wunderhübsches Mädchen, die ihren Master in Archäologie in Ann Arbor gemacht hat. Fabio hat sich ganz schön in sie verknallt … aber sie anscheinend auch.«

Abrupt drehte Reggiani sich zu ihm um: »Fabio hat

sich in dieses Mädchen verliebt, sagst du? Und ... er war mit ihr zusammen? Ich meine ... die beiden hatten eine Beziehung?«

»Und ob. Vier oder fünf Tage, nachdem sie sich kennengelernt hatten, habe ich bei dem Mädchen angerufen, und er hat schon bei ihr übernachtet.«

Reggiani runzelte die Stirn: »Was kannst du mir sonst noch über dieses Mädchen sagen?«

»Hm, ich weiß nicht. Sie ist tüchtig, gut vorbereitet, sie hat stets sehr fleißig gearbeitet ... aber sonst ...«

»Seit wann hast du sie nicht mehr gesehen?«

»Seit Ende letzten Monats, ja, seit ich in die Ferien gefahren bin.«

»Und als du aus den Ferien zurückgekommen bist und Fabios Brief gefunden hast, hast du sie da nicht angerufen, um zu fragen, was sie von der Sache wußte?«

»Das habe ich getan, natürlich, aber ich habe sie nicht erreicht.«

»Und ist dir das nicht merkwürdig vorgekommen?"

»Hm ... nein. Fabio kann fortgegangen sein, ohne sie über den wahren Zweck seiner Abreise aufgeklärt zu haben, und auch sie kann in die Ferien gefahren sein ... vielleicht war sie auch einfach nur mit Freunden ausgegangen ... was weiß ich. Später habe ich nicht mehr daran gedacht.«

»Denk daran, mir ihre Telefonnummer und ihre Adresse zu geben. Ich will auch sie überprüfen. Alle, die mit Morrison zu tun haben, sind verdächtig.«

Quintavalle schrieb die gewünschten Angaben auf einen Zettel und reichte sie dem anderen. Eine Zeitlang schwiegen sie, während der Wagen die Via Olimpica verließ und sich in den Autobahnring einfädelte. Als Reggiani in die Via Pontina einbog und die Richtung nach Lavinium einschlug, wurde Quintavalle aus seinen Gedanken aufgerüttelt: »Marcello«, sagte er, »was erwartet uns in Lavinium?«

»Ich weiß es nicht. Hast du Angst?"

»Hm … ich habe Familie.«

»Ich auch.«

»Ja, aber …«

»Das ist mein Beruf, willst du sagen, während dein Beruf die Ausgrabungen sind. Du hast recht … also, wenn du willst, fahre ich allein hin. Da, sieh mal, der Bus da fährt zurück in die Stadt«, sagte er, während er den Fuß vom Gas nahm und sich zum Anhalten anschickte.

»Was tust du denn da?« fragte Quintavalle. »Los, gib Gas, wir haben keine Zeit zu verlieren.« Er zog die Zigarettenpackung aus der Tasche, zündete zwei an und stieß eine große Rauchwolke aus. »Willst du eine?« fragte er.

»Zu einer schönen Frau und einer Zigarette sagt man nie nein«, erwiderte Reggiani. Sie fuhren zwischen Hügeln hindurch, durchquerten den Wald und erreichten die scharfe Linkskurve oberhalb des Fosso di Torre Rossa.

»Ist es noch weit?« fragte Reggiani.

»Zwei Kilometer. Hinter diesem Hügel kommt noch eine Kurve, in etwa einem Kilometer. Links ist ein Parkplatz vor einer Osteria, wo ich mit meinen Studenten immer zu Mittag esse.«

»Sehr gut. Dort werden wir anhalten, und du rufst zu Hause an und denkst dir irgendeine Ausrede aus.«

»Was hast du vor?«

»Ich gehe zu Fuß weiter. Im Kofferraum habe ich eine Jacke, eine Mütze und eine Doppelflinte. Ich werde aussehen wie ein Jäger, der von der Treibjagd kommt.«

»Ohne Hund?«

»Hm, auf Vögel schießt man doch auch aus sicherer Deckung, oder?«

»Das stimmt …«

»Wenn du telefoniert hast, setz dich ans Steuer und

warte auf mich. In Kürze wird es dunkel, das Auto ist schwarz, du setzt dich keiner Gefahr aus.«

»Keine Sorge. Paß lieber auf dich selbst auf.«

Als sie die Kurve erreichten, vergewisserte sich Reggiani, daß die Straße in beiden Richtungen unbefahren war, dann fuhr er links ran und parkte nicht weit von der Osteria entfernt. Er zog sich um, nahm die Doppelflinte und machte sich auf den Weg, während Quintavalle das Lokal betrat.

»Professore!« rief der Wirt hinter der Theke. »Wie geht's? Ich habe Sie eine ganze Weile nicht mehr gesehen.«

»Ich war im Urlaub, Sergio, und jetzt geht die Arbeit wieder los, leider ... keine Gäste heute abend?«

»Ach, Professore, nach den Ferien sind die Leute pleite, sie haben kein Geld, um in die Osteria zu gehen. Außerdem ist heute Montag, da ist nie etwas los.«

»Kann ich telefonieren?«

»Aber selbstverständlich. Bitte sehr.«

Quintavalle rief zu Hause an: »Silvia? Hier ist Paolo.«

»Paolo! Den ganzen Abend suche ich dich schon. Wußtest du nicht, daß ...«

»Ich weiß, ich weiß. Ich erkläre dir alles, wenn ich zurückkomme. Ist Morrison da?«

»Ja, er ist vor fünf Minuten gekommen. Ich wollte eben auftragen.«

»Gut, gib ihn mir. Ich werde ihm sagen, daß ich einen Autounfall hatte und außerhalb von Rom festsitze. Ich erklär's dir später. Sei unbesorgt, es ist nichts passiert ... ich mußte mich nur mit jemandem wegen einer Sache treffen, die Fabio betrifft.« Er hörte, daß Silvia Morrison an den Apparat rief.

»Professore? Ich bin's, Quintavalle. Ich bin wirklich untröstlich wegen dieser Unhöflichkeit. Leider hatte ich einen Unfall und konnte noch keinen Abschleppwagen auftreiben, und deshalb kann ich unmöglich sagen, wann ich komme. Silvia wird Ihnen Gesellschaft leisten, und in der Zwischenzeit können Sie ihr das Programm darlegen, das Sie ausgearbeitet haben. Wenn ich es nicht beizeiten schaffe, rufe ich Sie morgen zurück ... im gleichen Hotel wie immer?«

»Wie üblich, ja«, antwortete Morrison. »Ich hoffe, Sie sind nicht verletzt ...«

»Nein, zum Glück. Ich habe nur ein paar Beulen im Auto.«

»Na, Gott sei Dank ... dann auf Wiedersehen.«

»Auf Wiedersehen, Professore, und ... guten Appetit.«

Er legte den Hörer auf und ging zur Theke, um das Telefonat zu bezahlen. Dann kehrte er zurück zum Wagen, ließ den Motor an und fuhr ein paar hundert Meter weiter. Es war nun dunkel, in der Ferne war schwach die brennende Lampe über der Tür zum Magazin zu erkennen, in dem die Statuen aus Lavinium verwahrt wurden. Er fuhr in eine Haltebucht am Straßenrand und stellte den Motor ab.

Hauptmann Reggiani hatte sich schon seit geraumer Zeit hinter einem Eichendickicht verschanzt, von wo aus er die Straße sowohl in Richtung Osteria als auch zur Kreuzung mit der Straße nach Pomezia beziehungsweise Torvaianica hin überwachen konnte. Gegen acht Uhr sah er ein Licht, das sich langsam auf ihn zu bewegte. Es war das Licht am Fahrrad des Wachmanns, der seinen ersten Kontrollgang machte. Vor dem Magazin hielt er an, lehnte das Fahrrad gegen die Mauer und inspizierte die Umgebung des Gebäudes, dann heftete er den Kontrollzettel mit der Uhrzeit an die Tür und fuhr den Weg zurück, den er gekommen war.

Eine weitere Stunde verstrich, ohne daß etwas geschah. Insgesamt waren vielleicht zehn Autos und ein paar Traktoren vorbeigekommen. Gegen halb zehn dachte Reggiani, daß er sich vielleicht eine Zigarette genehmigen könne, denn alles schien ruhig, doch als er gerade das Feuerzeug betätigen wollte, vernahm er ein eigenartiges Geräusch, eine Art metallisches Surren wie von einem leerlaufenden Getriebe. Er drehte den Kopf nach links und bemerkte einen schwarzen Umriß, der auf ihn zukam: Ein Lieferwagen rollte im Leerlauf und ohne Licht die abschüssige Zufahrt herunter. Plötzlich bog der Wagen nach links und war einen Augenblick lang im Licht der Magazinlampe zu erkennen. Gleich darauf hielt er mit quietschenden Bremsen am Rand des kleinen Vorplatzes an.

Reggiani zog die durchgeladene Neun-Millimeter-Dienstpistole aus der Innentasche der Jacke, kroch auf allen vieren aus seinem Versteck und schlich zum Straßenrand. Unterdessen waren drei Männer aus dem Lieferwagen gestiegen. Einer hatte sich in der Nähe der Straße postiert, die anderen beiden näherten sich dem Tor. Einen Augenblick später ging die Lampe aus, und vom Tor her war ein Rasseln zu hören: Sie durchtrennten die Kette mit einem Seitenschneider. Es war keine Zeit mehr zu verlieren. Reggiani zog eine große Taschenlampe hervor, legte sie auf einen Prellstein und richtete sie auf den Eingang zum Magazin. Blitzschnell schaltete er sie ein und rief: »Stehenbleiben oder ich schieße!« Dann warf er sich ein paar Meter entfernt flach zu Boden.

Ihm blieb gerade genug Zeit, die Pistole auf die beiden Männer im Strahl der Taschenlampe zu richten, als eine MP-Garbe die Lampe von dem Prellstein fegte. Er gab ein paar Schüsse ab, aber da hatten die anderen den Lieferwagen bereits gestartet.

Noch einmal schoß er in die Richtung, aus der das Geräusch von zugeschlagenen Türen kam, dann warf er sich so schnell es ging zur Seite und entging dadurch um Haaresbreite einer weiteren Garbe, die die Stelle unter Beschuß nahm, wo einen Augenblick zuvor das Mündungsfeuer aus seiner Pistole die Dunkelheit zerrissen hatte.

Unterdessen bog der Lieferwagen hundert Meter entfernt auf die Straße ein, die zur Kreuzung führte, und während Reggiani auf die Fahrbahn rannte, hörte er hinter sich das Dröhnen seines Alfas, der angerast kam.

»Bist du verletzt?« rief Quintavalle mit dem Kopf aus dem Seitenfenster.

»Gott sei Dank, nein«, gab Reggiani zurück, während er in den Wagen sprang. »Los, gib Gas, damit wir sie schnappen.«

Quintavalle jagte den zweiten Gang so hoch es ging, machte dann das gleiche mit dem dritten und vierten, während Reggiani unter dem Sitz eine Pumpgun hervorholte und sich aus dem Seitenfenster lehnte. In wenigen Augenblicken gelangten sie auf den Hügelrücken, hinter dem kurz zuvor der Lieferwagen verschwunden war, und sahen mit Grausen, daß er nun quer auf der Straße stand. Während Reggiani zwei Schüsse auf die Fahrerkabine abgab, trat Quintavalle mit aller Kraft auf die Bremse, doch sie hatten zuviel Tempo, der Wagen rutschte auf den blockierten Rädern. Da nahm Quintavalle den Fuß von der Bremse, riß das Steuer nach links und machte eine 180-Grad-Drehung, so daß er gerade noch rechtzeitig zum Stehen kam.

Reggiani stürzte heraus und sprang in den Lieferwagen, aber er war leer. Im gleichen Augenblick hörte er das Dröhnen eines Motors und stürzte zur anderen Seite des Lieferwagens heraus, kam aber nur noch rechtzeitig, um dem Auto hinterherzusehen, das mit Vollgas davonjagte.

»Sie haben uns reingelegt«, sagte er zu Quintavalle, der immer noch auf dem Fahrersitz saß. »Jetzt kriegen wir sie nicht mehr.«

Sie fuhren zum Magazin zurück, wo Quintavalle den Wagen stoppte: »Und was machen wir jetzt?« fragte er.

»Hm, ich glaube nicht, daß sie es noch einmal versuchen werden, zumal der Lieferwagen außer Gefecht ist. Besser, wir fahren nach Hause, bevor die Carabinieri eintreffen. Das Spektakel hat man sicher bis nach Pomezia gehört.«

Quintavalle warf einen letzten Blick auf das Magazin, dann ließ er den Motor an und fuhr Richtung Torre Rossa los, um die Via Pontina auf einem anderen Weg als über Pomezia zu erreichen.

»Ich möchte mich bei dir entschuldigen«, sagte Hauptmann Reggiani plötzlich.

»Und wofür?«

»Weißt du, heute nachmittag, auf der Herfahrt, wollte ich dich fast loswerden. Als ob du ein Angsthase wärst … statt dessen …«

»Statt dessen hatte ich wirklich eine Scheiß Angst.«

»Davon habe ich nichts mitbekommen. Ich schwöre, ich hab nichts gemerkt.«

»Na ja, es war ja auch dunkel …«

»Hör auf, Professore, du bist verdammt mutig«, sagte Reggiani und steckte sich zwei Zigaretten in den Mund. »Willst du eine?«

»Na klar«, erwiderte Quintavalle. »Zu einer schönen Frau und einem Carabiniere sagt man nie nein.«

Auf der Jacht North Star, 26. September, 8 Uhr

Fabio Ottaviani stand vom Tisch auf, ohne das Essen angerührt zu haben. Er hatte nur eine Tasse schwarzen Kaffee getrunken und dazu eine Zigarette geraucht. Auf dem Weg zur Tür rief ihn die Stimme aus den Boxen zurück: »Fühlen Sie sich nicht wohl, Signor Ottaviani?« Die Hand auf dem Türgriff blieb er stehen, gab jedoch keine Antwort. »Seit einiger Zeit essen Sie nicht ausreichend, Sie schlafen schlecht ... und doch haben Sie etwas Großartiges vollbracht.« Ottaviani drehte sich um und blickte zu den Lautsprechern. »Ich kann Ihnen jetzt sagen, daß Ihre Anweisungen exakt waren und daß wir unsere Mission erfolgreich beendet haben: Die Waffen der Helden aus Taormina sind hier an Bord.«

Ottaviani spürte, daß ihm die Knie zitterten. Vier Tage lang hatten sie ihn im Unklaren gelassen und kein Wort gesagt, damit die Ungewißheit ihn zermürbte, damit er allein mit seiner Angst und Frustration blieb und über die immergleichen Fragen grübelte. Ein krampfhaftes Zucken ging durch seinen Körper, und er schlug die Hände vors Gesicht, um zu verbergen, wie die Empfindungen seine Züge verzerrten. Als er sich wieder in der Gewalt hatte, hob er erneut den Blick zu den Lautsprechern.

»Darf ich sie sehen?« fragte er.

»Unter einer Bedingung«, antwortete die Stimme.

»Und zwar?«

»Wie Sie wissen, brauchen wir Sie noch ... Sie allein können uns sagen, welches das Palladion von Lavinium ist. Wir wollen diese Statue unter allen Umständen.«

»Und wenn ich Ihnen dabei helfe, darf ich die Waffen sehen ...«

»Es gibt keinen anderen Weg.«

»Wann?

»Jetzt gleich.«

Eine Weile stand Ottaviani reglos in der Mitte der Messe, dann stieß er hervor: »In Ordnung, ich werde Ihnen helfen.«

»Haben wir Ihr Wort?«

»Sie haben mein Wort.«

»Dann verlassen Sie jetzt die Messe durch die hintere Schottwand, die Tür ist offen. Jemand wird Sie in die Achterkabine führen. Dort befinden sich die Waffen.«

Insel Andros, Basis der Institution*, 26. September, 8.03 Uhr*

Professor Shu hatte sich in den hinteren Teil des Saales zurückgezogen. Nun saß er reglos, die Arme auf den Lehnen, in einem Ledersessel und blickte vor sich auf die Konsole mit den Terminals der Monitoren. Sein Gesicht zeigte keine Gefühlsregung, und das Funkeln in seinen Augen schien einzig von dem flackernden Widerschein der Kathodenstrahloszillographen vor ihm herzurühren.

Plötzlich fuhr er zusammen und legte die Hand auf die Konsole. Die flache Wellenlinie auf den Monitoren begann sich zu beleben, ein leises Brummen kam aus den Meßinstrumenten. Er blickte auf die Walze: Auch der Stift bewegte sich nun und zeichnete eine Linie mit immer spitzeren Ausschlägen. Es war, als lauschte das Instrument auf ein menschliches Herz, das verrückt spielte.

»Er kommt näher«, sagte er kaum hörbar, »da ... er kommt näher.«

Auf der Jacht North Star, 26. September, 8. 05 Uhr

Ottaviani öffnete die Tür in der Schottwand und betrat zum ersten Mal, seit er an Bord war, den Gang, der zur Achterkabine führte. Er war nervös, fühlte sich schwach und verschwitzt. Seine Lider zuckten immer heftiger, und sein Atem ging kurz, als hätte er hohes Fieber.

Er hielt sich nur mühsam auf den Beinen und stützte sich im Gehen an der Außenwand der Messe ab. Vor ihm war die Kabinentür, rechts und links davon lehnten die beiden Matrosen. Reglos mitten auf dem Gang stehend, starrte er sie an und spürte plötzlich, wie das Zittern nachließ und sein Atem wieder ruhig und sicher wurde.

Der jüngere von beiden öffnete die Tür und gab ihm einen Wink, näherzutreten; unter der leicht vorspringenden Oberlippe sah man seine blendend weißen Zähne. Der andere stand mit verschränkten Armen da, ohne ihn anzusehen. Er rührte sich erst, als Ottaviani weiterging und den Türgriff berührte.

Ottaviani trat ein, die beiden Männer folgten ihm und schlossen die Tür. Er stand nun in der großen Achterkabine, die vollgestopft war mit Instrumenten und elektronischen Apparaten, doch nahm er davon kaum Notiz, denn im Hintergrund, von Ständern gehalten, erblickte er die Waffen der Krieger!

Da waren ein korinthischer Helm mit zwei Löwenfiguren, die auf dem Rücken lagen und einen großen Helmbusch stützten, ferner die mehr als zwei Meter langen Speere, an deren Enden die langen, gehärteten Eisenklingen saßen; in den Bleiklümpchen auf den Zwingen waren noch die Abdrücke der Finger zu erkennen, die sich einst darum geschlossen hatten. Daneben standen die gewaltigen Schilde, rund und konvex geformt, gesäumt von einem flachen Rand.

Zwar hatte man die Waffen von den schlimmsten Verkrustungen gesäubert, doch waren sie immer noch auf der ganzen Oberfläche von der weißlichen Patina der Sedimente bedeckt, so daß sich kein Detail abzeichnete. Lange stand Ottaviani da und starrte auf die phantastischen Waffen, während ihm große Schweißtropfen von der Stirn in die aufgerissenen Augen liefen. Er verspürte heftige Übelkeit und stechende Schmerzen im Kopf, genau wie in der Nacht, als er Theodoros' Kodex aus der Nische gezogen hatte.

Plötzlich, als gehorchte er einem Befehl, streckte er die Hände aus, nahm einen der Schilde am Rand, und im selben Augenblick fuhr eine ungeheure Kraft in seine Glieder, seine Finger schlossen sich wie Zangen um die Bronze.

Bei der Berührung lief ihm ein eiskalter Schauder über den Rücken, aber er ließ den Griff nicht los, nach und nach wurde das Metall in seinen Händen warm und dann heiß, immer heißer. Ein dumpfes Beben dröhnte tief in seinem Hirn und übertrug sich über die Arme auf das nunmehr glühend heiße Metall in seinen verkrampften Händen. Und auch die bronzene Waffe begann zu vibrieren, während er sie, am ganzen Körper zitternd, aus der Halterung nahm …

Langsam hob er den riesigen Schild, der schwer war wie ein Mühlstein, über den Kopf. Die Waffe vibrierte nun in seinen Händen mit einem düsteren Dröhnen, wie von einem fernen, langsam näherkommenden Donner. Vor seinen Augen begann die weißliche Patina, die den Schild überzog, zu zerbröckeln und in tausend winzige Plättchen zu zerspringen, die eins nach dem anderen abfielen und zu Boden rieselten.

Krämpfe spannten die Muskeln an Armen und Brust zum Zerreißen, in Strömen rann ihm der Schweiß über das Gesicht und am Hals entlang, doch er spürte, daß er den Griff nicht lockern konnte, und preßte unter Schmerzen den Atem durch die Zähne. Starr hielt er den Blick auf die Mitte der stolzen Waffe gerichtet, wo, wirr zunächst hinter dem Schleier aus Tränen und Schweiß, dann jedoch immer deutlicher, das furchterregendste Symbol der Pallas erschien, das schreckliche, von giftigen Schlangen bekränzte Medusenhaupt, aus dessen kupfernen Augen Flammen loderten und dessen obszöne Zunge zwischen den blutrünstigen Reißzähnen zu einer gräßlichen Fratze herausgestreckt war.

Und aus jenem Mund drang ein Pfeifen, das Zischen von tausend Schlangen, durchdringend, schrill, schneidend wie eine Klinge.

Erschöpft, von grenzenloser Furcht gepackt, begriff er in einem Augenblick eisiger Klarheit, daß er sterben würde, und da nahm er alle Kräfte zusammen, riß die Kiefer auseinander und schrie all das Grauen in seiner Seele heraus.

Er hörte den Widerhall dieses Schreis, unendlich, zerschlagen in tausend Echos, während das grauenhafte Bild sich langsam auflöste.

Zurück blieb nur eine hin- und hergehende Bewegung, regelmäßig, beruhigend, wie Wellen, die einen Strand bespülen … es war der gleichförmige Rhythmus seines Atems.

Insel Andros, Basis der Institution, *26. September, 8.08 Uhr*

Ungläubig blickte Professor Shu auf die Monitore und die Anzeigen seiner Instrumente und murmelte: »Das ist unglaublich … unglaublich … das übertrifft alle Erwartungen, jede Vorstellung … Schnell«, sagte er hastig, »schnell, rufen Sie sofort die North Star, sagen Sie, sie sollen unverzüglich den Kontakt unterbrechen, schnell!«

Der Funker gehorchte: »Leuchtturm ruft North Star, Leuchtturm ruft North Star, antworten Sie, kommen.«

»Und?« fragte Shu ungeduldig.

»Sie antworten nicht.«

»Versuchen Sie es noch mal, verdammt!«

Noch einmal rief der Funker eindringlich die Jacht, doch er erhielt keine Antwort. Unterdessen war Shu hinter die Konsole zurückgekehrt, um seine Instrumente zu kontrollieren.

»Ist nicht wichtig«, sagte er nach einer Weile zu dem Funker, »das Experiment ist abgebrochen worden. Wahrscheinlich haben sie uns gehört, während wir sie nicht hören können. Vielleicht gibt es Interferenzen, die wir nicht herausfiltern können, vielleicht hat der Energieausstoß aber auch ein Magnetfeld erzeugt, das die Übertragung verhindert.«

Tatsächlich hatten sich die Instrumente, die noch kurz zuvor verrückt gespielt hatten, nun auf dem Grundsignal eingependelt.

»Meine Herren«, sagte Shu mit einem Seufzer der Erleichterung, »unser Experiment war ein voller Erfolg. Der Kontakt hat eine solche Energiemenge freigesetzt, daß unsere Instrumente nicht imstande waren, sie zu messen, und alle Anzeigen über den Meßbereich ausschlugen. Einen Moment lang habe ich das Schlimmste befürchtet, doch zum Glück muß man uns auf der North Star gehört und das Experiment abgebrochen haben. Dies, meine Herren, ist nur der Anfang. Wir haben noch eine intensive Phase der Forschung vor uns, aber der Tag ist nicht fern, an dem wir diese Kraft kontrollieren und steuern können. Als erstes werden wir jetzt versuchen, den Funkkontakt mit der North Star wiederherzustellen. Dann werden wir den Treffpunkt mit der Eagle ausmachen, die die wiedergefundenen Waffen an Bord nehmen soll und auch ... Herrn Ottaviani.«

Er stand auf und trat zu einem der Techniker. »Welches müßte die momentane Position der North Star sein?« fragte er. Der Mann ging zu einer großen Leuchttafel, auf der eine Seekarte des Mittelmeers abgebildet war, und betätigte einen Schalter, woraufhin etwas nördlich der Pontinischen Inseln ein rotes Blinklicht aufleuchtete.

»Vor einer halben Stunde hatte sie ungefähr diese Position«, antwortete er, »etwa vierzig Meilen von der Eagle entfernt. In drei Stunden wird die Umschiffung über die Bühne gegangen sein.«

»Vorausgesetzt, wir bekommen Funkkontakt zur North Star«, erwiderte Shu, während er einen bangen Blick auf den Funker warf, der sich wieder ans Werk gemacht hatte.

Von dem Segelschiff kam immer noch keine Antwort.

Auf der Jacht North Star, 26. September, 8. 12 Uhr

Langsam öffnete Fabio Ottaviani die Augen, fast als fürchtete er, der aufgerissene Schlund des Gorgonenhauptes wäre immer noch da. Er blickte sich um. Die Waffen der Krieger lagen auf dem Fußboden, nur der Helm hing noch auf seinem Ständer. Er wurde sich bewußt, daß er ohnmächtig gewesen und vornüber gefallen war. Er stand auf, drehte sich zur Tür und fragte: »Was ist passiert? Mir war nicht gut ...«

Doch was er da sah, ließ ihm die Worte im Mund ersterben. Seine Bewacher lagen reglos und mit offenen Augen auf dem Boden, die Gesichter verschmiert mit Blut, das aus Nase, Mund und Ohren floß.

Er stapfte über die leblosen Körper hinweg zur Tür und trat auf den Gang, doch dort stieß er auf Ioannidis, der mit einer Pistole in der Hand durch die Schottwand blickte.

Er stürzte zurück, um in der Kabine Zuflucht zu suchen, während Ioannidis rief: »Halt! Bleiben Sie stehen, oder ich schieße!« Im Rückwärtsgehen stolperte Ottaviani über die beiden Leichen auf dem Fußboden und stürzte, während Ioannidis sich der Tür näherte und rief: »Ottaviani, machen Sie keine Dummheiten, kommen Sie mit erhobenen Händen heraus!«

Bestürzt sah Ottaviani sich um. Er erblickte den großen Schild, der mit der Innenseite nach oben auf dem Boden lag, hob ihn auf und verschanzte sich genau in dem Moment dahinter, als Ioannidis mit der Pistole in der Hand in der Tür auftauchte und beim Anblick der Leichen auf der Schwelle innehielt. Dieser Augenblick des Zögerns wurde ihm zum Verhängnis. Den schweren Schild an den Rändern fassend, stürzte Ottaviani nach vorn, rammte den anderen und warf ihn zu Boden.

Ionnidis versuchte, die Pistole zu ergreifen, die ihm aus der Hand gefallen war, doch Ottaviani war bereits aufgesprungen und trat ihm mit voller Wucht ins Gesicht, so daß er nach hinten gegen die Wand geschleudert wurde. Dann packte er ihn am Kragen und hob die

Faust, um noch einmal zuzuschlagen, doch er merkte, daß es dessen nicht mehr bedurfte: Stavros Ioannidis war tot. Beim Aufprall war sein Genick gebrochen, und sein Kopf baumelte nun unbeweglich auf der rechten Schulter wie bei einer Marionette.

Keuchend lehnte Ottaviani sich gegen die Wand, doch in diesem Augenblick vernahm er von draußen ein Geräusch – das Geräusch eines Außenborders, der angeworfen wurde. Ihm fiel die Frauenstimme ein, die ihn die ganze Zeit über beherrscht hatte, er griff nach Ioannidis' Pistole, stürzte zum Niedergang und stieg an Deck. Von der Reling aus sah er, wie die Frau im Beiboot davonfuhr. Er schoß einmal in die Luft und schrie: »Halt an! Halt an, oder ich schieße auf dich!«

Einen Augenblick lang drehte sich die Frau zu ihm um: dieses Gesicht, diese Haare, diese Augen ... er hatte sie schon einmal gesehen ... in jener Nacht in der Via Appia ... das gleiche Gesicht wie Elizabeth ... hinter den drei Bögen!

Kraftlos ließ er die Hand, die die Pistole hielt, auf die Reling sinken. Mit wirren Gedanken und Leere im Herzen sah er dem kleinen Gefährt hinterher, das in der Ferne verschwand.

Er war nun allein an Bord ... oder war noch jemand da, dessen Anwesenheit er nicht bemerkt hatte? Er ging zum Ruderhaus und sah, daß die Selbststeuerung eingeschaltet war. Das Schiff hielt einen vorgegebenen Kurs parallel zur Küste, deren Umrisse man an Steuerbord erahnte. Er mußte wenden und einen Anlegeplatz finden.

Rasch durchsuchte er das ganze Schiff und stellte fest, daß es verlassen war. Daraufhin kehrte er in das Ruderhaus zurück, stellte die Selbststeuerung aus und versuchte in den Wind zu drehen, damit er die Segel bergen konnte, die er allein nie würde bedienen können. Es wehte eine frische Brise aus West, und Ottaviani führte das Wendemanöver problemlos aus. Als er sah, daß die Segel killten, stellte er das Ruder fest, ging wieder aufs Deck und barg an beiden Masten die Segel. Er versuchte auch, den schwarzen Spinnaker zu bergen, der nun vom Spinnakerbaum herunterhing, doch ließ er von seinem Vorhaben ab, nachdem er dabei zweimal fast ins Wasser gefallen wäre. Ihm fielen die drei Leichen unter Deck ein. Die Vorstellung, sie zu berühren, war ihm zutiefst zuwider, doch er hatte keine Wahl, denn ihre Anwesenheit an Bord hätte auf jeden Fall zu Komplikationen geführt. Also stieg er in die Achterkabine hinunter und schleifte Ioannidis' Körper bis zum Niedergang, wo er vergeblich versuchte, ihn sich auf die Schultern zu laden. Er hatte schon davon gehört, wie schwer ein lebloser Körper sein konnte, doch das leibhaftige Erlebnis übertraf alle Erwartungen. Er mußte den Leichnam hochhieven, bis er ihn auf den unteren Treppenstufen ablegen konnte, dann stieg er wieder hinunter, packte ihn am Arm und schob seine Schulter so unter die Taille, daß das Gewicht gleichmäßig vorne und hinten verteilt war.

Wankend stieg er an Deck und warf die Leiche ins Meer. Dasselbe tat er mit den anderen beiden Körpern, doch als er das drittemal die Treppe erklomm, brach er unter der Last zusammen.

Ihm schoß eine Szene durch den Kopf, die er auf einer antiken griechischen Vase gesehen hatte: Ajax, der sich den Leichnam des Achill auf die Schultern lädt. Der Held hatte das rechte Knie gebeugt und das linke Bein nach hinten gestreckt wie eine Strebe … den Oberkörper hielt er aufrecht … damit er Luft bekam! Mit letzter Kraft drückte Ottaviani den Rücken durch und atmete tief die frische Meeresluft ein. Er fand genug Kraft, um wieder aufzustehen, kam bis zur Reling und entledigte sich seiner Last.

Kraftlos stützte er sich auf die Reling und erbrach,

doch sein Magen war fast leer, und der Brechreiz schüttelte ihn lange, bis er vollkommen erschöpft war. Er bemerkte, daß das Schiff abgetrieben wurde, er mußte irgendwie versuchen, es zu steuern. Deshalb ging er ins Ruderhaus zurück, ließ den Motor an und richtete den Bug auf die Küste. Anschließend studierte er die Seekarte, auf der eine Stunde zuvor die Position eingezeichnet worden war.

Das Land am Horizont war Italien, wahrscheinlich die Nordküste von Kampanien. Falls genügend Treibstoff an Bord war, konnte er bis zum Abend in Sichtweite des Monte Circeo kommen. Das Schnurren des schweren Dieselmotors gab ihm ein Gefühl der Ruhe und Sicherheit, die Angst wich langsam von ihm, und einen Augenblick lang hatte er fast den Eindruck, er habe das alles nur geträumt. In der Ferne glitten die azurblauen Berge an ihm vorüber, doch seine Kleider waren mit Blut besudelt und rochen nach Tod, und irgendwo, auf dem Meer oder an Land, bereitete ihm die Frau, die Ànassa genannt wurde, vielleicht schon eine Falle, um ihn zu fangen, ihn wieder einzusperren, ihn mit ihren eisigen Augen zu beobachten und ihm mit ihrer festen Stimme, die keinen Widerspruch duldete, Anweisungen zu geben. Und doch war dort hinten sein Land, sein Element, dort waren seine Freunde, sein Vater … und dort erwartete ihn Elizabeth am Ausgang des Labyrinths.

Wenn er doch nur das schwarze Segel hätte bergen können …

Rom, 26. September, 22 Uhr

»Wer war das?« fragte Silvia Quintavalle, als ihr Mann den Hörer auflegte.

»Fabio. Fabio Ottaviani.«

»Ottaviani? Der hat eine ganze Weile nichts mehr von sich hören lassen. Wo ist er?«

»Ganz in der Nähe.«

»Und er kommt nicht zu uns hoch?«

»Nein, ich gehe zu ihm.«

»Aber Paolo, um diese Uhrzeit … du mußt morgen früh raus …«

»Ich weiß, Silvia, aber du weißt doch, wie Fabio ist, er will nicht stören … und außerdem ist er auf der Durchreise. Geh du nur ins Bett, es kann spät werden.« Er nahm das Jackett, ging hinunter auf die Straße und stand kurz darauf vor der Telefonzelle auf der Piazza Quadrata. Er trat ein und wählte die Nummer: »Er kommt.«

»Wer?« fragte Hauptmann Reggiani am anderen Ende der Leitung.

»Fabio.«

»Das gibt's doch nicht! Wo ist er denn?«

»Auf einer Segeljacht. Er hat mich über Funk angerufen. Hör zu, ich weiß, es klingt unglaublich, aber er sagt, daß er die Waffen der Krieger aus Taormina bei sich hat. Er will, daß ich ihn mit dem Transporter vom Archäologischen Institut in der Cala Piccola bei Torre Astura abhole, jetzt gleich.«

»Bist du ganz sicher, daß er es war? Nicht, daß es eine Falle ist …«

»Ich sage dir, er war's …«

»Und wenn jemand ihn mit Waffengewalt gezwungen hat, dich anzurufen? Hör zu, Paolo, nach dem Scherz neulich abend traue ich niemandem mehr. Du rührst dich nicht von der Stelle.«

»Und wer fährt dann hin, du?«

»Ich auch nicht. Gestern wurde ich beschattet … ich fürchte, sie haben mich entdeckt, jedenfalls will ich nichts riskieren. Wenn wir uns schnappen lassen, bleibt Fabio allein in der Hand dieser Leute.«

»Und was jetzt?«

»Sei unbesorgt, jemand anderes wird hinfahren. Von wo aus rufst du an?«

»Von der Telefonzelle an der Piazza Quadrata.«

»Sehr gut, hast du eine Schachtel Zigaretten?«

»Was für eine Frage … natürlich habe ich eine.«

»Leer sie aus, leg die Schlüssel von Garage und Transporter hinein und wirf sie in den Abfallkorb neben der Zelle, danach geh sofort nach Hause. Es war unvorsichtig, so spät noch aus dem Haus zu gehen … Und bleib am Telefon, gut möglich, daß ich mich melde.«

»Einverstanden, ich mache alles so, wie du willst. Was auch immer du vorhast … Hals- und Beinbruch!«

Reggiani steckte die Pistole ins Halfter, zog die Lederjacke an und griff nach den Wohnungsschlüsseln.

»Wenn ich recht verstanden habe, ist unser Mann in Schwierigkeiten«, sagte eine Stimme hinter ihm.

»Du hast richtig verstanden«, antwortete Reggiani. »Und jetzt paß gut auf: Hast du Fabios Motorrad abgeholt?«

»Selbstverständlich.«

»Dann fahr sofort zur Piazza Quadrata. An der Ecke Via Po steht eine Telefonzelle, daneben hängt ein Abfallkorb …«

»Mit einem Terroristen-Komuniqué drin.«

»Hör auf, das ist nicht der rechte Zeitpunkt für Scherze. In einer leeren Zigarettenschachtel findest du zwei Schlüssel, der eine zu der Universitätsgarage in der Via Marruccini Nummer 4, der andere zu dem Transporter des Archäologischen Instituts, einem blauen Fiat 238. Gib acht, daß weder der Nachtwächter noch die Polizeistreife dich sieht, die …« – er sah auf die Uhr – »in genau zwölf Minuten vorbeikommt, und dann alle vierzig Minuten bis um halb sechs morgens. Paß ja auf, laß dich nicht erwischen.«

»Na hör mal, hast du vergessen, wie wir damals den Umhang des Rektors der Universität Perugia und den Bronzegreif und den ganzen Krempel haben mitgehen lassen?«

»Nein. Deshalb habe ich ja auch dich und die anderen Jungs angerufen. Sind sie schon auf ihrem Posten?«

»Jawoll! Rasetti ist in der Bar gegenüber dem Kapitol, ich habe ihm meine Gilera überlassen, und Claudio Rocca sitzt in der Lobby des Cristoforo Colombo und nimmt einem polnischen Touristen beim Kartenspiel die Zloty ab.«

»Sehr gut. Dann können wir los.«

»Und Fabios Motorrad? Was mache ich damit?«

»Laß es vor der Garage stehen. Binde es mit der Kette fest und leg die Schlüssel zwischen Vorderrad und Schutzblech. Ich hole es in einer Viertelstunde ab. Du bist dann schon losgefahren. Hier ist die Route ...« – er holte eine Straßenkarte hervor – »nimm die Via Pontina, Staatsstraße 148. Hier biegst du rechts ab nach Torre Astura ...«

»Und da treffe ich dann Konradin von Schwaben.«

»Hörst du jetzt auf?«

»Bin schon still.«

»Wenn du am Strand angekommen bist, fährst du Richtung Norden die schmale Küstenstraße hoch, bis du zur Cala Piccola kommst, aber paß auf, da sind jede Menge Schlaglöcher. Dort müßtest du dann ein großes Segelschiff sehen, das im Schutz des Vorgebirges ankert ...«

»Und an Bord ist der Unglücksrabe ...«

»Keine Witze, ich weiß nicht, in welchem Zustand du ihn vorfindest ... er muß Schlimmes durchgemacht haben, und wenn es stimmt, was er sagt, dann hat er die Waffen der Krieger aus Taormina an Bord.«

»Das ist ja ein Knüller!«

»Macht euch sofort wieder auf den Rückweg. Ich werde irgendwo an der Via Pontina auf euch warten, ich kann euch nicht weiter entgegenkommen, weil ich die Bewegungen der anderen koordinieren muß. Ich vergaß – sobald du in Sichtweite des Schiffes bist, blende zweimal auf, und zwar jeweils dreimal hintereinander. Er wird dir mit der Taschenlampe antworten. Und jetzt fahr los.«

Eine halbe Stunde später übermittelte Paolo Quintavalle Ottaviani per Telefon die Anweisungen, die Hauptmann Reggiani ihm kurz zuvor durchgegeben hatte. Reggiani selbst war mit dem Motorrad bereits auf dem Weg zur Wohnung von Elizabeth Allen. Claudio Rocca hatte aufgehört, den polnischen Touristen zu rupfen, war in sein Zimmer hinaufgegangen und behielt von dort aus das Zimmer im Auge, in dem Professor Morrison logierte. Dino Rasetti, der in schäbigen Kleidern steckte und eine türkische Schultertasche umgehangen hatte, hatte die Bar gegenüber verlassen und sich auf eine Bank auf der Piazza d'Aracoeli gelegt.

Unterdessen fuhr der blaue Transporter des Archäologischen Instituts mit hundert Stundenkilometern über die Via Pontina zwischen Castel di Decima und Tor de' Cenci.

Torre Astura, Cala Piccola, 23 Uhr

Fabio Ottaviani saß im abgedunkelten Ruderhaus und hörte Radio. Er suchte die Nachrichten, um zu erfahren, was während seiner Abwesenheit passiert war. Ab und zu warf er einen bangen Blick auf das offene Meer, von wo, wie er fürchtete, eine Bedrohung kommen könnte. Tatsächlich hatte drei Stunden zuvor der Bordfunk mehrmals einen Funkspruch aufgefangen: »Eagle an North Star, Eagle an North Star, kommen ...«

Er hatte den Frequenzbereich gewechselt, um eine Störung vorzutäuschen, und zehn Minuten später hatte er das Funkgerät ganz ausgeschaltet, weil er Angst hatte, daß die Basisdominante seine Position verriet. Ab und zu sah er in der Hoffnung, daß jemand käme, zur Küste hin, die dunkel und verlassen dalag. Ioannidis' durchgeladene Pistole und die Taschenlampe für die Signale lagen griffbereit vor ihm. Zu seiner Rechten mündete der Astura-Bach, und zu seiner Linken, gegen den wolkigen Himmel, sah er die Mauern der Burg, wo vor langer Zeit Frangipane den letzten Stauferherrscher gefangengenommen hatte. Endlich fing er die Nachrichten des staatlichen Radioprogramms auf: Die Fregatte Scorpio hatte den ganzen Tag über ein unbekanntes Unterseeboot gejagt, das in die Hoheitsgewässer vor der Marinebasis bei Jannas de Fogu auf Sardinien eingedrungen war und bei dem es sich möglicherweise um ein atombetriebenes Boot der Stremlikoff-Klasse handelte ... In Kürze würden zweitausend italienische Soldaten in den Mittleren Osten verlegt, wo sie einen Puffer zwischen den kriegführenden Parteien bilden sollten ...

Es war schon seltsam: Das kleine, unbedeutend gewordene Rom schickte nach zweitausendzweihundert Jahren seine Soldaten über die unverletzliche Grenze ... den Taurus. Die Kälte jagte ihm Schauder über den Rükken, und vor Hunger hatte er Magenkrämpfe. Den ganzen Tag über hatte er nichts gegessen außer einem Stück Käse, das er in der Kombüse gefunden hatte. Er schaltete das Radio aus und zündete sich eine Zigarette an, um sich zu beruhigen.

Weitere zehn Minuten vergingen. Die frische, feuchte Luft lähmte seine Glieder und fuhr ihm in die Knochen. Er ging unter Deck, um einen Pullover zu holen, und als er wieder hinaufstieg, sah er zwei Scheinwerfer im Schrittempo über die Küstenstraße näherkommen. Am Strand, nicht mehr als hundert Meter Luftlinie vom Schiff entfernt, hielt der Wagen an und schaltete das Licht aus. Nach wenigen Sekunden blitzten die Scheinwerfer dreimal auf, gingen aus, blitzten wieder auf und verloschen dann erneut.

Endlich! Paolo Quintavalle kam ihn abholen. Er griff nach der Taschenlampe und antwortete auf das Signal, dann ließ er das Schlauchboot zu Wasser und ruderte ans Ufer.

»Paolo, bist du das?« fragte er, als er an Land sprang.

»Nein. Wenn's darum geht, dich aus dem Schlamassel zu ziehen, schicken sie immer mich vor«, antwortete eine wohlbekannte Stimme.

»Mich trifft der Schlag … Scooter!« rief Ottaviani verblüfft und hob die Taschenlampe, um dem anderen ins Gesicht zu leuchten.

»Höchstpersönlich. Los, machen wir, daß wir wegkommen, wir haben keine Zeit zu verlieren. Wo ist der Schrott, den wir mitnehmen sollen?«

»Schrott? Ach so, der ist an Bord. Du mußt mit mir im Schlauchboot fahren. Ich gehe dann an Bord und lasse die Stücke zu dir herunter.«

»Dann los, an die Arbeit, hier ist ganz schön was los.«

»Willst du damit sagen, daß dir jemand gefolgt ist?« fragte Ottaviani, während er nach den Riemen griff.

»Ich glaube nicht. Nicht hier, der Tanz findet in Rom statt.«

»Aber jetzt erklär mal … wer hat dich hergeschickt? Woher wußtest du …«

»Das war Marcello.«

»Wer, Reggiani?«

»Genau der. Los, leg dich in die Riemen.«

»Dann hat Quintavalle ihn benachrichtigt.«

»Der Kandidat hat hundert Punkte.«

»Darum also. Statt seine Leute zu schicken, hat er dich kommen lassen.«

»Du kennst Marcello doch. Er hätte Erklärungen abgeben, Ermächtigungen einholen müssen … Manchmal nimmt er eben lieber die Abkürzung. Weißt du noch damals in Ferrara, als dieser Typ fotografiert werden mußte?«

»Ja … Und damals, als dieser Kerl von Parma nach Mailand gebracht werden mußte, war's auch so …«

»Genau. Und deshalb schickt er nach der alten Garde.«

»Wieso, wer ist denn noch da?«

»Tja, da wären Claudio Rocca mit dem Jeep und Dino Rasetti mit der Gilera, die momentan die Stadt überwachen. Kurz, wir sind vollzählig angetreten. He, halt an, wir sind da.«

»Das ist ja 'n Ding ...«, sagte Ottaviani, während er über die Strickleiter an Bord kletterte.

Er ließ die beiden Lanzen und den Helm in das Schlauchboot hinab, und zuletzt sicherte er die Schilde mit einem Tau und seilte sie ab. Anschließend stieg er selbst ins Boot.

»He langsam, sonst sinken wir. Das Zeug ist mordsschwer«, rief Scooter, der sich an die Ruder gesetzt hatte. Sie erreichten das Ufer, beluden den Transporter und fuhren los.

Ottaviani drehte sich noch einmal um und betrachtete den dunklen Umriß der North Star, die sich auf den Wellen wiegte, fast als fürchtete er, daß neues Leben sie erfüllen könnte ... Da, das Licht im Steuerhaus ging an, der Mann mit dem grauen Bart stand am Ruder, und der andere, der junge Mann mit dem muskulösen Körper, stand am Bug.

Die Wolkendecke riß auf, der Mond zeigte sich und beleuchtete das verlassene Deck. Das einzige, was sich bewegte, war der schwarze Spinnaker, der fast unsichtbar vom Spinnakerbaum herunterhing wie ein Grabtuch.

»Ein wunderschönes Schiff«, sagte Scooter, während er auf die Asphaltstraße einbog. »Aber sag mal, was ist denn mit der Besatzung passiert?«

Ottaviani kramte in den Hemdtaschen. »Hast du eine Zigarette?« fragte er. »Meine habe ich an Bord gelassen.«

Rom, 23.15 Uhr

Marcello Reggiani stellte das Motorrad vor dem Haus Via Selinunte Nummer 23 ab, betrat eine Telefonzelle und rief Rocca im Cristoforo Colombo an.

»Hier läuft alles wie geschmiert«, antwortete Rocca. »Der Mann hat sein Zimmer nicht verlassen. Und wie steht's bei dir?«

»Hier ist auch alles ruhig. Das Mädchen ist zu Hause und scheint auch nicht die Absicht zu haben, auszugehen. Vielleicht sind unsere Sorgen unbegründet. Jedenfalls rühr dich nicht von der Stelle, die Dinge können sich jederzeit ändern.«

»Warte mal«, sagte Rocca, »bleib dran.«

»In Ordnung«, erwiderte Reggiani, während er die Straße nicht aus dem Auge ließ. Seine Aufmerksamkeit richtete sich auf einen kleinen MG, der gerade vor Nummer 23 parkte, dem Haus, in dem Elizabeth Allen wohnte. Eine junge Frau, die mit Lederhose und Jacke bekleidet war, stieg aus, betrat den Hausflur und stieg die Treppe hinauf.

»Der Mann hat gerade einen Anruf erhalten«, sagte Rocca, als er wieder am Telefon war, »aber ich habe kein Wort verstanden. Dieses Mistgerät, das du mir gegeben hast, muß kaputt sein.«

»Verstehst du eigentlich Englisch?« fragte Reggiani.

»Hm, mit Türkisch komme ich besser durch.«

»Aber daß Morrison Amerikaner ist, weißt du doch?«

»Ich weiß, ich weiß ... he, wart mal, nicht auflegen.«

Im ersten Stock, in der Wohnung von Elizabeth Allen, war das Licht angegangen. Reggiani lehnte sich aus der Zelle und warf einen Blick auf das Nummernschild des MG. Es war ein ovales deutsches Zollkennzeichen.

»Der Mann telefoniert jetzt«, sagte Rocca, »aber ich kapiere immer noch kein Wort. Ich habe aber die letzten vier Ziffern mitbekommen. Sie lauten: drei, sieben, drei, neun.« Reggiani sah in sein Notizbuch: Die vier Ziffern stimmten mit der Telefonnummer von Elizabeth überein. Jetzt bereute er, daß er seine Abteilung nicht offiziell eingeschaltet hatte, dann hätte er sämtliche Anschlüsse überwachen lassen können und den Inhalt der Gespräche erfahren.

»Und was soll ich tun?« fragte Claudio Rocca.

»Bleib, wo du bist. Falls Dino sich von der Piazza d'Aracoeli bei dir meldet, fahr so schnell hin, wie du kannst. Ich muß jetzt Fabio und Scooter entgegenfahren. Ciao.«

Nachdem er aus der Zelle getreten war, blickte Marcello Reggiani hinauf zum ersten Stock. Ein zweites Licht war eingeschaltet worden, wahrscheinlich im Arbeitszimmer. Telefonierte Elizabeth Allen noch mit Morrison, oder rief sie vielleicht ihrerseits jemanden an?

Er setzte den Helm auf und fuhr rasch in Richtung Via Appia Nuova davon. Er wußte nicht, wie richtig er mit seiner Vermutung lag.

23.18 Uhr

»Elizabeth, endlich! Ich habe es so oft bei dir versucht, aber ich habe dich nie erreicht, wo warst du?«

»Ich war beruflich in Frankreich, Paolo. I'm sorry, ich habe dich ebenfalls angerufen, um dir Bescheid zu sagen, aber du warst nicht zu Hause. Ach, Paolo, ich bin so durcheinander, ich habe einen Brief von Fabio gefunden ... es ist schrecklich. Er sagt, er ...«

»Ich weiß«, unterbrach Quintavalle sie. »Er hat mir ebenfalls geschrieben.«

»Aber das ist nicht alles. Hör zu, Paolo, eben hat mich jemand angerufen und gesagt, daß er Neuigkeiten über Fabio hat.«

»Und wer war dieser Jemand?«

»Ich weiß es nicht, er will, daß ich mich in einer halben Stunde mit ihm treffe.«

»Glaub ihm kein Wort. Fabio ist frei, er hat mich vor einer guten Stunde angerufen.«

»I know ... der Mann hat gesagt, Fabio sei geflohen, aber sie hätten ihn wieder eingefangen.«

»Das hat gerade noch gefehlt, verdammt ... Und wo will sich dieser Kerl mit dir treffen?«

»In der Grünanlage am Monte Tarpeo ... aber ich habe Angst ... Should I call the police?«

»Nein, ruf nicht bei der Polizei an, das ist zu gefährlich. Aber hör mal, hat der Mensch sonst nichts gesagt? Woher sollen wir wissen, ob er die Wahrheit sagt?«

»Leider ist es die Wahrheit, Paolo. Er wird den Ring des Saint Patrick's College mitbringen, den ich Fabio geschenkt habe und den er am kleinen Finger trug ... it's true, Paolo, it's true ...« Sie brach in Tränen aus.

Quintavalle schwieg einen Augenblick und dachte nach. Das Mädchen wirkte aufrichtig, oder log sie etwa? Es war ziemlich wahrscheinlich, daß Fabio wieder geschnappt worden war, denn er war allein an Bord eines großen Segelbootes.

»Ich komme mit«, sagte er plötzlich. »In einer halben Stunde bin ich da. Ich komme über die Via delle Tre Pile.«

»Oh, Paolo, thank you so much ... ich hab solche Angst.«

»Sei unbesorgt, Lizzy ... Kopf hoch, nicht weinen, du wirst sehen, alles geht gut. Wir werden ihn finden und nach Hause bringen ... du wirst sehen.«

Er legte den Hörer auf und verließ lautlos die Wohnung. Die Straße vor dem Haus war leicht abschüssig. Er schob sein Auto an, bis es genug Tempo hatte, sprang dann hinein und startete den Motor erst, als er sicher war, daß Silvia nicht von dem vertrauten Dröhnen seines Alfas aufwachen würde.

23.25 Uhr

Dino Rasetti schob sich den Lederhut aus dem Gesicht und warf einen Blick Richtung Via del Teatro di Marcello, wo am Fuß des Hügels gerade eine große schwarze Limousine mit Liechtensteiner Kennzeichen parkte. Ein groß gewachsener junger Mann mit breiten Schultern und schwarzem Regenmantel stieg aus. Er ging bis zu der Freitreppe und stieg dann die rechte Rampe hinauf, die zur Nordseite des Konservatorenpalastes führte. Zehn Minuten später kam er zurück und betrat die Bar gegenüber. Um diese Uhrzeit lag die Gegend verlassen da, und auch der Verkehr war spärlich geworden. Gemächlich kroch Dino Rasetti aus dem Schlafsack und ging seinerseits in die fast leere Bar, wo der Fremde eben den Kaffee bezahlte, den er getrunken hatte.

»Einen Cappuccino mit viel Schaum«, sagte er zu dem Barmann.

»Hast du überhaupt soviel Geld?« fragte der Mann zurück, während er die heruntergekommene Erscheinung des Gastes begutachtete. Rasetti zog eine Handvoll Münzen aus der Tasche und legte sie auf die Theke. »Da hast du die Kohle, Ungläubiger«, sagte er, »und gib mir auch noch eine Telefonmarke.«

Er schlürfte den Cappuccino, ohne den Mann im schwarzen Regenmantel aus den Augen zu lassen, der nun hinter der Glastür stand und auf die Straße sah. Er beugte sich nach rechts und links und sah von Zeit zu Zeit auf die Uhr. Rasetti ging zum Telefon und rief Claudio Rocca an: »Hier tut sich was.«

»Was denn?«

»Ein Typ mit schwarzem Jaguar ist eingetrudelt. Er ist über die Via delle Tre Pile zum Kapitol hochgegangen, dann kam er wieder herunter, ging in die Bar gegenüber und beobachtet jetzt die Straße … er sieht ständig auf die Uhr. Sein Gesicht gefällt mir nicht.«

»Vielleicht hat er ja ein amouröses Stelldichein ...«

»In diesem Loch von Bar? Daß ich nicht lache. Außerdem hat er eine Beule unter der Achsel, aber den Geldbeutel trägt er in der Gesäßtasche.«

»Hm ... hinter der Bar liegt die syrische Botschaft, vielleicht gehört er zu deren Agenten ... oder zu unseren.«

»Mit einem Jaguar für vierzig Millionen Lire? Hör doch auf.«

»Hör zu, hier passiert nichts mehr und ich bin total genervt. Ich fahre zu dir.«

»Dann aber fix.«

»Bin schon unterwegs.«

Rasetti legte auf. Er ging zurück zu seiner Bank, legte sich auf den Schlafsack und zog den Hut ins Gesicht, als ob er schliefe. In Wahrheit kontrollierte er den Eingang zur Bar. Ein paar Minuten später trat der Mann im schwarzen Regenmantel auf den Bürgersteig und blickte Richtung Marcellus-Theater. Ein weiterer Wagen kam heran. Er parkte auf dem Platz vor dem Denkmal für Vittorio Emanuele II., blendete kurz auf und schaltete das Licht aus. Der Mann zündete sich eine Zigarette an und kehrte in die Bar zurück.

Rasetti war davon überzeugt, daß es sich um ein Zeichen handelte. Er stand auf und rannte durch die Via di Tor de' Specchi, so daß er in wenigen Augenblicken den Häuserblock umrundet hatte. Er versteckte sich hinter der Ecke zur Piazza Campitelli und kam gerade recht, um zu sehen, wie zwei Männer aus dem Wagen stiegen, zum Fortuna-Tempel hinunterliefen und die Straße Richtung Vico Jugario überquerten. Sicher wollten sie in die Grünanlagen auf dem Kapitol. Rasetti rannte auf seinen Posten auf der Piazza d'Aracoeli zurück und legte sich keuchend auf die Bank.

Er sah auf die Uhr. Es war fast Mitternacht.

Via Pontina, Kilometer 17, 23.30 Uhr

Der Mann stand mitten auf der Straße und machte Zeichen, anzuhalten. Er trug eine schwarze Lederjacke und hielt einen Motorradhelm in der Hand.

»Nicht anhalten«, sagte Ottaviani zu dem Freund, der vom Gas ging. »Wir dürfen niemandem trauen.«

»Immer mit der Ruhe«, entgegnete Scooter, während er herunterschaltete, »und duck dich. Falls sich jemand einen Scherz erlaubt, knall ich ihn ab, bevor er Amen sagen kann ... aber nein, das ist doch deine Benelli ... das ist Marcello, Marcello Reggiani.« Er fuhr rechts ran, und Hauptmann Reggiani steckte den Kopf durch das Seitenfenster: »Fabio! Wie geht's, alles in Ordnung?«

»Alles in Ordnung«, antwortete Ottaviani, während er ausstieg. »Marcello, hör zu, ich weiß nicht, wie ich dir danken soll ...«

»Dafür ist jetzt keine Zeit, Fabio, wir müssen in die Stadt zurück.«

»Wieso, ist was passiert?« fragte Scooter.

»Nicht solange ich in Rom war, aber es tut sich Merkwürdiges. Claudio Rocca behält Morrison im Auge, während Dino ...«

»Morrison?«, fragte Ottaviani.

»Ja, wir hegen den Verdacht, daß ...«

»Von wegen Verdacht, er ist auf der North Star gewesen. Er steckt mit den Leuten unter einer Decke, die mich gefangengehalten haben.«

»Donnerwetter! Hoffentlich paßt Rocca gut auf. Aber jetzt laß uns fahren, ich mache mir Sorgen um Quintavalle.«

»Warte«, sagte Ottaviani. »Wo befinden sich die Statuen aus Lavinium im Augenblick?«

»Auf dem Kapitol. Sie werden bald ausgestellt. Aber mach dir keine Sorgen, Dino Rasetti ist da und behält die Lage im Auge. Wir fahren jetzt zu ihm und rufen dann Quintavalle an.«

»Hör mal, Marcello. Hat Quintavalle dir von meiner Freundin erzählt?«

»Elizabeth Allen?"

»Ja … wo ist sie?«

»Sie ist zu Hause … zumindest war sie vor einer halben Stunde da.«

»Okay. Jetzt hör zu, fahr du mit Scooter, ich nehme das Motorrad.«

»Bist du sicher, daß du das schaffst? Es ist unvorsichtig von dir, alleine durch die Gegend zu fahren. Hör auf mich.«

»Mir geht's prima. Los, gib mir den Helm und die Jacke, es ist kalt. Und paßt lieber auf euch selbst auf. Du weißt, was in dem Transporter ist.«

Reggiani zog die Jacke aus und gab ihm den Helm.

»Hör gut zu, Fabio, mach ja keine Dummheiten. Du hast gerade ein Abenteuer hinter dir, das dich fast das Leben gekostet hätte …«

»Du verschwendest deinen Atem«, brummte Scooter, »er ist starrsinnig wie ein Esel. Außerdem bin ja immer noch ich da, um den Karren aus dem Dreck zu ziehen.«

»Wir fahren zum Kapitol«, sagte Reggiani, »und warten dort auf dich.«

Ottaviani stieg auf das Motorrad und raste davon.

»Vielleicht hätte ich ihn nicht fahren lassen sollen«, sagte Reggiani, »hast du gesehen, in welchem Zustand er war?«

»Ja er war ein bißchen blaß im Gesicht, aber sei nicht sauer, Marcello, er wird sich schon durchschlagen … und wenn du meine Meinung hören willst, dann hat er sich auch die Besatzung von diesem Schiff vom Hals geschafft … aber frag mich nicht, wie …«

Rom, 23.45 Uhr

»Was tust du, schläfst du?«

»Ach, du bist schon da?« sagte Dino Rasetti und schob sich den Hut aus dem Gesicht. »Verdammt, das ging schnell. Wo steht das Auto?«

»Hinten in der Via Portico d'Ottavia«, erwiderte Rocca. »Und, wie sieht's aus?«

»Es sind noch zwei gekommen, sie sind über den Vico Jugario zum Kapitol hochgegangen. Ich denke, sie haben sich im Park postiert.«

»Und der Typ aus der Bar?«

»Pst, dreh dich nicht um. Er kommt gerade heraus ... da, er geht die Treppe hoch ... er geht in Richtung der Museen.«

»Meinst du, sie werden versuchen, die Statuen zu stehlen?«

»Zu dritt? Ein bißchen wenig, meinst du nicht?«

»Ich weiß nicht. Vielleicht lohnt es den ganzen Wirbel überhaupt nicht. Wo, zum Teufel, steckt eigentlich 007?«

»Wer, Reggiani? Hm, der müßte eigentlich bald auftauchen. Scooter ist schon eine Weile weg, und um diese Uhrzeit ist kaum Verkehr. Hör zu, geh du zurück, hol das Auto und postiere dich unten am Vico Jugario. Ich ziehe los und sehe mich mal ein bißchen um ... he, schau mal, da ist noch einer.«

»Wo?«

»Da, vor der Freitreppe. Er ist gerade aus dem roten Alfa GT gestiegen.«

»Und er kommt hierher ... er kommt her ... nein ... der geht auch hoch!«

»Los, beweg dich, tu, was ich dir gesagt habe, am Vico Jugario bekommst du auch mit, wenn Scooter und Reggiani kommen.«

Rocca rannte um den Häuserblock, während Rasetti

mit gleichgültiger Miene die Via del Teatro di Marcello überquerte.

Unterdessen war Quintavalle schon fast am oberen Ende der Freitreppe angekommen und blickte sich nach Elizabeth um, doch er sah niemanden außer einem Bettler mit Lederhut, der an der ägyptischen Sphinx am Fuß der Treppe vorbeiging.

»Schön ruhig, Professore«, sagte da eine Stimme hinter ihm. »Eine Pistole ist auf Sie gerichtet. Lassen Sie die Hände unten und kommen Sie her.«

Quintavalle zuckte zusammen und warf instinktiv aus den Augenwinkeln einen Blick nach hinten, doch auf der Treppe war niemand, nur ein Taxi fuhr rasch unten am Hügel vorbei. Während er seine Sorglosigkeit verfluchte, trat er auf das Gebüsch zu, aus dem die Stimme kam. Vor ihm stand ein Mann in schwarzem Regenmantel, der eine Pistole in der Hand hielt.

»Wo sind die Statuen aus Lavinium, Professore?« fragte der Mann.

»Sie sind im Museum ... aber was haben Sie vor?«

»Sie haben den Schlüssel, Professore, öffnen Sie die Tür.«

»Aber nein, ich versichere Ihnen, Sie irren sich ...«

»Das ist sinnlos, wir wissen es. Der Schlüssel befindet sich an demselben Bund wie Ihre Autoschlüssel.«

Elizabeth, dachte Quintavalle. Sie wußte es, sie hatte manchmal gesehen, wie er die Museumstür aufschloß, wenn er in die Bibliothek hinauf wollte. Und sie war es gewesen, die ihn um diese Uhrzeit an diesen Ort gelockt hatte ... Wie hatte er ihr nur trauen können?

»Also gut«, sagte er, »aber das schaffen Sie nie ... wie können Sie glauben ...«

»Zerbrechen Sie sich darüber nicht den Kopf. Vorwärts, gehen Sie zur Tür, schließen Sie auf, und dann kommen Sie wieder her, als ob nichts wäre.«

Quintavalle ging auf die Tür zur Museumsdirektion

zu und bemerkte erst jetzt, daß die Lampe, die normalerweise die Fassade des Gebäudes anstrahlte, zerstört worden war, die Glassplitter lagen rings auf dem Boden. Sinnlos, darauf zu hoffen, daß es jemandem auffallen würde. Er ahnte nicht, daß ein zerlumpter Schutzengel mit Lederhut, der hinter der Hecke auf dem Boden kauerte, alles mitangehört hatte.

Tatsächlich war Rasetti durch das Gebüsch an der Cola di Rienzo-Treppe heraufgekommen und gerade rechtzeitig eingetroffen, um die letzten Sätze der Unterhaltung aufzuschnappen. Er blickte zur Straße und sah einen Alfa Romeo der Carabinieri, der langsam unten am Hügel vorbeifuhr, und fast wäre er schreiend hinuntergestürzt, doch bevor er reagieren konnte, war das Auto bereits vorüber. Er hoffte, daß Rocca es sehen würde, doch ihm war klar, daß der Freund keinerlei Grund hatte, es anzuhalten.

Rocca bemerkte die Streife gar nicht, weil seine Aufmerksamkeit in diesem Augenblick von einem großen Transporter in Anspruch genommen wurde, einem grauen Bedford mit der Werbung einer Möbelspedition, der langsam die Via Monte Caprino heraufkam. Oben auf dem Hügel hielt er an und schaltete das Licht aus. Niemand stieg aus, zumindest hörte Rocca kein Türengeräusch.

Unterdessen hatte Quintavalle den Schlüssel ins Schloß gesteckt und die Tür zum Museum aufgeschlossen.

»Und jetzt komm wieder her«, sagte der Mann hinter der Hecke, »schön langsam, genau so.«

Quintavalle ging zu ihm zurück, während drei weitere Männer in blauen Overalls aus dem Gebüsch traten.

»Und jetzt, Professore«, sagte er, »haben Sie die Güte und erklären mir, wo sich die Kisten mit den Statuen befinden.«

Als Quintavalle zögerte, schraubte der Mann den Schalldämpfer auf den Pistolenlauf und richtete ihn gegen seinen Bauch: »Reden Sie, Professore. Zwingen Sie mich nicht ...«

»Also gut«, sagte Quintavalle. »Sie gehen durch den Eingangsbereich und folgen dem Korridor. Hinten rechts ist ein Raum, der in das Kellergeschoß führt, zu den Fundamenten des Jupiter-Tempels. Dort stehen die Kisten mit den Statuen.«

»Uns interessieren nur die Kisten mit den Athene-Statuen. Wie haben Sie die gekennzeichnet?«

»Mit römischen Ziffern von eins bis sieben.«

Der Mann gab den anderen auf Deutsch Anweisungen, und diese betraten einer nach dem anderen das Museum.

Rasetti schlich die Treppe hinunter, rannte zu seinem Motorrad und fuhr zu Claudio Rocca in den Vico Jugario.

»Claudio, wir müssen was tun. Der Typ aus dem roten GT ist der Archäologe Quintavalle. Sie haben ihn geschnappt und haben sich sagen lassen, wo die Kisten mit den Statuen aus Lavinium sind. Sie sind jetzt im Museum.«

»Ich hatte mich schon gefragt, was dieser Möbelwagen da oben an der Straße um diese Uhrzeit vorhat«, erwiderte Rocca und zeigte zur Via Monte Caprino.

»Ich benachrichtige die Polizei. Am Lungotevere Cenci muß eine Wache sein. So ertappen wir sie alle auf frischer Tat.«

»Und Quintavalle? Die sind fähig und bringen ihn um. Mensch, wo treibt sich bloß Reggiani herum, wie lange braucht der denn ... also gut, fahr los, ich bleibe hier. Mit dem LKW können sie nur hier durch.«

»Einverstanden. Und wenn's brenzlig wird, drück auf die Hupe ... Sag mal, hast du Schiß?«

»Kein bißchen, ich amüsiere mich prächtig.«

»Komm schon, wenn alles gut geht, kriegst du bestimmt einen Artikel auf der Titelseite. Also, halt durch, bin gleich wieder da.« Er trat auf den Kickstarter der Gilera und schoß Richtung Tiber davon. Nieselregen setzte ein.

23.55 Uhr

Dino Rasetti sprang von der Gilera und rannte in die Polizeiwache. Ein einsamer Beamter saß mit schläfriger Miene hinter der Theke.

»Hören Sie«, sagte Rasetti, »Sie müssen sofort zum Kapitol kommen, zum Eingang der Museumsdirektion. Da sind bewaffnete Leute, sie haben den Archäologen Quintavalle in ihrer Gewalt und wollen die Statuen aus Lavinium stehlen, schnell, bitte, es geht um Minuten!«

»Na, na, immer mit der Ruhe«, erwiderte der Beamte, »nennen Sie erst mal Vor- und Zunamen und Adresse, und dann sagen Sie mir, ob Sie regulär Anzeige erstatten wollen. In diesem Fall werde ich eine Funkstreife benachrichtigen, hier ist nämlich niemand. Seit einem Monat ist das hier nur noch das Paßamt.«

»Himmel«, platzte Rasetti heraus, »ich habe mich wohl nicht deutlich genug ausgedrückt: Die haben einen Mann entführt und bestehlen im Moment fünfhundert Meter von hier entfernt den italienischen Staat ...« Er kramte in der Tasche, zog den Personalausweis aus der Brieftasche und warf ihn auf die Theke: »Da, hier haben Sie alles, und schreiben Sie, daß ich Anzeige gegen Unbekannt erstatte, nur rufen Sie um Gottes Willen die Funkstreife! In der Via Monte Caprino oben auf dem Kapitol steht ein grauer Lieferwagen, dort sind sie, aber beeilen Sie sich!«

Er rannte zum Motorrad und raste zu Rocca in den Vico Jugario zurück. »Ich war bei der Polizei, sie müßten eine Streife schicken, aber ich fürchte, es dauert ein Weilchen. Was ist passiert?«

»Sieht aus, als wären sie mit dem Beladen fertig und fahren gleich weg. Was sollen wir tun?«

»Wir haben keine Wahl: Drücken wir auf die Hupe.«

»Dann los«, erwiderte Rocca. Er startete den Motor, drückte auf die Hupe und schaltete die Sirene ein.

Der plötzliche Lärm und das durchdringende Geheul der Sirene löste Konfusion unter den Leuten aus, die noch dabei waren, die Kisten in den Möbelwagen zu laden. Der Mann mit dem Regenmantel ließ Quintavalle stehen, rannte zum Wagen, schloß die Türen und schrie auf Deutsch: »Schnell, schnell, fahrt los!«

Doch inzwischen war der Lärm bis auf den Lungotevere Aventino zu hören, wo der dunkelblaue Fiat 238 mit Vollgas herangeprescht kam.

»Diese Sirene kenne ich doch«, sagte Scooter. »Die habe ich selbst aus einem Carabinieri-Auto geklaut, und jetzt ist sie in Roccas Jeep eingebaut. Die sitzen bestimmt in der Tinte.«

»Gib Gas«, rief Reggiani, während er die Pistole zog und sich aus dem Fenster lehnte. »Los, wir sind fast da. Sie müssen ganz in der Nähe vom Kapitol sein.«

Vor Santa Maria in Cosmedin riß Scooter das Lenkrad herum und bog rasant in die Via del Teatro di Marcello ein.

»Ich sehe sie!« rief Reggiani. »Fahr rechts, da sind sie.«

Scooter ging so scharf in die Kurve, daß sie sich fast überschlagen hätten, und hielt mit kreischenden Bremsen vor Roccas Jeep.

»Sie kommen mit einem Laster herunter«, rief Rasetti. »Wir müssen sie aufhalten, sie haben Quintavalle bei sich.«

»Ich kümmere mich darum«, gab Scooter zurück und fuhr weiter. Im Nu war er am Fuß der Via Monte Caprino, stellte den Transporter mit eingelegtem Gang und angezogener Handbremse quer auf der Straße ab und rannte dann zurück. Unterdessen raste eine Polizeistreife mit Sirenengeheul heran. Reggiani sprang auf die Straße: »Ich bin Hauptmann Reggiani«, rief er, »fahrt zur Via Monte Caprino. Falls jemand zu fliehen versucht, schießt, aber seid vorsichtig, sie haben einen Mann entführt. Claudio, hierher!« rief er dann Rocca zu. Mit quietschenden Reifen hielt der Jeep vor ihm an, und Reggiani sprang hinein, in der Hand die Pistole: »Fahr zu! Wir müssen ihnen an der Piazza d'Aracoeli den Weg versperren.«

Rocca trat aufs Gaspedal und schoß Richtung Marcellus-Theater davon, während von der anderen Seite des Hügels Schüsse zu hören waren. Er erreichte die schnurgerade Straße, die zur Piazza d'Aracoeli führte, gerade rechtzeitig, um zu sehen, wie vier Männer in einen schwarzen Jaguar stiegen.

»Da sind sie!« rief Rocca, während Reggiani sich aus dem Fenster lehnte und zielte. Der Jaguar machte einen U-Turn und raste direkt auf sie zu. Ein Taxi, das in schneller Fahrt von der Piazza Venezia herankam, versuchte ihm auszuweichen, indem er das Steuer nach rechts riß, und Rocca, der Kopf und Kragen riskiert hatte, um dem Jaguar den Weg abzuschneiden, vermied nur wie durch ein Wunder einen Frontalzusammenstoß.

Während der Taxifahrer fluchend aus seinem Wagen stieg, drehte Reggiani sich um und gab rasch hintereinander drei Schüsse auf die Reifen der schwarzen Limousine ab. Doch der Jaguar war schon außer Reichweite und verschwand mit quietschenden Reifen auf dem Lungotevere Cenci. Rocca, der den Transporter gewendet hatte, wollte sich schon an die Verfolgung machen, doch der Freund hielt ihn zurück: »Sinnlos, Claudio, die kriegen wir nicht mehr.«

»Ja, sind Sie denn verrückt geworden, Sie können

doch nicht einfach ...«, fluchte der Taxifahrer außer sich.

»Ach, halt die Klappe ...« gab Rocca ungerührt zurück.

»Hören Sie zu«, schaltete sich Reggiani ein, »ich bin von der Polizei ... es hat eine Entführung stattgefunden ...«

»Entschuldigung, würden Sie mir einen Augenblick Gehör schenken?« ließ sich eine Stimme hinter ihnen vernehmen.

»Paolo!« rief Reggiani, nachdem er sich umgedreht hatte. »Wir fürchteten schon, die hätten dich mitgenommen.«

»Gott sei Dank nicht. Auf einmal gab es hier ein Mordsdurcheinander ... es hörte sich an wie die Fanfaren des Jüngsten Gerichts«, sagte Quintavalle, »sie haben mich laufenlassen, und ich bin schnell über die Rampentreppe hinuntergerannt. Und, habt ihr Fabio gefunden?«

»Und ob. Scooter hat ihn in Astura aufgegabelt.«

»Und wo ist er jetzt?«

Reggiani runzelte die Stirn: »Bei Elizabeth Allen, fürchte ich.«

Mitternacht

Als er in die Via Selinunte einbog, gab Ottaviani noch einmal Vollgas, schaltete dann in den Leerlauf und stellte den Motor ab. Vor Haus Nummer 23 hielt er an und blickte nach oben. In Elizabeth' Wohnung war Licht. Er setzte den Helm ab und lehnte sich einen Augenblick lang gegen das Haustor. Als er sich etwas beruhigt hatte, öffnete er die Tür und stieg langsam die Treppe hinauf, ohne Lärm zu machen ...

Er legte das Ohr an die Wohnungstür. Nichts zu hören. Vielleicht hatte sie sich schlafen gelegt und vergessen, das Licht zu löschen. Er steckte den Schlüssel ins Schloß und trat in den kleinen, dunklen Flur, der nur spärlich von dem Licht erleuchtet wurde, das durch die gläserne Wohnzimmertür einsickerte.

Er öffnete und stand Elizabeth gegenüber.

»Fabio ... mein Gott ... Fabio ...« Sie stand auf und wollte ihm entgegenkommen.

»Nein, Elizabeth, nein, bleib wo du bist. Du brauchst dich nicht mehr zu verstellen ...« Die junge Frau sah ihn verwirrt an. »Du weißt genau, daß das, was du mir angetan hast, nur dann unentdeckt geblieben wäre, wenn ich nicht selbst die Initiative ergriffen und mich deinen Freunden ausgeliefert hätte ... und außerdem bin ich zurückgekommen. Die Ereignisse folgten so rasch aufeinander, daß ich nie die Zeit hatte, gründlicher nachzudenken ... vielleicht wollte ich das auch gar nicht. Aber die Tage der Gefangenschaft waren lang, unendlich lang ... und ich hatte die Zeit zum Nachdenken, während deine Freunde mich unter Beobachtung hielten wie eine Ratte im Labor ...«

»Fabio, hör zu«, sagte Elizabeth und sah mit Tränen in den Augen zu ihm hoch.

»Nein, Lizzy, ich will dir nicht mehr zuhören. Du wußtest, wer in jener Nacht in der Via Appia Antica auf mich wartete. Dieses blonde Gespenst mit deinen Zügen ... Ich habe es wiedergesehen, weißt du, ich habe es mir genau angesehen, wie ich jetzt dich ansehe ... Du – vielleicht war es auch dein Chef Morrison – hast Ioannidis geholfen, Zutritt in San Nilo zu bekommen und hast dich vergewissert, daß ich dort nicht weg konnte, weil du mein Motorrad lahmgelegt hattest. Du hast Ioannidis verraten, wonach ich suchte ... und dann auch, was ich gefunden hatte, und du hast den Torso aus Lavinium stehlen lassen ... Wer sollte es sonst gewesen sein? Ich habe ein gutes Gedächtnis, amore mio. An jenem Abend in der Pizzeria, nachdem wir uns die Krieger in der Villa Giulia angesehen hatten, da saß Ioannidis am Tisch hinter dir und machte dir Zeichen. Ich dachte, er würde mit dir flirten. In San Nilo habe ich mich oft gefragt, wo ich dieses Gesicht schon einmal gesehen hatte, aber dann, an Bord der North Star, ist es mir wieder eingefallen, und da war mir alles klar. Ich habe Morrison an Bord dieses verdammten Schiffes gesehen, ja, ihn höchstpersönlich, zwar nur einen Augenblick, aber ich habe ihn deutlich erkannt. Anfangs konnte ich nicht glauben, daß ein Mann wie er mit diesen Leuten unter einer Decke steckte, aber auch hier kam mir mein Gedächtnis zu Hilfe ... Und jetzt ist es an mir, dich zu verblüffen, amore mio. Hör nur gut zu, am 11. Juli um drei Uhr morgens waren deine Freunde in Istanbul. Sie suchten das Palladion im Fundament der Verbrannten Säule. Ein großer Wissenschaftler, dieser Morrison. Wer, wenn nicht er, konnte das winzige Fragment des Hesychios von Milet kennen, in dem berichtet wird, wie das Idol in das Fundament der Konstantin-Säule eingefügt wurde ... Nein, meine Liebe, das ist diesmal keine Zauberei, nur ein Zufall, reiner Zufall, denn just in diesem Augenblick kam jemand vorbei und hielt das Ganze für einen Überfall auf die Yapi-Bank. Aber in dieser Nacht wurde in Istanbul keine Bank ausgeraubt, und am nächsten Morgen habe ich selbst Geld in der Yapi-Bank umgetauscht. Ihr hattet in Istanbul kein Glück, also habt ihr euch Lavinium zugewandt. Morrison hat dich zu Quintavalle geschickt, damit du alles hautnah mitbekamst ... Sag, hat er dir vielleicht auch befohlen, mit mir ins Bett zu gehen? Hat er deine ... Dienste geplant? Oder war es Ioannidis, oder wie zum Teufel er heißen mag ...«

»Nein, Fabio«, erwiderte Elizabeth, »ich habe dich geliebt ... ich liebe dich ...« Tränen stiegen ihr in die Augen. »Man kann nicht vortäuschen, daß man liebt, das ist unmöglich ...«

Ottaviani schwieg, das Herz wurde ihm schwer. »Ich weiß nicht«, sagte er dann, »aber wie auch immer, was spielt das jetzt noch für eine Rolle?«

»Fabio, please, hör mir zu. Du hast gewonnen, vorläufig, aber die Sache ist noch nicht zu Ende. Wenn du mir nicht glaubst, bist du weiterhin in Gefahr. Hör auf mich, ich will dir helfen. Ich hatte keine Wahl, ich kann es dir im Moment nicht erklären, aber ich hatte nie eine Wahl ... Ich habe alles versucht, damit dir nichts Schlimmes passiert. Ich will nicht, daß dir etwas Schlimmes passiert ... Ich liebe dich, Fabio ...«

»Es tut mir leid, Lizzy, aber du bist mit Leuten zusammen, die morden, vielleicht hast du selbst ... Nein, Lizzy, es reicht, du kommst jetzt mit mir.«

»Das ist unmöglich, Fabio. Hör auf mich, ich bitte dich, hör auf mich, das Kapitol steht nicht mehr in Rom ... Rom ist nur ein altes Museum – das Kapitol steht woanders ...«

»Du kommst jetzt mit mir«, wiederholte Ottaviani mechanisch, als hörte er ihre Stimme nicht mehr. »Du kommst mit mir.« Er sprach bestimmt, gebieterisch, und während er auf sie zu trat, sah er sie mit vor Anstrengung geschwollenen und geröteten Augen fest an. Doch als er die Hand nach ihr ausstreckte, ertönte links von ihm die Stimme, die er so oft an Bord der North Star gehört hatte: »Nein, Ottaviani, Elizabeth wird nicht mit Ihnen kommen. Sie werden mit uns kommen, und diesmal werden Sie uns nicht mehr entwischen.«

Er fühlte sich verloren, der Alptraum überkam ihn erneut, und dieses Mal für immer ... Doch während er sich schon ergeben wollte, kam ihm sein Vater in den Sinn, der in seinem Haus in den Bergen auf ihn wartete, und da schoß ihm das Blut machtvoll in die Schläfen zurück. Blitzschnell griff er nach der Pistole an seinem Gürtel, und während Elizabeth »Nein!« schrie und nach vorne stürzte, schoß er auf die Stimme. Im Bruchteil einer Sekunde sah er die blonden Haare und die goldenen Augen in kaltem Licht funkeln, er sah, wie Elizabeth' Gesicht leichenblaß wurde. Die beiden Gesichter verschmolzen zu einem, und es war das reglose, versteinerte Gesicht der unsterblichen Göttin. Und die Augen … sie waren geschlossen.

Dann wurde er in die Dunkelheit hinabgezogen wie totes Laub, das sich in einer Herbstnacht vom Baum löst.

Rom, Bar Colony, 10. Oktober, 21 Uhr

»War das ein Triumph«, sagte Marcello Reggiani, während er die Serviette zusammenfaltete. »Zeitungen, Fernsehen, Interviews – ihr seid die Helden des Tages, und die Ausstellung auf dem Kapitol verspricht ein richtiger Publikumsrenner zu werden.«

»Tja«, erwiderte Quintavalle, »nur du, armer Marcello, der bei dieser ganzen Geschichte genauso gelitten hat wie wir, bist gerade mal am Rande erwähnt worden.«

»Du weißt doch, wie das ist: Die Carabinieri müssen immer im Hintergrund bleiben.«

»Gehorche, schweig und stirb!« rief Scooter emphatisch aus.

Ottaviani schwieg und rührte mit dem Löffel im Bodensatz seiner Kaffeetasse.

»Kopf hoch, Fabio!« rief Quintavalle aufmunternd und gab ihm einen Klaps auf die Schulter. »Im Grunde bist du mit einem Kratzer davongekommen. Ein Zentimeter weiter da, und der Schuß hätte dich deinem Schöpfer zugeführt. Komm schon, du wirst sehen, alles wird wie früher. Du mußt dich nur etwas ausruhen, zur Ruhe kommen.«

»He«, mischte sich Scooter ein, »der denkt doch gar nicht daran, daß er um ein Haar sein Leben verloren hätte, der denkt an dieses zerfledderte Buch!«

»Dein Kodex …«, sagte Quintavalle nachdenklich. »Fabio, leider hast du es selbst gesehen … in dieser Nische in San Nilo war nicht die geringste Spur eines Manuskripts. Vielleicht war es unklug, die Sache so selbstgewiß bekanntzugeben.«

»Dann glaubst du also auch, daß ich das geträumt habe!« platzte Ottaviani heraus. »Ich habe wohl auch geträumt, wo genau sich die Waffen der Krieger befanden und daß ich Morrison an Bord der North Star gesehen und auf Elizabeth und diese blonde Frau geschossen habe …«

»Hör zu, Fabio«, sagte Reggiani, »ich kam gegen halb eins mit Rocca in die Via Selinunte, und da gab es weder von Elizabeth noch von einer anderen Frau die leiseste Spur. Alles was ich fand, warst du mit einer Schußverletzung am Kopf, Gott sei Dank nur ein Streifschuß. Nachdem du ins Krankenhaus gebracht worden warst, habe ich die Wohnung von oben bis unten durchsucht, und du kannst mir glauben, ich habe nichts gefunden, weder einen Abzug noch die Negative der Fotos, die du, wie du sagst, von diesem Kodex gemacht hast.«

»Natürlich konntest du nichts finden, ich hatte sie gut versteckt.«

»Ja, aber als du zurückkamst, hast nicht einmal du sie wiedergefunden.«

»Aber es waren vier Tage vergangen, Marcello … Wer weiß, was in dieser Zeit passiert ist. Diese Leute waren noch in Rom … vielleicht sind sie es noch immer.«

»Das stimmt, Fabio, aber leider mußt du die Realitäten zur Kenntnis nehmen. Von diesem Kodex gibt es nicht die geringste Spur, niemand außer dir kann seine Existenz bezeugen. Und was Morrison betrifft – er hat nichts gesagt oder getan, wofür man ihn belangen könnte. Du kannst keinerlei Beweise dafür liefern, daß er am achtzehnten September an Bord der North Star war, wohingegen seine Anwesenheit in Rom für den siebzehnten und zwanzigsten September belegt ist. Du wirst zugeben, daß es aus Sicht eines Untersuchungsrichters eher unwahrscheinlich ist, daß er sich in dieser kurzen Zeitspanne an Bord einer Jacht mitten im Mittelmeer begeben hat und dann seelenruhig in sein Hotel zurückgekehrt ist.«

»Aber es ist nicht unmöglich ...«

»Fabio, vertrau mir, ich bin dein Freund, du mußt dich damit abfinden. Wenn du ihn formell anzeigen würdest, würdest du den Prozeß verlieren und dich lächerlich machen. Es tut mir leid, aber die Dinge stehen so, wie ich sage.«

»Hol's der Teufel!« mischte Scooter sich ein, »dir bleibt immer noch die Ehre, einen Zentner Schrott nach Hause gebracht zu haben ... die Waffen der Krieger, meine ich. Genügt dir das nicht?«

»O ja, die Zeitungen haben sich daraufgestürzt. Claudio Rocca hat seine Fotos sogar an ein paar Kirchenblätter verkauft, aber kennst du die ersten Reaktionen aus Wissenschaftskreisen? Sag du's ihm, Paolo, wie die ersten Kommentare waren ...«

»Ach, Fabio, du kennst die Fachwelt genauso gut wie ich«, entgegnete Quintavalle, »und außerdem ist es verständlich ... in solchen Fällen kann man nie vorsichtig genug sein. Schließlich handelt es sich um erratische Funde.«

»Aber einige haben sogar den Verdacht geäußert, es handele sich um Fälschungen, verdammt nochmal!«

»Fabio, wir verstehen deinen Gemütszustand sehr gut, aber diese Leute wissen nicht, was du durchgemacht hast. Für die bist du einer, der plötzlich mit Fundstücken unbekannter Herkunft auftaucht und behauptet, es seien die Waffen der Helden aus Taormina. An ihrer Stelle wäre ich auch vorsichtig. Das wichtige ist, daß das Zentralinstitut für die Restaurierung von Kulturgütern sich der Waffen angenommen und sich verpflichtet hat, sie zu restaurieren. Ich habe mit Professor Carani persönlich gesprochen. Gewiß, so etwas braucht Zeit ... du weißt, es gibt sowieso schon wenige Bronzefachleute, und die, die es gibt, arbeiten an dem Reiterstandbild Mark Aurels und am Philosophen von Pozzuoli ... und dann ist da noch der Hermes von Kap Rizzuto ...«

»Ich weiß, ich weiß«, erwiderte Ottaviani mit bitterem Lächeln, »in ein paar Jahren, wer weiß ...«

»Komm schon, laß dich nicht hängen. Ich schwöre dir, ich kümmere mich darum. Ich werde tun, was in meiner Macht steht ... Verdammt, traust du einem Freund nicht? Außerdem arbeitet Silvia dort, auch sie wird sich bemühen.«

»Du hast recht, Paolo ... entschuldige ... Ich danke dir für alles, was du tun wirst, und richte auch Silvia meinen Dank aus.«

»Ach, woher denn. Ich kann dir übrigens mitteilen, daß Schild A im Institut großes Erstaunen ausgelöst hat, er scheint nämlich teilweise restauriert zu sein und in der Mitte von den Verkrustungen befreit. Und dieses wundervolle Gorgonenhaupt ist wirklich einzigartig. Nur hat niemand eine Erklärung dafür, wie es in so kurzer Zeit möglich war, eine dermaßen perfekte Arbeit auszuführen, selbst teilweise. Es sind keine Spezialisten bekannt, die Vergleichbares innerhalb weniger Tage schaffen könnten. Auch deshalb kam manch einem die Sache merkwürdig vor. Kannst du dir das erklären?«

Ottaviani knetete die leere Zigarettenpackung zwischen den Fingern. »Ich weiß nicht«, sagte er etwas zögerlich, »ich kann es dir nicht sagen ... es war schon so, als ich den Schild zum ersten Mal gesehen habe.«

»He«, warf Reggiani ein, »da kommen Dino und Claudio.«

»Hallo, Leute«, begrüßte sie Dino Rasetti, während er nähertrat und Platz nahm.

»Entschuldigt«, sagte Claudio Rocca, der sich ebenfalls setzte, »aber wir hatten zehn Kilometer Stau auf der Autobahn. Ein LKW lag quer auf der Fahrbahn. Wie ich sehe, habt ihr schon gegessen, um so besser. Wir haben ein paar Tramezzini in der Raststätte verdrückt. Aber was ist denn das für ein trauriges Gesellschaft? Wir sind doch gekommen, um zu feiern.«

»Claudio«, sagte Reggiani, »Fabio ist erschöpft ... er hat Schlimmes durchgemacht, er ist ein bißchen niedergeschlagen.«

»Unsinn«, entgegnete Rasetti und schenkte sich ein. »Wir nehmen ihn jetzt erstmal mit in die Berge und bringen ihn wieder auf die Beine. Der Mann muß einfach mal ein bißchen Pause machen von dem alten Plunder. Meines Erachtens ist ihm das Zeug zu Kopf gestiegen.«

»Das kannst du laut sagen!« sagte Rocca und zeigte auf den Verband um Ottavianis Stirn. Alle brachen in Lachen aus, selbst Ottaviani wurde davon angesteckt. Rocca bestellte eine Flasche Marino: »Wirt! Noch ein Fläschchen, ich geb' einen aus. Jungs, ich habe sechstausend Artikel über die Sache geschrieben, ich bin reich und mächtig. Und du, Scooter, müßtest auch einen ausgeben, wegen mir bist du sogar Fotos von deiner Oma losgeworden!«

Nichts und niemand konnte Rocca aufhalten, wenn er erst einmal in Fahrt war. Nicht einmal der Kellner, der um die Ruhe im Lokal besorgt war, konnte die Begeisterung des Journalisten eindämmen, der bei jeder Bitte um Mäßigung der Lautstärke antwortete: »Nur keine Panik!«

Schließlich war es Zeit zum Aufbruch. »Also, Jungs«, sagte Ottaviani, während er Marcello Reggiani die Hand schüttelte, »ich weiß nicht, was ich sagen soll ... es gibt keine Worte für das, was ihr getan habt.«

»He, willst du mich zum Weinen bringen?« erwiderte Reggiani lachend.

»Ich habe einen Frosch im Hals, der will nicht rein noch raus«, bekräftigte Rasetti.

»Das ist der Tramezzino von der Raststätte«, meinte Rocca, »der war ein bißchen zäh.«

Sie verließen das Restaurant, und Scooter holte den Jeep, der an der Ecke Via Sicilia parkte.

»Ach, Fabio, ich vergaß«, sagte Quintavalle, »erinnerst du dich an diese Inschrift und die wenigen Beigaben aus dem Grab an der Via Salaria?«

»Das Grab von Lucius Fonteius Hemina? Ja, sicher …«

»Silvia konnte das Grab anhand der Münze, die sie darin gefunden hat, datieren, und außerdem hat sie herausgefunden, daß der Vater des Tribuns mehr als zwanzig Jahre zuvor in der Schlacht bei Cannae gefallen ist, sie hat den Beleg im Corpus Inscriptionum Latinarum gefunden.«

»Aber wer hat denn dann die Inschrift anfertigen lassen?«

»Tribun Hemina selbst, bevor er starb.«

»Eine Vorahnung des nahen Endes?«

»Warum nicht?«

»Paolo, was tust du, läßt du dich etwa auch von suggestiven Hypothesen in Bann schlagen? Nein, das ist eines Archäologen unwürdig. Hör auf mich, such nach einer anderen Lösung. Ciao, Professore, wir sehen uns.«

Vierter Teil

Zwei Jahre später

Denique res omnis eadem vis causaque volgo conficeret, nisi materies aeterna teneret …

Endlich müßte die gleiche Kraft und Ursache sämtliche Dinge gemeinhin zerstören, wenn nicht ein ewiger Stoff sie zusammenhielte …

Lukrez

Bologna, Piazza Maggiore, 7. Juni, 17 Uhr

Die Menge füllte inzwischen jeden Winkel der Piazza aus. Die Menschen, die immer noch herbeiströmten, drängten sich nun auch um den Neptunbrunnen, obwohl man von dort aus die Bühne vor dem Rathaus nicht sehen konnte. Selbst der Portico del Pavaglione war voller Menschen, und die Verkehrspolizisten hatten einige Mühe, einen kleinen Korridor für die Passanten freizuhalten, die auf die Piazza Galvani oder in die Via Rizzoli wollten.

Langsam zogen gewaltige, schwarzgeränderte Haufenwolken über den Himmel, und die Windböen, die von Zeit zu Zeit über die Piazza fegten, verhießen nichts Gutes. Bei jedem Windstoß blähten sich die Hunderte von roten Fahnen und Trikoloren wie Segel, andere erzeugten ein knallendes Geräusch wie von einem Peitschenhieb. Nur das große rot-blaue Banner mit der Aufschrift *Libertas*, das vom Rathausbalkon herunterhing, kräuselte sich kaum.

Obwohl es die Stunde des Abendgebets war, ließen die Kanoniker von San Petronio die Portale der Basilika schließen. Seit langem hatten sie ein Gespür für die Launen des Volkes, wenn es auf dem prächtigen Versammlungsplatz zusammengetrommelt wurde. Sie warteten nie so lange, bis das Stimmengewirr unter den gotischen Arkaden der Kirche zu einem Donnerrollen anschwoll.

Die Glocke des Rathausturms schlug die Stunde und scheuchte einen Schwarm Tauben auf, der sich mit lautem Flügelschlag von den Zinnen des Palazzo di Re Enzo erhob.

Es war die festgesetzte Uhrzeit: Der Redner zeigte sich auf der Bühne, und es trat Ruhe ein. »Bürger!« begann er, »zum erstenmal seit einigen Jahrzehnten sehen wir uns mit einer dramatischen und gefährlichen Situation konfrontiert, einer Situation, die wir auf jede erdenkliche Weise abzuwenden versucht haben – vergeblich. Wir sind immer dafür eingetreten, den Entspannungsprozeß zwischen den Großmächten fortzusetzen, doch jedesmal, wenn wir unsere Stimme erhoben, wurden wir des billigen Neutralismus oder, schlimmer noch, der Duldsamkeit beschuldigt!«

Die Leute auf der Piazza murrten, Fahnen und Spruchbänder flatterten.

»Doch nun«, fuhr der Redner fort, »können wir bestärkt ausrufen, daß unsere Stimme sich nicht nur zur Wahrung des Weltfriedens erhob, sondern auch zur Verteidigung der vitalen Interessen unseres Landes!«

Das Volk tobte jetzt, Fahnen wurden geschwenkt, und zwischen der Fassade der Basilika und dem Rathausturm flatterten Tausende von aufgeschreckten Tauben auf.

»Nie waren unsere Taten oder unsere Worten zweideutig. Haben wir seinerzeit etwa nicht die Niederschlagung der Arbeiteraufstände in Osteuropa verurteilt? Und haben wir etwa nicht mit größter Standhaftigkeit die sinnlosen, barbarischen Übergriffe gegen Unschuldige in allen Teilen der Welt verurteilt, in Lateinamerika ebenso wie im Nahen Osten und in Afrika? Darüber hinaus haben wir stets das gefährliche Ungleichgewicht zwischen armen und reichen Ländern und vor allem den Wahnsinn des Wettrüstens angeprangert. Wir wollen heute nicht einfach sagen, wir hätten alles besser gewußt, denn das wäre sinnlos. Aber man muß kein Prophet sein, um vorauszusagen, daß, wenn die Spannung ungebremst zunimmt und nichts getan wird, um das schreckliche Zerstörungspotential zu entschärfen, das ohne Rast auf der einen wie der anderen Seite angehäuft wurde, daß dann jeder Funke, jeder harmlose Zwischenfall die Katastrophe auslösen kann. Denn wer Wind sät, wird Sturm ernten!«

Eine noch heftigere Bö als zuvor und das ferne Donnergrollen schienen diesen Worten Nachdruck verleihen zu wollen. Mit einer raschen Handbewegung versuchte der Redner die zerzausten Haare zu bändigen und die Zettel, auf denen er die wichtigsten Passagen seiner Ansprache notiert hatte, auf dem Lesepult festzuhalten.

»Doch nun hat sich der so sehr gefürchtete Zwischenfall ereignet, man hat das Feld gänzlich den Strategen und ihren Theorien überlassen, den Prognosen über den möglichen Verlauf des militärischen Zusammenstoßes und – so weit ist es gekommen – der Hoffnung! Der Hoffnung, sage ich, daß der Konflikt auf konventionelle Waffen begrenzt bleibt. Leider radikalisiert sich in dieser Situation alles, und die Länder, die traditionell eine Vermittlerrolle zwischen den verfeindeten Lagern eingenommen haben, werden gezwungen, Stellung zu beziehen. Dadurch verschiebt sich das Gleichgewicht aber noch mehr ... oder es wird zerstört ... und zwar endgültig.«

Der Redner senkte den Kopf und verstummte eine Weile, während tiefes Schweigen über der Piazza lastete. Dann hob er den Blick und schien einen Augenblick lang in die Betrachtung der Pietà von Jacopo della Quercia am Portal der Basilika versunken.

»Im Nahen Osten«, fuhr er fort, »ist die Situation mittlerweile außer Kontrolle geraten, und schon jetzt ist auch Europa vom Zusammenbruch bedroht, doch wer sind die Schuldigen? Diejenigen, die uns billigen Neutralismus vorgeworfen haben, sollten sich nun daran erinnern, wie oft wir unsere Regierung und die Regierungen Europas aufgefordert haben, eine entschlossene und kompromißlose Haltung einzunehmen, um zu verhindern, daß die Probleme jener Region auch hier das prekäre Gleichgewicht zum Einsturz bringen. Und wie oft wir uns dafür eingesetzt haben, die Spannungen in Europa abzubauen! Zeugt das etwa von Feigheit? Nun scheint es wieder einmal das Schicksal dieses Kontinents zu sein, zum blutigsten Schlachtfeld zu werden, doch wenn es tatsächlich zur Konfrontation kommen sollte, wird es kein Morgen mehr geben, es wird keine Zukunft mehr geben und auch keine Hoffnung für unsere Kinder, sich aus den Trümmern zu erheben: Das wird das Ende sein!«

Allmählich ballten sich gelbgerandete Wolken über der vollgepfropften Piazza zusammen. Nur hier und da war noch ein Streifen Blau am grauen Himmel zu entdecken.

»Nun schauen viele auf uns und fragen sich, welche Haltung sie einnehmen sollen; welcher Seite sich diejenigen anschließen, die zu allen Zeiten von den wirklich wichtigen Entscheidungen ausgeschlossen waren. Diesen Menschen antworten wir, daß wir jetzt keine Angst haben, genauso wenig wie wir früher Angst hatten. In den schmerzlichen Jahren des letzten Krieges, in den blutigen Jahren der terroristischen Herausforderung standen wir in vorderster Linie, und wir beabsichtigen auch jetzt nicht, uns zu verstecken!«

Auf der Piazza brandete lang anhaltender Applaus auf, die Fahnen blähten sich im auffrischenden Wind.

»Wir, die wir euch im Parlament dieser Republik vertreten haben«, sagte der Redner weiter, »wir waren nicht frei von Fehlern, aber wenigstens haben unsere Anstrengungen dazu geführt, daß unser Land sich über viele Jahre ernsthaft um den Frieden bemüht hat. Jetzt, da wir in dieser tragischen Konfrontation an vorderster Front stehen, jetzt, da die Situation zu eskalieren scheint, jetzt fordert man uns auf, uns an einer Regierung des nationalen Heils zu beteiligen. Es ist nicht Leichtgläubigkeit, die uns darauf eingehen läßt, und wir wollen damit auch nicht die Fehler anderer decken oder vertuschen. Wir meinen, daß wir noch eine wichtige Rolle zu spielen haben, wir meinen, daß wir noch einen Beitrag der Stärke, der Würde, der Vernunft beisteuern können; wir meinen, daß wir durch Einsatz unserer ganzen Kraft das Schlimmste noch verhindern können. Diese Regierung wird in Kürze die Truppen in Alarmzustand versetzen« – aus einer Gruppe junger Leute erhob sich ein Pfeifkonzert, doch der Redner ließ sich nicht unterbrechen –, »aber das bedeutet keinen Freibrief für die Abenteurer. Wir glauben weiterhin, daß Verhandlungen noch möglich sind, obwohl die Spielräume leider mit jedem Tag, mit jeder Stunde kleiner werden. Und jetzt, Freunde, ist keine Zeit mehr für Worte. Nun müssen Taten folgen, bevor es zu spät ist.«

Der Redner war mit seiner Ansprache zu Ende. Ein Mann reichte ihm einen Regenmantel, den er überzog, während er langsam von der Bühne ging. Das Stimmengewirr, das von der Piazza heraufdrang, wurde rasch vom einsetzenden Regen erstickt, der sich in kurzer Zeit zu einem Platzregen auswuchs.

Viele rannten zur Piazza Galvani, andere in Richtung Via Ugo Bassi und Via Rizzoli, um sich in die Busse zu flüchten, die sie zur Kundgebung gebracht hatten.

Claudio Rocca und Dino Rasetti, die unter den Arkaden am Portal von San Petronio Zuflucht gesucht hatten, sahen eine Weile zu, wie die Piazza sich leerte und die Leute unter den Arkaden Schutz suchten.

»Was hältst du davon?« fragte Rasetti.

»Ich fand die Rede recht aufrichtig, weder hysterisch noch sonderlich instrumentalisierend. Aber wen hätte die Regierung auch sonst auf diese Piazza schicken sollen?«

»Stimmt. Außerdem kommt dieses Gewitter wie gerufen, um die erhitzten Gemüter zu beruhigen.«

»Allerdings. Da kann man ausnahmsweise einmal nicht der Regierung die Schuld geben. Wo steckt eigentlich Scooter?« Rasetti blickte zum Uhrenturm hinauf.

»Da oben. Ich habe spektakuläre Fotos von ihm verlangt, ich muß den Artikel noch heute abend an *Panorama* schicken.«

»Und wann kommt er herunter?«

»Schleunigst, wenn ihm etwas an seiner Gesundheit liegt. Die Turmuhr schlägt gleich sechs.«

»Ist die Lage wirklich so düster?«

»Ja, und sie verschlimmert sich mit jeder Minute. Vor einer Stunde habe ich in der Redaktion die Agenturmeldungen durchgesehen. Der türkische Präsident Tamer Evoğlu ist in Urfa ermordet worden, die Sechste Flotte bezieht Stellung vor den Dardanellen, das Oberkommando der NATO hat Admiral Quadri aufgefordert, mit zwei Dritteln der italienischen Flotte die Straße von Sizilien und die Straße von Otranto zu sichern. Marschall Rustow rückt mit fünf Panzerdivisionen an die Donau vor und mit weiteren sechs an die Oder. Zwischen dem Golf von Tarent und Kap Pachino wurden vier U-Boote unbekannter Herkunft gemeldet.«

»Das reicht, du hast mich überzeugt. Wo ist Fabio?«

»Ich weiß nicht, ich dachte, er käme mit dir. Du wirst sehen, heute abend taucht er bei Scooter auf.«

»Der Junge gefällt mir nicht, ganz und gar nicht. Er wird immer finsterer und melancholischer. Letzten Sonntag habe ich mit seinem Vater gesprochen. Der arme alte Signor Eugenio ist verzweifelt. Er war so froh, als Fabio zurückkam, doch jetzt quält es ihn, wenn er den Sohn so abwesend und teilnahmslos sieht. ›In dem Jungen ist alles tot‹, hat er gesagt, ›seine Seele ist tot.‹ Er tat mir sehr leid.«

»Das mußt du verstehen ... er ist davon überzeugt,

daß die Frau, die er geliebt hat, ihn verraten und verkauft hat und daß er sie eigenhändig getötet hat. Er mußte die Universität verlassen, weil er dort keinen Fuß mehr auf den Boden bekam. Du weißt ja, wegen dieser Geschichte mit dem polybianischen Kodex hat er seine Glaubwürdigkeit verloren. Wohin er auch kam, begegnete man ihm mit süffisantem Lächeln. Außerdem weiß ich nicht, was er auf diesem verdammten Schiff durchgemacht hat. Er hat mit niemandem je darüber gesprochen.«

»Immerhin ist – soweit ich gehört habe – die Restaurierung der Waffen der Krieger abgeschlossen worden, und die Archäologen sind mehrheitlich von ihrer Echtheit überzeugt. Das ist zweifellos das große Verdienst von Fabio.«

»Ja. Tatsächlich war er in letzter Zeit verändert – als hätte ihn eine seltsame Erregung gepackt ... Du weißt ja, daß eine feierliche Zeremonie anläßlich der Ausstellung der Statuen und ihrer Waffen geplant war. Vor drei Tagen sind sie aus Syrakus eingetroffen. Sie sollten auf dem Kapitol ausgestellt werden, und es war vorgesehen, daß der Präsident persönlich ihnen die Waffen in die Hände gibt. Die Schilde und der Helm sind bereits montiert, glaube ich. Jetzt allerdings, in dieser Situation ... ich weiß wirklich nicht, was sie tun werden, möglich, daß alles abgesagt wird. Jedenfalls fahre ich übermorgen nach Rom, um zusammen mit Fabio und Scooter darüber zu berichten. Kommst du mit?«

»Kommt darauf an, wieviel an der Uni zu tun ist. Wenn ich mich freimachen kann, rufe ich dich an.«

Das Gewitter machte keine Anstalten nachzulassen, und die nunmehr menschenleere Piazza wurde von Zeit zu Zeit von Blitzen erleuchtet, die den Plattenfußboden in grelles blaues Licht tauchten. Ab und zu mischten sich Hagelkörner in den Regen, die auf dem Marmor des Kirchplatzes zerplatzten und die Piazza in wenigen Augenblicken weiß färbten, wie im Winter.

Villa Altobelli, 18.30 Uhr

»Seine Eminenz erwartet Sie im Arbeitszimmer«, sagte der Sekretär des Kardinals, als er die Tür öffnete. »Ich begleite Sie gleich dorthin.«

»Keine Umstände, bitte, Don Luigi«, sagte Ottaviani, während er den Schirm schloß, »ich kenne den Weg.« Er durchquerte die Halle und stieg die Freitreppe in die Beletage hinauf.

Der Kardinal erwartete ihn auf der Schwelle zu seinem Arbeitszimmer. »Komm, Fabio, nimm Platz. Es tut mir leid, daß du so ein Mistwetter erwischt hast. Kann ich dir etwas zu trinken anbieten? Der Bischof von Trapani hat mir einen vorzüglichen Marsala geschickt.«

»Gern, danke.«

Ottaviani setzte sich in den Armsessel, der vor dem Klostertisch des Geistlichen stand. An der gegenüberliegenden Wand hing ein Ölportrait, das Kardinal Svampa in Purpur und Rochett zeigte.

»Hier ist dein Marsala«, sagte Kardinal Montaguti. Er reichte ihm ein kleines Glas und nahm ihm gegenüber hinter dem Tisch Platz. »Also, welchem Umstand verdanke ich das Vergnügen dieses Besuchs … wir haben uns schon ein ganzes Weilchen nicht mehr gesehen.«

»Eminenz, ich suche Sie in einer sehr heiklen Angelegenheit auf. Sie wissen, was mir seinerzeit widerfahren ist, nachdem ich Sie um eine Empfehlung für die Vatikanische Bibliothek gebeten hatte.«

»O ja. Und ich war in großer Sorge, mein Junge. Gott sei Dank hat sich alles zum Guten gewendet.«

»Eminenz, ich habe in San Nilo einen verschollenen Kodex des Polybios gefunden … eine Entdeckung von unschätzbarem Wert.«

»Auch davon habe ich in der Zeitung gelesen …«

»Ja, aber ich habe es niemals beweisen können. Als ich ins Kloster zurückkehrte, war der Kodex verschwunden. Mit diesem Rückschlag habe ich mich immer noch nicht abgefunden.«

»Verzeih meine Offenheit, Fabio«, sagte der Kardinal, wobei er die Ellenbogen auf den Tisch stellte und sich nach vorn beugte, »aber ich verstehe dich nicht. Die Welt steht vor einer Katastrophe, und du kannst keinen Frieden finden, weil dein vermeintlicher Kodex verschwunden ist.«

»Vermeintlich?« erwiderte Ottaviani gekränkt.

»Entschuldige, ich wollte deine Worte nicht in Zweifel ziehen, aber ich bleibe dabei: Deine Fixierung erscheint mir in einer Situation wie der gegenwärtigen ungerechtfertigt.«

»Eminenz, haben Sie noch Vertrauen in mich?«

»Ja«, antwortete der Prälat ohne Zögern.

»Dann hören Sie mir zu: Ich verfolge weder ein persönliches Ziel, noch strebe ich eine Karriere an, die – nebenbei gesagt – bereits für alle Zeit ruiniert ist. Nicht deshalb suche ich diesen Kodex ... vorausgesetzt, er ist überhaupt noch auffindbar.«

»Und warum dann?«

»Ich kann es Ihnen nicht sagen ... Sie würden mir nicht glauben. Ich kann Ihnen nur sagen, daß ich auf der Grundlage dieses Textes in der Lage war, die Waffen der Krieger aus Taormina wiederzufinden. Mit diesem Text könnte ich beweisen ... mein Gott ... wie soll ich mich ausdrücken ...« Er schlug die Hände vors Gesicht, während der Kardinal ihn ernst und schweigend betrachtete. »Eminenz, ich sage nur so viel: Ich muß diesen Kodex wiederfinden ... es geht um Leben und Tod, und nicht nur für mich ... vielleicht für viele Menschen. Ich beschwöre Sie ... der Archimandrit von San Nilo muß wissen, wer in meiner Abwesenheit diese Zelle betreten hat. Vielleicht hat er selber ihn an sich genommen, aber er kann nicht einfach so verschwunden sein. Eminenz, ich bitte Sie, Sie kennen den Archimandriten gut ... Sie sind auch ein Vertrauter des Heiligen Vaters. Wenn Sie wollen, dann können Sie es einrichten, daß ...«

Der Kardinal schüttelte den Kopf: »Es tut mir leid, Fabio«, sagte er, »ich kann dir nicht helfen. Der Archimandrit ist gestorben.«

»Wann?«

»Letztes Jahr, Anfang April.«

»Aber vielleicht ... sein Nachfolger ...«, beharrte Ottaviani.

»Nein, Fabio. Ich kenne ihn nicht. Ich habe ihn nie getroffen, und deshalb kann ich nichts tun.«

»Ich verstehe ... dann werde ich Ihnen nicht noch mehr Zeit stehlen ...« Er wandte sich zum Gehen.

»Hör auf mich, Fabio«, sagte der Kardinal und stand auf, »das darfst du nicht tun, du mußt auch Vertrauen zu mir haben. Habe ich dir etwa nicht immer geholfen? Wenn ich mehr für dich tun könnte, ich würde es tun, glaub mir.«

»Dann«, sagte Ottaviani und blieb auf der Schwelle stehen, »gibt es vielleicht doch etwas, das Sie für mich tun könnten ...«

»Sprich.«

»In zwei Tagen fahre ich nach Rom. Anläßlich der Zusammensetzung der Krieger aus Taormina ist eine Zeremonie geplant, an der auch hohe Repräsentanten des Staates teilnehmen werden. Der Präsident persönlich soll ihnen die Lanzen in die Hand geben.«

»Und du möchtest als Ehrengast dabeisein, nehme ich an.«

»Darum geht es mir nicht, Eminenz. Ich möchte mit General Fabbri sprechen.«

»Dem militärischen Berater des Präsidenten ... warum?«

»Und mit Senator Martini.«

»Dem Senatspräsidenten ... Du bittest nicht um wenig.«

»Eminenz, Sie kennen die beiden gut.«

»Fabio, in Gottes Namen, was willst du von diesen Leuten?«

»Sie sollen mich anhören ... eine halbe Stunde ... zehn Minuten. Ich will nur, daß sie mich anhören. Ich flehe Sie an, Eminenz, ich bitte um nichts anderes. Danach werde ich Sie nie mehr um etwas bitten.«

»Das ist nicht der springende Punkt, mein Junge. Du bist besessen ... Ich möchte nicht, daß du diese Fixierung immer weiter treibst und damit deine Zeit verschwendest, dein Leben ruinierst. Warum kehrst du nicht an die Universität zurück? Ich könnte ...«

»Sie hatten angeboten, mir zu helfen ... Machen Sie keinen Rückzieher, ich bitte Sie.«

Kardinal Montaguti zögerte eine Weile, dann trat er zu ihm und legte ihm eine Hand auf die Schulter.

»In Ordnung«, sagte er, »ich werde tun, worum du mich gebeten hast, obwohl ich dir nicht garantieren kann, daß sie einwilligen werden. Versprichst du mir dafür, daß du an die Universität zurückkehrst?«

»Sie werden einwilligen, Eminenz, dessen bin ich mir sicher.«

»Hast du gehört? Versprichst du mir das?«

»Ich verspreche es Ihnen.«

»So gefällst du mir. Und wo möchtest du sie treffen?«

»Soviel ich weiß, nehmen sie ebenfalls an der Zeremonie auf dem Kapitol teil. Ich könnte über einen kleinen Saal in den Museen verfügen, das Büro des Oberintendanten.«

»Dann hast du also schon alles vorbereitet ...«

»Nein, Eminenz. Ich habe nur Freunde in Rom.«

Der Kardinal schrieb etwas in sein Notizbuch und begleitete ihn dann bis zur Freitreppe.

»Wenn du willst, besuche mich mal wieder, Fabio«, sagte er zum Abschied. »Du weißt, mein Haus steht dir immer offen.«

»Ich weiß, Eminenz, danke.«

Er trat auf den weitläufigen Hof hinaus, der im Schatten jahrhundertealter Zedern lag. Es hatte aufgehört zu regnen, die Luft hatte den intensiven Duft der Nadelbäume angenommen.

Frascati, 10. Juni, 17 Uhr

Dino Rasetti stand vor dem Spiegel und rückte die Krawatte zurecht, dann warf er sich das einzige anständige Jackett, das er besaß, über und ging zur Tür: »Kommst du nicht mit? Hör mal, wenn wir um sechs auf dem Kapitol sein wollen, dann müssen wir jetzt los. Claudio und Scooter warten unten auf uns.«

Ottaviani warf einen Blick auf die Uhr: »Du hast recht, ich komme in fünf Minuten nach, ich muß mich noch anziehen und meine Sachen in Ordnung bringen. Ich treffe euch dann am Tor.«

Er ging ins Schlafzimmer und setzte sich neben das Fenster. Die Freunde unten waren schon abfahrbereit, sie unterhielten sich und lachten. Zwei Jahre. Zwei Jahre waren vergangen, und doch, wenn sein Blick auf das Bett fiel, meinte er Elizabeth zu sehen, die den roten Morgenmantel überwarf und ihn anlächelte, während er zu ihr sagte: ›Bedeck dich nicht, bitte ... laß dich ansehen ... Eines Tages gehst du fort, und ich werde es bereuen, dich nicht genug angesehen zu haben ...‹

Er zog ein frisches Hemd an, band sich eine hellblaue Krawatte um und holte das dunkelblaue Jackett aus dem Schrank. Er war fertig. Als er gerade das Zimmer verließ, klingelte das Telefon auf dem Nachttisch. »Hallo«, sagte er, »Professor Barresi ist nicht in Rom, ich bin ein Freund ...«

»Fabio«, sagte die Stimme.

Allmächtiger ... das konnte nicht wahr sein ... obwohl seine Hände zitterten und sein Herz wie wild schlug ... das konnte nicht wahr sein.

»Fabio«, wiederholte die Stimme, »ich weiß, daß du mich hörst ... Willst du nicht mit mir sprechen?«

»Wer sind Sie?« stieß er hervor. Er hoffte, daß der Klang seiner Stimme das Trugbild verscheuchte. Er hoffte, alles wäre nur eine Folge seiner Niedergeschlagenheit. Bestimmt würde sich die Stimme gleich verändern, und ihm würde bewußt, daß er falsch verstanden, es sich nur eingebildet hatte.

»Oh, Fabio, antworte doch, ich bitte dich, antworte ... Ich habe dich nie vergessen ... Ich liebe dich, Fabio. Ich möchte dich wiedersehen ... komm zu mir, bitte.«

»Das ist nicht wahr«, sagte er heiser. »Das ist nicht wahr ...«

»Es ist wahr, Fabio ... belüge dich nicht selbst. Ich warte auf dich, heute nacht ... wo du mich zum ersten Mal geliebt hast ... um Mitternacht.«

Er hörte ein Klopfen, hörte, daß die Zimmertür hinter ihm geöffnet wurde: »Fabio, kommst du jetzt? Wir sind spät dran«, sagte Rasetti. Ottaviani legte den Hörer auf und folgte dem Freund die Treppe hinunter.

»Wer war denn das?«

»Ich weiß nicht ... jemand, den ich nicht kenne.«

»Bestimmt irgend so ein Spaßvogel«, brummte Rasetti, während er die Eingangstür der Villa hinter sich zuzog.

Rom, Senatorenpalast, 18. 30 Uhr

Der Präsident hob den Blick zu dem Podest, auf dem die beiden Krieger thronten, und betrachtete sie eine Zeitlang stumm. Im Licht der Scheinwerfer funkelten die Schilde kupfern und silbern, und die nach unten zeigenden Lanzenspitzen wirkten wie Flammenzungen. Ein Lichtsignal der Regie teilte ihm mit, daß der Zeitpunkt gekommen war, seine Rede zu halten, und so trat er vor die Mikrofone.

»Ich wurde gebeten«, begann er, »mich in diesem so schrecklichen Augenblick an Sie, Freunde und Bürger, zu wenden, um ein weiteres Mal ein Wort der Zuversicht und der Aufmunterung zu sprechen, und ich tue dies von ganzem Herzen. Meine Mitarbeiter hatten mir geraten, in dieser Stunde der Angst und der Spannung die Feier abzusagen, der Sie soeben an Ihren Bildschirmen beigewohnt haben. Es schien ihnen fehl am Platz, daß das Staatsoberhaupt sich die Zeit nimmt, hier auf dem Hügel des Kapitols, mit dem sich so viele Erinnerungen verbinden, an der Zusammensetzung dieser hinreißend schönen Skulpturengruppe teilzunehmen. Aber ich habe mich anders entschieden: Ich wollte mich verhalten, als nähme das Leben in unserem Land denselben ruhigen Verlauf wie früher, und ich bin davon überzeugt, daß ich recht getan habe.

Vor wenigen Augenblicken betrachtete ich die Krieger auf ihren Podesten, und in ihrem Gesichtsausdruck, in ihrer Haltung meinte ich symbolisch die moralische Haltung wiederzuerkennen, die unser Volk in dieser Stunde beweisen muß.

Die Gelehrten und Archäologen werden es mir nachsehen«, fuhr er fort, wobei er den Blick über die Anwesenden schweifen ließ und ein Lächeln andeutete, »wenn meine Interpretation ein wenig eigenwillig ist, doch ich sehe in diesen Statuen mehr den Triumph des Lebens als die Bedrohung des Todes. Ich sehe ein Höchstmaß an Stolz und Tatkraft in dem jungen Krieger mit dem wallenden Haar, und ich sehe Weisheit, Verstand und Ruhe im anderen. Beide haben ihre Wurzeln in weit zurückliegender Vergangenheit. Unzählige Stürme sind über ihre Körper hinweggegangen, und doch stehen sie hier erneut auf ihren Podesten und halten Schild und Lanze.

Genauso ist es auch unserem Volk ergangen. Jahrhunderte des Leidens, des Hungers, der Kriege vermochten es nicht zu vernichten, und ich bin sicher, daß es auch diese stürmischen Zeiten überstehen wird.

Vor kurzem habe ich den Kriegern die Waffen zurückgegeben, die sie verloren hatten, und nun stehen sie da, bereit, der Gefahr ins Auge zu sehen und den Kampf zu beginnen, doch ihre Lanzen sind zu Boden gerichtet. Ich wünsche mir, daß diese symbolische Botschaft Sie und all unsere Brüder in Europa und in der Welt erreicht: Unser Volk ist in Bedrängnis, doch es zittert nicht und versteckt sich nicht. Wir wollen den Frieden, und wir sind bereit, all unsere Kraft für den Frieden zu geben, doch wir werden nicht auf das Leben und die Freiheit verzichten, ohne uns zu verteidigen.«

Nach Beendigung seiner Rede verabschiedete sich der Präsident und verließ den Saal, während die Fernsehkameras sich auf die beiden Statuen richteten.

Daraufhin ergriff Professor Carani, der die Restaurierungsarbeiten geleitet hatte, das Wort und erinnerte zunächst an den Einsatz des jungen Gelehrten von der Borromeo-Universtät, dem man den außergewöhnlichen Fund verdankte. Ottaviani, der neben Quintavalle in der ersten Reihe saß, drehte sich um, weil er hoffte, den Dekan seines Instituts zu sehen, doch Professor Cassini war nicht da. Dafür entdeckte er Lella Licasi, die ihm ein strahlendes Lächeln schenkte, und auch Rocca und Rasetti, die sich leise mit Hauptmann Reggiani unterhielten, der in einer untadeligen Uniform mit silbernem Eichenlaub am Kragenspiegel steckte. Auch Reggiani wurde von Carani erwähnt, der an die Rolle erinnerte, die dieser bei der Rettung der Statuen aus Lavinium gespielt hatte, und während er dies sagte, zog ein Helfer auf einen Wink des Redners hin den schweren braunen Samtvorhang hinter den beiden Bronzefiguren zur Seite, und auf einem Holzpodest erschienen die sieben Athene-Statuen.

Während im Saal stürmischer Applaus einsetzte, zuckte Ottaviani zusammen und klammerte sich an die Lehnen seines Sessels: Genau gegenüber, zwischen den beiden Kriegern, sah er das kleine, grobschlächtige Palladion aus rotem Ton, in die Ägis gehüllt, auf der Brust das Gorgonenhaupt und um die Taille den Schlangengürtel.

Ihm wurde heiß, der Schweiß brach ihm aus allen Poren, während er plötzlich von einer unendlichen Energie gepackt und gegen die Sessellehne gepreßt wurde.

Quirinalspalast, 21 Uhr

Urplötzlich schaltete sich der Fernschreiber ein und schreckte den Sekretär des Präsidenten an seinem Arbeitstisch auf. Er trat zu dem Gerät, um die Nachricht zu lesen, die sich rasch auf dem Papierstreifen bildete. Er konnte es nicht glauben: Die tragische Spirale, die die Welt an den Rand des Abgrunds geführt hatte, kehrte sich plötzlich um! Er wollte schon den Streifen abreißen und zum Präsidenten eilen, als der Fernschreiber erneut zu ticken begann: Die Armeen stoppten ihren Vormarsch und zogen sich hinter die Grenzen zurück. Der jugoslawische Präsident war nach Bukarest geflogen … er war mit Marschall Rustow zusammengetroffen … er hatte Außenminister White davon überzeugt, Ankara zu verlassen, wo er die Kriegsvorbereitungen koordinierte, und per Hubschrauber ebenfalls in die rumänische Hauptstadt zu kommen. Die italienische Halbinsel wurde mit Meldungen geradezu bombardiert … Die europäischen Regierungen überwanden die Verweigerungshaltung, die sie angesichts des drohenden Endes hatte untätig werden lassen, und übernahmen wieder die Initiative …

Er trat an seinen Schreibtisch und rief das Außenministerium an – sie bestätigten, sie bestätigten alles!

Der arme Mann war wie benommen, er zitterte vor Aufregung. Er mußte sofort im Verteidigungsministerium anrufen und alles stoppen ... nein, nein, der Präsident hatte ja das Oberkommando über die Streitkräfte ...

Er riß den Streifen ab und stürzte auf den Korridor, eilte, so schnell es seine Beine erlaubten, an den Statuen, Büsten und Rüstungen vorbei und platzte, in der Hand die kleine Friedensfahne schwenkend, in das Arbeitszimmer des Präsidenten.

»Herr Präsident!« rief er mit Tränen in den Augen, »Herr Präsident, sehen Sie, lesen Sie, es ist vorbei, es ist unglaublich, aber es ist vorbei ... sie haben sich in Bukarest getroffen ... sie diskutieren ... sie reden miteinander ...« Ungläubig nahm das Staatsoberhaupt mit zitternden Händen den Papierstreifen und las ihn mehrmals durch: »Hören Sie, Dossena, haben Sie überprüft ... daß es sich nicht um eine Falschmeldung handelt? Haben Sie das Außenministerium angerufen?«

»Ich habe angerufen, ja, und es ist wahr, es ist wahr! Kein Zweifel, es ist wirklich wahr.«

Der Präsident ließ sich in den Sessel sinken: »Dossena, ich brauche jetzt etwas zu trinken. Holen Sie den Cognac und schenken Sie mir bitte ein Glas ein, und nehmen Sie sich auch eins, mein Freund, das können Sie jetzt gebrauchen ... O Gott«, sagte er, als er einen Schluck getrunken hatte, »soll ich denn an Wunder glauben ...«

»Entschuldigung, Herr Präsident«, unterbrach ihn der Sekretär, »aber Sie müssen beim Generalstab anrufen. Wir haben sieben Divisionen an der Ostfront, sämtliche kampfbereiten Schiffe liegen in der Straße von Otranto, und die Luftwaffe ist in höchste Alarmbereitschaft versetzt. Es wäre eine Katastrophe, wenn irgend einem Offizier vor Anspannung die Nerven durchgehen würden. Wir sitzen immer noch auf dem Pulverfaß, ein Funke genügt ...«

»Verdammt, Dossena, Sie haben recht«, erwiderte der Präsident. Er stellte das Glas ab und griff zum Telefonhörer. Unverzüglich verband ihn die Zentrale über die Direktleitung mit dem Generalstab.

»General«, sagte er, »hier ist der Staatspräsident, geben Sie Entwarnung. Wir haben soeben die Nachricht erhalten, daß in Bukarest Verhandlungen im Gange sind. Die Diplomatie hat das Wort. Ja, kein Zweifel ... wir haben präzise Informationen. Was sagen Sie? Nein, fahren Sie fort ... natürlich interessiert mich das ... Aber das gibt's doch nicht ... ja sind Sie denn sicher? Das ist unglaublich ... Wenn ich es nicht aus Ihrem Mund erfahren würde ... Ist gut, General, ich danke Ihnen ... aber beeilen Sie sich, und bestätigen Sie mir, sobald der Befehl empfangen worden ist. Auf Wiedersehen, General ... und danke, vielen Dank. Auch für Sie war die letzte Viertelstunde bestimmt nicht angenehm.«

Er legte den Hörer auf und nahm erneut das Glas.

»Alles in Ordnung, Herr Präsident?« fragte der Sekretär.

»Ja, alles in Ordnung, nur ... tja, Sie werden niemals den wahren Grund erraten, der diese Starrköpfe dazu gebracht hat, sich an einen Tisch zu setzen.«

»Ich habe wirklich nicht die leiseste Ahnung.«

»Also, General Valenti hat mir gerade erzählt, daß ein äußerst seltsames Phänomen eingetreten ist, das noch nicht völlig aufgeklärt ist. Offenbar ist über dem kritischen Gebiet, und zwar in einem Bogen, der sich vom östlichen Mittelmeer bis in die Tatra spannte, ein magnetischer Sturm von außergewöhnlicher Gewalt niedergegangen. Mehrere Minuten lang waren Radaranlagen, Satellitenkommunikation sowie sämtliche Funkverbindungen unterbrochen. Divisionskommandos, Armeekorps, Flotten, aufgestiegene Luftgeschwader – alle tappten vollkommen im dunkeln, die perfektesten Instrumente, die höchstentwickelten Navigationssysteme waren außer Betrieb – so etwas war noch nie dagewesen. Die Panik war so groß, daß sämtlichen Oberkommandierenden ohne Ausnahme plötzlich Zweifel kamen, ob es sich nicht um eine Waffe des Feindes handeln könnte. Vielleicht haben sie auch daran gedacht, was mit ihren Armeen geschehen würde, falls sich das Phänomen wiederholte ... Kurz, um welchen Zwischenfall es sich auch gehandelt haben mag, er muß sie zum Nachdenken gebracht haben. Vielleicht hat er sie sogar wieder zur Vernunft kommen lassen.«

Eine Weile war der Sekretär in Gedanken versunken.

»Woran denken Sie, Dossena?«

»Hat Ihnen der General gesagt, wann es passiert ist?«

»Ja, das hat er gesagt: heute am frühen Abend. Die ersten Störungen traten um achtzehn Uhr sechsunddreißig auf, dann wurden sie erneut sehr heftig um achtzehn Uhr vierzig, und drei, vier Minuten lang herrschte Chaos.«

»Um achtzehn Uhr sechsunddreißig, hat er gesagt ...«

»Exakt.«

»Herr Präsident, wie Sie wissen, pflege ich Ihre offiziellen Auftritte auf die Minute genau zu planen.«'

»Natürlich.«

»Somit kann ich Ihnen sagen, daß Sie genau um achtzehn Uhr dreißig den Kriegern aus Taormina die Lanzen zurückgegeben haben.«

»Ach ja? Hm, die Sachen sind sehr schön ... im Grunde wurde die Symbolkraft, die ich den Statuen in meiner Rede zusprach, von den Ereignissen sozusagen bestätigt. Aber ... nur aus Neugier, weil Sie doch noch ein wenig länger im Saal geblieben sind, was ist danach passiert?«

»Professor Carani ließ den Vorhang aufziehen und präsentierte die sieben Athene-Statuen aus Lavinium.«

Nun hing der Präsident seinen Gedanken nach, während er das fast leere Glas in den Händen drehte.

»Sagen Sie mal, Dossena«, sagte er dann, »dieser junge Mann ... wie heißt er noch ... Ottaviani, glaube ich ...«

»Ja?«

»Der Kommandant der Carabinieri hat mir seltsame Dinge über ihn berichtet ... Sie haben nicht zufällig mit ihm gesprochen, Dossena?«

»Nein, aber er hat um eine Unterredung mit General Fabbri und Senator Martini gebeten.«

»Eigenartig. Lassen Sie sich erzählen, was er gesagt hat, es interessiert mich.«

»Wird erledigt, Herr Präsident, ich kümmere mich darum. Aber nun müssen Sie sich ausruhen, Sie haben sich zu sehr angestrengt.« Der Sekretär stand auf, wünschte eine gute Nacht und trat hinaus auf den weitläufigen Korridor. Rasch kehrte er in sein Arbeitszimmer zurück, um seine Papiere zu ordnen und die Terminplanung für den nächsten Tag zu erledigen. Bevor er sich schlafenlegte, trat er ans Fenster und blickte lange auf die in Dunkel und Stille getauchte Stadt hinab. Hinter den Kiefern und Lorbeerbäumen des Palatins ging eben der Mond auf.

Kapitol, 21.10 Uhr

Fabio Ottaviani saß auf der Treppe zum Eingang der Museumsdirektion und wartete. Vor ihm hob sich die Stadt schwarz gegen den vom Mond erhellten Himmel ab. Die meisten Straßenlaternen waren wegen der großen Energieknappheit ausgeschaltet. An der Tür zur Direktion verbreitete ein bescheidenes Lämpchen seinen schwachen Schein. Er hörte das Geräusch von Schritten, dann eine Stimme: »Professore, es tut uns leid, daß Sie warten mußten, aber haben Sie bitte Verständnis, es sind schwere Stunden.« Ottaviani stand auf und schüttelte die Hand, die ihm der militärische Berater des Präsidenten hinhielt. »Ich bin General Fabbri«, fügte der Offizier hinzu, »und dies ist Senator Martini.«

»Sehr erfreut«, sagte Ottaviani und machte eine Verbeugung.

»Wenn Sie mir folgen wollen ...« Er öffnete die Tür und führte die beiden ins Büro des Oberintendanten. »Ich hoffe, ich habe nicht zuviel Durcheinander verursacht«, fuhr er etwas verlegen fort, »ich bin mir darüber im klaren, daß ich Ihnen wertvolle Zeit stehle.«

»Aber ich bitte Sie, Professore«, erwiderte der Senator, »Ihnen hat das Land den Fund dieser herrlichen Objekte zu verdanken.«

»Und wenn die Gerüchte, die zu mir gedrungen sind, der Wahrheit entsprechen«, bekräftigte der General, »haben Sie dabei Ihr Leben aufs Spiel gesetzt. Hm, wenn ich mich recht erinnere, vollzog sich Ihr plötzliches Auftauchen mit diesen Waffen unter etwas merkwürdigen Umständen. Außerdem wurden Sie in jener Nacht verwundet.«

»Meine Herren«, sagte Ottaviani, »ich möchte Sie so ausführlich wie möglich und in aller Aufrichtigkeit darüber aufklären, was damals wirklich geschah. Wäre es mir möglich gewesen, hätte ich die Erklärungen, die ich Ihnen jetzt im privaten Rahmen gebe, seinerzeit der Öffentlichkeit mitgeteilt. Wenn ich Ihnen alles erzählt habe, werden Sie verstehen, weshalb ich damals eine andere Version liefern mußte. Ich hatte schwerwiegende Gründe ... Und noch jetzt, nach so langer Zeit, glaube ich nicht, daß jene Gründe an Gewicht verloren haben, und deshalb vertraue ich das, was ich Ihnen jetzt berichten werde, Ihrer Verschwiegenheit und Ihrem Verantwortungsbewußtsein als ranghohe Staatsdiener an.«

Mit diesen Worten begann er seine Erzählung. Er

sprach lange, ruhig und klar, ohne irgendein Detail zu verschweigen. Nur Elizabeth erwähnte er mit keinem Wort. Je länger die Schilderung seiner Erlebnisse andauerte, desto ernster und aufmerksamer hörten seine Gesprächspartner zu, und als Ottaviani schließlich schwieg, warfen sie sich einen Blick zu, in dem Angst und Ungläubigkeit zugleich lagen.

Ottaviani ergriff erneut das Wort, diesmal unsicherer, aufgewühlt: »Es gibt noch mehr, das ich Ihnen erzählen möchte, aber ich schweige besser. Allein was ich Ihnen bisher erzählt habe, stellt Ihr Wohlwollen mir gegenüber auf eine harte Probe, dessen bin ich mir bewußt. Die Bitte, die ich an Sie richte, basiert auf vielen Ursachen, doch ich werde mich darauf beschränken, Ihnen jene Motive darzulegen, die Logik und Vernunft nicht herausfordern, und ich hoffe von ganzem Herzen, daß sie ausreichen, um Sie zu überzeugen. Meine Herren, die Organisation, die mich gefangenhielt, hat auf jede erdenkliche Weise versucht, sich der Waffen der Krieger zu bemächtigen, und ich habe allen Grund zu glauben, daß sie auch den Diebstahl der ganzen Gruppe versuchen würde. Wie Sie sich erinnern werden, haben diese Leute auch versucht, die Statuen aus Lavinium zu stehlen, dieselben, die Sie vielleicht heute abend auf dem Kapitol gesehen haben. In Wahrheit wollten sie jedoch nur eine bestimmte. Vier, vielleicht fünf Personen haben deswegen das Leben verloren, und viele andere, mich eingeschlossen, sind dem Tod nur um Haaresbreite entronnen. Nun weiß ich allein, welches die betreffende Statue ist, doch ich beabsichtige nicht, der einzige Hüter der Wahrheit zu bleiben, denn es könnte mir etwas zustoßen. Ich habe einen Brief an den Präsidenten geschrieben ...« – dabei reichte er ihnen einen versiegelten Umschlag –, »ich bitte Sie, sorgen Sie dafür, daß er ihn liest. Die beiden Bronzekrieger und die Athene-Statuen müssen bleiben, wo sie sind –

auf dem Kapitol, geschützt durch ein unüberwindbares Alarmsystem, und sie dürfen unter gar keinen Umständen von dort entfernt werden. Ich weiß nicht, wie ich es Ihnen erklären soll ... ich kann Ihnen nur sagen, daß die Organisation, die versucht hat, diese Statuen in die Hand zu bekommen, ungeheuer mächtig ist. Ich bitte Sie um nichts Gefährliches, ich bitte Sie lediglich, diese Statuen nicht von ihrem gegenwärtigen Aufstellungsort zu entfernen, unter gar keinen Umständen. Falls nötig, lassen Sie Kopien anfertigen und stellen Sie diese in den Museen auf, aber entfernen Sie die echten Statuen nicht vom Kapitol. Wenn Sie auf mich hören, haben Sie nichts zu verlieren, Sie müssen nur einige technische Schwierigkeiten lösen. Wenn Sie es nicht tun, dann ist das Leben vieler Menschen in großer Gefahr, das schwöre ich. Mehr habe ich nicht zu sagen.«

Er stand auf und verabschiedete sich mit einem Kopfnicken, doch der Senator und der General, die völlig in Gedanken versunken waren, folgten ihm nicht und hörten nicht einmal seine Schritte. Fabio Ottaviani verließ den Palast, und als er die Freitreppe zum Forum hinabstieg, wurde er sofort von der Dunkelheit verschluckt, die die vor dem Mond aufgezogenen Wolken hervorgerufen hatten.

Frascati, 23.30 Uhr

»Weißt du, wohin er um diese Uhrzeit fährt?« fragte Rasetti, der vom Fenster aus beobachtete, wie Ottaviani auf sein Motorrad stieg.

»Ach, auf einmal hat er gesagt, er habe eine Verabredung«, sagte Rocca.

»Da wird er aber klatschnaß ankommen«, kommentierte Scooter und steckte den Kopf aus dem Fenster. »Der Himmel hat sich völlig zugezogen, und der Schirokko weht. Um so schlimmer für ihn, er will ja immer seinen Kopf durchsetzen. Dafür machen wir es uns jetzt im Sessel gemütlich und sehen uns die Spätnachrichten an, da sehen wir wenigstens unsere hübschen Visagen, vorausgesetzt, die vom Fernsehen haben den Bericht von halb sieben schon fertig.«

Die ersten Regentropfen fielen, als Ottaviani vom Autobahnring abfuhr und in die Staatsstraße 148 einbog. Als er in die Nähe von Castel di Decima kam, regnete es bereits in Strömen, und er hatte Mühe, die Straße vor sich zu erkennen.

Am Ortseingang drosselte er das Tempo, denn ihm bot sich ein seltsames Schauspiel: Überall waren Menschen, die schrien, lachten und sich im Regen umarmten, und ständig kamen neue Leute hinzu. Wegen des Helms konnte er nicht verstehen, was sie sagten, aber eigentlich interessierte es ihn auch gar nicht, denn es war fast Mitternacht.

Sobald er das ausgelassene Treiben hinter sich gelassen hatte, beschleunigte er wieder und bog in hohem Tempo in die Straße nach Lavinium ein. Mit über hundert Stundenkilometern befuhr er die Gefällstrecke durch den Wald, dann nahm er das Gas weg und legte sich in die scharfe Linkskurve vor der steilen Böschung. Als er wieder Gas gab, rutschte das Hinterrad weg, und das Motorrad geriet ins Schleudern. Er zog die Vorderbremse und warf, die Knie um den Tank gepreßt, sein ganzes Körpergewicht nach rechts, doch er konnte dem Prellstein am Straßenrand nicht mehr ausweichen. Ein stechender Schmerz durchfuhr Handgelenke und Schultern, der Schreck fuhr ihm in die Glieder, als er durch die Dunkelheit über die Straße hinwegflog, dann spürte er nichts mehr.

Eine Stimme drang durch das Prasseln des Regens und weckte ihn aus der Ohnmacht. Einige Augenblikke lang spürte er eine Hand, die ihm über Haar und Stirn fuhr, und sah Elizabeth' schmerzverzerrtes Gesicht, hörte, wie sie verzweifelt seinen Namen rief. Mit letzter Energie versuchte er, die dumpfe Schwere in seinem Körper zu überwinden, versuchte die Arme zu ihrem Gesicht zu heben, doch die Kräfte verließen ihn, und die Lider schlossen sich über seinen tränenerfüllten Augen.

Adrano, Werkstatt von Calogero Licodia, 2. September, 9 Uhr

»So eine Schweinerei, so eine Schweinerei! Das hätten sie nicht mit mir machen dürfen, aber ich werde mich rächen, ich lasse sie alle auffliegen, sogar den Abgeordneten und den Oberst … dann mach ich's eben wie Simson und gehe mit den Philistern unter!«

»Wollen Sie sich jetzt beruhigen, Don Calò? Wenn ich Ihnen doch sage …«

»Ich muß mich über Sie wundern, Don Michele, Sie waren doch früher kein Spitzel!«

Der Alte war außer sich, die wäßrigen Äuglein unter den faltigen Lidern waren rot vor Zorn. Michele Licasi verlor die Geduld. »Don Calò, entweder hören Sie mir jetzt zu, oder ich gehe, und Sie müssen allein zurechtkommen.«

Der Alte fügte sich in sein Schicksal. »Ich werde Ihnen zuhören«, brummte er, »aber mit dem da draußen rede ich nicht.«

›Der da draußen‹ war der neue Oberintendant für Altertumswesen und Kunst, Professor Livio Torrisi. Er war aus seinem in der Sonne glühenden blauen Dienstwagen gestiegen und ging nun in dem kleinen Hof auf und ab. Jedesmal, wenn das Gezeter des Alten nach draußen drang, warf er einen ratlosen Blick auf die Höhle von Calogero Licodia. Unterdessen versuchte sein Fahrer wenig erfolgreich, Kaktusfeigen zu schälen.

Endlich erschien Michele Licasi an der Tür und gab ihm einen Wink, näherzutreten.

»Ich konnte ihn überzeugen«, sagte er, »er hat eingewilligt, Sie zu empfangen.«

»Ich hätte nicht gedacht, daß es so schwierig wäre«, erwiderte der Oberintendant fast eingeschüchtert. »Einen Augenblick, ich komme gleich.« Er ging zu seinem Fahrer. »Hauptmann Reggiani«, murmelte er ein wenig unschlüssig, »ich gehe dann ... es wird ja wohl nicht gefährlich werden.«

»Gehen Sie ruhig«, lautete die Antwort, »es kann Ihnen überhaupt nichts passieren.«

Der Oberintendant ging zurück zu Michele Licasi, der ihm die Tür aufhielt.

»Sie dürfen sich nicht wundern, Professore«, sagte er und zeigt ihm den Weg, »Mastro Calogero ist ein bißchen mißtrauisch ... wissen Sie, das hängt mit seinem Gewerbe zusammen. Als ich ihm gesagt habe, daß der Oberintendant ihn sprechen will, wurde er fuchsteufelswild, er glaubte an eine Denunziation und fürchtete, Sie wären hier wegen einer Durchsuchung. Die Vorstellung, im Gefängnis zu landen, ist für niemanden angenehm.«

»Dann kann ich also hineingehen?«

»Gewiß. Jetzt ist alles in Ordnung. Falls Sie mich nicht mehr brauchen, würde ich jetzt nach Hause fahren.«

»Fahren Sie nur, Signor Licasi. Nochmals vielen Dank für Ihre Hilfe.«

»Stets zu Diensten, Professore. Auf Wiedersehen.«

Professor Torrisi betrat die Werkstatt von Mastro Calogero und grüßte liebenswürdig: »Guten Tag, Signor Licodia« – der Alte musterte ihn argwöhnisch –, »darf ich mich setzen?«

»Was wollen Sie?« fragte Mastro Calogero, während er ihm unfreundlich einen Schemel hinschob und sich selbst auf seinen Amboß hockte.

»Signor Licodia, ich verstehe, daß mein Besuch Sie

überrascht«, begann der Oberintendant, »aber sehen Sie, die Regierung hat mich beauftragt, eine Arbeit ausführen zu lassen, die zugleich außergewöhnliche Kunstfertigkeit und absolutes Stillschweigen verlangt. Jemand meinte, Sie seien die geeignete Person dafür.«

»Und wenn ich nicht will?« fragte der Alte.

»Ich glaube, Sie werden akzeptieren, wenn ich Ihnen gesagt habe, um was es geht. Sehen Sie, die Sache ist folgende: Wir sind bereit – sagen wir – ein Auge zuzudrükken, vielleicht sogar auch beide, was gewisse nicht ganz astreine Tätigkeiten von Ihnen betrifft, und wir sind ebenfalls bereit, Sie sehr gut zu bezahlen, wenn Sie für uns arbeiten und den Mund halten. Es tut mir leid, aber ich muß Ihnen mitteilen, daß, wenn Sie sich weigern sollten oder wenn Ihnen auch nur ein Sterbenswörtchen über diesen Auftrag über die Lippen käme ...«

»Ich habe verstanden, ich habe verstanden«, sagte der Alte resigniert. »Was soll ich tun?«

»Signor Licodia«, fuhr der Oberintendant fort, »es handelt sich um einen Auftrag, für den Sie all Ihre Fertigkeiten benötigen, Sie müssen sich selbst übertreffen ...« Der Alte glitt vom Amboß und trat näher. In seinem Blick lag kein Mißtrauen mehr, sondern nur noch ein plötzliches, großes Interesse. »Ich höre Ihnen zu«, sagte er.

»Sie sollen antike Statuen kopieren, und zwar in Originalgröße und absolut perfekt. Sie dürfen sich nicht von den Originalen unterscheiden, verstehen Sie, Signor Licodia? Niemand außer Ihnen und mir darf in der Lage sein zu unterscheiden, welches die Kopien sind und welches die Originale ...«

Mastro Calogero senkte den Kopf und schwieg eine Weile. Als er die kleinen dunklen Augen wieder hob, funkelten sie wie Stecknadelköpfe »Niemand wird sie unterscheiden können«, sagte er. »Ich garantiere es Ihnen ... Um welche Statuen handelt es sich?«

Rom, Verano-Friedhof, 10. September, 18 Uhr

Die rote Benelli lehnte an der Einfriedung, der Schlüssel steckte. Claudio Rocca stoppte den Jeep vor dem Tor und stellte den Motor ab.

»Scooter ist schon da«, sagte er und deutete auf das Motorrad, »und er hat ganze Arbeit geleistet: neue Gabeln, neue Beleuchtung, neue Leichtmetallfelgen, frisch lackierter Tank ... Kommt Elizabeth nicht?«

»Sie hat mich heute morgen angerufen, ihr Flugzeug hat vier Stunden Verspätung.«

»Wie fühlst du dich?«

»Es geht ...«

»Tja ... Hm ... also, du weißt ja, in solchen Augenblicken findet man nie die richtigen Worte. Aber, Mensch, du mußt dich zusammenreißen. Was glaubst du, würde er wohl empfinden, wenn er dich in diesem Zustand sehen könnte? Zwei Wochen lang hat er Tag und Nacht bei dir gewacht, hat wenig oder gar nichts gegessen, bis du aus dem Koma erwacht bist, dann war er mit den Kräften am Ende. Aber ich bin sicher, daß er heiter gestorben ist, denn er wußte, daß du lebtest, gerettet warst. Glaub mir, es ist besser so. Seit du ins Dorf zurückgekehrt warst, hat er sich nur gequält, er konnte es nicht ertragen, dich in diesem Zustand zu sehen.«

»Das stimmt, es ist meine Schuld ... Ich konnte das schwarze Segel nicht bergen ...«

»Zum Donnerwetter, Fabio, es reicht jetzt. Versuch, das Andenken deines Vaters zu ehren. Und jetzt bringen wir ihn zurück nach Hause, auf den Friedhof im Dorf.«

In diesem Augenblick fuhr der Leichenwagen durch das Tor und rollte langsam auf die Hauptstraße zu. Rocca hängte sich mit dem Jeep dahinter, gefolgt von der roten Benelli.

Die Leute auf der Straße drehten sich um und sahen dem kleinen, merkwürdigen Trauerzug hinterher.

EPILOG

Der Steinmetz wischte sich die Hände an der Schürze ab und nahm das Blatt mit dem Text für die Inschrift. Aufmerksam las er es ein zweites Mal durch und schüttelte den Kopf.

»Ist etwas nicht in Ordnung?« fragte der junge Mann, der es ihm gegeben hatte.

»Entschuldigen Sie, aber haben wir uns nicht schon einmal gesehen? Sind Sie nicht vor einiger Zeit hergekommen, um eine Inschrift in Auftrag zu geben ... aber ja ... eine Inschrift für einen Grabstein ...«

»Das muß ein Irrtum sein.«

»Und doch ... Sagen Sie, würden Sie kurz mit nach hinten kommen, in den Hof? Ich möchte, daß Sie sich das ansehen ...«

»Aber natürlich.«

»Seltsam ... ich war sicher, daß er hier war, genau hier ... Tja, ich habe mich wohl geirrt, entschuldigen Sie bitte.«

»Macht nichts. Also, wann ist er fertig?«

»Heute abend schon, wenn Sie möchten. Ich mache mich gleich an die Arbeit.«

»Haben Sie vielen Dank.«

Der Steinmetz warf ihm einen unschlüssigen Blick zu, dann ging er in die Werkstatt, nahm den Meißel und machte sich an die Arbeit. In schönen Großbuchstaben übertrug er den mit Bleistift auf das Blatt geschriebenen Text auf den Marmor:

ZUR ERINNERUNG AN
EUGENIO OTTAVIANI,
DER IHM ZWEIMAL
DAS LEBEN SCHENKTE.
SEIN SOHN FABIO

SERIE PIPER

Valerio M. Manfredi

Alexander Der makedonische Prinz

Roman. Aus dem Italienischen von Claudia Schmitt. 448 Seiten. Serie Piper

Er wurde nur dreiunddreißig Jahre alt, aber sein Ruhm ist unsterblich: Alexander der Große, König von Asien und Herrscher über die ganze Welt. Der erste, in sich abgeschlossene Band dieser spannenden Romanbiographie schildert Kindheit und Jugend des außergewöhnlich schönen, klugen und charismatischen Prinzen. Als sein Vater Philipp ermordet wird, besteigt der knapp Zwanzigjährige den Thron und beweist sofort seinen Mut und sein politisches Geschick. Es gelingt ihm, das instabile Reich zusammenzuhalten und die aufständischen Griechen zu bezwingen. In einer raffinierten Mischung aus historischen Fakten und mitreißender Erzählung hat der italienische Erfolgsautor Manfredi ein großartiges Epos über das Leben eines der herausragendsten Herrscher der Weltgeschichte geschrieben.

05/1119/01/L

Valerio M. Manfredi

Alexander König von Asien

Roman. Aus denn Italienischen von Claudia Schmitt. 457 Seiten. Serie Piper

Alexanders Traum, bis ans Ende der Welt vorzudringen, führt den strahlenden jungen Makedonenkönig nach Asien. Dort gelingt es ihm nicht nur, den persischen Feldherrn Memnon zu besiegen und Halikarnassos einzunehmen. Er gewinnt auch das Herz von Barsine, der atemberaubend schönen Gemahlin des Memnon, die die Liebe seines Lebens wird. In Gordion überlistet Alexander das Orakel und löst den Gordischen Knoten mit einem einzigen Schwertstreich. Nach dem Sieg bei Issos erreicht er über Syrien und Palästina schließlich Ägypten, wo er wie ein Pharao empfangen wird. Nichts und niemand scheint ihn auf seinem Siegeszug um die Welt aufhalten zu können.

05/1120/01/R

Valerio M. Manfredi

Alexander Der Herrscher der Welt

Roman. Aus dem Italienischen von Claudia Schmitt. 479 Seiten. Serie Piper

Alexander der Große, Sohn der Götter, krönt sein Lebenswerk: Von Ägypten setzt er seinen Triumphzug fort und besiegt bei Gaugamela den persischen Großkönig Dareios. Stadt um Stadt erobert er das Perserreich. Schließlich vermählt sich Alexander mit der betörend schönen Prinzessin Roxane und dringt bis nach Indien vor. Doch als sein Reich am gewaltigsten ist, beginnen seine Vertrauten, die ihm mehr als zehn Jahre treu gefolgt sind, sich von ihm abzuwenden. Und auf dem Gipfel seiner Macht befällt Alexander plötzlich ein geheimnisvolles Fieber ...

In einer raffinierten Mischung aus historischen Fakten und mitreißender Erzählung hat der italienische Erfolgsautor Manfredi ein großartiges Epos über das Leben einer der herausragendsten Herrscher der Weltgeschichte geschrieben.

05/1164/01/L

Valerio M. Manfredi

Die Jagd nach dem Wüstengrab

Roman. Aus dem Italienischen von Claudia Schmitt. 415 Seiten. Serie Piper

Mitten in der israelischen Wüste liegt das verschollene Pharaonengrab, das der Mumienforscher William Blake erforschen soll. Auf der Jagd nach dem verlorenen Schatz verliebt sich William nicht nur in die charmante Sarah, sondern löst auch eine Kettenreaktion internationaler Intrigen aus. Gerade noch entkommt er einem Mordversuch, gerät in einen gefährlichen Sandsturm und muß es mit arabischen Extremisten aufnehmen. Der Archäologie-Thriller des italienischen Bestsellerautors sorgt für atemberaubende Spannung.

»Mit der Jagd nach dem Wüstengrab hat Manfredi sein bestes und vollkommenstes Buch geschrieben.«

Il Mattino

05/1412/01/R

SERIE PIPER